이강백 희곡전집

다섯 번째 묶음

일천구백구십이년부터 일천구백구십사년까지의 작품들

이강백 희곡전집

다섯 번째 묶음

일천구백구십이년부터 일천구백구십사년까지의 작품들

평민사

이강백 희곡 전집 다섯 번째 묶음

차례

지은이의 머리글

1992년부터 1994년까지의 작품들에 대하여

여기 다섯 번째 희곡집에 1992년부터 1994년까지 공연했던 희곡들을 묶어 내놓는다.

다섯 번째라는 숫자가 완전함의 상징 숫자인 열(10)의 반절이라는 점에서, 무엇인가 나에게는 의미심장하게 느껴진다.

얼핏 이런 이야기가 떠오른다. 두 사람이 술집에서 나란히 앉아 술을 마시고 있는데, 한 사람은 싱글벙글 웃고, 다른 한 사람은 슬프게 울더라는 것이다. 술집 주인이 궁금해서 물었더니, 웃는 사람이 대답하기를 자기 잔에는 아직도 반절이나 술이 남아 있어서 즐겁다는 것이었고, 우는 사람의 대답은 자기 잔엔 이제 반절밖에 술이 남아 있지 않아서 슬프다는 것이었다.

「영자와 진택」은 1992년 봄에 썼던 희곡인데, 그 해 가을 9월 14일부터 26일까지 문예회관 소극장에서 정신수 씨 연출로 〈극단 민중극장〉이 공연하였다. 제16회 서울연극제 출품작이기도 했던 「영자와 진택」은 진택 역을 신종수, 영자 역을 윤종원 씨가 맡았고, 박봉서, 이윤미, 박기산, 홍성수, 최은미, 조재현, 강애심, 강지은, 이정아, 이성노, 이창덕, 김수빈, 이미경 씨 등이 출연하였다.

연출가 정진수 씨는 1989년에 내가 쓴 희곡 「칠산리」를 무대 형상화한 바 있다. 그때 우리는 예상보다 더 큰 성공을 거두었고, 다시 한 번 함께 작업할 수 있기를 바랬었다. 그런데 「영자와 진택」의 경우, 우리는 예상보다 더 큰 실패를 경험해야 했다. 관객들의 반응은 안개 속을 헤매는 듯하다는 것이었다. 특히 「칠산리」에 대한 좋은 인상을 가졌던 관객은, 그때와 똑같은 공연을 기

대하고 왔었는데 전혀 아니라다는 불만을 표시하였다.

이와 같은 소위 예상보다 더 큰 성공과, 예상보다 더 큰 실패란 무엇인가. 우선 그 둘을 비교해보면 재미있는 현상을 발견하게 된다. 그 두 작품에는 공통점이 있는데, 집단을 위해 희생하는 개인이 주인공이라는 점이다. 즉「칠산리」에서는 산 속에 버려진 고아들을 친자식처럼 보살피다가 죽는 어머니가 희생자이며,「영자와 진택」에서는 봉제공장의 옷을 훔친 직공들이 그 죄를 집단적으로 떠넘길 때 영자는 거절하지 않고 받아들임으로써 희생자가 된다.

그 두 희생자의 차이점은 이렇다.「칠산리」의 어머니(개인)의 희생은 자식들(집단)에 의해 칭송과 감사의 대상이 된다. 반면에「영자와 진택」의 영자(개인)의 희생은 봉제공들(집단)에게는 어리석은 짓, 비웃음거리가 될 뿐이다. 이것을 간단히 등식화하면, 자식들(집단)+어머니(개인)=「칠산리」이고, 봉제공들(집단)−영자(개인)=「영자와 진택」인 셈이다.

내가 발견한 재미있는 현상이란 바로 이 점이다.「칠산리」가 소위 예상보다 더 큰 성공을 거두었던 원인은 집단과 개인의 융합; 더하기이며,「영자와 진택」이 예상보다 더 큰 실패를 했던 원인은 집단과 개인의 분리; 빼기이다. 이것을 다시 말하면, 우리 관객들은 집단과 개인의 융합 형태는 좋아하지만, 집단과 개인의 분리 형태는 싫어한다는 것이다.

그러나 솔직히 나는 집단이라는 것은 별로 좋아하지 않는다. 나의 체험은 집단과 개인의 융화; 더하기란 집단이 내세우는 허울 좋은 명분일 뿐, 집단 속에 흡수된 개인이 고유한 생각과 행동을 보장받는 것을 보지 못했다. 인간이란 사회적 동물이므로 집단의 형태를 갖추고 살 수밖에 없다지만, 집단 속에 형태도 없이 함몰되어서는 안 된다. 집단 속에서도 개인을 성장할 수 있게 하며, 한 개인의 크기가 그 집단의 크기보다 결코 작지 않은 사회, 그것이 내가 연극을 통해 성취하려는 사회이다.

내가 예상했던 것보다 더 큰 실패였음에도 불구하고, 나는「영자와 진택」을 참 좋은 희곡이라고 생각한다. 그것은 한 인간의 아름다움, 인간의 커다란 모습을 보여준다. 여기 다섯 번째의 희곡집 속에서, 영자라는 인간은 가장 아름답고 가장 크다. 영자는 「칠산리」의 어머니보다도 더 아름답고 더 크다.

이와 같은 아름다움과 커다람이 1992년 초연 때는 소극장의 협소한 무대 여건 때문에 잘 보이지 않았다. 넓은 무대에서 영자의 이미지를 표현했더라면, 그녀가 얼마나 아름답고 큰가를 관객들도 공감할 수 있었을 것이다.

영자가 집단적 도둑질의 죄를 덮어 쓰고 온몸에 매를 맞아 울긋불긋 상처 날 때, 복숭아 나무마다 화사한 복사꽃들이 피어난다…… 그것은 인간과 자연(우주)이 일체임을 보여준다. 낡은 재봉틀이 요란하게 돌아가는 봉제공장의 살벌한 공간과, 봉제공들이 만들어서 거무칙칙한 바닥에 내던지는 여러 가지 색깔의 옷들…… 그리고 마지막 장면에서 무대 후면을 가리고 있던 검정색 커튼이 찢어지며 나타나는 복사꽃들…… 그것이 제대로 표현되지 않고서는 영자가 얼마나 아름답고 큰지 모를 것이다.

1993년은 「북어 대가리」, 「통 뛰어넘기」, 「자살에 관하여」를 공연했던 해였다. 그 해에 나는 희곡공장을 차렸다고 농담할 정도였는데, 그렇게 많은 희곡들은 생산해 낸 적은 없었고 또 앞으로도 없으리라.

1990년대에 들어와서 한국연극은 엄청난 변화를 맞이하였다. 그것은 소극장의 양적 증가가 일으킨 변화였다. 동숭동 일대만 하더라도 무려 30여 곳의 극장들이 생겨났다. 신촌지역과 강남지역까지 합친다면 서울에서 연극만을 공연하는 극장은 40여 곳에 달한다. 그저 단순하게 계산해서 한 극장에서 1년 동안 열 작품씩 공연한다면, 극장 전체로는 400편의 희곡이 있어야 한다. 그 중에서 반절은 번역희곡과 재공연 희곡이 차지한다고 해도, 나머지 200편은 새롭게 쓴 희곡들이 충족시켜야 할 몫이다. 얼핏 극작가들이 반겨야 할 현상 같은 극장의 증가는, 그러나 양질의 희곡이 아니어도 공급될 수 있다는 부작용을 낳는다.

수요와 공급의 불균형 문제는 극작가에게만 해당되는 것은 아니다. 연출가, 배우, 무대미술가 등 연극에 관계되는 모든 분야와 관련되어 있다. 더구나 이 문제는 연극의 제작비 상승과 맞물려 있다. 연극 제작은 이제 굉장히 많은 돈이 필요한데, 그 돈은 오직 관객의 호주머니 속에서 나와야 한다. 돈을 버는 연극은 살아남고 벌지 못한 연극은 죽는다. 냉혹한 정글의 법칙이 연극에도 적용된다고 할까. 또는 자본주의적 시장경제의 원리가 연극을 지배한다고 할까, 어쨌든 우리 연극은 예전과는 전혀 다른 상황에 직면하였다.

「북어 대가리」는 소극장에서 어떤 연극이 살아남을 수 있는가를 보여주는 작품이다. 생존의 위기에서 살아남기 위해 대형 뮤지컬 공연들이 관객에게 최대의 오락물을 제공함으로써 운영 수입을 거두어들인다면, 소극장에서는 그것과 유사한 오락물로서는 살아남기 어렵다. 오히려 소극장에서는 사회적 문제, 또는 인간의 문제를 진지하게 다룸으로써 생각할 수 있는 작품을 제공하고, 그러한 작품을 찾는 관객들을 모아야 한다.

「북어 대가리」는 1993년 2월 11일부터 5월 30일까지 성좌소극장에서 막을 올렸다. 출연은 전무송, 최종원, 정운봉, 안효진 씨였으며 연출은 김광림 씨였다. 그 당시 전무송 씨와 최종원 씨는 〈극발전연구회〉를 조직하고 첫 공연할 희곡을 나에게 의뢰했다.

나는 이 공연을 통해서 배우란 무엇인지를 실감했다. 만약 전무송, 최종원 같은 인기배우가 출연하지 않았다면, 「북어 대가리」 공연은 과연 성공할 수 있었을까. 이제 우리의 연극이 자본주의적 시장 경제원리에서 벗어나지 못하게 된 이상 배우는 곧 상품이다. 어떤 배우가 등장하느냐에 따라 그 상품이 팔리기도 하고, 팔리지 않기도 한다. 「북어 대가리」의 공연은 대단한 흥행성과를 거두었다. 이 작품은 서울 공연이 끝난 후 지방 순회 공연을 다녔으며, 멀리 로스앤젤레스와 오키나와 공연도 다녀왔다. 이 작품으로 김광림 씨는 한국일보가 제정한 백상예술대상의 대상과 연출상을 받았고, 「북어 대가리」는 작품상을 수상하였다.

「북어 대가리」가 공연되는 동안 「통 뛰어넘기」는 문예회관 대극장에서 막을 올렸다. 1993년 5월 26일부터 6월 8일까지, 〈극단 성좌〉의 권오일 선생 연출이었다. 권오일 선생은 이 공연을 위해 우리 연극계 실정으로는 거의 불가능한 캐스팅을 해냈다. 김갑수, 윤주상, 태민영, 전국환, 연운경 씨 등 톱클라스의 배우들을 한 무대에 모았던 것이다.

그러나 「통 뛰어넘기」는 참혹한 실패였다. 「통 뛰어넘기」의 배우들이 「북어 대가리」의 출연 배우보다 실력이 모자랐거나 상품적 가치가 없었던 것은 아니다. 김갑수와 윤주상은, 전무송과 최종원에 못지않은 실력과 명성을 갖고 있으며, 각자 매력에 이끌린 고정 관객들을 확보하고 있다.

「북어 대가리」와 「통 뛰어넘기」는 같은 시기에 공연된 같은 사람의 희곡으로서, 대등한 배우들이 참여했으므로 둘 다 비슷한 결과가 나왔어야 할 텐데, 전혀 달랐다. 그렇다면 무엇이 그 둘의 결과를 다르게 하였는가. 희곡의 주제라는 측면에서 본다면 우선 「북어 대가리」는 주제가 선명하다. 오랜 농경문화적 환경 속에서 우리는 출생으로부터 죽음에 이르는 모든 과정을 익히 알고 있었고, 또한 우리를 둘러싼 세상과 우리 자신의 밀접한 관계에 대해서도 의심할 바 없었다. 하지만 1960년대 이후 우리는 농경문화적 환경으로부터 뿌리 뽑혀져서 삶이 어떻게 진행해 나갈 것인지 알지 못한다. 그리고 우리는 이 세상과 나 자신의 관계가 이어지고 있는지, 아니면 끊어졌는지 알지 못한다. 아는 것이라고는 겨우 나에게 주어진 삶의 공간, 소위 창고 속 같은 가시적 범위 내에서 벌어지는 일이다.

「북어 대가리」의 관객들은 그와 같은 산업사회적 체험을 공유하고 있다. 그래서 좁은 창고 속에서 정직하고 성실하게 일하면서 느끼는 저 막막한 불안, 도대체 이 성실과 정직이 무슨 의미가 있을까, 오히려 창고 밖의 세상이 악한 것이라면 자신의 성실과 정직이 자신도 모르게 그 악을 위해 이바지하고 있는 것이 아니냐는 의문이 이미 관객의 마음속에 자리잡고 있었다. 바로 그러한 불안과 의문이 「북어 대가리」의 주제였다.

그런데 「통 뛰어넘기」는 어떠한가. 그것 또한 급속하게 변해 버린 산업사회 속의 우리 모습을 다룬 작품이다. 하지만 「북어 대가리」가 농경문화적 흔적을 갖고 있는 것에 비해서, 「통 뛰어넘기」는 그런 흔적마저 없는 소위 농경 문화적 흔적이 전혀 없는 산업사회를 다루고 있다.

연극평론가 이영미 씨는 '근대적 진지함에 대한 자조와 비애' 「민족극과 예술운동 제16호」(1993년 여름호, 민족극연구회 발간)이라는 제목으로 「북어 대가리」와 「통 뛰어넘기」를 비교하는 장문의 평론을 썼는데, 나는 그 평론에 상당히 공감하고 있다. 그 중에서 「통 뛰어넘기」에 해당되는 부분을 인용한다면 다음과 같다.

> "진지하고 성실하게 목표를 향해 통 뛰어넘기를 하는 인간을 '얼간이'로 설정한 데에서도 짐작할 수 있듯이, 작가는 이 현대사회를 그러한 통 뛰어넘기가 가능하지 않는 세상이 되어 버렸다고 얘기한다. (중략) 얼간이가 끝까지 놓지 못하는 진실이니 의미니 진지함이니 하는 것이 현실 속에서는 아무런 가치가 없음이 드러나 버린 것이다. 마치 「북어 대가리」에서 상자가 뒤바뀌었음에도 불구하고 아무 일도 일어나지 않아 '자앙'의 성실함이 무의미한 것으로 드러나고, 불성실하기 이를 데 없는 '기임'이 현실적으로 행복을 찾아가는 것으로 결말짓는 것과 흡사한 막판뒤집기이다. (중략) 이렇게 볼 때 작가의 주제의식은 「북어 대가리」에서 「통 뛰어넘기」로 이어지면서 근대적인 진지한 인간형에 대한 자조와 비애가 더욱 강화되어 드러난다고 할 수 있다. 그런데 막상 무대에 올려진 작품으로서는 오히려 그러한 자조와 비애의 분위기가 「북어 대가리」에 비해 떨어진다는 느낌이 드는 이유는 무엇일까. 비애와 자조를 강화하기 위해서는 서로 대조적인 인물형인 얼간이와 박승훈에 대해 관객이 공감과 비웃음이라는 서로 이율적인 감정을 느끼게 해야 하는데, 통 뛰어넘기라는 알레고리적 설정이 상황의 의미파악에 관객의 관심을 집중시켜, 관객이 그러한 인물형에 대해 공감하고 비웃을 여지를 축소시켰기 때문인 것으로 보인다."

위에서 인용한 이영미 씨의 글에 더 보충해야 할 필요는 없는 것 같다. 다만 근대적이라든가 현대사회라는 말은, 내가 사용한 산업사회와 어휘만 다를 뿐 동일한 개념이라고 볼 수 있다.

「자살에 관하여」는 1993년 12월 1일부터 1994년 2월 27일까지 소극장 산울림에서 임영웅 선생의 연출로 공연되었다. 노영화, 이화영 씨가 열연한 무대였다. 「통 뛰어넘기」를 외면해 버린 관객들에게 실망한 때였으므로, 나는 쉽고 재미있는 작품을 쓰고 싶었다. 소위 알레고리라든가 집단과 개인의 대립이 아닌 그냥 웃으면서 볼 수 있는 쉽고 편한 작품을 쓰려고 했던 것이다.

그런데 초연의 무대를 볼 때 뭔가 미흡함을 느꼈다. 좀 더 웃음이 유발되려면 내용이 풍부해야 했고 등장인물도 더 필요하다고 생각되었다. 그래서 이 책에 수록하는 「자살에 관하여」는 초연의 대본이 아닌, 그 후에 내가 내용을 보충한 것이다. 초연에는 두 명의 여자만이 등장하였는데, 고친 희곡에는 중년남자를 더 등장시켰다.

「불지른 남자」는 1994년 11월 3일부터 12월 25일까지 채윤일 씨의 연출로 성좌소극장에서 막을 올렸다. 김학철, 권혁풍, 하덕성, 이경희 씨 등 무려 20명이 출연한 이 연극은 공연 중반을 넘기면서 관객들의 관심대상이 되었다. 표현주의 연극처럼 만든 채윤일 씨의 연출이 돋보였고 에너지를 내적으로 응축시키는 김학철의 연기도 훌륭하였다.

이 작품은 문민정부가 되었어도 달라진 것이 뭐 있느냐는, 불만의 소리를 질러댐으로써 관객의 관심을 끌려는 의도가 없지 않다. 이와 같은 노골적인 의도의 거칠음과, 지금의 90년대를 지나간 80년대와 동일시하는, 소위 세상을 보는 작가의 경직성이 양식을 가진 관객에게는 못마땅하게 보일 수 있다.

『한국연극』(1995년 1월호, 한국연극협회 발간)에 「불지른 남자」 공연에 대한 좌담이 게재되어 있다. 사회를 맡은 연극평론가 이상우 씨가 작품을 감상하는 쪽에서는 오히려 직설적인 표현이 좋게 느껴질 수 있다고 말하였는데, 나는 우리 사회가 은유적이고 상징적인 것을 수용하는 힘이 점점 약해지고 있다고 생각한다. 발악적인 고함을 꽥꽥 질러야 알아듣는 사회라면 고급스런 문화란 발을 붙일 수가 없다고 했다.

어쨌든 「불지른 남자」를 보고 관객들은 내가 무엇을 말하려고 하는지 모두 다 알아들었다. 즉, 정재현이란 80년대 인물이 10년 8개월 동안 옥고를 치른 다음에, 90년대인 오늘 우리 곁으로 돌아왔는데, 우리는 그를 반갑게 맞이하기는커녕 냉담한 반응이다. 심지어 그가 돌아온 지 사흘만에 양로원의 치매 환자들에게 맞아 죽었음에도, 우리는 슬퍼하기는커녕 그가 죽었다는 사실마저 모르는 체하고 있다. 이 작품을 1995년 백상예술대상 희곡상을 수상하였다.

결국은 또다시 집단과 개인의 문제로 귀착된다. 불지른 남자를 영웅으로 만들었던 우리라는 집단은, 시대가 변하자 그를 가장 무력하고 초라한 존재로 만들었다. 시간이 흐를수록, 시대가 변할수록 어찌하여 우리 사회의 인간은 점점 무력해지고 점점 초라해지는가. 한 개인을 우주만큼이나 큰 의미로 채울 수는 없는가. 그것이 다음 여섯 번째 희곡집에서 풀어야 할 문제이다.

이 희곡집은 대산문화재단의 창작 지원을 받았다. 깊이 감사한다.

영자와 진택

· **등장인물**

진택
영자
진택의 어머니
원장
관리인
감독
이웃공장 관리인
순자
정자
민자
애자
그밖의 여자들과 남자들

· **장소**

어느 복지재단이 운영하는 감화원.

도시로부터 멀리 떨어진 한적한 구릉지대에 자리잡은 이 감화원에는 상습적인 도벽을 가진 여자들, 폭행과 기물 파괴의 버릇을 지닌 남자들이 수용되어 있다. 그들은 여러 차례 형벌을 치른 전과자로서, 다시는 그와 같은 악습이 반복되지 않기를 바라는 가족들에 의해 복지재단의 감화원으로 보내어져 왔다.

감화원의 건물은 커다란 창고 혹은 공장 같은 인상을 준다. 정결하고 아늑한 수도원을 연상하면서 오는 사람들은 이 무미건조한 건물 모습에 큰 실망을 한다. 그러나 건물 주변으로 시선을 돌리면 아름다운 구릉지대의 풍경에 찬탄을 하게 된다. 특히 4월에는 능선을 따라 즐비하게 늘어선 복숭아나무들이 복사꽃을 활짝 피워냄으로써 황홀함의 극치를 보여준다. 감화원 건물에서 그 경치가 가장 잘 보이는 곳은 테라스다.

감화원의 원장은 해마다 봄이 되면 복사꽃이 활짝 피는 날을 택해 복지재단의 이사들, 후원회 회원들, 수용자 가족들을 초청하고 있다. 이 특별한 날에는 초청받아 온 사람들을 테라스에 모아 놓고 감화원의 전체 수용자들이 합창공연을 하는 것이 관례로 되어 있다.

금년의 경우에도 원장은 초청장을 발송하였으며, 수용자들에게는 합창을 연습해 주기를 바랬다. 그러나 수용자들은 합창공연 대신에 연극공연을 하겠다고 주장하였다. 그들은 이미 연극공연을 위해 대본을 썼으며, 각자 역할을 분담하였고, 연습까지 했다는 것이다. 이러한 뜻밖의 사태에 직면한 원장은 그들의 연극대본을 검토해 보았다. 그 결과 많은 문제점이 있다고 판단한 그는 수용자들에게 즉각 연극연습을 중단하고 합창연습을 해줄 것을 강력히 요구하였다.

막이 오르면 텅 빈 무대에서 수용자들이 합창연습을 하고 있다. 그들은 원장의 요구 때문에 마지못해 연습한다는 태도가 역력하다. 지루해 견딜 수 없다는 표정으로 하품을 하는 사람, 건성으로 입만 벙긋거리는 사람, 괜히 옷을 매만지는 사람, 심지어 옆 사람을 건드리며 장난하는 사람까지 있다.

원장이 등장한다. 그는 경계하듯 수용자들과 거리를 두고 멈춰 선다. 그리고 수용자들 속에 있는 연극공연의 주동자인 진택을 손짓으로 불러낸다. 원장은 늙고 병약하며, 그와는 대조적으로 진택은 잘 생긴 얼굴에 튼튼한 체격을 가진 청년이다.

원 장 왜들 저 모양이야?

진 택 글쎄요…… 합창연습이 싫은가 봐요.

원 장 그렇다고 합창 대신에 연극을 할 수는 없지. (손에 들고 있는 연극대본을 가리키며) 내가 한 번 더 검토해 봤는데, 이 대본으로는 공연하면 안 되겠어.

진 택 왜 안 되죠?

원 장 매년 했던 대로 합창공연이나 하라구.

진 택 합창은 질렸어요. 해마다 똑같은 사람들 앞에서, 똑같은 낯짝으로, 똑같은 목구멍을 벌려서, 똑같은 노래를 부르다니…… 차라리 우리 모두 똑같이 목을 매달고 죽는 게 낫죠.

원 장 (이맛살을 찌푸리며) 무슨 말을 그리 험악하게 해?

수용자들 (원장과의 거리를 좁혀 다가오며 이구동성으로 말한다) 차라리 죽는 게 낫지. 우린 합창은 못해요!

원 장 (더욱 강경한 태도로) 어쨌든 연극은 안 돼!

진 택 (완강하게) 안 되는 이유를 말씀하세요!

원 장 이 대본엔 욕이 너무 많아.

수용자들 평소에 우리가 내뱉는 욕에 비하면요, 그건 아무것도 아니에요.

원 장 문제가 될 끔찍한 폭력 장면도 많지. (대본으로 문제가 되는 부분을 펼치며) 특히 마지막 장면엔 여자를 피투성이가 되도록 때리잖아?

수용자들 주먹이나 몽둥이로 때리면 문제가 되겠죠. 하지만 복숭아 나뭇가지로 때리는 거잖아요?

원 장 복숭아 나뭇가지로 때리면 문제가 안 된다니 무슨 소리야?

진 택 사람을 때리는 게 아니라 귀신을 때리는 거죠!

원 장 귀신을?

진 택 (어처구니없다는 듯 자기를 바라보는 원장에게 미소를 짓고) 원장님은 그것도 모르셨어요? 귀신이 제일 무서워하는 게 복숭아 나뭇가지죠. 더구나 복사꽃이 활짝 핀 가지로 때리면, 아무리 찰싹 붙었던 귀신도 깨끗이 떨어져요.

원 장 여봐 진택이, 이 대본 자네가 썼다면서?

진 택 제가 썼어요. 하지만 사실은 우리 모두가 의논해서 쓴 겁니다.

수용자들 육 개월이나 걸렸었죠!

원 장 육 개월이나 걸려 쓴 대본이 겨우 이 정도야? 그런데 진택이 너는 남자 주인공을 맡고, 영자는 여자 주인공을 맡아 이미 연습까지 했다면서?

수용자들 네, 진택이와 영자가 주인공이에요.

원 장 다른 사람들은 불만 없어? 주인공을 빼놓고는 아주 형편없는 인물들이던데?

진 택 원장님이 우리가 만든 대본을 읽어보셨으니까 잘 아시겠지만요, 등장인물들은 이 감화원의 수용자들 그대로예요. 이름도 그대로고, 성격도, 하는 짓도 그대로죠. 다만 무대는 감화원이 아니라 봉제공장으로 바꿨어요.

원 장 하필이면 봉제공장이야?

수용자들 이 감화원의 별명이 봉제공장이거든요.

원 장 별명치고는 고약하군!

수용자들 네, 고약하죠. 우리 감화원의 건물 모양이 꼭 멋대가리 없는 공장처럼 생겼잖아요.

진 택 저는 봉제공장의 재단사로 등장하고, 영자라든가 그밖의 사람들은 모두 옷 만드는 봉제공들이에요. 다만 봉제공장 관리인 역을 맡은 사람만 우리하곤 다르죠.

원 장 그 다른 사람이란 누군데?

진 택 정신교육 담당 선생이죠.

원 장 (놀란 표정이 되며) 뭐라구…… 무슨 선생?

진 택 매주 수요일마다 우리 감화원에 와서는 도덕적 인간이 되어라, 윤리적 인간이 되어라 하면서, 장광설을 늘어놓는 선생님요.

원 장 쓸데없는 짓 하지 말아! 그 선생님은 결코 너희들 연극에 등장하지 않을 거야!

진 택 아뇨. 기꺼이 승낙하신 걸요. 물론 그 대신에 우리가 선생님 강의에 졸지 않기로 약속했지만요.

원 장 여봐 진택이, 그 선생님 알고 보면 불쌍하신 분이야. 도덕과 윤리를 가르치지 않으면 생계를 유지할 수 없다구. 그런 분의 약점을 잡아서 연극에 등장시킨다는 건 해도 너무했잖아!

진 택 약점을 잡힌 건 오히려 우리들이죠. 아무리 가르쳐 봤자 착한 사람이 될 리 없는 우리들의 약점을 잡고 그 선생님은 돈벌이를 하니깐요. 솔직히 말해서 이 감화원도 그렇잖아요. 온갖 못된 죄를 짓는 우리들이 있기 때문에 감화원이 필요한 거죠.

원 장 너희들은 마치 감화원을 위해 못된 죄를 짓는다는 투 아냐?

진 택 그럼요, 원장님. 우리들이 죄를 지음으로써 먹고 사는 사람들이 얼마나 많습니까!

수용자들 그래서 우리들이 연극을 보여주려는 겁니다. 세상 사람들은 우리가 그들을 위해 죄를 졌다는 것을 알아야 해요!

원 장 그게 바로 궤변이라는 거야! 전혀 이치에 맞지도 않는 연극 따위는 집어치워! (손에 들고 있던 대본을 진택의 발 아래 내던지며) 상스러운 욕설, 추잡한 행위, 무자비한 폭력, 그 어느 것 하나 봐줄 수가 없다구! 원장으로서 잘라 말하지만 이 연극은 절대로 안 돼!

진 택 안 된다면 할 수 없군요. (바지의 혁대를 풀어 올가미를 만들며, 수용자들에게) 자, 다들 밖으로 나가지!

수용자들, 침통한 표정을 짓는다. 남자들은 혁대를 풀어 올가미를 만들고, 여자들은 허리끈이나 스카프로 올가미를 만든다. 그들은 올가미를 들고 진택을 따라 나간다.

원 장 다들 어디 가는 거야?

수용자들 우리 모두 목 매달아 죽으려구요!

원 장 이리와! 다들 돌아오라구!

수용자들 (천천히 되돌아온다)

원 장 너희들, 나를 뭘로 보는 거야?

수용자들 우리들은 원장님을 존경해요.

원 장 날 존경 안 해도 좋아. 제발 입장만 난처하게 만들지 말아줘. 난 늙었고 지쳤어. 이제는 그저 말썽 없이 지내기만 바랄 뿐이야. (기가 꺾인 모습으로 내던졌던 대본을 주워 들며) 너희들은 이 연극을 볼 사람들을 생각해 봤어? 그들은 이 감화원의 재단이사들, 후원회 회원들, 그리고 감화원에 수용된 너희들의 가족이라구! 그들이 와서 너희들 연극을 보면 반응이 어떻겠어? 다들 엄청난 충격을 받을 거야. 너희들 말야, 우리 감화원 사정 잘 알잖아? 정부로부터 쥐꼬리만한 재정지원도 끊어졌고, 이제 기댈 데라고는 그들밖에 없어. 그들의 호주머니에서 돈이 나와야 감화원을 유지할 형편인데 제발 그들에게 충격을 주진 말자구! (호주머니에서 하모니카를 꺼내 들고 분다) 내가 요즈음 왜 하모니카를 배우는지 알아?

진 택 원장님이 직접 합창 반주를 하시려구요?

원 장 그래. 원장인 내가 이런 짓이라도 해서 그들의 환심을 사야할 만큼 지금 우리 감화원의 재정은 최악의 상태야. (잠시 하모니카를 분다) 합창은 말이야, 충격이란 걸 줄 염려가 없지. 그러니까 제발 부탁하겠는데 위험한 연극 따윈 집어치우고 안전하게 합창이나 하라구.

수용자들 (각자 올가미들을 높이 들고 흔들며) 원장님 승낙 받긴 틀렸어!

진 택 그래, 다들 목 매달아 죽자구!

원 장 잠깐만 기다려! 내가 생각을 바꿀 테니까 너희들도 생각을 바꿔.

진 택 생각을 바꾸다니요?

원 장 내가 연극공연을 허락하지. 그러니 너희들은 대본을 고치라구.

진 택 대본을 고치고 싶지 않다면요?

원 장 고쳐야 해! 그리고 공연을 시작하기 전에 내가 먼저 무대에 올라가 말하겠어. 이 연극인지 뭔지는 전혀 실제가 아니다. 완전히 꾸며낸 것이니까 충격을 받을 필요는 없다. 이렇게 해서 사람들을 미리 안심시켜야겠어!

진 택 (혁대 올가미를 풀어서 바지에 끼워 넣으며) 좋습니다, 원장님. 원장님이 먼저 무대에 등장해서 말씀하세요. 그리고 원하신다면 그 하모니카도 연주하시구요.

원 장 (순순히 응낙하는 진택의 태도가 의외라는 듯이) 진택…… 방금 뭐랬어?

진 택 제가 조금 양보해서 대본을 고치죠.

원 장 조금은 안 돼. 마지막 장면은 몽땅 빼버려! 그건 지독히 폭력적이야!

진 택 안 고칠 겁니다, 마지막 장면은요. 그 장면은 그대로 두면서 다른 곳을 손 보기로 하죠. 그럼 저희들은 연극연습하러 가야겠어요.

수용자들 (기쁨의 환성을 지르며 퇴장한다)

원 장 도대체 무엇 때문에 마지막 장면을 고집하는 거지?

진 택 그 장면이 가장 아름답거든요!

진택, 수용자들을 뒤따라 퇴장한다. 원장은 관객석 쪽으로 다가온다.

원 장 여러분, 이렇게 뵙게 되어서 반갑습니다. 우리 감화원은 너무 멀리 떨어진 곳에 있어서 자주 오시라고 할 수가 없군요. 겨우 일년에 한 번씩, 복사꽃이 만발한 때에 경치구경도 하실 겸 감화원 사정을 살펴봐 주시도록 모시고 있습니다. (손으로 무대 뒤쪽을 가리키며) 예전에 오셨던 분들은 이 테라스에서 바라보이는 저쪽 언덕의 복숭아나무들을 기억하실 겁니다. 오늘은 연극공연 때문에 테라스의 모든 유리창문을 검정색 천으로 가렸습니다. 하지만 기대해 주십시오. 연극의 마지막 장면에서 그 검은 천이 벗겨지면서, 여러분은 황홀하게 활짝 핀 복사꽃을 보실 수 있게 됩니다. (잠시 헛기침을 한다) 하지만 지금부터 여러분이 보실 장면들은 모두 거짓입니다. 실제가 아니라 완전히 꾸며낸 허구에 불과합니다.

진택, 무대 옆에서 얼굴을 내민다.

진 택 원장님, 준비 다 됐어요.

원 장 그래, 알았어. (관객들에게) 세상은 갈수록 험악해져서 수용자들은 나날이 늘어나고 있는데, 감화원 시설은 턱없이 부족하고 운영비는 모자랍니다. 재단 이사님, 후원회 회원님, 그리고 수용자 가족 여러분, 우리는 좀 더 많은 재정지원을 간곡히 바랍니다.

진 택 (무대 앞으로 나온다) 우리 원장님은 점잖은 분이어서 노골적인 말씀을 못하십니다. 만약 여러분들이 돈을 내지 않으면, 유감스럽게도 감화원의 문을 닫아야 하죠. 그럼 수용되었던 우리는 다시 여러분의 곁으로 돌아가 도둑질을 하거나, 사람을 때리고 물건을 부수거나, 술주정뱅이가 된다 그겁니다.

원 장 저것 봐, 굉장히 충격을 받은 표정들이군!

진 택 (원장의 손을 붙들고) 그만 들어가시죠, 원장님. (무대 안을 향하여 외친다) 영자! 영자! 모두들 무대로 나오라고 그래!

영 자 (무대 안에서 목소리가 들린다) 알았어요, 진택 씨! 모두 나갈게!

무대 조명, 어두워진다. 봉제공 역할을 맡은 수용자들이 각자 한 대씩 바퀴 달린 재봉틀을 밀면서 등장한다. 진택과 감독을 제외한 남자수용자들은 모두 여자 옷을 입었고, 여성적인 목소리로 말하며, 여자처럼 행동한다. 즉, 남녀 수용자들 모두가 여성 봉제공 역할을 맡는다. 봉제공들이 사용하는 재봉틀은 낡은 것이어서 요란한 소리를 낸다.

영 자 여긴 봉제공장이에요. 그리고 지금은 봄이 되기 전이어서 몹시 추워요. (손바닥을 비벼대면서 입김을 분다) 우리 봉제공들은 얼어붙은 손을 부비면서 백화점의 봄철 옷들을 만들고 있어요. 술 마시고 행패를 부린 남자들과 도둑질을 하다 잡힌 여자들은요, 감화원에 가서 옷 만드는 기술을 배우거든요.

진 택 (어둠 속에서) 방금 그 말은 빼. 대본을 고쳤잖아.

영 자 (웃으면서) 방금 했던 말은 실수였어요. 듣지 않은 걸로 해주세요. 어쨌든 우리는요, 아침 해가 뜰 때부터 저녁 해가 질 때까지 쉬지 않고 옷을 만들어요.

감 독 하나, 둘, 셋, 넷, 다섯… 열둘, 한 다스! 하나, 둘 셋… 열둘, 두 다스!

영 자 저 사람은 봉제공장 감독이에요. 저녁이 되면 우리가 만든 옷들을 헤아리죠. 재단사 진택은 뭘 하는지 아세요? 어두컴컴한 곳에서 부지런히 가위질을 하고 있죠.

감 독 (꾸짖는 목소리로) 영자는 뭘 해? 어서 옷 만들지 않고!

봉제공들 어두워서 잘 안 보여요! 불 좀 켜요!

감 독 눈으로 보면서 일하는 건 서투른 거야. 진짜 능숙한 직공들은 어둠 속에서 잘 안 보여도 일할 수 있거든. 옛날엔 여자들이 모두 그랬었지. 달도 없고 별도 없는 새까만 밤중에도 밭일을 했었는데, 그 밭에서 캐내는 것이 감자인지 당근인지 정확하게 분간할 줄 알았다구!

봉제공들 하지만 지금은 달라요!

순 자 옷 만드는 일은요, 감자 캐는 것과는 다르다구요!

감 독 다를 것 전혀 없어. 여봐, 재단사 진택이! 자넨 캄캄한 속에서도 마름질을 할 수 있지?

진 택 (능숙하게 가위질을 하며) 그래, 난 눈을 감고서도 정확하게 자를 수 있어.

감 독 바로 그거야. 사람이란 일할 때 손만 있으면 돼.

봉제공들 공장장님, 어디 계시죠? 불 좀 켜주세요!

감 독 감독인 나는 어둠 속에서도 잘 하는 것이 있지. 손으로 만져 보면 누가 옷을 훔쳤는지, 안 훔쳤는지 다 알거든.

봉제공들 정말 영특하신 감독이시네!

영 자 저도 어둠 속에서 잘 하는 게 있어요. 진택 씨가 저한테 준 연애편진데요, 아무리 캄캄한 곳에서도 한 줄도 틀리지 않게 욀 수가 있죠. (암송한다) 사랑하는 영자 씨, 당신의 눈동자는 밤하늘의 빛나는 별빛과 같습니다. 당신이 웃으면 어두운 밤도 환하게 밝아집니다.

애 자 아이고, 저 병신 육갑하네!

봉제공들 영자야, 입 닥쳐! 지금 네 애인 자랑할 때냐?

순 자 우린 어둠 속에선 아무것도 못 해. 옷을 잘못 만들면 봉급도 안 줘!

민 자 봉급은커녕 오히려 벌금을 물지!

정 자 실컷 일하고, 봉급도 못 받고, 옷 잘못 만들었다고 벌금 물어 봐. 복숭아나무에다 목매달아 죽고 싶지!

봉제공들 (목소리를 높여 외친다) 공장장님, 어서 빨리 전등을 켜요!

무대 천정에서 길게 줄이 달린 전등들이 내려온다. 관리인이 등장하여 하나씩 전등을 켠다.

관리인 공장장!

사이.

관리인 공장장, 불도 안 키고 어디 있어?

사이.

관리인 야, 주정뱅이야!

사이.

관리인 주정뱅이야, 어서 나와!

어둠 속에서 공장장이 주춤주춤 나타난다.

관리인 공장장, 술 마시고 있었지?

공장장 (고개를 흔든다)

관리인 이 주정뱅이가 거짓말까지 하고 있네! (몇 걸음 뒤로 물러나며) 걸어봐! 나를 향해 똑바로 걸어보라니까!

공장장, 주춤주춤 비틀거리며 걷는다.

관리인 그래, 술 마신 게 틀림없어! 여봐 공장장, 지금이 몇 시야?

공장장 (어눌하게 대답한다) 일곱 시…….

관리인 아침 일곱 시? 저녁 일곱 시?

공장장 일곱 시…….

관리인 어떤 일곱 시야?

공장장 일곱 시…….

관리인 (공장장의 귀에 입을 바짝 대고 고함지른다) 도대체 어떤 일곱 시냐구?

공장장 일곱 시!

관리인 미치겠군! 지금은 해가 저문 저녁 일곱 시야!

공장장, 주춤거리는 걸음으로 나가다가 쓰러진다. 관리인이 어이없다는 표정을 짓고, 봉제공들은 소리내어 웃는다. 공장장, 다시 일어나 "일곱 시, 일곱 시……" 중얼거리며 밖으로 나간다.

관리인 저 주정뱅이가 완전히 취했군. 감독, 이리 좀 와!

감 독 (관리인에게 다가오며) 뭘 도와드릴까요?

관리인 내가 사람을 잘못 봤어. 저 친구는 술이라곤 입에도 댈 것 같지 않았는데…… 감독, 이번엔 자네가 공장장을 해보지?

감 독 아뇨, 저는 사양하겠습니다.

관리인 감독보다는 공장장이 더 좋잖아? 지위도 높고, 봉급도 많지.

감 곧 저를 감독으로 그냥 두어 주세요.

관리인 (감독의 얼굴을 바라보며 잠시 침묵한다) 왜? 공장장이 된 사람마다 술중독에 걸리는 게 싫어?

감 독 저보다는 재단사 진택이가 어떨까요?

관리인 감독 눈엔 재단사가 밉게 보인 모양이군.

감 독 (웃으며) 아뇨, 좋게 본 거죠?

관리인 난 감독의 심보를 다 알아. 진택이를 공장장 시켜서 술주정뱅이로 만들려는 거지? 어쨌든…… 괜찮은 생각이야. 다만 한 가지 염려는, 진택이는 내 얼굴과 닮았다는 거야. 마치 우리 둘은 배다른 형제처럼 보여.

감 독 오히려 내 얼굴을 닮았죠. 진택이는 나하고 이복형제거든요.

관리인 아냐, 분명히 진택이는 나를 닮았어. 그건 아버지가 같기 때문이지. 나의 아버지와 진택이의 아버지는 같은 아버지이구, 각자 어머니만 달라.

감 독 그럴지도 모르죠. 하지만 제 경우엔 어머니예요. 저의 어머니와 진택이 어머니는 같구, 아버지가 달라요.

관리인 그건 그럴지도 모르지. (목소리를 낮춰 은밀한 비밀을 말하듯) 사실은, 이건 감독한테만 하는 말이니까 비밀을 지켜줘. 이 근처 수많은 봉제공장 관리인들 있잖아, 그들의 얼굴이 모두 내 얼굴과 똑같아. 그들은 모두 우리 아버지의 서자들이라구.

감 독 (태연한 표정으로 담담하게 말한다) 그 말씀은 벌써 여러 번 들었는데요.

관리인 어쨌든 우리 아버지는 대단한 정력가야. 이 근처 봉제공장들은 모두 아버지가 세웠지. 대량으로 옷을 만들어 큰돈도 벌었구…… 하지만 요즈음은 사양사업이야. 아버지는 늙었다는 핑계를 대고 자식들에게 각자 하나씩을 맡겼어. 그리고는 당신 혼자 세상 구경이나 다니면서 속 편하게 사신다구. 얼마 전엔 브라질인가 우루과이에서 편지를 보내오셨는데, 내용은 엉뚱하게 중국 구경하신 이야기만 잔뜩 쓰셨더군. 아참, 지금이 일곱 시랬지?

감 독 (자신의 손목시계를 바라보며) 일곱 시가 지났는데요.

관리인 그럼 봉제공들이 퇴근할 때로군. 아침 일곱 시에 출근한 사람들을 저녁 일곱 시엔 보내줘야지 그 이상 붙들어 둔다는 건 가혹한 짓이야!

감 독 아뇨, 오히려 늦게까지 있는 걸 좋아하죠.

관리인 어째서?

감 독 공장에 늦게까지 있을수록 훔칠 기회가 많거든요. (손으로 임산부의 배 모양을 그려보이며) 지금쯤은 봉제공들이 이렇게 되어 있을 겁니다. 훔친 옷들을 가슴에도 쑤셔놓고 배에도 쑤셔넣어서 임산부처럼 보이는 거죠.

관리인 이곳은 지옥이야! 술주정뱅이에다 도둑년들이 들끓는 지옥이라구!

감 독 네, 아주 더러운 지옥이죠!

관리인 도대체 아버지는 어쩌자고 나를 이런 지옥의 관리자로 삼으셨을까! 감독, 어서 그 도둑년들을 잡아와!

감 독 (봉제공들 쪽으로 가며) 오늘은 호되게 매질을 하세요!

관리인 매질을 해? 인간이란 윤리와 도덕으로 가르쳐야 해. 그게 내 신념이야. 매질을 하거나 벌을 준다는 건 오히려 인간을 나쁘게 만들지. 하지만 지옥에서는 내 신념이 통하질 않아. 도둑년들과 술주정뱅이들은 내가 무슨 말을 해도 귓구멍을 틀어막고 코웃음을 치지.

감독, 봉제공들을 이끌고 관리인에게 다가온다. 봉제공들은 모두 임산부처럼 배가 나왔고, 가슴이 커다랗게 불거져 있다.

감 독 일렬로 섯!

순 자 우리가 뭘 잘못했다는 거예요?

감 독 뭘 잘못했는지는 당신들이 더 잘 알 텐데?

봉제공들 우리 다만 열심히 일했어요!

관리인 이런 뻔뻔스러운 것들! 죄를 졌으면 깨끗이 인정하고 용서를 빌어야지. 오히려 열심히 일을 했다 발뺌을 해? 난 너희들을 보면 괴로워! 전혀 윤리의식도 없고 도덕적 품성도 없는 너희들을 어떻게 고쳐줘야 하나, 그걸 생각하면 머리가 깨질듯이 아프면서 괴롭다구!

민 자 우리는 임산부예요! 아기를 가진 거라구요!

감 독 아기를 가졌다구! 정말인지 만져 봐도 돼?

순 자 우리 몸에 손대지 말아요!

진 택 (몸수색을 해보라는 듯이 양팔을 벌리고 앞으로 나서며) 감독, 난 아무것도 안 훔쳤어.

봉제공들 우리도 안 훔쳤어요!

진 택 난 집에 가야 해! 늙으신 어머니가 기다려!

봉제공들 우린 집에 가야 해요!

진 택 어서 다들 보내줘!

관리인 감독, 빨리 처리해! 난 괴로워서 더 이상 이 꼴은 못 보겠어!

감 독 (봉제공들 앞을 오가며 바라보다가 턱으로 민자를 가리킨다) 여봐, 가슴 속에 감춘 것 꺼내 놓지 그래?

민 자 (가슴을 두 손으로 가리며) 이 속에는 아무것도 없어요.

감 독 어서 순순히 꺼내봐! 몽둥이로 얻어터져야 꺼내겠어?

민 자 (가슴 속에 둘둘 말아 감춰두었던 옷들을 꺼내 놓는다)

감 독 뱃속에 감춘 것도 꺼내라구!

민 자 (체념한 듯이 배에 감췄던 것들도 꺼내 놓는다)

감 독 많이도 집어넣었군.

민 자 이젠 더 없어요.

감 독 거짓말! (민자의 사타구니에서 옷을 꺼내 바닥에 내던지며) 넌 도둑년이야! 몽둥이로 실컷 맞아야 해!

관리인 저런 지독한 도둑년! (무릎을 꿇고 애절하게 부르짖는다) 오, 아버지! 저의 무능함을 용서하여 주십시요! 제가 무능하기 때문에 이 지옥에서 저런 죄악이 그치지를 않습니다!

감 독 (애자를 손으로 가리키며) 다음은 너!

애 자 나요?

감 독 그래, 너! (순자와 민자를 가리키며) 그리고 너희들도 꺼내놔!

감독, 봉제공들이 몸을 수색하여 감춘 옷들을 꺼낸다. 무대의 천정 위로 전등들이 올라가면서 봉제공장을 비추던 조명이 꺼진다. 무대 앞쪽의 오케스트라 박스 부분이 밑바닥에서 올라온다. 진택의 집, 부엌이다. 진택의 늙은 어머니가 뭉그러진 숟가락으로 감자 껍질을 벗기고 있다. 진택의 어머니는 감자 껍질을 벗기면서 중얼중얼 혼잣말을 한다. 사이. 껍질을 다 벗긴 감자들을 냄비의 끓는 물속에 집어넣는다.

어머니 진택이냐?

사이.

어머니 진택이냐?

사이.

어머니 오늘도 늦었구나! 춥고 배고프겠다! 어서 이 따뜻한 부엌으로 들어오너라. (마치 진택이 들어온 것처럼 행동한다) 이 에미가 너를 먹이려고 감자를 삶고 있어. (냄비 뚜껑을 들면서) 끓는 물속에 맛있는 감자들이 보이지? 얼마나 익었는지 알고 싶거든 숟가락으로 찔러 보렴! 어서 찔러 보라니까!

진택, 등장한다.

진 택 누구랑 말씀하시는 거예요, 어머니?

어머니 너와 말하고 있지.

진 택 난 이제야 왔는데요.

어머니 너는 언제나 늦게 오지. 하지만 내 생각 속엔 언제나 일찍 와 있어.

진 택 그래도 어머니, 있지도 않는 나와 말하고 계시다니 이상하군요.

어머니　이상할 것 없다. 너는 내 생각 속에 있으니깐. 나는 낮에도 너와 함께 이야기를 하며 지내. (진택에게 다가오라는 손짓을 하며) 배고프지? 추운 밤길을 오느라고 얼마나 힘들었냐?

진 택　죄송해요, 어머니. 하루 종일 혼자 외롭게 해드려서…….

어머니　여기 따뜻한 부뚜막에 앉아라. (냄비 뚜껑을 열고) 감자가 다 익었다! (숟가락 손잡이로 감자를 찔러 꺼내 진택에게 내민다) 어서 먹어라!

진 택　(감자를 손으로 잡으려다가 멈칫하며) 너무 뜨거운데요!

어머니　(태연히 뜨거운 감자를 먹으며) 감자는 뜨거울 때 먹어야 맛이 있어.

진 택　하루 종일 나만 생각하세요? 나를 생각하지 않는 때도 있을 텐데, 그럴 때는 무얼 하시죠?

어머니　그럴 때는 창밖을 바라보지.

진 택　창밖은…… 공장들 뿐이잖아요?

어머니　내 생각 속엔 그 옛날의 감자밭도 있구, 당근밭도 있다. 창 밖의 저 공장들이 옛날엔 모두 밭이었거든. 그런데 밭 주인은 도회지에 살면서 코빼기도 안 비치고 대신 관리인을 보내왔지. 하지만 관리인이 뭘 알 수가 있나. 이곳 사람을 감독으로 뽑아 썼어. 그 감독이란 놈들, 정말 지독했다구. 오히려 이곳 사정을 잘 아니까 더 못되게 굴었어. 일꾼들 품삯도 형편없이 깎아서 주었거든. 우린 새벽부터 저녁 늦게까지 일했는데도 겨우 동전 몇 닢이야. 그래서 살기 위해 감자도 훔치고 당근도 훔쳤지. 지금 이렇듯 맛있게 감자 먹는 습관도 그때 생긴 거야.

진 택　오늘 우리 공장에서도 여자들이 도둑질을 했어요.

어머니　도둑질은 습관이지. 그럼 네 애인 영자도 훔쳤겠구나?

진 택　네, 영자도 들켰어요.

어머니　들키면 어떻게 하지? 요즘엔 어떤 벌을 받아?

진 택　옛날에는 어떤 벌을 받았는데요?

어머니　옛날에는…… 옛날에는 매를 맞거나…… 심한 경우엔…… 관리인 방에 가서 함께 자야 했어.

진 택 관리인과 함께 자요?

어머니 음…… 감독하고 잘 때도 있지. 요즘 벌은 어떤 거냐?

진 택 (침묵한다)

어머니 말해봐. 궁금하구나.

진 택 어머니, 여자들은 왜 도둑질을 하는 걸까요?

어머니 남자들은 어떻구? 어째서 남자들은 술주정을 하고 사람을 때리지?

진 택 난 남자라도 그렇지 않아요.

어머니 아냐, 너도 그럴 거야. 넌 네 아버지를 쏙 뺀 듯이 닮았어. 네 아버지는 엄청난 술꾼인데다가, 걸핏하면 나를 때렸지! (옛날을 회상하며 울먹인다) 어찌나 아팠는지, 그때 맞은 걸 생각하면 지금도 눈물이 난다.

진 택 제발 울지 마세요, 어머니.

어머니 특히 봄날에 울긋불긋 복사꽃이 필 때면, 네 아버진 미친 듯이 나를 복숭아 나뭇가지로 때리고 때렸어. 난 온몸이 피투성이가 되어…… 내 몸에도 울긋불긋 복사꽃이 핀 듯 했어.

진 택 어머니…… 난 겁이 나요. 내가 아버지처럼 되고 말 것 같다는 두려움을 느껴요. 사실은 나도 기억하고 있죠. 어렸을 때, 잔뜩 술에 취한 아버지가 복숭아 나뭇가지를 꺾어서 어머니를 때리던 광경을요. 결국엔 나도 그렇게 된다면…… 영자는 얼마나 비참할까요!

어머니 너희 아버지도 그런 말을 하더라. 나하고 결혼할 무렵 두렵고 겁이 난다구, 나는 그 말을 의심했었다. 나하고 함께 살 마음이 없기 때문에 괜히 두렵다고 헛소리를 하는 줄 알았지.

진 택 지금의 영자가 그래요. 내가 자꾸만 결혼을 미루는 것을, 자기를 사랑하지 않기 때문인 줄 알거든요.

어머니 진택아, 이 에미한테 솔직히 말해 보렴. 너 영자와 함께 잤었냐?

진 택 아뇨.

어머니 정말 지금까지 한 번도 안 잤어?

진 택 영자를 사랑하면 할수록…… 나는 점점 두려워요.

어머니 넌 꼭 네 아버지를 닮았구나!

진 택 어머니…… 오해 말고 들어주세요. 아버지가 어머니를 때렸던 건…… 어머니한테 무슨 죄가 있는 것 아닐까요?

어머니 무슨 죄가……?

진 택 터무니없는 소리지만 들어주세요, 어머니. 우리 봉제공장의 감독은…… 자기와 내가 이복형제래요. 그러니깐 어머니가 아버지 사이에 나를 낳았고, 다른 아버지와 관계를 맺어 자기를 낳았다는 거죠.

어머니 나는 절대 그런 부정한 짓을 안 했어! (소리내어 흐느껴 운다) 난 아무 죄도 없이 맞았다! 아무 죄도 없이, 피투성이가 되도록, 난 맞고 또 맞은 거라구!

진 택 울지 마세요, 어머니. 나도 감독 말은 안 믿어요.

감독, 진택의 목소리를 흉내내며 들어온다.

감 독 제발 울지 마세요, 어머니. 저는 틀림없이 어머니의 아들입니다.

어머니 나는 너의 어머니가 아냐!

감 독 저도 아들이란 것을 어머니는 잘 알고 계실 텐데요!

어머니 나가! 나가라구! 넌 내 아들이 아냐!

진 택 무슨 일로 왔어, 이 밤중에?

감 독 음, 관리인이 내일부터 너를 공장장으로 삼겠다는군.

진 택 겨우 그 말을 하러 왔나?

감 독 겨우라니? 공장장이 얼마나 중요한 건데!

진 택 난 재단사야. 그것으로 만족해.

감 독 하지만 진택이, 너는 공장장이 되어야 할 걸! (냄비 뚜껑을 열고 숟가락 손잡이로 삶은 감자를 찔러 꺼내며) 어머니, 저도 먹겠습니다! 뜨거운 감자를 맛있게 먹는 건 어머니의 핏줄이기 때문이죠!

어머니 넌 내 자식이 아냐! 내 자식은 착하구, 내 자식은 선량해! 너처럼 악독한 인간이 결코 내 자식일 리가 없지!

감 독 어머니, 그렇게 편 갈라 생각하지 마세요. 좋은 아들과 나쁜 아들 모두를 어머니가 낳으신 겁니다. (감자를 다 먹고 숟가락을 냄비뚜껑 위에 내려놓으며) 안녕히 계십시오, 어머니. 삶은 감자, 잘 먹고 갑니다.

오케스트라 박스 부분이 밑으로 내려간다. 어머니와 진택은 움직이지 않는 상태로 무대 밑으로 내려가고, 감독은 벌어진 간격을 껑충 뛰어넘어 무대를 질러가 사라진다. 무대 뒤쪽에서 감화원 원장이 수용자들을 인솔하여 등장한다. 원장은 그들을 관객석 앞에 정렬시키고, 하모니카를 분다. 수용자들은 잔뜩 찌푸린 우스꽝스런 표정으로 노래한다.

합 창 미안해요, 아버지. 미안해요, 어머니.
우리의 죄 때문에 실망하셨죠?
미안해요, 아버지. 미안해요, 어머니.
우리도 죄 때문에 괴롭답니다.
미안해요, 아버지, 미안해요, 어머니.
우리를 한 번만 더 용서해줘요.
미안해요, 아버지, 미안해요, 어머니.
우리도 잘못한 것 후회해요.
미안해요, 아버지. 미안해요, 어머니.
우리도 착한 사람 되고 싶어요.

원 장 노래를 잘 하는데! 아주 잘 해!

수용자들 저희는 노래가 싫어요.

원 장 자, 계속해서 부르자구!

수용자들 안 돼요.

원 장 왜 안 돼?

공장장, 술에 취해서 비틀거리는 걸음으로 무대를 질러간다.

공장장 일곱 시…… 일곱 시…… 일곱 시…….

원 장 도대체 무슨 일곱 시야?

공장장 일곱 시!

수용자들 지금은 해가 뜬 아침 일곱 시죠. 저희는 모두 봉제공장으로 일하러 가야 합니다.

원 장 돌아와! 돌아와서 노래를 불러!

공장장 (원장 앞을 가로막으며) 일곱 시…… 일곱 시…….

원 장 이 사람, 아침부터 취했군!

공장장 (원장을 몸으로 밀면서 함께 퇴장한다) 일곱 시…… 일곱 시…….

수용자들, 낡은 재봉틀 앞에 앉는다. 발로 밟아 움직이는 재봉틀이 요란한 소음을 낸다. 봉제공들은 빠른 동작으로 옷들을 만들어낸다. 재단사 진택과 감독은 보이지 않는다. 공장 바닥에는 만든 옷들이 가득해진다. 진택의 작업대 위에는 봉제공들에게 재단해 주어야 할 옷감이 펼쳐진 채 놓여 있다. 봉제공들은 재단된 옷감을 받지 못하는 상태가 되자 작업을 멈춘다.

봉제공들 일감이 떨어졌어!

정 자 (재봉틀을 멈추며) 더 이상 만들 게 없잖아!

순 자 재단사는 어디 갔지?

영 자 (웃으며) 호호, 조용해서 좋네요!

순 자 영자야, 네 애인 진택이가 어디 갔는지 몰라?

영 자 몰라요. (진택의 작업대를 바라보며) 아침엔 저기 있었는데…….

봉제공들 (각자 재봉틀을 멈춘다) 재단사가 옷감을 잘라줘야 일을 하지!

민 자 관리인이 데려가는 것 같던데…….

순 자 언제?

민 자 아까 조금 전에 그랬어.

정 자 감독도 없잖아?

순 자 아마 관리인 방에 다들 모여 있겠지.

애 자 아이구, 신경질 나!

순 자 무슨 신경질이야?

애 자 내가 입지도 못할 옷을, 왜 내 손으로 만들어야 하나 생각하면 신경질이 난단 말야! (옷 한 벌을 주워 양손으로 펼쳐 들고) 어떤 년이 내가 만든 이걸 입을까? 개 같은 년이 입을까? 소 같은 년이 입을까?

정 자 소 같은 년은 못 입을 걸, 너무 크잖아?

민 자 그래, 너무 크다구. 도대체 우리가 만든 이 옷들은 어떤 년들이 입을런지!

영 자 이 옷들은요, 모두 예쁘고 착한 여자들이 입을 거예요.

봉제공들 영자야, 네가 어떻게 알아?

애 자 (옷을 둘둘 말아 내던지며) 아이구, 저런 병신하곤 말을 말아야지!

순 자 정말 신경질 낼만 하지. 자기가 애써서 만든 옷을 자기는 입지 못한다면 악감정이 생길 수밖에. (손뼉을 쳐서 봉제공들의 시선을 모은다) 다들 내 말을 들어봐. 열한 살이었던가, 열두 살이었던가, 그쯤 어릴 때였어. 난 벌써 그때부터 공장엘 다녔지. 하지만 어린 내가 어른들보다 옷도 잘 만들었고, 또 많이 만들었어. 그런데 봉급을 받는 날 어땠는지 알아? 난 어리니까 어른들의 삼분지 일밖엔 안 주겠다는 거야. 나는 어찌나 분하고 원통했던지 내가 만든 옷들을 향해 욕설을 퍼부었지. "내가 만든 옷들은 염병할 년들이나 입어라!" 하지만 다른 직공들은 내가 하는 짓을 보면서 웃기만 했어. 옷이란 염병에 걸린 년도 입을 테지만 건강하고 튼튼한 년들도 입을 테니까 욕해 봤자 소용없다는 거지. 지금도 그래. 우리가 뼈 빠지게 만든 이 옷들은 어떤 개 같은 년이나 소 같은 년이 입기도 하겠지만, 착하고 예쁜 년들도 입을 거라구. 그래서 난 이따금 이런 생각을 해. 옷은 하늘에서 내리는 비와 똑같다구. 비는 좋은 사람의 밭에도 나쁜 사람의 밭에도 골고루 내리거든.

애 자 (벌컥 화를 내며) 그러니까 그게 무슨 말이야? 어떤 낯짝인지 알지도 못할 년들이 골고루 입을 테니까, 우린 군말 말고 옷이나 잘 만들라는 뜻이야? (영자를 가리키며) 그런 부처님 말씀 같은 충고라면 저런 병신에게나 하라구!

순 자 내 말은 그런 뜻이 아냐.

애 자 그럼 뭐야?

순 자 옷 만드는 게 분하고 억울하거든 군말 없이 훔치라는 거지! 내가 그랬어. 형편없이 봉급을 받던 날, 난 욕설을 하다 말고 옷을 훔쳤지. 그랬더니 속이 후련해지더라구.

애 자 (화난 태도가 풀어지며) 그거야 나도 그렇지! 그런데, 어제는 재수 없게 들켰잖아.

순 자 나도 들켜서 벌을 받았어.

민 자 우리 모두 훔쳤지! 그러다가 재수없게 들켜서 벌 받은 사람도 있지만, 운 좋게 들키지 않고 나간 사람도 있어.

순 자 어쨌든 치사하게 욕하는 것보다는 군말 없이 훔치는 게 좋은 거야! (봉제공들을 둘러보며) 어때, 그게 훨씬 낫잖아?

봉제공들 (재봉틀을 손바닥으로 두드리며 웃는다) 암, 훨씬 낫구 말구!

영 자 (봉제공들을 따라 웃으면서) 나도 훔쳤어요! 어제는 두 벌이나 훔쳤어요!

애 자 병신아, 넌 입 다물어!

영 자 왜 나만 입 다물어야 하죠?

봉제공들 저 병신 때문에 맘 놓고 말도 못하겠네.

봉제공들, 일제히 웃음을 멈춘다.

순 자 재단사는 왜 이렇게 안 나오지?

민 자 공장장을 시킬 모양이던데…….

순 자 재단사를 공장장 시킨다구? 누구한테 들었어?

민 자 누구한테 들은 게 아니라 느낌이 그렇잖아?

봉제공들 (고개를 끄덕인다) 우리들 느낌도 그래.

순 자 진택이가…… 결국엔 술 마시게 생겼군!

영 자 왜 진택 씨가 술 마셔야 하죠?

애 자 병신아, 넌 몰라도 돼!

영 자 진택 씨는 나하고 결혼할 사람이에요.

정 자 그리고 진택이는…… 영자를 피투성이가 되도록 때릴 거야.

영 자 어째서 나를 때려요?

애 자 넌 알 것 없다니까!

봉제공들 (애자가 영자를 윽박지르는 것이 재미있다는 듯이 흉내내며, 재봉틀을 손바닥으로 힘껏 두드린다) 너는 알 것 없어! 알 것 없이 진택이가 때리는 대로 맞기만 해!

영 자 (울상이 된다) 나도 알고 싶어요. 가르쳐 주세요, 네?

순 자 (봉제공들을 제지하는 손짓을 하며, 영자에게 다가서서) 영자야, 공장장이 된 사람들은 다들 엄청나게 술을 마셔. 처음에는 절망해서 조금씩 술을 마시다가, 차츰차츰 양이 많아지면서, 나중엔 술이 사람을 마셔 버리지!

영 자 저는 진택 씨가 술주정뱅이 되는 게 싫어요.

순 자 하지만 운명이 그렇게 되는 걸 어쩌겠어? 너도 오래 살면 알게 될 거다.

애 자 쇠귀에 경 읽기일 텐데 뭘 자꾸만 말해?

순 자 그래도 일러는 줘야지.

애 자 (영자에게 다가오며) 너, 어제 훔친 옷 두 벌 다 팔았지?

영 자 어떻게 알았어요?

애 자 대답해봐, 솔직히!

영 자 팔았어요. 착한 여자한테요.

봉제공들 영자야, 그년이 착한지 악한지 네가 어떻게 알아?

영 자 내가 잘 아는 친구였거든요.

애 자 그년이 널 속였어! 훔친 것을 헐값으로 사서 시장에 되팔아 넘기는 몹쓸 년이라구!

순 자 나 어릴 적에도 있었어, 그런 년들은. 후미진 골목길에 숨어 있었지. 지금도 그런 년들은 골목에 숨어 기다려. 영자야, 다음에 또 만나거든 이렇게 말해. 난 경험이 많은 여자라구.

영 자 (울먹일 듯한 표정으로) 난 경험이 많은 여자예요.

순 자 활짝 웃으면서 말해봐. 어서 다시 한 번!

영 자 (웃으며) 난 경험이 많은 여자예요.

애 자 웃으면서 그러니깐 꼭 남자 경험이 많은 것 같네!

순 자 안 되겠군. 이렇게 바꿔 말해봐. 난 알 건 다 아는 여자예요.

영 자 난 알 건 다 아는 여자예요!

순 자 됐어. 누구든지 너를 속이려 하거든, 알 건 다 안다고 그래.

봉제공들 (재봉틀을 더욱 거세게 두드리며) 우린 알 건 다 아는 여자예요!

관리인, 진택, 감독이 들어온다.

관리인 뭘 안다고 저렇게 떠들지?

영 자 (들어온 것을 미처 모르고) 난 알 건 다 아는 여자예요!

봉제공들 (재봉틀을 두드리며 폭소한다)

관리인 (영자에게 다가오며) 도대체 뭘 알아?

영 자 (당황해서 울 듯한 얼굴로 말을 더듬거리며) 나를…… 속이지 마세요…… 나는 알 건…… 다 알아요…….

감 독 그거, 신경 쓸 것 없습니다.

관리인 아냐, 아냐. 알 건 다 안다잖아. 더듬거리지 말구 똑똑하게 말해봐.

영 자 진택 씨가…… 공장장이…… 될 거래요…….

관리인 정말 기막히게 아는군! (진택에게 손짓하며) 이리 와, 진택이. 자네가 공장장이 된다는 걸 이미 이렇게 알고 있군!

봉제공들 우리도 알 건 다 알아요!

진 택 저는 그냥 재단사로 있고 싶은데요…….

감 독 그만 고집 부려. 모두들 네가 공장장 될 줄 알고 있었다잖아!

감독, 진택의 작업대에 놓여 있는 옷감들 중에서 붉은색 옷감을 고르더니 양탄자 마냥 바닥에 기다랗게 펼쳐 놓는다.

감 독 지금부터 새 공장장의 취임식을 하는 거야! 다들 축하해! 임금님이 즉위식을 할 때처럼 멋지게 꾸미자구!

관리인 그것 참 좋은 생각인데! (봉제공들에게) 다들 도와줘. 가만히 보지만 말구!

봉제공들 (감독에게) 뭘 도와드릴까요?

감 독 (봉제공들에게 지시한다) 의자 가져와!

봉제공들 (빠른 동작으로 의자를 들고 온다) 여기 있어요!

감 독 의자 위에 황금색 옷감을 펴서 놔!

관리인 (감탄을 연발하며) 붉은색 양탄자에 황금색 의자! 멋진데! (봉제공들에게) 뭣들 해, 박수 치지 않고? 박수를 쳐줘야 새 공장장이 기분이 나서 의자에 앉을 거 아냐!

감 독 자, 어서들 박수를 쳐!

봉제공들, 박수를 치며 환호성을 지른다. 진택은 곤혹스러운 표정으로 의자에 앉는다.

진 택 그런데…… 공장장은 뭘 하는 건지 모르겠어요. 난 재단사 일이라면 눈 감고서도 할 수 있지만…….

관리인 재단사와 공장장은 커다란 차이가 있지! 재단사란 뭐냐. 그냥 공장장이 시키는 대로 가위질이나 하는, 그러니까, 기계와 똑같은 열등한 존재라구. 하지만 공장장은 모든 기계와 봉제공들에게 명령을 내리는 우월한 존재라구.

감 독 그러니까 쉽게 말해서 재단사는 도둑질을 할 수도 있고, 술을 마실 수도 있으며, 사람을 때릴 수도 있어. 하지만 공장장은 그런 짓을 하면 안 돼. 자기 자신은 물론 다른 사람도 그런 짓을 못하도록 하는 것이 공장장이라구.

관리인 그뿐만이 아냐. 재단사는 내 방에 들어올 수 없지만, 공장장은 언제든지 내 방에 들어올 수 있어. 내 방에는 윤리와 도덕책으로 가득 차 있는데, 공장장은 그 책을 읽고 나서 나와 함께 토론할 권리가 있지.

감 독 그건 아무나 갖는 권리가 아냐. 오직 고상하고 품위 있는 인간만이 가질 수 있는 권리라구.

진 택 그렇다면 감독, 네가 공장장 하지 그래? 너는 나보다 훨씬 유능하니까 공장장을 맡으면 잘할 거야.

관리인 감독이 유능한 건 사실이야. 그러나 그는 비열하고 음흉해.

감 독 (웃으며) 그럼요, 난 공장장이 될 자격이 없어요.

관리인 공장장은 순진하고 고상한 인간이 하는 거야. 그래야 이 공장의 누가 착한 일꾼이고, 누가 악한 일꾼인지 가려낼 수 있거든. 진택이, 자네가 적임자야. 자네는 공장장으로서 좋고 나쁨을 판단해야 하며, 옳고 그름을 분별해야 해.

진 택 굉장히 어려운 일을 저에게 맡기시는군요.

관리인 그래, 공장장. 굉장히 어렵겠지만 나를 좀 도와달라구. 지금 내 처지가 말이 아냐. 우리 공장엔 도둑년, 술주정뱅이만 득실거리니까, 우리 아버지는 나를 아주 무능한 자식으로 오해하고 계시거든.

진 택 어쨌든 도둑질은 없애야 할 겁니다.

관리인 맞아! 공장장이란 바로 그런 생각을 하는 거야!

진 택 술주정도 없애야 하구요.

관리인 역시 진택이는 훌륭해.

감 독 글쎄, 처음부터 너무 의욕적이어서 놀랍군요! 그런데…… 다들 어디 갔어? 공장장 말씀은 안 듣고 뭣들 하는 거야?

봉제공들, 어느새 각자의 재봉틀로 되돌아가 있다.

순 자 재단사, 아니 공장장님께 질문이 있는데요?

감 독 질문이 있다구?

순 자 오늘 우리는 뭘 해야죠?

봉제공들 일감이 떨어지고 없거든요!

관리인 (재미있다는 표정으로 진택과 봉제공들을 번갈아 바라보며) 드디어 질문이 쏟아지기 시작하는군!

진 택 내가 옷감을 재단했어야 하는 건데…… (의자에서 일어나며) 지금이라도 옷감을 재단해 줄 테니까 일을 합시다.

관리인 앉아, 공장장! 그건 대답이 안 돼!

진 택 (다시 의자에 앉으며) 왜 안 되죠?

관리인 지금은 공장장이지 재단사가 아니거든!

애 자 그럼 우리 공장엔 재단사가 없잖아요?

관리인 바로 그게 문제지!

봉제공들 재단사 없이 어떻게 일을 해요?

관리인 공장장, 꾸물거리지 말고 어서 대답해!

진 택 저…… 새 재단사를 구해야겠죠.

관리인 새 재단사를 구해야 한다. 정답이야!

봉제공들 언제까지요?

관리인 언제까지냐, 그게 또 문제지!

정 자 언제 데려올 건지 분명하게 대답하세요!

진 택 하루라도 빨리, 어쨌든 내가 책임지고 데려오죠.

관리인 (감독에게) 저것 봐, 공장장이 책임진다는군!

감 독 그럼, 오늘은?

봉제공들 오늘은 아무 일도 없는데 우리가 뭘 해야 좋죠?

관리인 오늘은 무얼 해야 하느냐, 그건 나도 묻고 싶은 문제야!

진 택 오늘은 일이 없으니 모두 놀아도 좋습니다.

봉제공들 (환성을 지른다)

관리인 (감독의 어깨를 붙들고 흔들며) 아주 멋진 대답이야! 공장장이 오늘은 모두들 놀아도 좋다는 거야!

감 독 기가 막힌 대답이에요!

정 자 공장장님, 놀아도 봉급은 주나요?

관리인 오, 이건 무척 어려운 질문인데! 공장장, 대답해 봐. 노는 일꾼들에게 봉급을 줘야 하는 거야, 안 줘도 되는 거야?

진 택 당연히 봉급은 줘야죠!

봉제공들 (더욱 열광적으로 환성을 지른다)

영 자 멋있어요, 진택 씨! 정말 멋져요!

관리인 새 공장장한테 다들 열광하는군!

봉제공들 (일제히 공장 밖으로 나가려고 한다)

감 독 그런데 잠깐만, 왜 다들 나가는 거지?

순 자 복사꽃이 피었는지 구경 갈까?

애 자 아니, 집에 가서 잠이나 자겠어.

감 독 복사꽃은 뭐고 잠은 뭐야?

봉제공들 오늘은 놀아도 좋다고 했잖아요!

감 독 그래, 공장장이 오늘은 놀아도 좋다, 또 놀아도 봉급은 주겠다 했지만, 밖에 나가도 된다는 말은 안 했어. (진택을 향하여) 공장장, 어때? 다들 나가서 복사꽃도 구경하고 잠도 자라고 했었나?

진 택 아직 그 말은 안 했는데…….

감 독 (봉제공들을 재봉틀이 있는 곳으로 밀어붙이며) 그것 봐! 모두들 제자리에 가 있어! 공장장이 가라고 해야 가는 거지 아무 때나 함부로 나가면 안 돼!

봉제공들 (재봉틀 앞에서 불만스러운 표정으로) 할 일도 없는데 우리더러 가만히 앉아만 있으라는 거예요?

관리인 계속해서 문제가 생기는군! 단 하루, 단 한 시간, 아니 일분 일초도 문제 아닌 때가 없으니, 공장이란 그래서 골치가 아픈 거야.

무대 전면, 공장 마당으로 이웃 공장이 관리인이 자전거를 타고 들어온다. 그는 마당을 맴돌면서 자전거의 경보기를 따르릉 따르릉 울려댄다. 관리인이 마당으로 나온다. 관리인들은 서로 쌍둥이처럼 닮았다.

관리인 무슨 일이야?

이웃관리인 (자전거를 멈추며) 전해 줄 게 있어서 왔지.

관리인 뭔데?

이웃관리인 (자전거의 짐칸에 싣고 온 전단 뭉치에서 한 장을 건네주며) 받아봐.

관리인 (전단을 받아 읽는다) 김춘자. 당년 21세. 상습적 절도자. 김춘자는 도둑년이니까 일꾼으로 쓰지 말라는 거군.

이웃관리인 우리 공장에서 해고시켰어. (자전거에 올라타며) 이름을 잘 기억해둬. 다른 공장에서도 그 도둑년을 쓰지 말라고 전단을 돌리는 중이지.

관리인 고맙군. 우리 공장에서도 도둑년이 생기면 알려줄게.

이웃관리인 그런데 왜 이리 조용해?

관리인 우리 공장장이 오늘은 놀아도 좋다고 했거든.

이웃관리인 믿을 수 없는데…… 정말 노는 거야?

관리인 음, 그렇다니까. 그래서 모두들 재미있는 놀이를 하면서 놀고 있지!

이웃관리인 무슨 놀이인데?

관리인 묻고, 대답하고, 묻고, 대답하고. 봉제공들이 질문을 하면 공장장은 대답하는 놀이야.

이웃관리인 뭐, 재미도 없는 놀이잖아? (자전거를 타고 가다가 원형을 그리며 되돌아온다) 한 가지 궁금한 게 있어.

관리인 뭔데?

이웃관리인 요즘, 난 아버지한테서 편지를 못 받았거든. 자넨 어때? 자주 받나?

관리인 글쎄…….

이웃관리인 솔직히 말해봐. 자주 받느냐구?

관리인 글쎄…… 브라질인가 우루과이에서 보내주신 편지가 언제였더라…….

이웃관리인 나한테도 그게 마지막이야.

관리인 그렇다면 걱정할 거 없잖아? 자네만 아버지가 소홀히 여기시는 게 아니니깐.

이웃관리인 잘 있어, 그럼. (종교적인 주문을 외우듯이) 아버지가 우리를 영원히 사랑해 주시기를!

관리인 잘 가. (주문을 반복한다) 아버지가 우리를 영원히 사랑해 주시기를!

이웃관리인, 자전거에 올라타고 퇴장한다. 관리인은 전단을 들고 공장 안으로 들어온다.

관리인 (전단을 펼쳐서 봉제공들에게 보여주며) 다들 이 여자를 알고 있겠지?

봉제공들 글쎄요…… 누구죠?

관리인 이 도둑년을 몰라?

봉제공들 우린 몰라요!

영 자 호호, 알 건 다 안다면서 춘자를 모른다니깐 우습네!

애 자 아이구, 저 병신!

감 독 (영자에게 다가가서) 알고 있는 걸 말해봐!

영 자 김춘자는요, 우리 동네에 살아요. (봉제공 모두를 커다랗게 원을 그려 가리키며) 우리와 같은 곳에 산다구요.

감 독 오, 그래서?

영 자 춘자하고 저하고는 친구예요. 아주 친한 친구죠. 어렸을 때부터 함께 자랐으니까 정말 알 건 다 알아요. 춘자는요, 착한 애예요. 춘자만큼 이쁘고 착한 애는 이 세상에 없을 거예요.

감 독 그 도둑년이 착하다니 무슨 소리야?

영 자 춘자는 동생들이 많아요. 남자 동생이 셋, 여자 동생이 넷, 일곱이나 있거든요. 춘자 아버지는 술주정뱅이구요. 춘자 어머니는 재작년에 화병으로 죽었어요. (슬픈 표정이 되며) 춘자가 불쌍해요. 춘자가 일을 해야 동생들을 먹일 텐데요, 도둑년이라구 공장마다 받아 주지 않으면 어떻게 하죠? (눈물이 뚝뚝 떨어진다) 춘자랑 동생들이 가엾어요! 먹을 게 안 생기면 굶어 죽겠죠!

관리인 (진택에게 전단을 주며) 공장장, 지극히 난처한 이런 문제에 대해서 대답해 봐.

진 택 관리인 님은 어떤 대답을 바라시죠?

관리인 내 눈치 볼 것 없어. 공장장이 소신껏 대답하라구.

감 독 잠깐, 내 충고를 들어줘. (진택에게 다가가서) 공장장, 이 세상엔 두 종류의 여자들이 있다구. 하나는 이미 알려진 도둑년들이고, 다른 하나는 아직 알려지지 않는 도둑년들이야. 둘 다 도둑년이라는 것은 똑같지. 하지만 공장장, 이미 알려진 도둑년은 절대로 쓰지 말어. 세상이 다 아는 도둑년을 일꾼으로 쓴다는 건 동정도 아니고 자선도 아냐. 오히려 그런 년들을 쓰면 도둑질을 공공연히 인정해줄 뿐이라구.

관리인 참 좋은 충고야. 세상이 다 아는 도둑년을 채용해봐. 멀리 계신 우리 아버지도 알게 될 테구, 그럼 내 무능력에 대한 불신만 깊어진다구.

영 자 춘자는 불쌍해요!

애 자 저 병신이 또 육갑하고 있네!

봉제공들 영자야, 제발 입 다물고 가만히 있어!

봉제공들, 일제히 침묵을 지킨다.

관리인 묻고, 대답하고, 묻고, 대답하고…… 한참 재미있었는데 도둑년 때문에 산통 깨졌군.

진 택 (봉제공들에게) 이제는 다들 집에 가도 좋습니다.

관리인 지금이 몇 신데 가라는 거지?

감 독 아마 일곱 시겠죠.

관리인 어떤 일곱 시? 해가 뜨는 일곱 시야? 해가 지는 일곱 시야?

감 독 해가 지는 일곱 신가 봐요. 공장장이 다들 가라는 것이…….

관리인 아냐, 아냐! 아직은 해가 떠있는데!

봉제공들　(일어나서 나가려고 한다) 공장장이 가도 된다니깐 가겠어요!

감 독　조금 기다려! (봉제공들 앞을 가로막고 서서) 다들 가는 건 좋지만 몸수색은 해야겠어.

진 택　감독, 오늘은 그냥 보내주지 그래?

감 독　기분 나쁘게 생각지 말아. 언제나 돌아갈 때면 하는 관례니까.

애 자　(감독에게 항의하며) 오늘은 일이 없었잖아요!

감 독　당신들이야 할 일이 없었는지 모르지만 감독인 나는 할 일이 있어. 바로 도둑 잡는 일이지!

관리인　(진택에게) 감독이 하는 대로 두고 보자구. 저러다가 만약 도둑이 없으면 감독만 망신을 당할 테지.

감 독　자, 한 사람씩 내 앞을 지나가!

봉제공들, 한 사람씩 차례대로 감독 앞을 지나간다. 감독은 손으로 봉제공의 몸을 더듬는다. 진택, 그 광경을 주시한다. 봉제공들은 모두가 몸속에 옷을 감추고 있다. 감독은 그것을 감촉해 내지만 붙잡지 않고 보낸다. 진택 역시 감독이 도둑질한 봉제공들을 잡지 않고 보내준다는 것을 알아챈다. 마지막으로 영자가 감독 앞을 지나간다. 감독은 태도를 달리 하여 영자의 몸을 철저히 수색한다. 그리고 숨긴 옷들을 하나씩 찾아내 바닥에 펼쳐 놓는다. 관리인이 분노와 고통의 비명을 지른다.

관리인　저런 도둑년! 난 완전히 절망이야! 새로운 공장장을 뽑으면 이 지옥이 뭔가 달라질 거라는 기대가, 저 도둑년 하나 때문에 무참히 부서져 버리는군!

감 독　(영자에게) 너 때문에 절망하잖아! 관리인께서도 그렇고, 더구나 공장장은 기가 막혀 죽겠다는 표정인데!

진 택　(노여워하는 태도로) 이리와, 영자!

영 자　(고개를 푹 숙이고 주춤주춤 진택에게 간다)

진 택　고개를 들고 내 얼굴을 봐.

영 자　(울먹이는 표정으로 진택의 얼굴을 바라본다)
진 택　내가 지금 얼마나 화난 줄 알아?
영 자　(고개를 끄덕인다)
진 택　나한테 솔직하게 말해. 왜 훔쳤어?
영 자　(들릴 듯 말 듯한 목소리로) 춘자 때문에…….
감 독　(진택과 영자 곁으로 다가오며) 뭐라고? 안 들려!
영 자　춘자 때문에 훔쳤어요.
감 독　그년이 어쨌는데?
영 자　춘자가 옷을 산댔어요.
진 택　훔친 옷을?
영 자　(고개를 끄덕인다)
진 택　춘자를 만났어?
영 자　어젯밤에…… 나더러 옷을 훔쳐 싸게 팔면, 자기는 그걸 시장에서 값을 올려 팔겠대. 진택 씨, 춘자 알지? 그앤 착한 애라구요.
감 독　불쌍한 동생이 일곱이나 있지?
영 자　(표정이 밝아지며) 네, 맞아요.
감 독　어머니는 죽고 아버지는 술주정뱅이지?
영 자　그래요! 어떻게 잘 아세요?
감 독　춘자, 그년과 친구라면서 아까 다 말했잖아!
관리인　이 더러운 지옥에도 친구가 있나?
감 독　있기는 있죠. 도둑년과 장물아비는 다정한 친구거든요. (영자에게 묻는다) 그래서 오늘도 둘이 만나기로 했군?
영 자　네…….
관리인　(구토증세를 일으키며) 난 정말 이 지옥이 싫어! 더럽고 치사해서 도저히 견딜 수가 없다구!
진 택　(감독에게) 한 번만 봐줘.
영 자　봐달라니 그게 무슨 소리야?
진 택　영자가 다시는 이런 일을 않도록 내가 책임질게.
감 독　글쎄…… 뭘 믿고 책임져?

진 택 영자는, 불쌍한 친구를 동정해서 한 짓이잖아?

감 독 아니, 그게 아니라 영자가 한 짓은 남을 위한 순수한 마음에서 한 거라구. 그런데 감독, 다른 여자들은 잡지 않고 놓아주더군.

감 독 다른 여자들은 훔친 게 없어.

진 택 아까 몸수색할 때 유심히 봤는 걸. 훔친 줄 알면서도 다른 여자들은 보내줬어. 그리고는 영자만 잡은 거야.

감 독 뭘 잘못 본 것 같은데?

진 택 영자를 보내줘! 이건 공장장으로서의 명령이야!

감 독 지금 나한테 명령한다구? 명령이라…… 공장장의 명령…… 하지만 아주 기분 나쁜데. 힘들여 잡아놓은 도둑을 그냥 쉽게 놓아주라니…… 감독인 나를 무시하는군…….

관리인 그래, 무시하면 기분 나쁘지.

진 택 미안해. 감독 기분을 상하게 했다면 사과하지.

감 독 사과할 거 없어. 공장장 명령대로 영자를 놓아준 다음, 나는 전단을 만들 테니까.

진 택 전단을?

감 독 영자는 도둑년이다. 그런 전단 말야.

관리인 공장마다 자전거를 타고 돌리는 건 내가 할게!

영 자 (두려움에 질린 표정으로 몸을 떨면서) 그럼 저는…… 어떻게 되나요?

감 독 어떻게 되긴, 도둑년으로 완전히 낙인 찍히는 거지!

진 택 (감독에게) 내가 잘못했어. 아까 그 명령은 내 본심이 아니었다구.

감 독 본심이 뭔데?

진 택 내 본심은…… 자네를 무시할 생각은 없었어. 나는 다만, 영자를 나쁘게 보지 말고 놓아 달라는 것이었지.

감 독 난 나쁘게 보지 않았어. 오히려 영자를 좋게 보았지. 다른 여자들은 정말 나쁜 년들이야. 그년들은 불쌍한 친구를 동정할 줄 몰라. 그년들은 훔친 것을 불쌍한 이웃에게 거저 주거나 싸게 팔지 않아. 오늘도 그 나쁜 년들은 훔친 것을 시장에 가서 비싸게 팔아넘기겠지. 그리고 나는, 도둑년들보다 더 나쁜 년들을 알고 있어. 그 악독한 년들은 자기 가족이 굶고 있는데도 훔치지 않아. 굶어 죽는 걸 뻔히 보면서도 그년들은 도둑질은 나쁜 짓이라면 손가락 하나 까딱 안 하지!

진 택 내가 하고 싶은 말을 감독이 하는군. 이젠 영자를 집에 보내주겠지?

감 독 하지만 공장장 나으리, 나쁜 년들은 붙잡을 가치도 없어. (영자를 가리키며) 붙잡을 흥미와 가치가 있는 건 착한 것들, 영자 같은 여자지.

진 택 감독한테 진심으로 호소하겠어. 난 영자를 사랑해. 제발 나를 봐서 영자를 풀어줘.

관리인 공장장이 영자를 사랑한다. 그게 사실이야?

영 자 저도 진택 씨를 사랑해요.

관리인 영자도 공장장을 사랑한다구? 아아, 이런 추악한 지옥에서도 사랑이 가능하다니, 정말 놀라운데! (감독에게) 여봐, 감독. 이렇게 둘이서 사랑하고 있다는 걸 알고 있었나?

감 독 알고 있었죠.

관리인 아, 어째서 나만 몰랐을까? 감독, 관리인으로서 말하겠는데, 진택이와 영자가 진짜로 사랑한다면 놓아줘. 아까 공장장도 약속했잖아. 자기가 영자를 다시는 도둑질 않도록 책임지겠다고 했으니깐, 우린 그걸 믿고 보내주자구.

감 독 아뇨, 진택이는 영자를 사랑하지 않아요.

진 택 무슨 소리야? 난 영자를 사랑해!

감 독 영자도 진택이를 사랑하지 않구요.

영 자 우린 곧 결혼할 거예요!

감 독 하지만 내 눈은 못 속여. 둘 다 서로 사랑한다면서 함께 자지도 않았고, 곧 결혼한다면서 결혼식 날짜는 정할 생각도 않지.

관리인 그렇다면 문제는 심각해지는군…… 이 추악한 지옥에서 그래도 사랑이라는 게 있기를 바랬는데…… (진택에게) 난 공장장이 증명해 줬으면 좋겠어. 서로 믿고, 서로 감싸주고, 서로 책임지는 사랑, 천국에서만이 가능한 그 사랑이 이 지옥에서도 가능하다는 걸 증명해줘. 그럼 난 당장 그 사실을 아버지에게 알릴 테야. 그 감동적인 사실을 들으면, 아버지는 얼마나 기뻐하실까! 아들 중에서 가장 무능해 보였던 내가, 가장 유능한 관리자라고 칭찬해 주실 거야! (시를 읊듯이 음률을 붙여서) 공장장 진택은 세상에서 가장 고상한 모습으로 황금색 의자 위에 앉아 있네. (감독에게) 날 따라서 읊어봐. 아주 시적으로 읊어보라구.

감 독 공장장 진택은 가장 고상한 모습으로…… 그 다음이 뭐죠?

관리인 황금색 의자 위에 앉아 있네.

감 독 황금색 의자 위에 앉아 있네.

관리인 도둑질을 해도 죄 없는 영자는

감 독 도둑질을 해도 죄 없는 영자는

관리인 새하얀 눈처럼 깨끗해.

감 독 새하얀 눈처럼 깨끗해.

관리인 그대들의 진정한 사랑 보여주오.

감 독 그대들의 진정한 사랑 보여주오.

관리인 그 사랑으로 추악한 지옥이 아름다운 천국 되겠네.

감 독 그 사랑으로 추악한 지옥이 아름다운 천국 되겠네.

관리인 어때? 문득문득 시적 영감이 떠오르는 대로 읊었는데, 괜찮았나?

감 독 네, 끝에다 몇 구절 덧붙이면 좋겠는데요.

관리인 무슨 구절을……?

감 독 우리에게 그 사랑 보여주지 않으면

관리인 우리에게 그 사랑 보여주지 않으면

감 독 영원히 문제는 풀리지 않고

관리인 영원히 문제는 풀리지 않고

감 독 그대들 또한 지옥에서 벗어날 수 없으리!

관리인 그대들 또한 지옥에서 벗어날 수 없으리! 그래, 몇 구절 덧붙이니까 훨씬 낫군!

관리인과 감독, 영자와 진택의 맞은편에 나란히 앉는다.

감 독 공장장, 대답을 서두를 건 없어.

관리인 그럼 서두를 건 없지.

감 독 우린 언제까지나 기다릴 테니깐.

진 택 도대체 뭘 기다린다는 거야?

감 독 아아, 짜증내진 말아. 하루 온종일 묻고, 대답하고, 묻고, 대답했잖아?

관리인 그럼 먼저 영자한테 물어볼까? 진택이 어디가 좋았어?

영 자 어디가 좋다니요?

관리인 진택이의 어떤 점이 좋기에 사랑하느냐구?

영 자 저는요, 진택 씨의 모든 게 좋아요.

감 독 그렇게 막연히 대답하면 우리가 알 수 없잖아!

관리인 괜히 윽박지르지 말어. 자연스럽게, 긴장하지 않고, 그냥 솔직하게 대답하면 되는 거야. 그러니깐 영자, 진택이와 사랑하면서도 함께 자지는 않았다는데, 그게 사실이야?

영 자 네.

관리인 잘했어, 영자! 결혼 전에 순결을 지킨다는 건 윤리적으로나 도적적으로나 아주 잘한 거야!

감 독 영자는 숫처녀가 아닙니다.

관리인 뭐라구?

감 독 이 남자, 저 남자, 다른 남자들하곤 많이 잤어요.

관리인 영자, 감독 말이 맞는 거야?

영 자 옛날엔…… 그랬어요.

관리인 옛날이란 언제야?

영 자 진택 씨를 사랑하기 전이 옛날이죠.

관리인 그땐 여러 놈들과 잤단 말이지?

감 독 대답해봐, 영자. 내숭떨지 말구.

영 자 그땐 정말 사랑이 뭔지도 모르고 잤거든요.

관리인 그런데 지금은?

영 자 지금은…… 진택 씨를 사랑하고부터는, 다른 남자들하곤 자고 싶지 않아요.

관리인 아, 이 대답은 무척 감동을 주는군! 그렇지, 감독?

감 독 네, 무척 감동적이군요!

관리인 난 진심으로 감동한 건데…… 어째 감독은 비웃는 것만 같아.

감 독 사실은요, 진택이는 영자를 사랑하지 않아요. 그래서 함께 안 자는 거죠. 마치 자기 어머니가 다른 남자와 잠자리를 같이 해서 나를 낳았듯이, 영자도 결국은 그런 짓을 하리라 믿고 있어요.

영 자 아뇨! 그건 거짓말이에요!

감 독 영자, 네가 직접 진택이에게 물어봐. 방금 내가 한 말은, 사실 진택이가 나한테 털어놓은 고백이라구.

진 택 (당황하며) 감독, 그건 우리 남자들끼리 해본 말이야.

감 독 진택이는 또 이런 말도 했어. 점점 시간이 갈수록 영자하곤 함께 자고 싶은 감정이 없어진다고.

진 택 영자, 오해하지 말어. 그거 내가 널 점점 사랑하기 때문이야. 너를 사랑하면 할수록 나는 두렵다구. 내가 나의 아버지처럼 지독한 술주정뱅이가 되어, 너를 피투성이가 되게 때리지나 않을지, 그게 겁이 나는 거야.

감 독 구차하게 변명하지 마. 결국은 사랑도 없고, 책임도 못 지겠다 그거지.

관리인 그렇다면 궁금하군. 사랑도 없고 책임도 없다면, 진택이가 뭣 때문에 영자를 유혹했지?

영 자 유혹이라뇨……?

감 독 처음을 잘 생각해봐. 진택이가 달콤한 미끼를 던지듯이 영자한테 뭔가 한 말이 있을 거라구. 그 말 기억해?

영 자 기억하죠.

감 독 그걸 말해봐.

진 택 (곤혹스러운 태도로) 말할 필요도 없어. 저 사람들은 우리를 놀려 먹는 중이야!

관리인 공장장이 왜 못하게 하지? 몹시 듣기 거북한 말을 했던가?

감 독 아마 그런 모양이죠. 여자를 유혹할 땐 남자란 노골적인 말을 하거든요.

관리인 어서 말해, 영자! 우린 꼭 듣고 싶어!

영 자 (울먹이는 표정이 되며) 진택 씨와 제가…… 처음 만났을 때는…….

감 독 그래, 처음 만났을 때는?

영 자 (침묵한다)

관리인 왜 하다가 말지?

영 자 저는 그때 도둑질을 하다가 들켰었죠. 그런데 감독이 어찌나 심하게 욕설을 하는지…….

감 독 도둑년은 욕을 먹어도 괜찮아!

영 자 저는 울었어요. 그날 울면서 집으로 돌아오는데요. 캄캄한 골목길에 진택 씨가 있었어요.

감 독 뭐, 캄캄한 골목길? 처음부터 웅큼했군!

영 자 오랫동안 저를 기다리고 있었나봐요. 제가 울면서 그냥 지나가려니까, 진택 씨가 가만히 제 손목을 잡았어요.

감 독 설마 손목만 잡았을까?

영 자 (울먹이던 표정이 웃는 표정으로 변화되면서) 그런데 마침 캄캄한 골목 안이 밝아졌어요.

관리인 갑자기 밝아진 이유가 뭐야?

영 자 구름에 가린 달이 나타나 환히 비췄거든요. 진택 씨가 달을 가리키며 말했죠. 어둔 밤이 그래도 가끔씩은 밝아지는 건, 슬픈 달이 울어서 그 눈물로 하늘의 어둠을 씻어 내기 때문이라구요. 그러자 저는 느꼈어요. 제가 죄를 짓고 눈물을 흘릴 때, 이 세상의 무엇인가 밝아지겠구나…….

관리인 뭔가 밝아진다니 감동적이긴 한데…… 감독의 생각은 어때?

감 독 그럴 듯한 말일수록 믿을 수 없죠.

관리인 그건 왜?

감 독 누구나 말로는 사랑한다 하거든요.

관리인 하긴 그래. 마치 우리 아버지가 말로는 나를 사랑한다고 하는 것처럼…….

감 독 그러니깐 진택이가 진실로 영자를 사랑한다면, 우리들 앞에서 말이 아니라 행동으로 보여줘야죠.

관리인 행동이라면?

감 독 동물적이랄까 인간적인 성관계 있잖아요.

진 택 당신들 앞에서 그런 짓은 안 해!

감 독 안 하는 게 아니라 못 하는 거겠지!

관리인 어쨌든 말 가지곤 안 돼. 문제를 푸는 건 오직 행동, 행동뿐이야!

영 자 진택 씨, 두려울 것 없어요. 정말 당신이 날 사랑하다면…….

진 택 영자, 이리 와.

관리인 저것 봐, 감독. 둘이서 그 짓을 할 모양인데?

감 독 못할 걸요.

관리인 어서 해봐, 공장장!

감 독 (야유하며) 못할 게 뻔하다구!

진 택 (옷을 벗으며 영자에게 두 팔을 내민다) 영자, 옷을 벗고 나한테 와. 저 더럽고 치사한 인간들에게, 우리가 얼마나 사랑하는지 보여줘야겠어!

영 자 그래요. 진택 씨! 우리 사랑을 보여줘요!

원장, 하모니카를 불며 등장한다. 수용자들이 합창단이 되어 뒤따라 온다. 그들은 하모니카 반주의 박자에 맞춰 바닥을 발로 차서 소리를 낸다. 그 발소리와 함께 경건하면서도 희열에 찬 노래를 부른다.

수용자들 아아– 아아아–
아아– 아아– 아–
공장장 진택은 세상에서 가장 고상한 모습으로
황금색 의자 위에 앉아 있고
도둑질을 해도 죄 없는 영자는
새하얀 눈처럼 깨끗해
아아– 아아아–
아아– 아아– 아–
그대들의 진정한 사랑 보여주오
그 사랑으로 지옥이 천국 되겠네

무대조명 암전한다. 어둠 속에서 하모니카 반주와 반복되는 합창단의 노래가 멀리 사라진다. 무대 천정에서 기다랗게 줄이 달린 전등들이 내려온다. 이른 새벽, 공장 안에 하나둘씩 전등이 켜진다. 진택이 봉제공들보다 일찍 공장에 나와서 미리 옷감을 재단하는 작업을 한다. 감독, 잠에서 덜 깬 모습으로 들어와서 이 광경을 지켜본다.

감 독 난 누군가 했지! 공장장이 새벽 일찍 나와서 뭘 하는 거야?
진 택 옷감을 미리 잘라두려구.
감 독 아직 새 재단사를 못 구했어?
진 택 응, 며칠째 알아보고 있지만 쉽지가 않군. 어쨌든 새 재단사를 구하는 동안엔 내가 일찍 나와서 재단일을 하려구 그래.
감 독 정말 헌신적이군!

감독, 공장 안을 둘러보며 돌아다닌다.

감 독 공장 분위기가 완전히 달라지고 있어. 관리인도, 나도, 봉제공들도 공장장한테 굉장한 감동을 받는다구. 특히, 관리인은 감동이 큰 모양이야. 며칠 동안 자기 방에 틀어 박혀 꼼짝도 안 하잖아.

도대체 뭘 하는지 들어가 봤더니 편지를 쓰고 있더군. 자기 아버지한테 보내는 편지인데, 진택이 이야기를 잔뜩 써놨어.

진 택 내 이야기를?

감 독 아주 훌륭한 공장장이라는 거야. 온갖 곤란한 문제에도 해답을 잘 한다고 썼어. 내가 지금 편지를 훔쳐올 테니 읽어보겠어?

진 택 아니, 그냥 둬.

감 독 궁금할 텐데?

진 택 훔쳐오는 건 싫어. 난 이 공장 안에서 모든 훔치는 행위를 근절시킬 작정이야.

감 독 하지만 그건 불가능할 걸.

진 택 내 생각을 들어보라구. 나는 관리인한테 봉제공들의 봉급을 두 배로 올려줄 것을 요청하겠어. 그 대신 봉제공들에게는 근무 중에 술을 마시거나 옷을 훔쳐가지 않겠다는 서약을 받지. 결국은 서로 손해 볼 게 없어. 돈을 적게 주어서 근무태만과 도둑질을 하게 만드는 것보다는, 돈을 많이 주고 열심히 일하면서 도둑질을 않도록 하는 것이 더 좋은 방법이지. 둘 다 떳떳하고, 안 그래?

감 독 굉장히 이상적이긴 한데, 현실성이 없어.

진 택 현실성이 없다니, 어째서?

감 독 나 같으면 말이야, 관리인한테 봉제공들의 봉급을 반절로 더 줄여달라고 하겠어. 그 대신 봉제공들에겐 마음대로 술 마시고 옷을 더 훔쳐가라고 하지. 결국은 둘 다 손해 볼 거 없잖아? 둘 다 떳떳하진 않겠지만 괜히 돈을 더 주고서 일도 안 하고 옷마저 훔쳐가게 하는 것보다는 훨씬 현실적으로 좋은 방법이야.

진 택 사람을 전혀 믿지 않는군!

감 독 내기해도 좋아. 우리 둘의 방법 중에 어느 것이 더 맞는지 내기하자구.

진 택 내기 하자면 못 할 줄 알아?

감 독 사람이란 악한 거야. 봉급을 두 배 아니라 열 배 스무 배로 주어도 훔쳐갈 건 훔쳐간다구.

진 택 그게 우리가 서로 다른 점이야!

감 독 다르긴 뭐가 달라? 너하구 나는 한 어머니 뱃속에서 나왔잖아.

진 택 또, 터무니없는 소리! 난 그런 소리 들으면 불쾌해!

감 독 불쾌해도 어쩔 수 없지. 우린 같은 어머니의 자식들인 걸! 그런데 내기는 어쩔 거야? 두 배의 봉급을 주고 나서 도둑질이 없어진다면 난 감독 직책을 내놓겠어. (자신의 목을 자르는 시늉을 하며) 도둑 없는 공장에 감독이 무슨 소용 있겠어?

진 택 물론 소용없지. 그만두면 뭘 할 거야?

감 독 글쎄…… 빈둥빈둥 놀면서 술이나 마실까…….

진 택 재단일을 배워. 내가 재단사로 채용할 테니깐.

감 독 고맙군. 그런데 공장장, 두 배의 봉급을 준 다음에도 감독인 내가 도둑을 잡는다면 어떻게 하겠어?

진 택 그때는 내가 해고 당하겠지.

감 독 그럼 술이나 마셔. 평생 동안 빈둥빈둥 놀면서. 이번에 도둑을 잡으면, 난 내 맘대로 처리할 거야.

진 택 마음대로 처리하겠다는 건 무슨 뜻이야?

감 독 왜 알 텐데? 옛날에 우리 어머니가 감자를 훔쳤을 때, 농장 감독이 했던 짓 말야. 마치 짐승한테 하듯이, 엉덩이 뒤쪽에서 강제로 추행을 했다는 거야.

진 택 제발 그만둬! 징그러운 네 꼴은 더 보기도 싫어!

감 독 어쨌든 우리가 약속한 건 잊지 마!

술 취한 공장장, 주춤주춤 등장한다.

공장장 일곱 시…… 일곱 시…….

감 독 저 주정뱅이가 들어오는 걸 보니깐 아침 일곱 시가 된 모양이야.

공장장 일곱 시…….

감 독 어서 나가! 아침부터 재수없게 술주정뱅이가 들어오는군!

감독, 공장장을 내쫓는다. 반대 방향으로부터 관리인이 등장한다.

관리인 공장장 오랜만이야. 그동안 잘 있었어?

진 택 나오셨군요.

관리인 (공장 안을 둘러보며) 며칠 안 본 사이에 공장 안이 달라졌는데! 뭔가 깨끗해지고 환해졌어!

감 독 모든 게 공장장 덕분이죠.

관리인 그건 그래. 난 아버지에게 편지를 쓰면서 공장장 칭찬을 많이 했지. (호주머니에서 편지를 꺼내 진택에게 내민다) 매사에 의욕적이며 헌신적이라구…… 받아서 읽어봐.

진 택 (편지를 받아서 재단용 탁상 위에 놓는다) 나중에 읽겠습니다.

관리인 (공장의 천정을 가리키며) 저건 뭐야?

감 독 뭘 말씀하시는지……?

관리인 저 전등들 말야, 아침부터 켜져 있잖아?

진 택 (편지를 관리인에게 되돌려 주며) 일할 때는 환하게 전등을 켜두기로 했죠.

관리인 왜 예전엔 밤이 되어 캄캄해야만 켰었는데…….

진 택 그렇게 하니깐 직공들의 눈을 버렸거든요.

관리인 낮이나 밤이나 환하게 켜둔다는 건 놀라운 발상이야! 지금 본 광경을 편지에 덧붙여 써야지! (재단용 탁상 위에 놓인 편지를 다시 집어 든다) 그전의 공장장들은 술만 처먹고 주정하느라 전혀 그런 걸 생각 못했어!

진 택 제가 꼭 드릴 말씀이 있는데요…….

관리인 뭔데, 공장장? 공장장이 하는 말이라면 나는 뭐든지 들어줄 각오가 돼있어. 자, 말해봐.

진 택 오늘부터 모든 봉제공들의 봉급을 두 배로 올려 주세요.

관리인 두 배로?

진 택 네.

감 독 거절하시겠습니까?

관리인 아니! 공장장이 그렇게 하자는 데에는 뭐 꼭 그럴 만한 이유가 있겠지!

감 독 물론 그럴 만한 이유가 있죠. 봉급을 두 배로 올려 주는 대신에 도둑질을 없애겠다는 겁니다.

관리인 정말 기막힌 착상이군!

감 독 도둑질이 없어지면 저는 감독직을 잃겠죠.

관리인 그럼 자넨 빈둥빈둥 놀면서 술이나 마시겠지. 그런데 나는 어떻게 될까? 매일, 또 매일, 아버지한테 잘 돼가고 있습니다, 잘 돼가고 있어요, 이렇게 편지나 쓰면서 행복하게 지낼 거야. (진택에게) 내가 이 공장에서 제일 싫어했던 건 도둑년들이야. 그년들은 나의 무능력을 비웃듯이 옷을 훔쳐가고 또 훔쳐갔어. 이젠 그런 짓을 못하게 해준다니 얼마나 기쁜지 모르겠군!

진 택 기뻐해 주셔서 고맙습니다. 난 반대하실 줄 알았어요.

관리인 반대라니, 천만에! (진택에게 손을 내밀며) 난 적극 찬성이라구!

진 택 (관리인의 손을 잡는다) 봉제공들도 대단히 기뻐할 걸요!

관리인 물론 기뻐하겠지!

진 택 우리 공장에서 도둑질이 근절되는 것을 보면 다른 공장들도 모두 우리를 따라서 할 겁니다!

관리인 내가 어떤 감화원 원장이 쓴 책을 읽었는데 말이야, 사람들이 다 함께 도덕적으로 완전해지는 날이 올 거라고 했더군. 그 날이 까마득히 먼 것도 아니고 이제 곧 온다는 거야. 그런데 설마 오늘이 그날일 줄 누가 알았겠어! 공장장, 봉제공들이 출근하거든 봉급인상을 발표해!

봉제공들, 무대 뒤쪽에서 등장한다. 각자 재봉틀 앞에 앉아 웃는 얼굴로 옆 사람과 아침인사를 나누기도 하고, 먼 자리의 봉제공들에게 손을 흔들기도 한다. 진택, 봉제공들마다 봉급인상을 알리면서 다닌다. 봉제공들의 환호성과 함께 일제히 재봉틀이 요란한 소리를 내며 돌아간다. 무대 전면, 이웃 공장의 관리인이 자전거를 타고 들어온다.

그는 공장 마당을 자전거를 탄 채 맴돌며 경보기를 울려댄다. 관리인이 자전거를 타고 들어온다. 그는 공장 마당을 자전거를 탄 채 맴돌며 경보기를 울려댄다. 관리인이 마당으로 나온다.

이웃관리인 복사꽃이 피기 시작했어! 울긋불긋 피기 시작했다구!

관리인 그래서……?

이웃관리인 공장마다 다니면서 알리는 중이야. 오늘 낮에 관리인들 단합대회도 할 겸 복사꽃 구경이나 가자구 말야.

관리인 오늘 낮에 가자는 거야?

이웃관리인 그렇다니깐!

관리인 오늘은 안 돼.

이웃관리인 안 된다니?

관리인 꽃 구경보다 더 즐거운 일이 있거든!

이웃관리인 그게 뭔데?

관리인 우리 공장을 봐. 굉장한 기적이 일어나고 있지!

이웃관리인 (자전거를 멈추고, 공장 안을 들여다본다) 글쎄…… 예전하고 다를 게 없잖아?

관리인 지옥이 천국으로 변하는 게 안 보여?

이웃관리인 여기 더 있다간 시간낭비겠군. 다른 공장에 가보겠어. (종교적인 주문을 외우듯이) 잘 있어! 아버지가 우리를 영원히 사랑해 주시기를!

관리인 잘 가! 아버지가 우리를 영원히 사랑해 주시기를!

이웃관리인, 자전거를 타고 퇴장한다. 관리인이 공장 안으로 들어간다. 봉제공들은 재빠른 동작으로 옷들을 만들고 있다. 그들이 만들어낸 빨강 옷, 파랑 옷, 노랑 옷 여러 가지 색깔의 옷들은 우중충했던 바닥을 화려하게 뒤덮는다. 술 취한 공장장, 주춤거리며 들어오더니 공장 안을 횡단하여 걸어간다.

공장장 일곱 시…… 일곱 시…… 일곱 시…….

순 자 벌써 해 저무는 일곱 시인가 봐!

민 자 퇴근할 시간이잖아?

정 자 예전엔 지루했어. 그런데 요즈음엔 시간 가는 줄도 몰라!

애 자 일하는 게 신이 나서 그렇지 뭐!

감 독 (관리인에게) 놀라운 일인데요! 오늘 만든 옷들을 헤아려 보니까 어제보다 훨씬 많아요!

관리인 그건 공장장이 훌륭하다는 증거야. (진택에게) 난 사실 이럴 줄 알았어. 봉급을 두 배로 올려주면 뭔가 기적 같은 일이 생길 것 같더라구.

진 택 저도 온종일 그런 기분이었죠.

관리인 정말 놀라워, 공장장!

봉제공들, 재봉틀을 멈추고 왁자지껄 떠들면서 공장 밖으로 나가려 한다.

감 독 아직 다들 가지 마!

정 자 (웃는 얼굴로) 왜 못 가죠?

순 자 오늘 일은 끝났잖아요?

영 자 호호, 감독님도 어서 집에 가세요!

감 독 (봉제공들 앞을 가로막고 서서) 몸수색을 받고 나서 집에 가라구!

봉제공들 몸수색을 해요?

감 독 그래, 오늘이라구 예외는 아니거든!

진 택 여봐 감독, 꼭 그걸 해야겠어?

감 독 해야 돼! 우리가 아침에 걸었던 내기를 벌써 잊었어?

관리인 무슨 내기인데?

감 독 한 어머니의 자식들끼리 약속한 거죠.

봉제공들 우린 아무것도 훔치지 않았어요. 믿어주세요.

관리인 난 믿고 있어. 내가 당신들을 못 믿어서 몸수색을 시키는 게 아냐. 오히려 믿기 때문에 감독더러 해볼 테면 해보라고 시키는 거지.

관리인, 감독에게 몸수색을 하도록 허락한다. 감독은 봉제공들의 몸을 더듬는다. 먼저 순자의 치마 속에서 감춰둔 옷들을 꺼내 바닥에 내던진다. 다음엔 정자의 가슴 속에서도 옷을 꺼내 내던지고, 애자의 엉덩이에 감췄던 옷을 찾아 내던진다. 모든 봉제공들의 몸속에서 숨긴 옷들이 나온다. 다만 영자에게서는 아무 옷도 나오지 않는다. 감독은 찾아 내던진 옷들을 가지런히 펴서 바닥에 일렬로 늘어 놓는다. 관리인은 충격을 받은 표정이 된다.

관리인 이곳은 지옥이야! 영원히 저주받은 지옥이라구!
봉제공들 용서하세요! 저희는 정말 훔치고 싶지 않았어요!
감 독 그런데 왜 훔쳐?
봉제공들 용서해 주세요!
감 독 왜 훔쳤는지 대답해!
봉제공들 (고개를 숙인 채 대답이 없다)
감 독 (관리인에게) 이 도둑년들을 어떻게 할까요?
관리인 모두 해고시켜. 전단에 이름 적어서 공장들마다 돌려!
봉제공들 제발 한 번만 용서해줘요!
애 자 영자가요, 영자가 저희더러 훔치랬어요! (옆에 서 있는 다른 봉제공의 허리를 찔벅이며) 이렇게 된 이상 사실대로 말하라구!
민 자 예, 영자가 시켰어요!
정 자 이젠 절대로 훔치는 짓은 안 할 작정이었는데요, 영자가 괜찮다며 도둑질을 하랬어요.
애 자 공장장이 자기 남편 될 사람이라면서 걸려도 봐줄 거라고 했어요!
영 자 내가 언제…… 내가 언제 그랬어?
애 자 (큰 소리로 윽박지른다) 병신아, 네가 시켰잖아!

순 자 야단치면 안 돼, 살살 달래야지. (영자에게 다가가서 어깨를 감싸 안는다) 영자야, 너는 봐줄 사람이라도 있잖아. 지난번 너 혼자 잡혔을 때도 아무 일 없었다고 그랬지? 너는 그걸 우리한테 자랑까지 했었어!

봉제공들 (영자 주위로 몰려든다) 영자야, 제발 우리 좀 살려줘!

봉제공들이 영자에게 애원하는 목소리, 협박하는 목소리가 뒤섞여서 시끄럽게 들린다.

관리인 저 도둑년들이 왜 저렇게 시끄러운 거야?

감 독 시끄러워 견딜 수가 없네. 야, 조용히 해!

봉제공들 (계속 시끄럽게 떠든다)

감 독 모두 붙어 있지 말고 각자 한 사람씩 떨어져!

봉제공들 영자가요, 훔치라고 시킨 거예요!

관리인 (영자 앞에 멈춰서) 그게 사실이야?

진 택 영자는 훔치지도 않았는데 남에게 도둑질을 시킬 리가 없어요! (영자에게 다가간다) 영자야, 난 네가 얼마나 착한지 알아. 하지만 엉뚱하게 남의 죄까지 덮어쓰진 말라구. 솔직하게, 너의 깨끗함을 말하면 되는 거야.

감 독 억지로 대답을 강요하면 안 돼, 공장장! 영자가 하고 싶은 대답을 하게 그냥 둬.

순 자 영자야, 착한 영자야, 우린 네가 얼마나 착한지 잘 알아. 공장장보다도 오히려 우리가 너의 착함을 더 잘 안다구!

봉제공들 영자야, 착한 영자야, 우린 네가 얼마나 착한지 잘 알아!

감 독 모두들 입 닥치고 있어! 영자, 너 혼자만 말해!

영 자 (고개를 들고 진택을 바라보며) 나한테 몹쓸 귀신이 붙었나 봐요. 훔치는 때보다 훔치지 않을 때, 난 더 괴로워요. 아무 벌도 받지 않는 때가 벌을 받는 때보다 더 괴롭고 슬퍼요. (감독에게 걸어 나와 또박또박 말한다) 내가, 사람들에게, 도둑질을 시켰어요.

봉제공들 그것 봐요, 영자가 시켰어요! 영자 저년이 우리더러 훔치라고 시켰다구요!

감 독 (움켜잡은 영자를 밀쳐 바닥에 엎어지게 하며) 공장장, 분명히 내가 이겼어. 영자는 내 마음대로 할 테니까 상관하지 마!

봉제공들, 각자 도망치듯이 빠르게 퇴장한다. 진택이 엎드린 영자를 부추켜 세우려고 하자 관리인이 진택의 등을 두드린다.

관리인 공장장, 그냥 놔둬. 감독이 뭐 잘못한 것 없잖아? 내가 보기엔 공장장은 이제껏 잘난 체 허풍만 떤 것 같고, 감독은 충실하게 자기 일을 잘 했어. 괜히 남 잘하는 일에 간섭 말고, 내 방에 가서 만년필과 종이를 갖다줘. (호주머니에서 써두었던 편지를 꺼내 찢는다) 아버지에게 보낼 편지를 다시 쓰려고 그래. 유능한 공장장 덕분에 모든 게 잘 되어가고 있습니다. 그렇게 쓴 것은 찢어 버리고, 아무것도 달라진 게 없습니다. 이렇게 고쳐 써 보내야지. 뭘 꾸물거려, 공장장? 냉큼 만년필과 종이 가져오지 않구!

진 택 이곳은 지옥이 아닙니다! 지옥이 아니라 천국이에요!

관리인 공장장이 헛소릴 하는군!

감 독 글쎄, 너무 큰 기대를 했다가 안 되니깐 실망이 엄청나겠죠!

진 택 천국이라고 써서 보내요! 도둑질을 시킨 여자 때문에 천국이 됐다고 써서 보내라구요!

감 독 영자한테도 몹시 화가 난 모양인데요!

관리인 어쨌든 공장장, 편지 쓸 걸 가져와!

관리인, 무대 뒤쪽을 향해 손가락으로 가리킨다. 진택은 주춤주춤거리며 뒤쪽으로 걸어간다. 감독은 엎드려진 영자를 일으켜 세워 다시 무대 앞쪽으로 밀친다. 영자는 오케스트라 박스까지 밀려나와 넘어진다. 감독이 엎드린 영자에게 다가온다.

감 독 여긴 구석진 방이야. 고함을 질러도 소용없어. (영자의 몸을 툭 툭 건드려 자세를 고쳐 주며) 다리를 약간 벌리고 엉덩이를 높이 올려! 머리는 숙이고, 팔은 구부려서 가슴을 낮춰! 그래, 그래. 영자, 이젠 보기 좋아!

감독, 영자의 치마를 걷어 올린다. 그들이 있는 오케스트라 박스 부분이 무대 밑으로 내려간다. 무대 뒤쪽에서 진택이 주춤거리는 걸음으로 다가온다. 관리인은 빨리 오라고 진택을 향하여 고함지른다.

관리인 공장장!

진 택 (주춤주춤 다가온다)

관리인 공장장, 빨리 오지 못해?

진 택 (주춤거리며 다가온다)

관리인 야, 주정뱅이야! 너, 술 마셨지?

진 택 (고개를 흔든다)

관리인 이제는 거짓말까지 하고 있네! (무대 옆쪽으로 몇 걸음 물러나서) 걸어봐. 나를 향해 똑바로 걸어보라구!

진 택 (관리인을 향해 주춤주춤 걸어간다)

관리인 야, 주정뱅이, 비틀거리잖아! (다시 몇 걸음 뒤로 물러나며) 똑바로 걸어보라구! 똑바로 걸어보라니깐!

관리인은 같은 요구를 반복하면서 무대 옆으로 퇴장한다. 진택은 주춤거리며 따라간다. 무대 천정에 매달려 있던 전등들이 위로 올라가고, 곧이어 무대 뒤쪽을 가렸던 검은색 휘장이 찢어지듯 벗겨진다. 그러자 눈부시게 아름답고 황홀한 풍경이 드러난다. 즐비하게 늘어선 복숭아나무들, 그 가지가지마다 복사꽃이 울긋불긋 피어있다. 원장이 복숭아나무들 사이로 하모니카를 불며 나타난다. 그러자 복숭아나무들 사이에서 봉제공 역을 맡았던 남녀 수용자들이 걸어 나온다. 원장과 수용자들은 화사한 봄옷으로 갈아입은 모습이다. 그들은 무대 앞쪽으로 다가온다.

원 장 우리 감화원 좀 도와주십시요!

수용자들 저희를 도와주신다면 다시는 도둑질을 않겠어요.

순 자 정말이에요. 꼭 좀 믿어주세요.

애 자 거짓말도 안 하고, 욕설도 안 하고, 술도 안 마시면서, 오직 착하게만 살겠어요.

민 자 모든 잘못을 뉘우쳐요. 진심으로 깨끗하게 살겠어요.

정 자 용서하세요! 용서하세요! 다시는 나쁜 짓 안 할게요!

수용자들 제발 용서하시고 우리를 도와 주세요!

수용자들, 노래를 시작한다. 처음엔 가사를 부르지 않고, 원장의 하모니카 소리에 맞춰 맑고 명랑하게 '음- 음-' 구음을 한다. 감독이 복숭아나무들 뒤에서, 복사꽃이 주렁주렁 달린 가지들을 꺾어 한아름 안고 등장한다. 감독은 그 가지들을 복숭아 나무들 사이사이에 일정한 간격을 두고서 늘어놓는다.
합창단의 맑고 명랑한 구음은 계속된다. 복숭아나무들 속에서 영자가 진택에게 매를 맞는 모습이 보인다. 영자는 온몸이 울긋불긋 상처투성이다. 영자, 복숭아나무들 사이로 도망 다닌다. 진택이 비틀거리는 걸음으로 뒤따라다니며 영자를 때린다. 매로 사용한 나뭇가지가 부러진다. 진택은 감독이 가지런히 늘어놓은 나뭇가지를 집어들고 영자를 때린다. 가지가 부러진다. 진택은 다시 새 나뭇가지를 집어 든다.

영 자 때려요! 때리고 싶거든 실컷 때려요!

진 택 (아무 말 없이 복사꽃이 달린 가지로 영자를 후려친다)

영 자 때려요! 때려요! 내 몸에서 몹쓸 귀신이 떨어지게 실컷 때려요! 하지만 날 때려서 죽이지는 말아요. 내 뱃속엔 당신의 자식이 들어 있어요!

감 독 진택이, 죽지 않게 조심해서 때려. 그건 내 자식일지도 모르니깐. (복숭아 나뭇가지를 계속 놓아주며) 그 옛날, 우리 어머니가 같은 자식을 낳았었지. 너 같은 좋은 자식과 나 같은 나쁜 자식. 우린 똑같은 형제라구.

수용자들, 가사를 노래 부른다. 전반부와 후반부 사이에 하모니카의 독주가 삽입돼서 후반부 노래가 끝나면 다시 전반부의 노래가 되돌이한다. 수용자들은 노래하면서 점점 격앙된 감정이 된다.

합 창 피었네, 피었네, 화창한 봄날에
피었네, 피었네, 복사꽃이 활짝 피었네
피투성이, 울긋불긋, 피투성이, 울긋불긋
복숭아나무마다 복사꽃은 피고
영자의 몸에도 울긋불긋 피꽃 피었네
봄이 되면 피어나는 꽃, 봄이 되면 피가 나는 몸
피었네, 피었네, 피꽃이 활짝 피었네
영자야, 영자야, 착한 영자야!
네가 우리 대신 매를 맞을 때
화창한 봄날이 왔고
네 몸이 울긋불긋 피투성이 될 때
복숭아나무마다 복사꽃이 활짝 피었다!

무대 조명, 서서히 암전한다. 어둠 속에서 수용자들의 노래가 끝남으로써 관객들은 연극이 종료되었음을 알게 된다. 무대 천정으로부터 기다랗게 줄이 달린 전등들이 내려온다. 모든 등장인물들이 한 명씩 차례대로 전등을 켜면서 관객들에게 인사하고 퇴장한다. 그 후에도 막은 내려오지 않는다.

– 막.

북어 대가리

· 등장인물

자앙–창고지기
기임–창고지기
트럭 운전수–노름꾼
미스 다링–트럭 운전수의 딸

· 무대

창고(倉庫)

이 연극의 무대는 창고이다. 직사각형의 단순한 모습에 출입구가 하나 있을 뿐 창문은 찾아볼 수 없다. 지붕 어딘가에 환기통이 있는지 하루 중에 극히 짧은 시간 동안 한 줄기의 햇빛이 비춰질 때가 있다. 그러나 창고 내부는 완전히 어둡다. 그 어둠을 밝히는 것은 창고의 천정 높이 매달린 백열전등들이다.

창고 안에는 두 명의 남자들이 살고 있다. 그들은 창고지기이다. 둘 다 홀아비로서 사십대쯤 나이 들어 보인다. 그들은 창고 구석에 살림 도구들– 석유곤로, 냄비, 그릇, 식탁, 침대 등–을 갖춰 놓고 있다. 그들에게는 창고 안에서 상자들을 보관하는 일과 먹고 자는 삶이 분리되어 있지 않다. 즉 직업과 생활이 같은 것이다.

공동으로 사용하는 살림 도구들은 비록 값싼 물건들이지만 말끔하게 손질되어 있다. 예를 들자면, 반들반들 윤이 나게 닦여 있는 냄비들과 놋쇠 국자가 그렇다. 하지만 개인 도구들은 언뜻 보기에도 상당한 차이가 난다. 자앙의 침대는 깨끗하게 정돈되어 있으나, 기임의 침대는 지저분하게 흐트러져 있다. 자앙의 침대 밑에는 여러 가지 물건들을 정리해서 넣어 둔 상자들이 있다. 그러나 기임의 침대 주변에는 아무렇게나 벗어 놓은 옷들, 싸구려 도색 잡지, 그밖의 소지품들이 널려 있다. 그것으로 미루어 보아 공동사용 도구들은 자앙이 도맡아 정결하게 손질하고 있음을 짐작할 수 있다.

새벽 여섯시 반이 되면, 단 하루도 빠짐없이 화물 운반용 대형 트럭이 상자들을 싣고 온다. 그 트럭은 창고에 새로 보관한 상자들을 내려놓고, 보관했던 상자들 중에서 출고할 상자들을 실어 간다. 창고지기들은 트럭 운전수가 상자들과 함께 가져온 서류를 받아서, 그 서류에 적힌 대로 작업을 한다.

옛날에는 창고지기들이 상자 속에 무엇이 들어 있는지 알 수 있었다. 옛날엔 감자와 토마토 같은 농산물, 말린 생선과 미역 같은 수산물이 상자 안에 담겨 있었다. 그러한 물건들은 완성된 것들이다. 그러나 오늘날 창고 안에 보관하는 물건들은 거의 대부분이 부속품들이다. 그 부속품들이 하나로 모아져서 어떤 전체를 만들 것이라는 상상은 할 수 있지만, 그 완성될 것이 무엇인지는 분명히는 알 수가 없다. 더구나 그 부속품들은 상자 속에 단단히 포장되어 있으므로, 고의적으로 뜯어 보기 전에는 어떻게 생겼는지 볼 수도 없다. 물론 상자를 뜯어서 그 속에 든 것을 꺼내 본다고 해도, 그것이 무엇인지 알지 못하기는 마찬가지이다.

제 1장

저녁 무렵, 두 명의 창고지기, 자앙과 기임은 창고 문 밖에 놓여 있는 상자들을 창고 안으로 옮겨와서 쌓는 작업을 하고 있다. 트럭이 그 상자들을 문 밖에 내려놓고 떠난 지 오랜 시간이 지났으나, 창고지기들의 작업은 계속 중이다. 그들의 작업은 슈퍼마켓이나 창고에서 흔히 사용하는 화물 운반용 핸들 카에 몇 개씩의 상자들을 싣고 와서, 보관한 자리에 정확하게 쌓는 일이다. 상자들의 옆면에는 아라비아 숫자의 분류 표시가 씌어 있다. 어떤 상자들은 3-1014번에서 3-

1082번까지의 일련번호가 씌어 있고 어떤 상자들은 4-9124번에서 4-9300번까지의 일련번호가 씌어 있으며, 어떤 상자들은 5-7708번부터 5-8010까지의 일련번호가 씌어 있다. 또한 창고 안에 가득 차 있는 다른 상자들도 각각 고유한 번호들이 표시되어 있음은 물론이다.

자앙은 트럭 운전수에게서 받은 서류와 상자들을 대조하면서, 각기 다른 일련번호의 상자들이 뒤섞이지 않도록 세심한 주의를 기울인다. 그는 창고 안에 상자들을 쌓는 위치가 맞는지 몇 번이나 신중하게 검토하고, 그 위치에 상자들을 정확하게 쌓았는가를 확인하고 또 확인한다. 자앙의 그런 꼼꼼한 작업 태도는 기임에게는 짜증스럽게 느껴진다. 상자들을 옮겨와서 쌓는 작업 시간이 길어질수록 기임의 짜증은 심해져서, 상자들을 다루는 그의 태도는 점점 거칠어 보인다.

자 앙 조심해! 아무렇게나 쌓지 말구!

기 임 알았어.

자 앙 그 자리가 맞아! 틀리면 안 돼.

기 임 알았다니깐!

자 앙 목소리가 왜 그래?

기 임 내 목소리가 어때서?

자 앙 잔뜩 짜증이 났군.

기 임 (핸들 카의 상자들을 소리나게 내려놓는다) 새벽 여섯 시 반에 트럭이 오잖아. 한참 곤히 자고 있을 때 말야. 상자들을 싣고 와서는 빵빵 경음기를 울려댄다구. 빌어먹을, 그런데 지금이 몇 시야? 새벽 선잠을 깨서부터 지금까지 우린 쉬지 않고 일만 했어!

자 장 (서류와 상자를 대조하며) 일할 때는 온 정신을 쏟아. 그런 불평따윈 생기지 않는다구.

기 임 난 너처럼 굼뜨게 일하는 건 싫어. 아무렇게나 운반해서 그냥 쌓아버리면 간단히 끝날 것을, 너는 상자 하나 옮겨 놓고 서류 한 번 보고, 상자 두 개 옮겨 놓고 서류 두 번 보고…… 난 질렸다구!

자 앙 이 서류 좀 봐. 3-1014번에서 3-1082번까지의 상자들은, 4-9124번부터 4-9300번 상자들과는 절대로 뒤섞이지 않도록 쌓아두라는 거야. 더구나 오늘 작업은 복잡해. 5-7708번부터 5-8010번 상자들은, 이미 보관 중인 2-5631번부터 2-6907번 상자들과, 6-2122번부터 7-8044번 상자들 사이에 쌓아두라고 했어.

기 임 정말 속 터져 죽을 일이군!

자 앙 이 서류를 보라니깐.

기 임 난 안 봐!

기임, 핸들 카를 끌고 창고 밖으로 상자들을 가지러 간다. 자앙은 그동안 잘못 쌓은 상자들을 고쳐 쌓는다. 기임이 더욱 짜증난 모습으로 상자들을 싣고 되돌아온다.

자 앙 침착해, 신경질 내지 말고. 서류와 상자들을 꼼꼼히 확인하면서 제 위치에 쌓아 놓는 것이 시간 절약이야. 짜증난다구 아무렇게나 쌓아 놓았다간 다시 고쳐 쌓기에 시간이 몇 배나 더 걸리거든.

기 임 (핸들 카에서 상자들을 아무렇게나 내려놓으며) 다시 고쳐 쌓을 필요는 없어! 창고 안에 두었다가 다시 창고 밖으로 가져갈 걸 아무려면 어때!

자 앙 그 말은 창고지기답지 않군.

기 임 내가 창고지기답지 않다니, 그게 무슨 뜻이야?

자 앙 생각해 봐. 너와 내가 이 창고에서 몇 년을 지냈지?

기 임 난 끔찍해서 생각하기도 싫어.

자 앙 그래, 그래! 네가 끔찍하다고 할 만큼 그렇게 우리는 오랫동안 창고지기를 해 왔다구. 그런 우리가 아무렇게나 상자들을 취급하면 안 되잖아.

기 임 제발, 고지식하게 굴지 마! 여봐, 다른 창고에서는 어떻게 하는 줄 알아! 트럭이 와서 상자들을 내려놓자마자 게눈 감추듯 이 순식간에 해치우는 거야. 그리고는 하루 종일 빈둥거리며 노는 거지.

자 앙 나도 알아. 그들은 함부로 일해.

기 임 그런데도 아무 탈 없잖아?

자 앙 그건 성실치 못한 짓이야.

기 임 우리도 그렇게 하자는 거야, 내 말은!

자 앙 난 못 해.

기 임 왜 못 해. 좋은 방법인데?

자 앙 그들의 방법은 옳지 않아. 창고 안에서 일생을 보내는 사람들이, 상자들을 함부로 다룬다는 건 자신에 대한 모독 행위라구.

기 임 인생 어쩌고 하면서 잘난 체하지만, 넌 사실은 바보 멍청이라구. 바로 옆 창고에 새로 들어온 햇병아리 있잖아, 그 녀석도 벌써 꾀를 부릴 줄 아는데 말야, 너는 그토록 오래 됐으면서 뭣 때문에 고지식한지 모르겠어!

자 앙 (기임이 쌓은 상자에서 잘못된 것을 발견한다) 3-1025번 상자가 왜 여기에 있지?

기 임 응, 내가 갖다둔 거야.

자 앙 여기 두면 안 돼. 이 상자는 다른 것들과 섞어 두지 말랬어.

기 임 일부러 이렇게 한 거라니까. (상자를 옮기려는 자앙을 제지하며) 그냥 둬. 제발. 상자를 잘못 쌓아 두면 어떤 일이 생기는지 두고 보자구. 미리 장담하지만 아무 일도 없어. 아무 일도 없다는 걸 알아야 넌 굼벵이마냥 굼뜬 짓을 그만둘 테구. 다른 창고지기들처럼 재빠르게 상자들을 해치우겠지.

자 앙 이건 꼭 악몽 같군! 난 어젯밤 무서운 꿈을 꿨는데 악마가 나타나더라구. 난 악마란 흉측하게 생긴 줄 알았는데 그게 아냐. 아주 미끈한 미남으로, 너처럼 잘 생겼어.

기 임 나처럼?

자 앙 그렇다니까, 키가 좀 작기는 했지만 어쨌든 아주 잘 생긴 악마

였지. 그 악마가 말이야, 꿈속에서 3-1025번 상자를 꼭 이 자리에 갖다 놓더라구. 그리고는 나를 시험하는 거야. 아무 일도 안 생길 테니깐 염려할 것 없다면서 달콤한 말로 날 유혹하더라구. 그런데 내가 몸이 오싹해지면서 정말 무서웠던 게 뭔지 알아? 아무 일도 일어나지 않는 거야. 지금까지, 단 하나도 틀리지 않게 했다는 것이 전혀 의미가 없다면…… (3-1025번 상자를 옮겨 제자리에 쌓는다) 그래서 난 있는 힘을 다해 소리쳤지. 악마야, 시험하지 마라! 나를 시험하지 마!

기 임 (의심스런 표정으로) 정말 그런 꿈을 꾼 거야?

자 앙 그래, 아직도 기억이 생생한 걸. 꿈속에서도, 악마가 시험하던 상자를 제자리에 갖다 놓으니깐 마음이 안정되더군.

기 임 악마가 진짜 나처럼 잘 생겼어? 머리에 뿔이 솟았거나 엉덩이에 꼬리가 달리지는 않았구?

자 앙 글쎄…… 꼬리까진 확인 안 했는데…….

기 임 사실은…… 어제 저녁에 만난 여자가 말이야, 나더러 악마라구 했거든.

자 앙 처음 만난 여자가 그랬어?

기 임 처음 만난 여잔 아냐. 너한테는 말은 안 했지만…… 요즘 저녁마다 만나는 여자가 있어. 그런데 엊저녁엔 좀 특별했어. 내가 술을 샀거든. 맥주를 마셨는데, 그 여잔 술이 세더라구. 아무 말 없이 성난 표정으로 벌컥벌컥 마셔대더니, 갑자기 나더러 악마 같은 놈이라구 소리소리 지르는 거야. 그러자 술집 사람들이 모두 나를 쳐다보는데, 난 어디 쥐구멍에라도 숨고 싶은 심정이었다구. 아이구, 빌어먹지! 비싼 술 사먹이고 기분 나쁘게 그런 소리나 들어야 한다니…… 그런데 뭐야, 너마저도 꿈속에서 악마 같은 나를 봤다니 말야. 영 살맛이 안 나는군!

자 앙 그 여자 술 마시고 있을 때 너는 뭘 했어?

기 임 뭘 했다니……?

자 앙 옆에서 가만있진 않았을 것 아냐?

기 임 글쎄, 내가 뭘 했더라…… (자신의 두 손을 번갈아 바라보며) 아, 그래, 이 손은 술잔을 들고 있었고……또 이 손은 그 여자의 어깨 위에 올려놓았어.

자 앙 그것뿐이야, 단순히?

기 임 생각이 안 나는데, 그것밖엔.

자 앙 잘 생각해봐. 뭔가 또 있을 걸!

기 임 난 왼손, 오른손, 둘뿐인 걸. 손이 하나 더 있는 것도 아니잖아…….

자 앙 너는 그 여자를 화나게 만든 뭔가를 했어. 어깨에 얹었던 손을 잘 생각해보라구. 그 손이 슬그머니 아래로 내려와 그 여자의 허벅지를 만졌다든가 그랬을 거야.

기 임 좋아, 그랬다구! 하지만 말이야, 함께 술 마시면서 허벅지 좀 만졌다고 화낼 건 없잖아?

자 앙 (잘못된 상자들을 찾아서 고쳐 쌓으며) 사람이란 진실이 통하지 않을 때는 화가 나게 돼 있어.

기 임 진실이 뭔데?

자 앙 진실이 뭔지도 몰라?

기 임 모르니깐 묻지.

자 앙 진실이란 시험하지 않는 거야. 예를 들자면, 창고 속에서 상자 쌓기 같은 거라구. 우리가 이 상자들을 엉뚱하게 쌓아 놓고는 아무 일도 벌어지지 않기를 바란다는 건 진실과 어긋난 거지. 너는 그저 장난으로 그 여자 허벅지를 만져서 사랑이 있는지를 시험해보니깐, 그 여잔 화가 나 고함을 질러댄 거라구.

기 임 그렇게 모든 걸 잘 알면서 왜 너에겐 여자가 없어?

자 앙 대신 나한테는 네가 있잖아.

기 임 날 사랑한단 말야?

자 앙 그럼.

기 임 정말 끔찍하군! 네가 내 허벅지를 만지는 광경을 상상해봐!

자 앙 난 그런 상상은 안 해.

기 임 왜 안 해?

자 앙 날 진실로 너를 사랑하거든. (기임이 쌓아놓은 상자들과 서류를 대조한다) 이건 엉망이군! 이 상자들은 다시 고쳐 쌓아야겠는데!

기 임 고쳐 쌓고 싶거든 네가 해!

자 앙 신경질 내지마. 우리, 잠시 쉬었다가 저녁밥 먹고서 다시 고쳐 쌓자구.

기 임 난 그럴 시간 없어!

자 앙 시간이 없기는…… 밥 먹고 나서 바로 잘 것도 아니잖아?

기 임 난 약속이 있어. 어제 나한테 화냈던 여자, 그 여자와 오늘 저녁 다시 만나기로 했다구. 미안하지만 저녁밥은 너 혼자 먹어. 그리고 상자들을 옮기고 싶거든 너 혼자서 실컷 해!

기임, 핸들 카를 밀쳐 버린다. 그리고는 창고 구석에 있는 자신의 침대에 가서 외출복으로 갈아입는다. 자앙, 작업을 중지하고 기임을 바라본다.

자 앙 널 위해서 충고하는데 말야, 그런 불성실한 태도는 여자들 화만 돋을 뿐이야.

기 임 김새는 소리 하지 마!

자 앙 넌 만나는 여자들마다 실패했잖아.

기 임 (손에 잡히는 옷을 둘둘 말아 자앙에게 내던질 자세를 취하며) 입 닥치라구!

자 앙 이 상자들을 제자리에 정확하게 쌓고 가봐. 그럼 어떤 여자나 너를 좋아할 거야.

기 임 (자앙을 겨냥하여 옷을 내던진다) 입 닥쳐!

자 앙 (자신에게 던져진 옷을 집어 들고 바라본다) 이건 너의 하나뿐인 외출복 바지잖아? 다 구겨졌군!

기 임 이리 줘.

자 앙 구겨져서 입고 갈 수나 있겠어?

기임　어서 내놔!
자앙　내 바지 빌려줄까?
기임　너의……? 너의 긴 바지를 질질 끌고 가라는 거야?
자앙　잠깐 기다려. 그럼 내가 다리미로 다려줄게.

자앙, 자신의 침대로 가서 밑에 놓여 있는 상자들을 꺼낸다. 옷들을 가지런히 정돈해 담은 상자도 있고, 여러 가지 잡동사니들을 담은 상자, 전기다리미를 넣어둔 상자도 있다. 그는 전기다리미를 꺼낸다. 그리고 식탁 위에 담요를 반듯하게 펼쳐서 기임의 구겨진 바지를 다려준다.

자앙　네가 잘되기를 바래, 정말이야. 아까도 말했지만 난 너를 진실로 사랑하거든.
기임　시끄러워! 그런 소릴 들으면 재수가 없어서 아무 일도 안 돼!
자앙　사람이란 하나를 보면 열을 알 수 있다구. 네 바지는 너무 더러워. 아무렇게나 상자를 다루듯이, 옷을 함부로 입기 때문이지. 자주 세탁을 하구, 미리 깔끔하게 손질해 두면 좀 좋아. 그런데 오늘 저녁 또다시 만나기로 한 여자, 어떻게 생겼어?
기임　그런 건 네가 알 것 없어.
자앙　나이는 몇 살인데?
기임　알 것 없다니까.
자앙　이름은? 설마 이름이야 가르쳐주겠지?
기임　다링이야.
자앙　다링……?
기임　응, 모두들 그 여자를 보면 마이 다링이라고 불러.
자앙　그건 본명이 아니라 별명 같은데?
기임　그러니깐 알 것 없다구 했잖아!
자앙　걱정이 돼서 그런 거야. 혹시 어떻게 생겼는지 잘 보지도 않고, 그저 여자니깐 쫓아다니는 건 아닌지 말야.

기 임　너 요즘 잔소리가 부쩍 심해졌어!

자 앙　나도 그걸 느껴. 아마 나이 탓이겠지.

기 임　나이 탓이라구? 천만에! 난 너와 나이가 비슷한데 잔소리가 없잖아.

자 앙　어쨌든 늙으면 잔소리가 많아져.

기 임　우리가 늙었다는 거야?

자 앙　젊었다곤 할 수 없지. 인정할 건 인정하자구. 너와 나는 이젠 젊진 않아. 여자 뒤를 쫓아다니는 건 젊은 애들이나 하는 짓이야. 이젠 조용히 자기 자신을 생각해야지.

기 임　나도 생각이 있어. 난 아무 까닭 없이 여자를 쫓아다는 게 아냐. 빌어먹을, 이 창고 속을 보라구! 상자들을 운반하고 보관하는 일이 지겨워 죽겠는데, 먹고 자는 생활도 이 창고 속에서 하고 있잖아! 난 늙기 전에 결혼해서 이 창고 속을 빠져 나가고 싶은 거야!

자 앙　일하는 것과 사는 것은 같은 거야. 그게 서로 다르면, 사람은 불행해져.

기 임　정말 고리타분한 소릴 하고 있군!

자 앙　그리고 말야, 이 창고를 빠져나가면 또 뭐가 있을 것 같아? 저 하늘의 해와 달, 별들이 빛나는 우주는 거대한 창고지. 세상은 그 거대한 창고 속에 들어 있는 조그만 창고이고, 우리의 이 창고는 그 조그만 창고 속에 들어있는 수많은 창고 중에 하나의 아주 작은 창고거든. 결국은 창고를 빠져나가도 또다시 창고에 지나지 않으니깐, 그 누구든지 완전하게 창고 밖으로 빠져나간다는 건 불가능해. 만약 우리가 이 창고 속에서 행복할 수 없다면, 다른 창고에 들어가본들 행복할 수는 없어. 그래서 바로 이 창고, 이 창고 속에서 열심히 일하고 성실하게 사는 것이 중요한 거라구. (다림질을 마치고 바지를 기임에게 준다) 바지 입어. 오늘 입고 나갔다가 돌아와서는 벗어 놔. 내가 깨끗하게 빨아줄게.

기임, 잔뜩 찌푸린 표정으로 바지를 받아 입는다. 자앙은 침대 밑 상자에서 깨끗한 손수건을 꺼내 다림질로 곱게 다려 접는다.

자 앙 깨끗한 손수건 없지? 이걸 가져가.

기 임 (손수건을 호주머니에 집어넣는다)

자 앙 돈은 있어?

기 임 걱정 마, 있으니깐.

자 앙 (자신의 상자에서 돈을 꺼내 기임에게 준다) 잘해봐. 사람들이 북적거리는 술집에 가지 말고, 오늘은 어디 조용한 음식점엘 가라구. 그리고는 절대로 여자 허벅지를 만지면 안 돼. 점잖게 두 손은 식탁 위에 올려놓고, 다만 눈으로 그 여자의 눈을 바라보는 거야. 말할 때는 한 마디 한 마디씩, 마치 상자를 정확하게 쌓듯이, 정성들여 자신의 진실을 말해. 아참, 한 가지 더 주의할 게 있어. 너는 식사할 때 음식 묻은 입을 손으로 쓱쓱 문질러 닦는데 말야, 꼭 손수건을 꺼내 닦으라고. 그런 모습 하나하나가 여자한테는 매우 중요하게 보이는 법이야.

기 임 난 네 마음을 알다가도 모르겠어.

자 앙 뭘……?

기 임 내가 여자를 만나러 가는 걸 싫어하면서도 말야, 갈 때는 꼭꼭 챙겨 주잖아? 지금도 그렇지. 의붓어미처럼 귀 따갑게 잔소릴 퍼붓고는, 바지도 다려주고 돈도 주면서 잘해보라니…… 도대체 뭐가 진짜 네 마음이냐? (기임이 아무렇게나 쌓아둔 상자들 쪽으로 걸어간다. 그리고 서류와 대조하면서 일련번호대로 상자들을 고쳐 쌓는다)

자 앙 실망하지 말고 돌아와, 오늘은.

기 임 그게 대답이야?

자 앙 그래, 네가 낙심한 꼴을 보면 내 마음이 아파.

기임, 또 잔소리를 들었다는 듯 어깨를 으쓱하더니 창고 문쪽으로 걸어간다. 그러더니 잠시 멈춰서서 자앙을 뒤돌아본다.

기 임 오늘밤 혼자서 그걸 다 옮겨 쌓을 거야?
자 앙 어서 가, 늦지 말구.
기 임 수고해, 그럼 난 갔다 올 테니깐.

기임, 휘파람을 불면서 창고 밖으로 나간다. 자앙은 상자 옮겨쌓기를 계속한다. 조명이 서서히 어두워진다.

제2장

깊은 밤, 천정의 전등들은 소등되어 창고 내부는 어둡다. 오직 자앙의 침대 맡에 켜둔 전기스탠드만이 불빛을 밝히고 있다. 자앙은 돌아오지 않는 기임을 기다리는 중이다. 그는 침대에 걸터앉아서 침대 밑에서 꺼낸 책을 읽는다. 하지만 독서에 몰두하지 못하고, 가끔씩 시선을 돌려 창고 문쪽을 바라본다. 자앙, 마침내 책읽기를 중단하고 신발을 벗고 침대 위에 올라간다. 그러나 잠들 수 없다는 듯이 상반신을 침대 맡에 기댄 채 기임이 돌아오기를 기다린다. 사이. 창고 문을 두드리는 소리가 들린다. 자앙은 반갑게 문을 향해 외친다.

자 앙 들어와! 문 안 잠겼어!

문 두드리는 소리, 계속된다.

자 앙 문 안 잠겼으니 그냥 들어오라구!

문이 열리는 소리가 들린다. 어둠 속에서 미스 다링이 잔뜩 술에 취해 인사불성이 된 기임을 힘겹게 부축하고 비틀거리며 들어온다.

다 링 좀 도와주세요! 무거워 죽겠어요!

자앙, 놀란 모습으로 다급하게 침대에서 내려와 신발을 신는다. 창고 안에 들어온 기임은 주저앉아 버린다. 미스 다링은 그를 붙들어 세우려고 안간힘을 쓴다. 자앙이 기임을 침대에 데려가 눕힌다. 웃옷을 벗기고 신발을 벗긴 다음 담요로 기임을 덮어 준다.

다 링 무슨 남자가 그래요?
자 앙 네……?
다 링 (침대의 기임을 가리키며) 이 사람 말이에요. 술 몇 병 마시고는 정신 나갔어요! (자앙에게 손을 내밀려 악수를 청한다) 나, 미스 다링이에요, 미, 스, 다, 링!
자 앙 (엉거주춤 손을 잡고 악수하며) 아, 그러세요…… 말씀을 들었죠.
다 링 미스 다링이 무슨 뜻인지 아세요? 사랑스런 여자다, 그런 뜻이에요! 그런데, 찬물 한 잔 주시겠어요?
자 앙 (살림 도구 있는 곳에서 유리컵에 물을 따라 가져온다) 여기 있습니다.
다 링 (물을 마시며) 물인지 술인지 모르겠네…… 나도 잔뜩 취했거든요.
자 앙 오늘은 술집 대신 음식점으로 가라고 했는데요?
다 링 그게 어디 사람 마음대로 되나요. 마시고, 마시고, 또 마시고…… (침대에 누워있는 기임을 가리키며) 저 남자는요, 창고 속에서 사는 건 싫증이 났대요. 하루 종일 상자 따위나 들여오고 내보내자니 지겨워 죽겠다면서, 어찌나 술을 먹고 떠들어대는지 내 귀가 아플 지경이에요. 하지만 당신을 그렇지 않다면서요? 언제나 성실하고 정확해서, 단 하나의 상자도 틀리지 않는

다죠? 그래서 호기심을 들더라구요. (다시 자앙에게 손을 내밀며) 나, 미스 다링이에요, 미, 스, 다, 링!

자 앙 우린 아까 인사를 했습니다.

다 링 아참, 그랬었죠! 내 정신이 오락가락하네요!

자 앙 이 늦은 밤에…… 데려다 드릴까요?

다 링 우리 집이 어딘지 아세요?

자 앙 아뇨, 하지만 가르쳐 주시면…….

다 링 걱정 마세요. 조금 있으면 술이 깰 거예요.

자 앙 (식탁의자를 끌어다가 다링에게 권하며) 그럼 잠깐 앉으시죠.

다 링 고마워요. (의자에 앉아서 창고 안을 둘러본다) 캄캄해요. 이 세상의 모든 창고는 이렇게 어둡다구요.

자 앙 전들을 켤까요? 전등을 켜면 환해집니다.

다 링 (고개를 흔든다) 난 알아요, 낮에도 창고 속은 캄캄한 걸요. (빈 유리컵을 자앙에게 내밀며) 물 한 잔 더 주시겠어요?

자앙, 다링에게 가까이 다가온다. 그러나 다링의 풀어헤쳐진 옷 때문에 시선을 정면으로 주지 못하고 유리컵을 받으려 한다. 다링은 그것이 재미있다는 듯이 일부러 옷을 더 풀어 헤치고 유리컵을 흔들면서 유혹적인 태도를 취한다.

다 링 날 똑바로 봐야죠. 그래야 잔을 잡을 수 있잖아요?

자 앙 (다링을 쳐다보며 빈 유리컵을 잡는다)

다 링 술은 없어요?

자 앙 없습니다.

다 링 다른 창고에는 있던데요?

자 앙 (엄격한 표정으로) 이 창고에는 없어요.

다 링 당신은 굉장히 친절하고, 자상하고, 엄격하면서, 또 잔소리가 많다면서요?

자 앙 내 친구가 그렇게 말하던가요?

다 링 당신이 의붓어미래요. 여자와 만날 때는 단정한 태도를 취하라, 절대로 여자의 허벅지를 만지면 안 된다. 그건 진실과는 어긋난 짓이다. 진실도 없이 사랑이 있는가를 시험하지 말라, 그럼 여자는 성을 내며 고함을 지르게 된다…… 자, 시험해 보세요. 사랑이 느껴지는지, 내 다리를 만져서 시험해 보라구요!

자 앙 저어…… 물을 더 갖다 드리죠. (살림 도구가 있는 곳으로 가서) 아니면 차를 끓여 드릴까요?

다 링 이 근처 창고지기들은 모두 시험해 봤어요! 당신 혼자만 안 해본 거예요!

자 앙 난 그런 건 못 합니다.

다 링 왜 못 하죠?

자 앙 장난으론 못 해요.

다 링 나도 장난으로 해보자는 건 아니에요. (흐트러진 옷을 바르게 고쳐 입으며) 우리, 장난이 아닌 진실로써 해봐요. 다른 창고지기들은 모두 시험해 봤지만요, 그들은 나한테서 아무것도 느끼지 못했어요. 나도 마찬가지고요. 그러나 그들 좀 보세요. 굉장한 걸 느꼈다는 듯이 야단법석이죠. 모두 다 거짓이에요. 누구 하나 나를 진실로 대해주는 사람이 없어요. 모두들 창고 속에서 아무렇게나 상자를 들여 오고 내보내듯이, 나를 아무렇게나 함부로 다룰 뿐이라구요. (살림 도구가 있는 곳에 멈춰선 자앙에게) 이리 가까이 오세요! 제발 도망가지 말고 가까이 와서 나를 시험해 보세요! (멈춘 채 오지 않는 자앙을 향해, 울음 섞인 목소리로 말한다) 어째서, 당신은, 나를, 시험해보지도, 않는 거예요?

자앙, 침묵한다. 무대의 조명이 어두워진다.

제3장

새벽녘. 상자들을 실은 대형 트럭이 육중한 소리를 내며 창고 문 앞에 도착한다. 이이서 트럭의 경음기가 요란하게 울린다. 창고 안의 자앙은 그 소리를 신호처럼 기다리고 있었다는 듯이 침대에서 일어나 전등을 켠다. 그리고 기임의 침대에 가서 잠들어 있는 그를 흔들어 깨운다.

자 앙 일어나! 일어나! 트럭이 왔어!
기 임 (귀찮다는 듯 돌아 눕는다)
자 앙 트럭이 왔다니까!
기 임 (몸을 웅크리며) 날 좀 가만둬!
자 앙 상자들을 옮겨야지. 어서 그만 일어나!
기 임 (담요를 끌어 올려 얼굴을 덮는다) 날 그냥 두라구!
자 앙 어디 아픈 거야?
기 임 어젯밤 마신 술이 안 깨서 그래!
자 앙 그래, 그래…… 아프지 않다니깐 다행이군.

트럭의 경음기소리가 재촉하듯이 반복해서 들린다. 자앙은 창고의 문을 열기 위해 급히 뛰어간다. 잠시 후 트럭 운전수와 자앙이 창고 안으로 들어온다.

운전수 임자 별명이 굼벵이라면서?
자 앙 누가 그래요?
운전수 이 근처 창고지기들이 다들 그러던데. 임자가 어찌나 꾸물거리는지 굼벵이래. (들고 있는 서류를 자앙에게 준다) 오늘은 보관시킬 상자가 일흔다섯 개, 가져갈 상자가 서른두 개야.

자 앙 오늘은 들어오는 상자는 많은데 나가는 상자는 적군요.

운전수 그거야 내가 알 바 아니지! (침대에 누워있는 기임을 가리키며) 저 친구는 왜 안 일어났어?

자 앙 곧 일어나겠죠.

운전수 장인어른이 오셨는데 누워있다니, 버릇이 없군!

자 앙 장인어른이라뇨……?

운전수 내가 저 친구의 장인이 될 거래. 기막히지? 나도 몰랐는데, 술집 사람들이 나한테 귀띔해주더군. 어쩌면 저 친구와 내 딸이 결혼할 것 같다구. 물론 아직은 믿을 게 못 돼. 내 딸은 세상이 다 알아주는 바람둥이야. 이놈 저놈 사귀는 놈이 워낙 많거든.

기 임 (덮어쓴 담요를 접히고 상반신을 벌떡 일으키며) 나 말고 또 어떤 놈이 있어요?

운전수 어, 어…… 일어났어?

기 임 도대체 그놈들이 누굽니까!

운전수 이 근처 창고지기들이지, 누구긴 누구야. (자앙에게) 그런데 저 친구 몇 살이야? 내 눈엔 마흔 살도 더 넘어 보이는데?

기 임 서른아홉입니다, 나는!

운전수 늙기는 늙었군. 하지만 요즘 젊은 것들보다 늙은 게 낫지. 젊은 것들은 내 딸하고 함께 잘 궁리만 하지 결혼 같은 건 생각지도 않거든.

자 앙 (창고 밖으로 나가며) 우선 트럭의 상자부터 내려놓죠!

운전수 (자앙을 향해 큰 소리로 외친다) 여봐, 조심해서 내려!

기 임 걱정 마세요. 저 친구는 실수하지 않아요.

운전수 하긴 그렇군. 저 굼벵이가 실수할 리 없지. (호주머니에서 화투를 꺼내 식탁 위에 놓는다) 어때? 이따가 오후에 일 끝내고 올 테니깐 한 판 하자구! 장인과 사위끼리 말야. 돈내기 화투를 쳐봐야 사람 됨됨을 알지! (기임의 침대로 다가와서 어깨를 툭 치며) 여봐, 늙은 사위, 난 이 침대에서 쉴 테니깐 자넨 트럭에 가서 상자 내리는 거나 거들지 그래?

기 임 (운전수에게 침대를 양보하고 내려온다) 네, 그럼 편히 쉬시죠.

운전수 (침대에 올라가 눕는다. 한 손으로 코를 쥐고 다른 손으로 부채질을 하며) 아이구, 술 냄새! 어젯밤 얼마나 퍼마신 거야?

기 임 따님은 술이 더 세던데요?

운전수 그년이 에밀 닮아서 그런 거야. 에미가 술고래였거든!

기 임 지금도 잘 마십니까?

운전수 죽었는데 어떻게 마셔.

기 임 아…… 그래요?

운전수 에미 죽었단 말도 안 해, 내 딸이?

기 임 안 하던데요.

운전수 어렸을 때 죽어서 잊어먹은 모양이군. 자넨 어서 상자들이나 잘 내려놔! 장모 죽었다 슬퍼하지 말구!

기 임 (식탁에 가서 화투를 집어 바지 호주머니 속에 넣는다) 화투는 감춰 두죠. 오후에 한 판 하러 꼭 오세요.

기임, 숙취가 깨지 않은 탓인지 비틀거리는 걸음으로 나간다. 트럭 운전수는 침대에 누워 기지개를 켜기도 하고 좌우로 돌아눕기도 한다. 마침내 가장 편한 자세를 찾은 듯이 반듯하게 눕더니 만족한 표정이다.

운전수 사위 덕분에 편해서 좋군! (침대에 누운 채 허공에 손을 뻗쳐서 무엇인가 붙잡는 시늉을 한다. 그럴 때마다 마술처럼 허공에서 화투장을 잡아낸다) 요즘 젊은 것들은 노름할 줄도 몰라. 돈을 잃으면 체념할 줄 알아야 하는데 말야. 딴 돈 다시 내놓아라 악을 쓰고 덤비거든. 노름은 역시 늙은 놈하고 해야 돼. 늙은 놈은 속이기도 쉽고, 뻔히 속은 줄 알면서도 항의조차 안 하지. 그나저나 우리 늙은 사위, 그동안 창고지기 하면서 돈은 얼마나 모았을까……? (허공에서 잡아 모은 화투장들을 배 위에 올려놓고 한 장씩 뒤집으며 운수점을 친다) 가만 있자…… 오늘, 재수점이나 쳐

보자구. 뭐, 그저 그렇군. 신통한 날이 아냐……. (갑자기 트럭의 경음기소리가 들린다) 저런, 저런, 누가 장난하는 거야? (상반신을 일으켜 세운다. 화투장을 긁어모아 소매 속으로 감추면서 창고 밖을 향하여 외친다) 누구야? 함부로 운전대에 손대면 안 돼!

자앙, 창고 안으로 들어온다.

자 앙 상자들은 다 내려 놨습니다.

운전수 (침대에서 내려온다) 내 트럭의 경음기를 누가 저렇게 울려대는 거야?

기임, 창고 안으로 들어온다.

기 임 빌어먹을! 저 상자들을 옮겨 쌓으려면 죽을 지경이 되겠어!

운전수 (기임에게) 네가 마구 울려댔지?

기 임 그거 재미있던데요!

운전수 뭐, 재미있다구? 젊은 애도 아니면서 장난을 했단 말야?

기 임 야단칠 것 없잖습니까? 장인어른 트럭이 내 트럭인데…….

운전수 무슨 소릴 하는 거야? 정말 내 사위가 되기 전엔 절대로 트럭에 손대지 마! (창고 밖으로 나가며) 꾸물대지 말고 실어갈 상자들을 내놔! 시간 없어!

기 임 저 영감쟁이, 성미가 고약하군.

자 앙 (서류를 들고 창고 안을 다니면서 내보낸 상자들을 확인한다) 여기야, 여기! 트럭에 실어 보낼 상자들이 여기 있어.

기 임 (내키지 않는 표정으로 자앙이 오라는 곳에 간다) 아무 거나 실어 보내!

자 앙 6-6347번부터 6-6279번까지, 서른두 개의 상자야.

기 임 (상자들을 발로 차며) 정말 기분 나쁜데! 경음기 좀 울렸다고 야단칠 건 없잖아!

자 앙 안 돼. 상자를 발로 차면!

기 임 아까 너도 봤잖아. 난 내 침대를 저 영감한테 양보했었다구! 내 침대는 자기 것마냥 여기면서, 나더러는 자기 트럭에 손도 대지 말라니, 그게 무슨 고약한 심보야!

자 앙 (핸들 카를 끌고 와서 상자들을 싣는다) 급하다고 한꺼번에 많이 싣지는 말어. 안전하게 여러 차례 나눠 싣자구.

기 임 될 수 있으면 많이 실어내! 여러 번씩 저 영감쟁이를 볼 필요는 없잖아!

창고 밖의 트럭에서 재촉하듯이 경음기소리가 울린다.

기 임 아이구, 지랄하네! 자기 트럭이라고 맘대로 울려대는군!

운전수 (창고 안을 향하여 외치는 소리가 들린다) 뭣들 해, 어서 나와!

자앙, 핸들 카에 상자들을 싣고 나간다. 뒤따라가던 기임은 멈춰 선다. 기임, 잠시 망설이더니 자신의 핸들 카에서 상자 하나를 내려놓는다. 그리고 다른 상자를 들어 올려 싣고 나간다. 잠시 후 창고 문 앞에서 트럭이 떠나는 소리가 들린다. 기임, 빈 핸들 카를 끌고 창고 안으로 들어온다. 창고 문 앞에서 자앙이 큰 소리로 외친다.

자 앙 여봐, 시작한 김에 상자를 창고 안으로 옮겨 놓자구!

기 임 들어와! 들어와서 커피나 한 잔 마시고 옮겨!

기임, 석유 곤로에 불을 붙이고 냄비를 올려 놓는다. 자앙이 창고 안으로 들어온다.

자 앙 커피 끓인다면서 냄비를 올려놨군?

기 임 응, 얼큰하게 해장국을 끓이려구. 어제 마신 술 때문에 골치도 아프고 속도 쓰려. 혹시 북어 한 마리 없어?

자 앙 요즘 그 말이 입에 붙었어. (기임의 목소리를 흉내낸다) 북어 한 마리 없어?

기 임 아마, 내가 다 먹었을 거야, 그렇지?

자 앙 고춧가루만 남았지, 이제는. (살림 도구들이 모여 있는 곳에 가서 고춧가루가 담긴 큼직한 유리병을 가져온다) 식탁에 가서 앉아 있어. 내가 해장국 끓여 줄게.

기 임 고춧가루만 끓인 건 먹고 싶지 않아.

자 앙 (자신의 침대 밑에서 상자를 꺼내 온다) 이게 뭔지 알아?

기 임 뭐야?

자 앙 (상자를 기임에게 준다) 열어봐.

기 임 (상자를 열고 환성을 지른다) 이거, 북어 대가리잖아!

자 앙 그래, 네가 몸뚱이는 다 먹고 대가리만 남았어. 하지만 요긴할 때 쓰려고 내가 대가리들은 잘 보관해뒀지.

기 임 역시 너는 빈틈이 없어!

자 앙 (냄비 뚜껑을 열고 물이 끓는 것을 확인한다) 물이 펄펄 끓어.

기 임 알았어! 알았다구! 이 북어 대가리 좀 봐. 뭔가 심각하게 생각을 하는 표정인데! 몸뚱이를 다 잃은 놈이, 머릿속엔 생각이 잔뜩 남아 있는 모양이야! (냄비 속에 북어 대가리를 넣는다) 아쉽지만, 이젠 내 뱃속으로 들어갈 준비를 하라구!

자 앙 (유리병의 고춧가루를 냄비 속에 뿌려 넣는다) 이 정도면 얼큰할 거야.

기 임 고마워. 정말이야.

자 앙 고맙기는…… (식탁에 가서 앉는다. 맞은편 의자를 가리키며) 여기 앉아. 북어 대가리가 삶아지는 동안 너한테 할 말이 있어.

기 임 (경계하는 태도가 되면서 의자에 주춤거리며 앉는다) 괜히 겁나는데…… 왜 그래?

자 앙 어젯밤 굉장히 취했더군. 도대체 몇 시에 돌아왔는지 생각나?

기 임 글쎄, 생각 안 나는데…….

자 앙 어떻게 돌아왔는지는 알겠어?

기 임　몰라.

자 앙　그 여자가 너를 부축해서 데려왔지.

기 임　그게 사실이야?

자 앙　그럼, 사실이지. 그런데 트럭 운전수는 그 여자가 자기 딸이라고 했어. 너는 그것도 몰랐어?

기 임　음, 몰랐어…… 어제는 내가 물어봤거든. 아버지가 뭐 하시는 사람이냐구…… 대답을 안 해서 뭔가 이상하다 싶었는데, 트럭운전수라니 정말 나도 놀랐어!

자 앙　자기 아버지가 누군지 전혀 말도 안 해?

기 임　그렇다니깐. 자기 어머니가 죽었다는 말도 안 하던 걸.

자 앙　그럼 만나서 무슨 말을 하는 거야?

기 임　그냥 횡설수설하는 거지. 아직 젊은 여자라서 그런지 쓸데없는 소리만 골라 지껄여. 나도 그렇고, 난 나이도 많은데…… 술 때문이야. 술을 마시지 않고 이야기하면 서로 쓸모있는 말만 할 텐데…… 그게 안 돼.

자 앙　왜 그게 안 되지?

기 임　우린 잔뜩 취한 다음부터야 말문이 열리거든. 나를 그렇게 꾸짖는 시선으로 바라보지 마. 어젠 네가 시키는 대로 하려고 했어. 술집 대신에, 어디 조용한 음식점에 가서 식사나 하자고…… 그런데 빌어먹지! 그 말이 영 입에서 뱅뱅 돌 뿐 나오질 않는 거야. 그래서 술집부터 갔지. 둘 다 성난 표정으로 우린 술부터 마셔댔지. 거기까지…… 거기까진 생각나. 그리고 또 있어. 네가 나한테 몇 번이나 주의줬던 것 있잖아. 여자 허벅지를 만지면 안 된다는 것 말야. 그건 지켰어. 오른손은 술잔을 들고 있으니깐 그런 짓을 안 하는데, 꼭 왼손이 만지거든. 그래서 술 마시기 전에 왼손을 손수건으로 꼭꼭 묶어놨지.

자 앙　(미소를 짓고) 잘했어. 정말 잘한 거야.

기 임　오랜만에 칭찬을 들으니까 기분이 좋군!

자 앙　네가 너 자신의 손을 묶어놨다는 건 좀 심했지만 어쨌든 점잖은 태도가 그 여자한테는 좋게 보였을 거라구. 가만 있어. 내가 해장국을 차려줄게.

자앙, 놋쇠 국자를 들고 가서 곤로 위에 끓고 있는 냄비의 뚜껑을 열어 본다.

자 앙 (국자로 국물을 떠 냄새를 맡으며) 흠, 흠, 근사한데! (냄비를 식탁으로 가져와서 기임 앞에 놓는다) 조금 식거든 먹어. 뜨거운 국물에 입안을 데지 말구.

기 임 이 냄비 속의 북어 대가리를 봐!

자 앙 (냄비 속을 들여다본다)

기 임 정말 대단한 놈이잖아? (자앙의 손에서 국자를 빼앗아 들고 냄비 속의 북어 대가리를 건져 올린다) 펄펄 끓는 고춧가루 국물 속에서도 태연하게 눈을 뜨고 있는 걸!

자 앙 그건 왜 꺼내 들고 그래?

기 임 (북어 대가리를 자신의 얼굴 앞에 가까이 당겨 바라본다) 이놈이 웃네! 정말 웃어! 대가리만 덜렁 남은 놈이 입을 쩍 벌리고 으하하하, 으하하하, 소리 내어 웃잖아! (자앙의 웃지 않는 표정을 살피며) 그런데 너는 왜 웃지 않지?

자 앙 (기임의 맞은편 식탁의자에 가서 앉는다) 왜 안 웃느냐구?

기 임 그래, 오히려 심각한 표정인데?

자 앙 모르겠어, 나도…… 하지만 그런 끔찍한 농담은 싫어. 어서 그 대가릴 냄비 속에 집어 넣어…….

기 임 (북어 대가리를 냄비 속에 넣는다) 난 네가 좋아할 줄 알았지.

자 앙 난 싫어. 그런 농담하는 버릇은 고쳐.

기 임 너는 또 나를 어린애처럼 야단치는군. 그래, 언제나 그렇다구. 난 너의 칭찬을 듣고 기분이 좋았다가도 금방 야단 맞고는 풀이 죽지. 너는 내 의붓어머니야. 이건 해라, 저건 하지 마라, 끊임없이 잔소리를 하며 나의 모든 것을 간섭한다구. (바지 호주머니에서 손수건을 꺼내 입을 닦는 시늉을 하며) 이 손수건을 봐. 손으로 입을 쓱 문질러 닦지 말라고 네가 준 거야. 그런데 이렇게 손수건으로 입을 닦으면 꼭 어린애가 된 기분이라니까.

자 앙 뭔가 오해하고 있군. 난 너를 어린애로 생각한 적이 없어.

기 임 아냐, 너는 나를 어린애처럼 꽉 붙잡아 두려고 해. (손수건을 내던진다) 이 빌어먹을 창고 속에서, 평생 동안 함께 살 욕심으로 날 어린애 취급하는 거라구! (자신의 침대로 가서 걸터앉더니 호주머니에서 화투를 꺼내 놓는다) 난 결코 너의 어린애가 아냐! 오늘은 절대로 날 간섭하지 말라구!

자 앙 그게 뭐지?

기 임 보면 몰라?

자 앙 너와 화투 칠 사람이 누군데?

기 임 또 잔소리를 늘어놓을 모양이군!

자 앙 누구야, 말해봐!

기 임 (화투장을 섞으면서) 트럭 운전수, 내 장인 될 사람이지. 오후에 일 끝내고 한 판 하러 오겠대.

자 앙 그가 노름꾼이라는 건 너도 잘 알잖아?

기 임 나하고 사귀는 여자는 자기 아버지가 노름꾼이라는 말은 안 하던 걸.

자 앙 운전수들, 특히 트럭 운전수들은 화투치기엔 도사들이야. 그런 사람들과 노름하면 돈을 잃을 건 뻔해.

기 임 재수 없는 소리! 잃을지 딸지는 해봐야 알지.

자 앙 (기임의 침대로 가서 곁에 앉으며 달래듯이 말한다) 미안해. 아까 북어 대가리한테 농담할 때 웃지 않았던 건 내 실수였어. 그것 때문에 네 기분이 상했다면 사과하지. 자, 냄비 속에서 다시 꺼내. 내가 큰 소리로 실컷 웃을게.

기 임 그건 이미 지난 얘기지.

자 앙 정말 노름을 하고 싶거든 나랑 둘이서 하자구. 그럼 내가 돈을 잃어도 네가 따는 거고, 네가 돈을 잃어도 내가 따는 거니까 실제로는 손해날 것 없잖아? 어때, 생각해봐, 트럭 운전수와 하는 것보다는 그게 훨씬 낫겠지?

기 임 쳇, 그게 무슨 노릇이야? 결국 너는 의붓어미 노릇을 하고, 난 의붓자식 노릇 하면서, 어머니와 아들끼리 사이좋게 놀아보자 그건데 말야, 난 그 따위 유치한 수법엔 안 넘어가!

자 앙 오늘 아침은 이상한데…… 왜 자꾸만 심술을 부리는 거야?

기 임 (벌떡 일어서며) 그것 보라니까! 심술부린다. 그건 어린애한테나 쓰는 말이지 어른에게 하는 말은 아니잖아!

자 앙 그래, 그래. 심통이 되게 났군. (침대에서 일어나며) 해장국 다 먹었거든 일어나. 창고 앞의 상자들을 안으로 옮겨 놓자구.

기 임 그것 역시 너의 수법이지! 상자, 상자, 상자들! 내가 심술부린다고 생각하면 너는 그 빌어먹을 상자로 나를 꼼짝 못하게 만들려고 해. 제자리에 옮겨 놓아라, 절대로 틀려서는 안 된다, 그러면서 나를 호되게 야단치지! (다시 침대에 걸터 앉아 화투장을 섞으며) 그렇지만 오늘은 글렀어. 오늘은, 상자 하나가 잘못됐거든!

자 앙 상자가 잘못됐다니……?

기 임 음, 음, 그렇게 됐어. 오늘 내보낸 상자 중에서 하나가 틀렸지.

자 앙 하지만 뭐야, 트럭에 실어 놓고 확인했는 걸! 모두 서른두 개였잖아!

기 임 숫자는 맞았지. 내가 아무 상자나 슬쩍 채워 넣었거든.

자 앙 어…… 어떤 상잔데?

기 임 어떤 상자인지는 나도 몰라.

자 앙 상자의 번호도 안 봤다는 거야?

기 임 볼 틈도 없었지. 얼른 손에 잡히는 대로 채워 넣은 거니까.

자 앙 도대체 어쩌자고 그런 짓을 했어!

기 임 글쎄…… 나도 순간적으로 한 짓이야.

자 앙 왜 나한테 말하지 그랬어! 이건 보통 일이 아냐. 상자 하나만 잘못된 게 아니라구! 하나가 잘못되면 전체가 틀려져! 모든 것이 잘못되고 마는 거야!

기 임 어쨌든 나한테는 잘된 일이라구. 미운 짓을 했으니까 너도 이제 나를 이 창고 속에 붙잡아 두지는 않을 테고. 나도 나갈 때 홀가분해서 좋겠지. 여봐, 의붓엄마, 얼굴이 왜 그렇게 창백해? 자식 나가는 게 걱정이야? 아니면, 잘못된 상자가 더 걱정이야?

자 앙 그러니까 다른 엉뚱한 상자가 실려 나갔다면…… 어떻게 하지? 그래…… 우선 그 상자의 번호부터 알아내야겠어. 서류들을 전부 뒤적이면서, 창고 속의 모든 상자들을 대조해보면, 그 상자의 번호는 알아낼 수 있을 거야.

기 임 오늘은 그 일 때문에 바쁘겠군. 어때, 우리 둘이서 화투 칠까? 하지만 너는 시간이 없어서 못할 거야, 그렇지?

무대 조명, 암전한다.

제4장

저녁 무렵, 기임과 트럭 운전수가 식탁에 앉아서 화투 노름을 하고 있다. 각각 두 장의 화투를 나눠 갖고서 그 합친 숫자로 우열을 가리는 간단하면서도 빠르게 진행되는 노름이다. 상대방을 이길 수 있을 것 같은 패를 잡게 되면 돈을 더 많이 올려 걸 수 있다. 상대방이 포기 않고 같은 돈을 걸면서 응수할 경우엔 서로 패를 공개하는데 합의할 때까지 돈 액수를 계속 높여나간다. 기임의 표정은 초초하고 심각하다. 그는 트럭 운전수에게 돈을 계속해서 잃을 뿐 단 한 번도 따지 못했다. 기임과는 정반대로 트럭 운전수는 여유 있는 표정이다. 그는 능수능란하게 기임을 다루고 있다. 자앙은 창고 안의 상자들이 쌓인 곳에 있다. 그는 서류와 상자들을 대조하면서 잘못 실려 나간 상자의 번호를 확인하는 중이다. 가끔씩 그의 모습은 쌓여있는 상자들에 가리워져 보이지 않는다.

기 임 (쥐고 있던 패를 내려 놓으며) 난 죽었어요.

운전수 여봐, 늙은 사위, 노름을 해보니까 자네의 인간적인 결점을 알겠는데.

기 임 내 인간적인 결점이 뭔데요?

운전수 자네 결점은 다른 게 아냐. 행운이 있을 땐 배짱이 약해지고, 행운이 없을 때는 배짱이 세진다는 거야. (자신이 갖고 있는 화투장을 펴 보인다) 이걸 보라구, 난 겨우 다섯 끝이야.

기 임 (애석한 감정을 터뜨리며) 겨우 다섯 끝이었어요?

운전수 그렇다니깐, 자넨 뭐였지?

기 임 (바닥에 내려놓은 패를 펴 보인다) 갑옵니다, 갑오!

운전수 (판돈을 쓸어 가며) 쯧쯧, 갑오 들고 다섯 끝한테 죽다니, 참 안됐군.

기 임 그쪽에서 워낙 세게, 자꾸만 판돈을 높여 걸었잖아요. 그래서 나보다 더 좋은 패를 잡은 줄 알았죠.

운전수 이번엔 잘해봐. 미리 겁먹지 말구. 자네 배짱대로 하는 거야.

트럭 운전수, 화투를 다시 쳐서 내민다. 기임은 신중하게 반으로 떼어낸다. 운전수는 각각 화투장을 나눠 갖는다.

운전수 (이맛살을 찌푸리며) 이런, 이런……!

기 임 왜요?

운전수 아냐, 아무것도. 그래 자넨 어떻게 하겠어?

기 임 (자신만만한 표정으로 자기 앞에 놓은 양철상자 속에서 돈을 꺼내 식탁 가운데에 놓으며) 큰 거 다섯 장에 작은 것 일곱 장!

운전수 굉장히 많은 돈인데

기 임 자신 없거든 죽으세요.

운전수 글쎄…….

기 임 아, 나중에 후회 말고 죽어요.

운전수 살기도 뭐하고, 죽기도 뭐해서 그래…… (한참 망설이더니 기임이 건 만큼의 돈을 내놓으며) 우리 이만 펴 볼까?

기 임 아뇨. (양철상자 속에서 더 많은 돈을 꺼내 놓는다) 난 더 걸겠어요. 큰 거 넉 장에, 작은 것 석 장…….

운전수 젠장, 난 어정쩡해서 말야…… (주저하면서 판돈을 더 건다) 이 정도만 하자구, 우리.

기 임 (의기양양하게 더욱 많은 판돈을 걸면서) 난 행운을 잡은 걸요.

운전수 좋아, 더 걸지. (할 수 없다는 듯이 소극적으로 판돈을 더 내놓는다) 어때, 이젠 서로 펴 보는 것이?

기 임 (들고 있는 패를 느긋하게 보여준다) 난 삼땡입니다.

운전수 (자신의 패를 느긋하게 보여준다) 난 공산명월 한 장에 기러기 한 장, 팔땡이라구, 아이구, 늙은 사위, 일찍 죽지 그랬어?

기 임 (의자에서 벌떡 일어나며) 내가 삼땡을 들고 죽어요?

운전수 하지만 생각해봐. 내가 더 좋은 패를 들었다는 걸 감 잡을 수 있었잖아.

기 임 그런 소리 마세요! 의뭉스럽게 엄살을 떨어 놓곤 나더러 감을 잡으라니…… 이번 판은 무효예요!

운전수 노름엔 무효가 없어. (쌓여 있는 돈을 자기 앞으로 긁어 간다) 자네한테 충고하지만, 자넨 나의 장점을 알아둬야 했어. 정작 행운을 잡았을 땐 금방 죽을 듯이 엄살을 떠는 거라구. 늙은 사위, 진정하고 앉아 노름에 졌다고 발칵 성질내면서 일어서는 건 인간적으로 좋지 않아. 앉아서 차분하게 생각해, 응? 오직 노름에서 돈 잃은 것만 생각하면 화가 나겠지만, 자넨 나한테서 따가는 것도 있잖아?

기 임 (의자에 앉는다) 난 잃기만 했어요.

운전수 아냐, 따간 것도 있어. 노름에서 자넨 돈을 잃을수록 그만큼

내 딸을 따가고 있는 거야. (화투를 다시 쳐서 내밀며) 이젠 장인의 기분을 알았으면 얼굴을 펴.

기임, 노름을 계속할 의사로 화투장을 뗀다. 트럭 운전수는 다시 패를 나눈다. 그들이 각자의 패를 들고 겨루는 동안 미스 다링이 창고 안으로 들어온다. 그녀는 노름을 미리 짐작하고 있었다는 태도이다.

다 링 내가 이럴 줄 알았죠!

운전수 음, 너 왔냐……?

다 링 (식탁에 가까이 다가와서 기임에게 묻는다) 얼마나 잃었어요?

운전수 (기임이 대답하기 전에 먼저 가로채서 말한다) 이제 막 시작한 거야. (기임의 동의를 구하며) 그렇지? 방금 시작한 거지?

기 임 아…… 네…….

다 링 (기임의 돈 담은 양철상자를 들고서 그 안을 바라보며) 돈이 조금밖엔 없잖아요?

기 임 그래…… 벌써 난 많이 잃었어.

다 링 우리 아버진 이런 사람이에요. 딸이 사귀는 남자들을 가만두지 않죠. 장인과 사위끼리 어쩌구 하면서 노름판을 벌여서는 꼭 먹이로 삼거든요. 그래서 이 근처 창고지기들은 모두 다 우리 아버지한테 당했어요.

운전수 얘 좀 보게! 날 아주 못되게 험담하고 있네!

다 링 험담이 아니잖아요, 아버지. (양철상자를 기임의 앞에 내려 놓는다) 내 실수였어요. 우리 아버지를 조심하라는 말을 미리 했어야 하는 건데…….

운전수 넌 이 사람한테 중요한 건 아무것도 말해주지 않았더라. 너의 어머니가 일찍 죽었다는 말도 안 했구. 내가 온갖 고생해가며 너를 키웠다는 말도 안 했어.

다 링 왜 그런 말을 해요?

운전수 그건 중요한 거야. (기임에게) 자네 생각도 그렇지?

기 임　그럼요, 어쨌든…… 중요한 거죠.

운전수　네가 통 말 안 해준 것 같아서, 내가 대신 다 말해줬다. 그러려면 다정하게 인간적인 화투라도 치면서 해야지, 멀뚱멀뚱 얼굴 쳐다보며 입만 놀릴 순 없지.

다 링　돈을 많이 잃을수록 나를 따갈 거라는 말씀도 하셨겠군요?

운전수　물론 했다!

다 링　그리고, 내가 여러 남자들과 사귄다는 말씀도 하셨겠죠?

운전수　그거야 제일 먼저 했지! 하지만 난 젊은 사위보다 늙은 사위가 더 좋다고 했다!

다 링　듣고 보니까 아버지 온갖 말씀을 다 하셨군요. (식탁에 걸터앉아서 기임의 화투장을 넘겨보며) 죽어요. 그런 패를 들고 무슨 배짱으로 돈을 걸려고 그래요?

기 임　죽다니…… 이건 굉장히 좋은 거야!

다 링　국화 두장, 구땡이죠. 하지만 이런 경우 아버지는 단풍 두장, 장땡이에요.

운전수　너…… 너…… 남의 패를 보지도 않고 그런 말을 해?

다 링　난 아버지 수법을 다 알거든요.

운전수　여봐, 늙은 사위, 구땡을 들고서 죽는다는 건 말도 안 돼!

기 임　하지만 장땡을 들고 계신다면서요?

운전수　그거야 뭘 들었는지 알려줄 순 없지!

기 임　(갈피를 못 잡겠다는 듯이 곤혹스러운 표정으로) 정말 미치겠군!

다 링　이럴 땐 젊은 남자들은 어떻게 하는 줄 아세요? 벌떡 일어나서는 서슴없이 판을 뒤엎어 버리죠. 그런데 당신은 딱도 하지, 이러지도 저러지도 못한 채 난처한 표정만 짓고 있군요.

운전수　그래서 난 젊은 놈들이 싫다는 거야! 그놈들은 노름할 줄도 몰라!

다 링　아뇨, 내가 보기에는요, 정말 노름할 줄 모르는 건 아버지예요. 아버지는 교묘하게 패를 바꾸죠. 이기고 지는 걸 그냥 우연한 운수에 맡기는 게 아니라, 모두 아버지가 이기도록 만든다구요. 그러니깐 무슨 재미가 있고 무슨 흥미가 있겠어요. 아버지는 돈만 딸 뿐 노름의 진짜 맛은 못 느끼죠. (기임의 어깨 위에 손을 얹으며) 가엾어라, 그런데 당신은 부들부들 떨고만 있군요.

기 임 난 이 좋은 걸 들고 어떻게 해야지? 죽어야 하는 거야? 아니면 살아야 하는 거야?

다 링 당신은 죽어요.

운전수 옆에서 자꾸만 죽으라고 하지 말아라. 그럴수록 사람 배짱만 약해져.

다 링 그럼 당신 마음대로 하세요.

기 임 아냐, 난 내 마음대로 할 수가 없어. 정말 저쪽이 장땡을 든 게 확실해?

다 링 몇 번이나 그렇다구 말했잖아요! (걸터앉은 식탁에서 내려오며) 당신 친구는 어디 있죠? 안 보이는데요?

기 임 음, 음, 창고 안 어디에서…… 상자를 찾고 있을 거야.

운전수 여봐, 늙은 사위, 죽든지 살든지 어서 정해야지!

다 링 (창고 구석의 살림 도구가 있는 곳을 둘러본다) 어머, 온갖 살림이 다 있네! 어젯밤 왔을 땐 못 봤는데, 곤로도 있고, 냄비도 있고, 그릇이랑 국자…… (국자를 집어들고 바라본다) 이런 놋쇠 국자는 옛날에 만든 것이죠? (기임에게) 내 말 안 들려요?

기 임 (화투장에서 눈을 떼지 않은 채 건성으로 대답한다) 뭐라구?

다 링 이런 놋쇠 국자는 요즈음엔 없다구요!

운전수 (기임에게) 다른 덴 신경쓰지 마. 어서 정하기나 해!

다 링 (국자를 제자리에 놓고 침대가 있는 곳으로 가서) 이 침대 둘 중에 어느 것이 당신 거예요? 이쪽? 아니면 저쪽?

기 임 (건성으로 대답한다) 이쪽 것이 내 침대야.

다 링 똑바로 보고 말씀하세요. 분명히 이쪽 것이 당신 침대예요?

기 임 (침대를 힐끗 바라보며) 아냐, 그게 아니고 저쪽이 내 침대야.

다 링 (기임의 침대에 가서 앉는다) 참 지저분하게 생겼네.

운전수 얼마나 더 망설일 거야?

기 임 (더욱 곤혹스러운 표정이 되며) 글쎄요…….

다 링 그런데 당신 친구 침대는 왜 저렇게 깨끗하죠?

기 임 글쎄, 난 몰라…….

다 링 함께 오래 살았으면서 그걸 몰라요?

기 임 난 모른다니깐!

다 링 (침대에 놓인 도색 잡지를 치켜 들며) 그리고 당신 친구는요, 저렇게 고상한 책들만 읽는데, 당신은 이런 유치한 것만 읽어요?

운전수 얘, 너 입 좀 닥쳐라! 늙은 사위가 지금 어찌할 바를 모르고 있는데, 너까지 끼어들어 정신을 혼란시킬 건 없다.

다 링 그럼 뭐죠? 아버진 장땡을 잡으셨으니까 혼을 빼도 좋다는 건가요?

운전수 안 되겠다. 너, 저기 창고 구석에 가서 상자찾기나 할래? 오늘 아침에 상자 하나가 엉뚱하게 내 트럭에 실려 나갔는데, 그게 어떤 것인지 찾고 있단다.

다 링 그건 내가 시킨 거예요.

운전수 네가 시킨 거라니?

다 링 아버지 늙은 사위에게 물어보세요.

운전수 (기임에게) 쟤가 지금 무슨 소릴 하는 거야?

기 임 글쎄, 그게…… 내 친구가 너무 고지식하기 때문에 나까지 힘들어 죽겠다고 했더니만…… 상자 하나를 슬쩍 잘못되게 해보라는 겁니다. 그래서 난…… 시킨 대로 시험해 본 거죠.

운전수 시험할 게 따로 있지, 상자 가지구 시험을 해?

다 링 상자가 잘못되면 아버지도 책임이 있을 걸요?

운전수 그게 왜 내 책임이냐? 난 그저 상자를 가져오고, 가져갈 뿐이다. (기임에게) 이젠 더 시간 끌 것 없어. 죽든지, 살든지, 눈 딱 감고 정해 버려!

기 임 지금 그럴 작정입니다. (양철상자를 통째로 식탁 가운데에 내민다) 자, 남은 돈을 다 걸겠어요!

운전수 좋아, 단번에 끝내자구! (손에 들고 있던 화투장을 식탁 위에 나란히 펼쳐 놓는다) 난 시월 단풍 두 개, 장땡이야, 자네는?

기 임 (힘없이 화투장을 펴 놓으며) 졌어요, 내가…….

운전수 자넨 구월 국화 두 장이로군.

기 임 정말 억울해요…….

운전수 (기임의 양철상자를 가져다가 자기 앞에 쏟는다) 억울할 건 없다구. 자넨 들었던 패도 좋았고, 운도 좋았어. 다만 내가 몇 번이나 가르쳐줬지만 말야, 자넨 인간적으로 고쳐야 할 결점이 있어. 패가 좋고 운이 좋을 땐 슬며시 죽어야 하는데, 자넨 오히려 기를 쓰며 살려고 하거든.

기 임 제발 그런 말씀 말아요! 언제 죽고, 언제 살아야 할지 난 몰라요!

운전수 그러니깐 배짱이 필요한 거지. 우리 나가서 한 잔 하지. 내가 살게. (다링에게) 얘, 너도 갈래?

다 링 난 가고 싶지 않아요.

운전수 왜? 너도 가면 좋을 텐데?

다 링 우리 셋이 술집에 나타나면 웃음거리가 될 걸요.

운전수 누가 우리를 보고 웃어?

다 링 사람들은 다 알죠. 아버지가 무슨 짓을 했는지, 술 마실 돈이 누구한테서 딴 건지, 다들 알고는 웃어댈 거라구요.

운전수 가기 싫거든 넌 빠져라, 우리끼리 갈 테니까! (식탁의 의자에서 일어나며) 여봐, 늙은 사위, 너무 상심하지 말고 그만 일어나! 술 마시러 안 갈 거야?

기 임 갈 겁니다, 나는. (의자에서 일어나며 다링에게 묻는다) 그런데 정말 안 따라가고 여기 있을 거야?

다 링 글쎄요…… (창고 안을 둘러보며) 여기가 더 재미있을 것 같은데요?

기 임 여긴 아무것도 재미없어!

운전수 (기임을 창고 밖으로 이끌고 가며) 우리끼리만 가자구! 난 저애랑 함께 가는 게 싫어!

다 링 (창고 문쪽을 향하여) 나도 아버지와 같이 가는 건 싫어요!

운전수와 기임, 창고 밖으로 퇴장한다. 다링은 계속해서 커다랗게 외친다.

다 링 나는 아버지가 싫어요!

창고의 상자들이 가득 쌓인 곳에서 자앙이 서류 뭉치를 들고 나온다. 다링은 외치기를 멈춘다.

다 링 미안해요, 소리 질러서…….

자 앙 괜찮습니다.

다 링 어젠 잔뜩 술 취하고, 오늘은 큰 소리를 지르구…… 만날 때마다 그래서 괴상한 여자로만 보이겠군요.

자 앙 어제는 정말 고마웠어요. 내 친구를 데려다 주어서.

다 링 뭘요, 오늘은 우리 아버지가 다시 술집으로 데려갔는 걸요. 그런데 상자를 찾고 있다면서요?

자 앙 네. (살림 도구가 있는 곳에 가서 물을 마시며) 목이 타는군요.

다 링 (자앙의 물 마시는 모습을 보며 재미있다는 듯이 키득키득 웃는다)

자 앙 왜…… 웃죠?

다 링 어젯밤 생각이 나서요. 어젠 내가 목이 타서 물을 마셨잖아요.

자 앙 오늘도 물 한 잔 드릴까요?

다 링 아뇨, 오늘은 필요 없어요. (자앙에게 다가서며) 상자 때문에 너무 걱정하지 마세요. 이렇게 생각해 보시죠. 실려 나간 상자와 남겨진 상자가 똑같은 거라면 아무 잘못된 것이 없잖아요? 예를 들자면, 그 두 상자 속에 똑같은 물건이 들어있다고 그래 봐요. 상자는 서로 바뀌었어도 속 내용은 전혀 달라진 게 없거든요!

자 앙 (물컵을 내려놓고 상자가 쌓여 있는 곳으로 걸어가며) 나도 그 생각은 해봤어요. 하지만…….

다 링 (자앙을 중간에서 가로 막는다) 하지만 뭐죠?

자 앙 상자 번호가 달라요. 서류와 상자들을 하나씩 대조해 봤죠. 8-

3986번 상자가 엉뚱하게 실려 나가고, 대신 6-6274번 상자가 남아있는 거예요. 각각 번호가 다른데 똑같은 물건이 들어 있을 리는 없습니다.

다 링 그럼 이렇게 생각해 보자구요. 두 상자 속에 각각 다른 것들, 이를테면 한 상자 속에 계란이 들어 있구요. 다른 한 상자 속에는 감자가 있는 거예요. 하지만 둘 다 식료품이죠. 둘 다 먹는 것이란 점에는 똑같은 거라구요. 어때요? 내가 걱정을 멋지게 해결해드렸죠!

자 앙 나도 그 생각은 했었어요. 하지만 그건…….

다 링 아, 또 하지만예요?

자 앙 예전에, 내가 창고지기를 시작하던 때에는 대부분 이런 상자들뿐이었죠. (식탁 위에 놓여있는 양철상자를 들어 보이며) 보세요, 이 옛날 상자엔 하얀 연기의 예쁜 무늬와 담배 피우는 사람을 그려놓았죠. 이거 누가 봐도 담배 상자예요. 옛 시절엔 이렇게, 상자만 봐도 그 속에 무엇이 들어있는지 알았거든요. 하지만 지금은 다릅니다. 지금 상자들은 거의 다 숫자들, 그냥 번호만 적혀 있죠. (서류 뭉치에서 한 장의 서류를 꺼내 읽는다) 상자 번호 8-3986번, 내용물 35-402, 사이즈 18, 수량 50. 이건 엉뚱하게 실려 나간 상자입니다. 그리고 잘못 남아있는 상자는 이렇죠. (다른 한 장의 서류를 읽는다) 상자번호 6-6274번, 내용물 98-024, 사이즈 33, 수량 45…… 이걸 보고선 상자 속에 든 것이 무엇인지 알 수는 없어요.

다 링 혹시 우리 아버지는 알고 있지 않을까요?

자 앙 아까 노름하고 왔을 때 물어봤죠. 그러나 모른다고 하더군요. 과거에는 트럭이 직접 물건 만드는 곳에서 실어왔지만, 지금은 화물 기차가 대량으로 정거장에 운반해 놓은 것을 나눠 싣고 창고로 왔다가는, 다시 창고에서 나눠 싣고 정거장으로 간다는 겁니다. 그러니깐 상자 속에 무엇이 들어있는지 알기는 커녕, 어디에서 왔다가 어디로 가는 상자인지도 알 수 없다는 거예요.

다 링 (웃으며) 그것 참 재미있네요!

자 앙 뭐가 그리 재미있죠?

다 링 이 창고 속에 가득 쌓여 있는 상자들을 보세요. 모두 알 수 없는 것뿐이라니 무슨 신기한 수수께끼 같잖아요! 우리 상자를 뜯어봐요! 엉뚱하게 잘못 남은 상자, 그 속에 무엇이 들었는지 뜯어 보자구요! 당신은 궁금하지도 않으세요?

자 앙 궁금하다고 상자를 뜯어볼 순 없어요.

다 링 왜요? 왜 뜯어볼 수 없다는 거예요?

자 앙 허락을 받아야죠.

다 링 (자앙 앞으로 가까이 다가오며) 누구 허락을요?

자 앙 상자 주인의 허락 말입니다.

다 링 상자 주인이 어디 있는데요?

자 앙 어디 있는지는…….

다 링 (얼굴이 맞닿을 만큼 바짝 다가오며) 그럼 누군지는 알아요?

자 앙 (말문이 막힌 채 뒤로 물러선다)

다 링 (자앙의 어깨를 두 손으로 잡으며) 누군지, 어디에 있는지, 모르잖아요!

자 앙 우리가 모른다고 상자 주인이 없는 건 아닙니다.

다 링 물론 주인이야 있겠죠. 그러나 겁낼 것 없어요. (자앙의 어깨를 잡았던 손으로 목을 껴안으며) 내 생각엔 당신은 뜯어볼 권리가 있다구요. 상자를 지키는 사람이, 그 상자 속에 무엇이 들어있는지 모른다는 건 말도 안 돼요. 더구나 잘못된 상자는 당연히 뜯어봐야죠! 그 상자 어디 있어요? 나한테 가르쳐줘요!

자 앙 잠깐만, 잠깐만…… 이 손 좀 풀어요.

다 링 (손에 더욱 힘을 주어 안으며) 당신은 가르쳐 주기만 해요. 뜯는 건 내가 할게요.

자 앙 제발, 이 손을…….

다 링 이 손은 놓아 주면 도망가려구요? 당신은 어젯밤 나를 시험해

보지 않았어요. 저 구석으로 도망쳐서 꼼짝도 안 했다구요. 어서 말해요. 그 상자는 어디 있어요?

자 앙 (상자가 놓여 있는 곳을 손으로 가리키며) 저기에…… 저기 있어요.

다링, 상자들이 쌓여 있는 곳에 가서 6-6174번 상자를 들고 되돌아 온다.

다 링 꽤 무거운데요! (상자를 내려 놓고 살펴본다) 단단히 못을 박았네! 망치나 톱 같은, 무슨 연장 없어요?

자 앙 상자를 뜯으면 안 되는데…… 만약 뜯었다가 잘못되면…….

다 링 아무 걱정할 것 없어요. 당신은, 나에게 맡겨두고 보기만 하세요. (주위를 둘러보더니 살림 도구 있는 곳에서 놋쇠로 만든 국자를 들고 온다) 이 튼튼한 놋쇠 국자가 좋겠어요. (국자 손잡이를 상자의 본체와 뚜껑 사이에 비집어 넣는다. 그리고 지렛대처럼 힘을 주며 들어올리자 못이 빠지면서 뚜껑이 열린다) 자, 됐어요! 이리 가까이 와서 상자 속에 든 것을 보세요!

자 앙 (주춤주춤 상자에 다가온다. 허리를 굽혀 들어다보더니 점점 당혹한 표정이 된다) 뭘까요, 이것들이……?

다 링 (상자 속에 든 금속 물체를 꺼낸다) 참 이상하게 생겼네! 쇠로 만든 것이 가운데는 구멍이 뚫리구…….

자 앙 글쎄요…… 뭔가 부속품 같은데…….

다 링 (자앙에게 금속 물체를 내민다) 무슨 부속품이죠?

자 앙 (금속 물체를 받아 살펴보며) 어떤 기계의…… 하지만 어떤 기계인지는…….

다 링 맞아요. 기계의 부속품이에요! 부속품 한 개가 이 정도 크기라면, 수많은 부속품들이 모여 만든 그 기계는 아주 굉장히 크겠군요! (점점 자신의 생각을 부풀린다) 물론 그런 기계는 특수하겠죠. 하늘을 날아다닐 수도 있고, 바다 밑을 다닐 수도 있을 테죠. 언젠가 영화를 봤는데요, 실제로 그런 기계가 있더라구요. 신나게, 과거에도 날아가고 미래에도 날아가요. 어쨌든 사람들은 그 신나는 기계 때문에 행복해요! (침묵하고 있는 자앙에게) 그런데 당신은 왜 아무 말도 않죠? 내 생각이 틀렸어요? (사이) 좋아요. 그럼 다른 생각을 해볼까요? 그러니까 이건요…… 굉장한 폭탄의 부속품이에요. 수천, 수만 명을 한꺼번에 죽여요! 실제로 그런 무서운 폭탄이 있다구 신문에서 읽었거든요. 순식간에, 어찌나 재빠르게 죽여버리는지, 사람들은 죽는 고통을 느낄 수도 없대요! 그래도 당신은 아무 말 안 하시네…… 또 내 생각이 틀린 모양이죠?

자 앙 (꺼냈던 것들을 다시 상자 속에 넣으며) 상자를 괜히 뜯어봤어요.

다 링 후회하는 거예요?

자 앙 그래요…… 차라리 그냥 둘 것을…….

다 링 후회할 것 없어요. 다시 뚜껑을 닫으면 되잖아요. (상자의 본체에 뚜껑을 덮고 국자로 솟아나온 못을 때려 박는다) 기계의 부속품인지, 폭탄의 부속품인지 알게 뭐예요! 어차피 우린 이게 뭔지 모르잖아요! 상자를 뜯어봤던 게 겁나거든 나랑 함께 도망가요! 이 창고를 빠져나가 우리 둘이서 함께 살자구요!

다링, 국자로 상자 뚜껑의 못을 때려 박으며 재미있다는 듯 소리내어 웃는다. 무대 조명이 서서히 어두워진다.

제5장

며칠 후, 늦은 밤. 어둠 속에서 자앙과 기임은 침대에 누워 있다. 그들이 몸을 뒤척일 때마다 부스럭거리는 소리, 간혹 침대가 삐거덕거리는 소리 등이 들린다. 자양과 기임, 그들은 서로 잠을 이루지 못하는 것을 알고 있다. 마침내 더 이상 참을 수 없다는 듯이, 어둠 속에 기임의 목소리가 들린다.

기 임 여봐, 왜 잠을 못 자는 거야?

자 앙 너는……?

기 임 내가 먼저 물었잖아.

자 앙 (침묵)

기 임 그 빌어먹을 상자 때문에 그래?

자 앙 (침묵)

기 임 그렇다면 그렇다고 솔직히 말해. 혼자서 끙끙 앓지만 말구.

자 앙 잠깐 불 켜도 돼?

기 임 좋을 대로 해.

자앙, 식탁 위 천정에 달린 전등을 켠다. 불빛에 눈이 시린 기임은 뒤돌아 눕는다. 자앙은 자신의 침대에 걸터앉는다.

자 앙 참 이상하지…….

기 임 뭐가 이상하다는 거야?

자 앙 상자 말야…… 상자가 잘못 바뀌어졌는데도 주인한테서 아무 연락이 없거든.

기 임 별 걱정을 다 하는군.

자 앙 자꾸만 마음이 불안하고 두려워…… 벌써 며칠이 지났는데, 전혀 연락이 없어. 상자 속엔 부속품이 가득 들어있거든. 어딘가에서 그것들을 모아 굉장한 걸 만들 텐데…… 잘못 만들면 안 되잖아…….

기 임 (자앙을 향해 돌아누우며) 글쎄, 잘 만들었으니깐 아무 연락이 없지!

자 앙 건성으로 듣지 말고 진지하게 내 걱정을 들어줘. 난 그 부속품이 잘못 바뀌졌다는 걸 알아. 더구나 나는 상자까지 뜯어봤어. 그런데 그것으로 무엇을 만들고 있는지는 몰라…… 잘못됐다는 연락도 없구…… 그래서 난 잠을 못 자고 생각해 봤지. 여러 가지를, 여러 가지 가능성들을 생각해 본 거야. 첫째는, 부속품이 잘못된 것을 모르고서 그냥 만든다…… 둘째는, 부속품이 잘못된 줄 알면서도 그냥 만든다…… 셋째는, 부속품이 잘못된 것은 알지만 그 상자가 우리 창고에서 바뀌졌다는 건 알지 못한다…… 넷째는, 부속품이 잘못된 것도 알고 우리 창고에서 바뀌진 것도 알지만 모르는 체 덮어두기로 한다……

기 임 그만해! 너는 생각이 너무 많아서 탈이야!

자 앙 여러 가지 중에 어느 것이 맞겠어?

기 임 (침대에서 일어나 걸터앉으며) 그럴 때는 네 배짱대로 정하는 거야! 요즈음 우리 장인 될 사람이 뭘 가르쳐 주는지 알아? 배짱이라고, 배짱! 자신의 손에 어떤 패가 들어왔느냐는 중요한 게 아냐. 삼팔따라지를 들고서도 배짱만 좋으면 얼마든지 광땡처럼 먹을 수 있어!

자 앙 내가 한 말은 노름이 아니잖아?

기 임 이거나 저거나 마찬가지라구! 첫째, 둘째, 셋째, 넷째, 복잡하게 생각할 필요 없어. 배짱이란 뭐냐, 그 중 하나를 자기 좋을 대로 택하는 거야. 그리고 이거 우리 장인어른 말씀인데, 세상은 모두 잘못됐다는 거야. 어느 것 하나 옳게 된 것이 없고, 어느 것 하나 틀리지 않은 게 없다는 거지. 그러니깐 믿을 게 뭐 있겠어? 자기 배짱뿐이지!

자 앙 (기임의 얼굴을 물끄러미 바라본다)

기 임 왜 그렇게 빤히 쳐다봐? 내 얼굴에 뭐 묻었어?

자 앙 (고개를 가로 저으며) 아냐, 아무것도 묻지 않았어.

기 임 (담요로 얼굴을 문질러 닦으며) 뭔가 묻은 모양인데…….

자 앙 그냥 너의 얼굴 그대로야. 예나 지금이나 다른 게 없는 네가 엉뚱한 말을 하고 있으니깐 전혀 어울리지 않아서 바라본 거지.

자 앙 무슨 소리야, 그게?

자 **앙** 배짱이란 너한테는 맞지 않아. 그리고 나한테도 맞지 않구. 우리는 둘 다 이 세상이 잘못되면 불안해서 살 수 없는 사람들이야. 분명하고, 정확하게, 모든 것이 틀림없어야만 우리는 안심하고 살 수 있다구. 내 마음이 이렇게 복잡하고 불안하듯이 너 역시 마찬가지야. 너는 나에게 숨기려 하지만, 난 알아. 요즈음 너는 너무 많이 잃었다구. 모아 놓은 돈도 잃었고, 마음의 안정도 잃었어. 오늘 밤도 네가 잠 못 자는 이유는 그 때문이지.

기 임 (자앙의 말을 어느 정도는 수긍한다는 듯이) 그래, 그래…… 하지만 얻은 것도 있어. 그 여자는 내 거야. 확실히, 내 것이 됐다구.

자 앙 (말없이 기임의 얼굴을 바라본다)

기 임 (담요로 얼굴을 가린다) 제발, 그렇게 보지 마!

자 앙 그 여자는 너를 사랑하지 않아.

기 임 우린 같이 살기로 했어! 그 여자가 약속했고, 그 여자 아버지가 보증했다구! (담요를 내리며) 너는 내가 행복하게 되는 것이 싫어?

자 앙 왜 싫겠어.

기 임 아냐, 너는 의붓어미라서 내가 행복해지는 게 싫은 거야.

자 앙 네가 속상할지 몰라 말 안 했는데…… 그 여잔 행실이 좋지 못해. 술에 취한 너를 데려왔던 날, 그 여자는 나에게 옷을 풀어헤치고 자기를 만져보랬어. 그 뿐 아냐, 내 목을 껴안고 놓아주지 않은 적도 있었고, 함께 살자고 유혹한 적도 있어.

기 임 알아! 너한테 꼬리쳤다는 거, 나도 다 알아! 그 여자는 이 근처 창고지기들 아무한테나 시험하려고 그래. 하지만 시험은 끝났어! 최후로 너와 나 둘만 남았지. 처음엔 성실하고 정확한 네가 더 그 여자 관심을 끈 모양이야. 그러나 말야, 상자가 틀린 다음부터 네가 안절부절 못하니까, 그 여자 생각이 달라졌어. 너 같은 불안한 인간하곤 못 살겠다 그거지. 오히려 틀려도 끄떡

없는 나하고 사는 게 안심이다, 그렇게 판단한 거라구!

자 앙 그게…… 정말이야?

기 임 암, 정말이지! 그 여잔 이제는 너한테 관심조차 없어! 알았거든 전등불이나 꺼! 눈이 부셔서 잠을 못 자겠어.

자앙은 침대 밑에서 석유등과 종이, 연필을 꺼내더니 식탁으로 되돌아온다. 그리고 불빛이 약한 석유등을 켠 다음 식탁의자에 앉아 편지를 쓴다. 기임은 침대에 누운 채 그 광경을 얼마 동안 지켜본다.

기 임 뭘 하는 거야, 석유등을 켜놓고?

자 앙 편지 써.

기 임 (침대에서 상반신을 일으키며) 무슨 편지……?

자 앙 내일 새벽에 트럭이 오면 운전수를 통해서 편지를 보내려구.

기 임 누구한테 보내는 건데?

자 앙 상자 주인.

기 임 (침대에서 내려와 자앙의 맞은편 의자에 앉는다) 상자 주인이 너의 편지를 받아볼 수 있을까……?

자 앙 받아볼 수 있게 해달라고 기도해야지.

기 임 기도……?

자 앙 내 잘못을 용서해달라구…… 들어봐…… (편지 내용을 읽는다) 주인님 전상서, 상자가 바뀐 줄도 모르고 트럭에 실어 보낸 저의 태만과, 그것으로 생긴 모든 결과에 대하여, 창고지기인 저에게 그 책임이 있음을 고백하오니…….

기 임 편지는 쉽게 쓰는 거야.

자 앙 (편지를 쓰며) 저의 잘못을 침묵 속에 덮어 두지 마시옵고, 차라리 드러내어 심히 꾸짖으소서. 그것만이 이 깊은 불안에서 저를 벗어나게 할 것이옵니다.

기 임 (침대에서 내려와 자앙에게 다가온다) 나도 상자 주인한테 편지를 보내야겠다. 부를 테니 받아 써줄래?

자 양 그래, 불러봐.

기 임 사실은 상자를 바꾼 건 제 친구가 아니라 저올시다. (자앙의 주위를 돌면서) 제 친구에게는 아무 잘못이 없으니 벌을 주시려거든 저에게 주십시오. 야, 잠깐, 벌이란 말은 빼라. 난 벌 받는 건 싫으니까. 제 친구는 아주 성실한 사람입니다. 창고 안으로 상자를 들여올 때는 단 하나도 틀리지 않았고, 창고 밖으로 내보낼 때는 정확하게 확인하고 또 확인했었죠. 그런데 말씀입니다. 요즘 제 친구는 밤에 잠을 못 잡니다. 낮에 일할 땐 힘이 없구요. 뭔가 잘못을 했으면 야단치실 것이지, 가만 있으니까 지금까지 잘한 일도 의심스러운 모양입니다. 잠깐, 너 야단치란 그것도 빼. 다시 한 번 말씀드립니다만, 제 친구는 아무 잘못이 없습니다. 오히려 그는 큰 상을 받아야 합니다. 저는 제 친구가 다시 신이 나서 행복하게 일하기를 바랍니다. 안녕히 계십시오. (부르기를 마치고 가만히 있는 자앙을 바라보며) 어어, 받아쓰질 않았잖아?

자 앙 네가 날 그렇게 생각해주다니…… 난 정말 감동했어.

기 임 뭘 그까짓 걸 가지고 감동해? 편지는 알아듣기 쉽게 써야 하는 거야.

자 앙 응, 네 말이 맞아.

기 임 한 마디도 받아쓰지 않고 뭘 맞다고 그래?

자 앙 네 편지는 모두 내 마음 속에 적었지!

기 임 미리 경고해 두는데, 나한테 다정하게 굴지 말어. 난 분명히, 네 곁을 떠날 사람이야.

자 앙 가면 안 돼. 나와 함께 여기 있자구. 창고 밖으로 나가면, 또 창고가 있고, 그 창고 밖으로 나가면, 또 창고가 있을 뿐…… 달라질 건 아무것도 없어.

기 임 또 의붓어미 버릇 나오는군! 언제나 너는 나한테 잔소리를 퍼주었어. 이 창고 속에 있어라, 이 창고 속에서 제발 성실히 일하렴, 그게 행복하게 사는 거란다…… 이젠 지겨워! 너도 나와 함께 바깥 세상에 한 번 나가봐. 창고 밖의 세상에는 우리가 할 수 있는 일들이 얼마든지 있을 거야! 그런데 왜 아까운 인생을 이 창고 속에서 썩히냐?

자 앙 우린 인생을 썩히는 게 아냐! 내 편지에 답장이 오면 네 생각도 달라질 거야.

기 임 뭐, 내 생각이 달라져?

자 앙 그래! 상자 주인의 답장을 받으면, 넌 이 창고에서 성실하게 일하는 것이 얼마나 중요한지 알게 될 테고, 우린 다시 행복하게 지낼 수 있겠지!

기 임 야, 이젠 알겠어! 네가 왜 편지를 쓰는지 알겠다구! 그러니깐 너는 상자 때문에만 불안한 게 아냐! 사실은 내가 떠날 것 같기 때문에 더 불안한 거지?

자 앙 어쨌든 넌 가면 안돼. 노름으로 잃은 돈이 얼마야? 네가 잃은 모든 걸 내가 대신 채워줄 테니깐 넌 제발 여기에 있어!

기 임 (어처구니없다는 듯이 고개를 내저으며) 그만하자, 그만해! 너처럼 꽉 막힌 놈하고 말해봤자 잠도 못 자고 날만 새겠다. (침대로 돌아가서 눕는다) 난 잠이나 잘 테니깐 넌 네 맘대로 해!

기임, 얼굴 위까지 담요를 덮는다. 자앙은 홀로 식탁에 남아 깊은 생각에 잠긴 표정으로 석유등을 바라본다. 사이, 연필에 힘을 주어 한 자씩 또박또박 쓰면서 낮은 목소리로 읽는다.

자 앙 저희들은 이 작은 창고에서, 계란과 감자를 보관하던 시절부터 창고지기였나이다. 그 오랜 나날 저희들의 성실함을 단 한 마디 칭찬하여 주시지 않았어도 기쁘고 즐거웠으나, 이제 저희들의 잘못함을 꾸짖지 않으시면 그 괴로움을 감당하기 어렵나이다. 부디 바라옵기는 저희들의 잘못을 분명 알고 계신다는 답장을 주옵소서. 오직 그 답장만이 저희 창고지기들의 소원이옵니다.

자앙, 편지를 쓰고 나서 석유등을 끈다.

제6장

새벽녘. 창고 문 앞에 트럭이 와서 요란하게 경음기를 울려댄다. 그러나 여느 날과 다르게 느껴지는 것은 경음기소리만 아니라 창고 문을 두드리는 소리가 동시에 들리는 점이다. 잠을 이루지 못하고 있던 자앙이 전등을 켠다. 기임은 곤하게 잠들어 있다. 창고 밖에서는 트럭 운전수가 문을 두드리면서 어서 열라고 외쳐댄다.

자 앙 나가요! 나갑니다!

기 임 (시끄러운 소리에 잠을 깨고) 오늘은 왜 저 야단이야?

자 앙 글쎄, 빨리 나가야겠어!

자앙, 창고 문쪽으로 뛰어간다. 기임은 기지개를 켜며 하품을 한다. 느릿느릿 침대에서 내려와 신발을 신는다. 트럭 운전수가 성급한 걸음으로 들어온다.

운전수 잘 잤나, 늙은 사위!

기 임 무슨 불이라도 났습니까, 새벽부터 시끄럽게?

운전수 어서, 자네 짐을 꾸려!

기 임 짐이라뇨……?

운전수 당장 짐을 꾸려서 우리 집으로 옮겨. 오늘부턴 자넨 우리 집에 들어와 사는 거야, 저 트럭에서 빵빵거리는 소리 들리지? 내 딸이 자네더러 어서 나오라고 재촉하는 소리야.

기 임 갑자기 그러니깐 정신을 못 차리겠네…… 상자들은 싣고 왔어요?

운전수 그럼 싣고 왔지.

기 임 (창고 밖으로 걸어가려 하며) 상자부터 내려 놓고 짐을 싸야죠.

운전수 (기임을 붙잡는다) 굼벵이 혼자서 하게 내버려 둬. 그리고 자넨 나하고 할 말이 있어.

기 임 뭔데요?

운전수 창고지기 노릇은 싫다고 했지?

기 임 죽는 것 다음으로 싫죠! 왜요? 무슨 좋은 일이 있어요?

운전수 트럭 운전을 해볼 테야? 우선 자네를 내 조수로 쓸 테니까 운전을 배워. 그리고 내가 나중에 그만두면 자네가 완전히 트럭을 맡으라고. 어때, 기막히게 좋지?

기 임 (좋아서 펄쩍펄쩍 뛰다가 의심스럽다는 듯이) 가만 있어봐요…… 이렇게 좋은 건 분명히 속임수가 있더라구요…….

운전수 여봐, 이번엔 안 속여!

기 임 아뇨, 안 속인다면서 늘 속였잖아요. 내 손엔 구땡을 쥐어 주고, 한 수 높은 장땡으로 먹는가 하면요. 슬쩍 패를 바꿔 놓기도 했어요.

미스 다링, 창고 안으로 들어온다.

다 링 뭘 꾸물거려요?

운전수 그래, 네가 말해라. 이 늙은 사위가 내 말이라면 믿질 않는구나!

다 링 난 아이를 가졌어요. 하지만 솔직히, 누구 아이인지는 몰라요.

운전수 얘야, 너무 솔직할 것 없다.

다 링 지우려고 했지만 너무 늦었어요. 아버지가 이 사실을 알았죠. 그리고 나한테 말하기를요, 누구 애인지 모르지만 애비는 있어야 한다는 거예요. 그게 당신이에요. 짐을 꾸려서 우리집으로 옮기게 하구, 그리고는 트럭 운전하는 법도 가르쳐 주겠대요. 창고지기보다는 트럭 운전수가 좋은 거라면서, 당신을 꼬여 내는 거죠.

기 임 그래서…… 새벽부터 야단법석이군…….

다 링 함께 살기 싫으면 그만 둬요.

운전수 쓸데없는 소리! 이제 너희 둘이서 정식으로 결혼식도 올리고 부부로서 평생을 함께 살아야지! 네 죽은 에미한테 내가 제일 후회되는 게 뭔지 알아? 구청에다 덜렁 종이 한 장으로 결혼 신고만 했을 뿐, 정작 결혼식은 안 하고 살았던 거라구.

다 링 죽은 어머니가 아버지 후회하는 걸 어떻게 알아요?

운전수 여봐, 늙은 사위. 이건 정말 좋은 기회야. 자네 일생에서 이런 행운을 놓치면 언제 다시 오겠어?

기 임 잠깐만요…… 이건 생각해 볼 문젭니다.

기임, 침대에 가서 심각한 표정으로 앉는다. 자앙, 창고 안으로 들어온다.

자 앙 트럭의 상자들은 다 내려놨어요. 실어 보낼 상자들은 어떤 건지, 서류를 주시죠.

운전수 내가 깜박했군. 서류는 운전대 옆에 있어.

다 링 (가슴 속에서 서류들을 꺼내 자앙에게 준다) 내가 가져왔어요.

자 앙 (서류들을 받아 훑어보며) 오늘은 내보낼 상자들이 꽤 많군요.

운전수 음, 많아!

자 앙 (침대에 앉아 있는 기임을 발견한다) 왜 자넨 구석에 앉아 있나?

기 임 노름중이야.

자 앙 노름?

기 임 분명히 좋은 패를 잡았는데 말야, 어떻게 해야 할지…….

자 앙 어서 일어나! 트럭에 상자들을 실어 보내자구!

기 임 (일어나지 않는다) 이걸 죽어야 하나…… 살아야 하나…….

운전수 저 사람 대신 내가 도와주지. (자앙에게) 우리 둘이서 싣자구.

자 앙 한 가지 부탁이 있는데요?

운전수 무슨 부탁인데?

자 앙 상자를 옮기면서 말씀드리죠.

자앙과 운전수, 상자들이 쌓여 있는 곳으로 간다. 자앙은 서류와 상자들을 대조하며 확인한다. 자앙과 운전수는 확인된 상자들을 핸들카에 싣고 창고 밖으로 나간다. 그들이 작업하는 동안 기임은 팔짱을 낀 채 심각한 표정으로 의자에 앉아 있다. 미스 다링은 살림 도구가 있는 곳에 가서 이것저것 뒤져 본다.

다 링 뭐, 이런 잡동사니뿐일까……. 자세히 보니깐 값나갈 건 없군요.

기 임 그래도 아직은 쓸 만한 것들이야.

다 링 이게 모두 당신 것은 아니잖아요?

기 임 반절은 내 것이지!

다 링 (놋쇠로 만든 국자를 집어들며) 이 국자는 누구 것이죠?

기 임 글쎄…… 왜, 그 국자가 마음에 들어?

다 링 (두드리는 동작을 하며) 망치처럼 못 박는 데 쓰려구요.

기 임 음식하는 덴 쓰지 않구?

다 링 이 옛날 놋쇠 국자는 아주 튼튼해서 갖고 싶어요.

기 임 이리 와 봐, 가까이.

다 링 싫어요.

기 임 가까이 오라니깐. 할 말이 있어.

다 링 여기에서도 말은 들려요.

기 임 당신이 가진 아이, 내 자식일 가능성은 없는 거야?

다 링 글쎄요…….

기 임 전혀 없어?

다 링 전혀 없다고는 할 수 없죠.

기 임 그럼 반절 정도는 가능성이 있다고 봐도 돼?

다 링 왜 그런 건 물어요?

기 임 어느 정도인지는 알아야 할 것 아냐?

다 링 으음…… 어느 정도일까…….

기 임 삼분지 일? 아니면 사분지 일?

다 링 나도 몰라요. 당신 배짱대로 정하세요.

창고 밖으로 상자들을 옮기고 있던 자앙과 트럭 운전수 사이에 언쟁이 벌어진다. 자앙은 트럭 운전수에게 편지를 전달해 주도록 간청하고 운전수는 목청을 높여가며 거절의 이유를 설명한다.

운전수 그건 미친 짓이야! 일부러 잘못했다고 편지를 보낼 필요는 없어!

자 앙 (편지를 운전수에게 내밀려) 제발 보내야 해요!

운전수 여봐, 내가 상자들을 운반하고 다니니깐 상자 주인과 통할 수 있다고 생각한 모양인데, 그건 큰 착각이야. 날 말이야, 뭐가 뭔지도 모르고 그냥 싣고 왔다가 그냥 실어 가는 거라구. 실제로 내가 아는 건, 정거장에서 여러 트럭들이 상자를 나눠 받을 때 만나는 분배반장 딸기코하고, 창고에 보관했다가 다시 나눠 싣고 정거장에 가서 만나는 접수반장 외눈깔, 그 둘뿐이라구. 딸기코와 외눈깔은 내가 붙인 별명인데, 물론 진짜 이름이야 있겠지. 하지만 그들이 내 이름을 부르지 않고 노름꾼이라 하듯이 나도 그들을 별명으로만 불러. 어쨌든 딸기코가 상자를 분배하는 것은 정거장의 왼쪽이고, 외눈깔이 상자를 접수하는 곳은 정거장의 오른쪽이야. 그래서 그들은 같은 정거장에서 둘 다 상자를 취급하면서도 서로 얼굴 한 번 볼 수조차 없어.

자 앙 별명이든 이름이든 상관없어요. (편지를 억지로 운전수 손에 쥐어준다) 상자를 싣고 가는 곳에 내 편지를 갖다 주면서, 다음 사람에게 전달하라고 하면 되거든요.

운전수 내가 자네 편지를 외눈깔에게 주면, 외눈깔은 그 다음 사람에게 전달하고, 그 다음 사람은 또 다음 사람에게…… 계속해서 운반되는 상자들을 따라가 맨 나중엔 주인에게 전달되기를 바라는 거지?

자 앙 네, 바로 그겁니다.

운전수 그게 또 큰 착각이라구. 부속품이 든 상자들은 말야, 중간중간에서 여러 갈래로 수없이 나눠지거든.

자 앙 부속품 상자들은 결국 한 군데로 모아지는 것이 아닙니까?

자 앙 물론, 모아지는 곳도 있겠지. 상자들이 한 군데에서 나와 여러 군데로 흩어지느냐, 여러 군데에서 나와 한 군데로 모아지느냐……. 그건 그럴 수도 있고, 그렇지 않을 수도 있어. 어쨌든 중간에 있는 우리가 어떻다고 확실하게 알 수는 없지.

자 앙 그래도 상자 주인에게는 반드시 알려줘야죠. 엉뚱하게 바뀌어진 상자 하나 때문에 뭔가 잘못 만들어지면 안 되잖아요.

운전수 잘못 만들어진다니…… 그게 뭔데?

다 링 (멀리서 듣고 있다가 큰 소리로 외친다) 어떤 굉장한 기계래요! 이 세상 모든 사람들을 즐겁고 기쁘게 해주는 신기한 기계죠!

운전수 (다링에게 외친다) 무슨 기계라구?

다 링 (큰 소리로) 기계가 아니라 폭탄이래요! 이 세상 모든 사람들을 한꺼번에 죽여요!

운전수 도대체 무슨 소리인지 모르겠네! (자앙에게) 어쨌든 상자 속의 부속품으로 뭘 만드는지 알 수는 없어. 만약 폭탄을 만든다면 오히려 상자가 바뀌진 것이 사람들의 목숨을 살릴 테니깐 잘된 일이잖아? (자앙의 편지를 허공에 들고 두 조각으로 찢으며) 여봐, 자넨 너무 배짱이 약해. 이 조그만 창고 속에서 모든 걸 성실하게 잘 했다는 것이, 창고 밖에서는 매우 큰 잘못이 된다고 생각해봐. 그럼 상자 하나쯤 틀렸다고 안절부절하진 않을 거야. (두 조각으로 찢은 편지를 자앙의 바지양쪽 호주머니에 쑤셔 넣는다) 무슨 일이 생겨도 창고 밖으로 알릴 필요는 없어. 그게 잘한 일인지 못한 일인지 모를 바에야 그냥 덮어두라고. 창고 속의 자네한테는, 그게 배짱 편한 거야.

자 앙 (손에 들고 있는 서류를 가리키며) 그렇다면 이런 서류들은 뭡니까? 누군가 이 서류들을 보면, 상자가 잘못된 것을 알 수 있을 텐데요?

운전수 서류가 완전하다고 믿는 건 바보들뿐이지! 좋은 예가 있어. 내 아내는 옛날에 죽었는데 사망 신고를 안 했거든. 그래서 구청에서 호적을 떼어 보면 지금도 서류상으로는 버젓하게 살아있는 것으로 나온다구. 자, 굼벵이 양반, 꾸물대지 말고 어서 상자들이나 옮겨!

자앙과 트럭 운전수, 핸들 카에 실은 상자들을 창고 밖으로 운반해 간다. 침대에 앉아 있던 기임은 일어나서 자신의 담요를 둘둘 말아 걷는다. 그리고 침대 맡의 낡은 트렁크를 꺼내 물건을 주워 담는다. 미스 다링, 기임의 곁으로 다가온다.

다 링 마침내 결정한 거예요?

기 임 그래, 함께 가서 살기로 했어.

다 링 (살림 도구들이 있는 곳에서 접시, 그릇, 찻잔들을 가져와 낡은 트렁크에 담으며) 무조건 다 가져가요.

기 임 (다링이 담은 것들을 다시 꺼내 놓으며) 아냐, 절반만 내 것인걸!

다 링 둘이서 함께 쓰던 물건은 어쩌려구요? 반절로 나눌 수도 없잖아요.

자앙과 운전수, 핸들 카에 상자를 싣고 창고 안으로 들어온다.

운전수 우린 트럭에 상자들을 다 옮겼어. 그런데 너희는 짐도 안 싸고 뭘했지?

자 앙 짐이라니……?

기 임 으음, 그렇게 됐어. 오늘 나는 이 창고 속을 떠난다구!

자 앙 정말 가는 거야? 이렇게 갑자기……?

기 임 미안해! 그런데 막상 떠나려니까 조금은 서운하군. (창고 안을 둘러보며) 너하고 여기서 얼마나 살았더라…… 몇 십 년은 훨씬 더 될 거야. 아마…….

자 앙 그래…… 우린 철부지 시절부터 이 창고지기였어.

기 임 언제나 너는 나를 고맙게도 보살펴줬지.

자 앙 날 의붓어미라고 미워했으면서 뭘…….

기 임 진짜로 미워한 건 아니잖아?

자 앙 나도 알아. (기임을 껴안는다) 제발 가지 말아! 이 창고도, 나도, 전혀 달라진 게 없잖아?

기 임 그건 안 돼. 이 창고는 더 이상 내가 살 곳이 아냐.

운전수 남자들끼리 헤어지면서 무슨 말이 그렇게 많아? (창고 밖으로 나가며) 시간 없어! 나 먼저 트럭에 가서 있을 테니까 너희는 어서 짐 싸들고 나와!

다 링 (놋쇠 국자로 소리나게 두드리며) 그만하고, 서로 자기 물건들이나 골라봐요.

기 임 (자앙의 포옹을 풀며) 난 내 물건을 잘 모르겠어. 굼벵아, 네가 골라줘.

자 앙 아냐, 쓸 만한 게 있거든 모두 네가 가져.

기 임 너는 이 창고 속에서 혼자 살 텐데…….

자 앙 내 걱정은 말고 어서 먼저 골라봐. 그리고 내가 너한테 줄 게 있어. (침대 밑의 상자들 중에서 화려한 색깔의 스웨터를 찾아낸다) 너의 생일날 주려고 두었던 건데, 헤어지는 날 선물이 됐군.

기 임 (자앙에게서 스웨터를 받아 몸에 대본다) 근사한데!

다 링 (자앙의 침대 밑을 바라보며) 좋은 건 이 속에 다 있잖아요! 이걸 가져가도 돼요?

기 임 안 돼, 그건 손대지 마.

자 앙 가져가요.

다 링 (자앙의 침대 밑에서 상자 하나를 꺼낸다) 이건 뭐죠?

자 앙　북어 대가리죠. 그건 가져가세요. 꼭 필요할 겁니다.

다 링　북어 대가리……?

기 임　이게 왜 필요한지는 두고 보면 알게 될 거야. (상자를 열어서 북어 대가리를 하나 꺼내 자앙에게 준다) 난 너한테 이것밖에 줄 게 없군. 내 생각이 날 거야, 항상 곁에 두고 보라구.

자 앙　(북어 대가리를 받으며) 그래, 언제나 내 곁에 두고 볼게.

창고 밖에서 트럭의 재촉하는 경음기가 울린다. 미스 다링은 서둘러서 물건들을 담요에 담는다.

다 링　아버지가 재촉해요. (상자와 담요를 들며) 어서 들고 나가요.

기 임　(트렁크를 들고, 자앙에게) 그럼 잘 있어.

자 앙　(마지못해 대답한다) 잘 가…… 가서 행복해.

기임과 미스 다링, 창고 밖으로 나간다. 자앙은 북어 대가리를 식탁 위에 놓고, 떠나는 기임을 바라본다. 창고 문 앞에서 자앙과 기임의 외치는 소리가 들린다.

기 임　(소리) 이 창고 앞의 상자들은 어쩔 거야? 내가 좀 창고 안에 옮겨 주고 갈까?

자 앙　괜찮아! 나 혼자서도 할 수 있어!

창고 밖으로 떠나는 것이 즐겁다는 기임의 환호성이 들린다. 트럭운전수와 다링의 웃음소리도 들린다. 잠시 후, 트럭이 경음기를 울리며 떠나는 소리가 들린다. 창고는 조용해진다. 자앙, 식탁 앞에 힘없이 주저앉는다. 늙고 허약해진 모습이다. 그는 식탁 위에 놓여 있는 북어 대가리를 물끄러미 바라본다.

자 앙　그래, 나도 너처럼 머리만 남았군, 그저 쓸쓸하고…… 허무한

생으로 가득찬…… 머리만…… 덜렁…… 남은 거야. (두 손으로 북어 대가리를 집어서 얼굴 가까이 마주 바라보며) 말해 보렴, 네 눈엔 내가 어떻게 보이는지? 그토록 오랜 나날…… 나는 이 어둡고 조그만 창고 속에서…… 행복했었다. 상자들을 옮겨 오고…… 내보내며…… 내가 맡고 있는 일을 성실하게 잘 하고 있다는 뿌듯한…… 그게 내 삶을 지탱해 왔었는데…… 그러나 만약에…… 세상이 엉뚱하게 잘못되고 있는 것이라면 이 창고 속에서의 성실함이…… 무슨 소용 있는 거지? (사이) 북어 대가리야, 왜 말이 없냐? 멀뚱멀뚱 바라만 볼 뿐 왜 대답이 없어? (북어 대가리를 식탁 위에 내려놓는다) 아냐, 내 의심은 틀린 거야. 덜렁 남은 머리 속의 생각만으로 세상을 잘못 됐다구 판단해선 안 돼. (핸들 카에 실린 상자를 서류와 대조하며 혼자서 쌓기 시작한다) 제자리에 상자들을 옮겨 놓아라! 정확하게 쌓아! 틀리면 안 돼! 단 하나의 착오도 없게, 절대로 틀려서는 안 된다!

자앙, 느릿느릿 정성을 다해 상자들을 쌓는다. 무대 조명, 서서히 자앙에게 압축되면서 암전한다.

– 막.

통(桶) 뛰어넘기

· **등장인물**

극작가 – 「통 뛰어넘기」란 희곡을 쓴 사람
연출가 – 「통 뛰어넘기」를 연출한 사람
관 장 – 〈통 뛰어넘기 도장(道場)〉의 설립자
노처녀 – 〈통 뛰어넘기 도장〉의 여직원
근육질 남자 – 〈통 뛰어넘기 도장〉의 남직원 겸 술집 주인
박승훈 – 월간 대중잡지의 편집부장
조갑진 – 특집부장
김자명 – 사진부장
얼간이 – 수습사원
한 남자 – 외국어 학원 강사
한 여자 – 통 뛰어넘기를 즐기는 사람
두 남자 – 통 뛰어넘기가 괴로운 사람
그 밖의 사람들 – 〈통 뛰어넘기 도장〉에 드나드는 남녀들

· **연출을 위한 작가 노트**

이 연극의 공간은 월간 대중잡지의 편집회의실과 통 뛰어넘기 도장, 맥주를 파는 술집, 극작가의 서재 등이다. 그러나 그 공간은 연극의 진행상 뚜렷한 구별이 필요하지 않다. 편집 회의실 장면과 통 뛰어넘기 도장의 장면이 겹쳐져서 이어지기도 하고, 동시에 따로따로 진행되기도 한다.

이 연극의 중요한 소품들은 몇 개의 탁상들과 의자들이다. 극작가의 서재 장면에서는 하나의 탁상이 타자기를 올려놓는 데 사용되고, 편집회의실 장면에서는 여러 개의 탁상들을 연결하여 사용하며, 통 뛰어넘기 도장 장면에서는 이 탁상들의 하나가 따로 떨어져 노처녀의 사무용 책상으로 변했다가, 술집에서는 모두 붙여져서 맥주잔을 올려놓는 식탁이 된다.

극작가의 서재 장면과 편집회의실 장면에서는 조명을 한정해서

비출 필요가 있다. 즉, 한정된 조명이 비치는 곳은 좁은 공간이라는 관객과의 묵언적 약속이 이루어져야 한다.

통 뛰어넘기 도장은 무대공간의 전체를 사용한다. 조명 역시 전체를 비춘다. 통 뛰어넘기 도장의 특색은, 나무로 만든 통들이 즐비하게 놓여 있다는 것이다. 그 통들의 생김새는 술통과 흡사하다. 또 하나 눈에 띄는 것은 뜀틀이다. 수영장의 다이빙대를 연상시키는 그것은 높지 않다. 통의 높이가 약 한 자 정도라면, 뜀틀의 높이는 한 자 반 정도이다. 사람이 뜀틀에 올라가 일렬로 세워 놓은 통들을 향하여 뛰어넘기를 하게 되는데, 미처 뛰어넘지 못한 통들은 발에 부딪혀 쓰러지면서 요란한 소리를 내며 굴러다니게 된다.

등장인물들 가운데 박승훈, 조갑진, 김자명은 사십대의 동년배 남자들이다. 그들의 삶에서 더 이상 발전할 수 없는 한계를 느낀다. 그들이 얼간이란 별명으로 부르는 수습사원은 스무 살 가량의 청년이다. 얼간이에게는 모든 것이 가능하게 느껴진다. 사십대의 남자들이 뛰다가 좌절을 경험한 사람이라면, 얼간이는 아직 뛰지 않아서 한계가 있다는 것을 깨닫지 못한 사람이라고 할 수 있다.

통 뛰어넘기 도장을 설립하고, 사람들에게 한계가 없다는 것을 가르치는 관장은 옛날 젊었을 때 일백마흔다섯 개의 통을 뛰어넘은 기록을 세웠던 명인이다. 그러나 이제 그의 모습은 칠십대로 보일 만큼 늙었고, 허리의 치명적인 부상 때문에 휠체어를 타고 다닌다.

통 뛰어넘기 도장에서 사무직을 맡고 있는 노처녀는 키가 크고 마른 체격에 몹시 예민한 성질을 갖고 있다. 그녀는 언제나 화려한 치장을 하고 있으면서도 뻣뻣한 나무토막이나 빗자루처럼 남자들에게 성적 매력을 주지 못한다.

통 뛰어넘기 도장에서, 쓰러진 통들을 다시 세워 일렬로 놓은 일을 하는 근육질의 남자는 그가 가진 굉장한 힘에 비해 매우 소심하고 유순한 남자이다. 그는 마치 자기 자신을 존재하지 않는 것처럼 행동한다. 통을 뛰어넘다가 쓰러진 사람을 보고 도장에 있는 모든 사람들이 웃음을 터트려도 그는 웃지 않는다. 그러나 근육질 남자는 술집 장면에서 자기 생각을 거침없이 표현하는 주인으로 변신한다.

그 밖의 등장인물들은 통 뛰어넘기 도장에 드나드는 남녀들이다. 그들은 인간이란 불가능이 없는 존재로서 일백마흔다섯 개의 통을 뛰어넘을 수 있다고 생각하면서도, 실제로는 서너 개의 통마저도 뛰어 넘으려고 하지 않는다. 즉 그들은 추상적인 생각만을 확대해 나가는 것에는 적극적이지만, 그것을 행동으로 옮기는 데에는 지극히 소극적이다.

그와 같은 현상은 극작가, 연출가, 배우들에게도 공통되며, 잡지사의 부장들과 통 뛰어넘기 도장의 노처녀 직원 또한 해당된다. 오직 얼간이만을 제외한 이 연극의 모든 인물들이 끊임없는 추상적 생각의 확대와 실제적인 행동의 축소라는 오늘날의 현상을 보여주고 있는 것이다.

막이 오른다. 텅 빈 무대 한가운데 조명이 비춘다. 극작가, 곤혹스런 표정으로 타자기가 놓인 책상 앞에 앉아 있다. 연출가와 배우들이 둘러서서 극작가를 주시한다. 극작가는 그들의 시선을 의식할수록 더욱 곤혹스러워하면서, 타자기의 문자판을 띄엄띄엄 두드리다가, 중단하고, 다시 두드리기를 반복한다. 배우들은 그 느린 속도에 불만이다. 극작가의 타자치기가 중단될 때마다 배우들은 불만의 표시로 발을 굴러대거나 소리를 질러댄다. 연출가는 배우들의 행동을 제지시킨다. 극작가, 타자된 내용을 묵독하더니 전혀 마음에 들지 않는다는 듯이 타자기로부터 종이를 뽑아내 구겨서 쓰레기통에 내던진다. 배우들은 더 이상 참지 못하고 야유의 소리를 지른다.

배우들 우- 우- 우우-.

연출가 배우들은 나가요! 다들 무대 밖으로 나가 있어요!

배우들 우- 우우-.

연출가 내 말 안 들려요? 배우들은 나가 있어요!

배우들, 연출가에게 쫓겨 무대 밖으로 나간다.

극작가 미안합니다. 작품이…… 전혀…… 되질 않아요…….

연출가 모두 화낼 만하죠. 공연 날짜는 코앞에 다가 왔는데, 아직도 작품은 안 되고 있으니.

극작가 하지만 어떻게 합니까? 등장인물, 대사, 무대 장면 등, 내가 썼던 작품들하곤 전혀 다른 것이 나와야 할 텐데, 이건 아무리 애를 써도 재탕 삼탕이에요! (책상 위의 타자기를 들어서 쓰레기통 속에 넣으며) 극작가로서의 내 생명은 끝났어요!

연출가 이번 공연 기회를 놓치면 당신은 정말 끝장입니다. (쓰레기 통 속에서 타자기를 꺼내 다시 책상 위에 올려놓는다) 혹시 말입니다, 연출가인 내가 도움이 되지 않을까요? 지금 쓰고 있는 작품의 문제점을 말해 봐요. 그럼 어디에 생각이 부딪쳐서 더 이상 진전이 안 되고 있는지 알아낼 수 있을 거예요.

극작가 문제가 크죠! (타자기 앞에 앉아 문자판 위에 손가락을 얹는다) 이것 봐요, 타자기 앞에만 앉으면 열 개의 손가락이 모두 다 부들부들 떨린다구요!

연출가 아, 이건 너무 심리적으로 부담감을 느끼기 때문입니다. 타자는 치지 말고 그냥 가볍게, 입으로 설명을 해요. (극작가를 일으켜 세워 무대 가운데로 데리고 나오며) 자, 여기가 무대입니다. 배우들을 다 내쫓아버린 텅 빈 무대니까 당신 마음대로 인물과 장면을 상상해 보세요!

극작가 (잠시 생각한다) 여긴 어떤 잡지사예요.

연출가 어떤……?

극작가 우리가 흔히 보는 월간 대중잡지요. 그런 잡지사 한 구석엔 편집 회의실이 있거든요. 기다란 탁상이 놓여 있고…… 원고들,

잡지들, 사진들이 수북하게 쌓여 있어요.

극작가가 말하는 동안, 무대 뒤쪽에 조명이 들어온다. 기다란 회의용 탁상과 의자들이 놓여 있다. 탁상 위에는 원고와 사진과 잡지들이 어지럽게 쌓여 있다. 잡지사의 부장들이 등장하여 의자에 앉는다. 그들은 모두 상의를 벗었으며, 와이셔츠 차림의 넥타이는 느슨하게 풀어 매고 있다.

연출가 저 사람들은 누구예요?

극작가 잡지사 부장들이죠, 저기 왼쪽이 특집부장, 가운데가 편집부장, 오른쪽이 사진부장, 그들은 지금 편집회의를 하고 있어요.

극작가와 연출가, 편집 회의 장면을 멀리서 지켜본다.

박승훈 우선 이번 달 특집부터 정하자구. 참고삼아 말하면 지난 달 특집은 혼외정사에 대한 삼십대 주부들의 여론조사였어.

조갑진 여론조사는 무슨 여론조사! 우리가 꾸며 만든 거였지!

김자명 하지만, 그런 기사일수록 대히트를 치니깐, 요즘 독자들 수준이 어느 정도 한심한지 알만 해.

조갑진 (구두를 벗어 던지며) 지겹군, 지겨워!

김자명 자네 말이야, 편집 회의할 땐 구두 좀 벗지 마.

조갑진 난 구두를 벗어야 머리가 잘 돌아. (양말마저 벗어 던진다) 우리 편집장이 그러는데, 자긴 바지를 훌렁 벗어야 기발한 생각이 떠오른다는 거야.

박승훈 그 돌대가리한테서 무슨 생각이 떠올라? 사장님 아들이라는 것 때문에 편집장이 된 친구가 편집 회의 땐 얼굴 한 번 내밀지 않잖아?

김자명 지금쯤 어디 사우나탕에 있을 걸.

박승훈 우리가 다 결정해 놓은 다음에야 어슬렁어슬렁 기어 나올 테지!

김자명 여봐, 부러워 할 것 없어. 우리도 얼른 해치우고 사우나탕에나 가자구!

조갑진 암, 쉽게 쉽게 생각하면 모든 일이 편해져! 가만 있자…… 어디서 좋은 소재를 봤었는데……. (테이블 위에 쌓여 있는 잡지들을 뒤적이더니 한 권을 집어든다) 바로 이거야!

김자명 그건 지난 해 10월 호 우리 잡지잖아?

조갑진 여기 보면 말이야, 톱 가수 전은정이 유부남 매니저와 하와이로 줄행랑을 쳤다는 흥미진진한 기사가 있어.

박승훈 이미 끝난 걸 왜 꺼내?

연출가 글쎄, 이미 지난 걸 왜 다시 꺼낼까요?

극작가 재탕, 삼탕이죠! (자신의 머리를 가리키며) 내가 생각해낸 것들은 전혀 새로울 게 없어요.

조갑진 내가 생각하는 것들은 새로울 게 없어. 다만 말야, 그 생각을 한 단계 뛰어넘어 보는 거야. '특종, 하와이로의 애정 도피 행각, 그 후 어찌 되었는가?' 제목은 이렇게 뽑고, 여기 썼던 기사를 대강 다시 손질해서 옮긴 다음에, 전은정과 매니저가 대판 싸우고는 헤어진 것으로 결론을 맺자구. 그럼 완전히 특종감이 되잖아.

김자명 둘이 서로 헤어져? 안 헤어졌으면 어쩔 거야?

박승훈 전은정이 미쳤지. 인기 정상에서 하필이면 유부남과 바람을 펴.

조갑진 처음엔 단순히 여행이나 갔다 오자, 둘이지 그랬는지 몰라. 그러나 그게 사람들의 눈에 띄고, 잔뜩 약 오른 매니저 마누라가 입방아를 찧어대니깐, 신문과 잡지들이 엄청난 스캔들로 만든 거지.

박승훈 어쨌든 그건 지난 해 가을이었어요. 이젠 사람들 기억에서 완전히 사라졌을 겁니다.

극작가 아뇨, 아직도 전은정의 노래는 인기가 있어요. (구음으로 노랫가락을 흥얼거린다) 음음- 으으음-.

조갑진 아냐, 아냐. 아직도 전은정의 노래는 인기가 있어. 내 말이 미심쩍거든 자네가 편집부로 인터폰해서 얼간이한테 물어봐. 만약 얼간이가 아직도 그 여자의 노래를 기억하고 있다면, 특종으로 만들 가치가 있다구.

박승훈 인터폰이 어디 있지?

김자명 이 탁상 위에 있을 텐데…… (잡지들 속에 파묻혀 있는 인터폰을 찾아 꺼낸다) 이 속에 파묻혀 있군!

박승훈, 김자명이 꺼내준 인터폰의 수화기를 든다.

박승훈 어, 미스 강? 그 옆에 얼간이 있거든 바꿔 줘. 나, 편집부장이야. 지금 회의하다가 궁금한 게 있어서 물어보는데 말이야. 가수 전은정의 노래를 알아? 알거든 어디 아무거나 한 곡 불러 봐. 음…… 음…… 그래, 잘 들었어! (수화기를 내려놓으며) 우리 얼간이가 전은정의 노래를 잊지 않았군!

극작가 그것 보세요. 아직도 관심 있다는 증거죠.

조갑진 그것 봐, 아직도 관심이 있다는 증거잖아! (들고 있는 잡지에서 스캔들 기사가 실린 낱장을 뜯어 테이블 위에 놓는다) 자, 결정 났어! 이번 달 특집은 전은정의 스캔들을 한 단계 확대시켜 싣는 거야.

연출가 (극작가에게 묻는다) 그런데 얼간이가 누구죠?

극작가 편집부 수습사원입니다.

연출가 무대에는 등장 안 해요?

극작가 나중에 등장시키죠. (입술 위에 손가락을 얹으며) 쉬잇, 지금은 저 사람들 회의 내용을 들어 봅시다.

김자명 하지만, 이걸 실감나게 고쳐 쓰려면 하와이를 가봤던 사람이 있어야 할 텐데……?

조갑진 그거야 문제없지. (테이블 위에 수북이 쌓여 있는 잡지에서 한 권을 집어내며) 여기, 하와이 관광기사가 있거든. (잡지를 들추어 해당 낱장을 뜯어낸다) 이걸 읽어 보면 얼간이도 하와이를 연상해 가며 기사를 쓸 수 있을 거야.

김자명 (구두를 벗어 던지며) 나도 구두 좀 벗어야겠어!

조갑진 왜 그래?

김자명 사진부장인 내 머리통도 잘 돌리려구. (테이블 위에 잡지들을 뒤적이며) 둘이서 헤어진 곳이 어디야? 와이키키 해변? 아니면 힐튼 호텔?

연출가 와이키키 해변은 너무 울궈먹은 곳이어서 진부하지 않을까요?

극작가 힐튼 호텔도 진부한 곳이지요.

조갑진 그렇다면 자동차를 타고 가던 노상에서, 매니저가 전은정의 뺨을 후려쳤던 것으로 하지.

김자명 아이구, 맙소사! 노상에서 그 광경을 본 사람들이 깜짝 놀랬겠군!

조갑진 그야 물론 둥그렇게 토끼눈을 뜨고 깜짝 깜짝 놀랬었지!

김자명 (뒤적이던 잡지에서 화보를 뜯어낸다) 이 사진은 어때? 내가 몇 해 전 이태원에서 찍은 사진인데, 외국인들이 교통사고를 보고는 모두 다 깜짝, 깜짝, 놀라는 광경이야.

조갑진 멋진데 그래! 왼쪽 한글 간판을 잘라내고 야자수 몇 그루를 집어넣으면 하와이 분위기가 물씬 나겠어!

박승훈 둘 다 머리가 잘 돌아가는군!

조갑진 특집이 정해졌으니깐 다음으로 넘어가지.

박승훈 그럼 나도 구두를 벗겠어! (구두를 벗어 던진다. 그리고 벌떡 일어나 테이블 위의 잡지들을 뒤적여 낱장들을 뜯어낸다)

김자명 뭘 열심히 뜯어내?

박승훈 음식 기사들이야. 이건 샐러리맨의 아침식사, 또 이건 다이어트 음식 만들기, 그리고 또 이건 성인병 예방식, 또 이건 스테미너 촉진 음식…… 먹는다는 것은 인간의 영원한 관심사지.

부장들, 각자의 무릎 위에 달 지난 잡지들을 쌓아 놓고 낱장을 뜯어낸다.

김자명 먹는 것만 아냐, 자는 것도 그래. 갱년기의 성생활을 위한 열가지 테크닉, 이건 어때?

박승훈 뜯어내, 뜯어!

조갑진 여기 비슷한 게 있어. 두 가지를 더 뜯어 보태서 열두 가지 테크닉으로 만들자구!

박승훈 뜯어내, 뜯어!

조갑진 식욕과 성욕을 충족하려면 돈이 있어야 해. 당신도 벼락부자가 될 수 있다. 이건 어때?

박승훈 뜯어내, 뜯어! 묻지 말고 알아서들 뜯어!

연출가 (극작가에게) 저들을 중단시켜야겠어요!

극작가 왜 그러시죠?

연출가 저길 봐요! 미친 듯이 뜯어내고 있습니다!

극작가 하지만 진짜 미친 건 아닙니다. 요즘 정상적인 사람들도 저런 짓을 해야 먹고 살 수 있거든요.

연출가 관객들은 저런 광적인 행동에는 혐오감만 느낍니다. 어서 중단시켜야겠어요!

극작가 (자신의 책상 위에 놓인 전화기를 들어서 연출가에게 내밀며) 그럼 연출가 선생이 그만하라고 말해 보세요.

연출가 (수화기를 든다) 여보세요!

편집회의실 탁상 위의 인터폰이 울린다. 박승훈, 수화기를 든다.

박승훈 무슨 일입니까?…… 지금, 편집 회의중이라서 바빠요! (수화기를 덜컥 내려놓는다) 정말 한가한 사람이군!

김자명 누군데?

박승훈 (성난 표정으로 잡지의 낱장을 뜯어낸다) 누구기는, 광고실장이지!

조갑진 (낱장을 뜯어내며) 광고실장이 지금 한가하게 바둑 두러 오라는 거야?

연출가 (극작가에게) 나를 광고실장으로 착각한 것 같은데요?

극작가 글쎄요, 목소리가 비슷한 모양이죠.

박승훈 그냥 조용히 바둑이나 두면 좋게? 나잇살이나 먹은 양반이 얼굴도 두꺼워. 바둑 두면서 아주 지독한 음담패설을 늘어놓거든.

김자명 그건 자네 때문이야. 더 야한 걸 듣고 싶다면서 자네가 자꾸만 부채질을 한다는데?

박승훈 그 양반 뒷구멍으로 호박씨 까고 있군. 제발 인생에 보탬이 될 진지한 이야기를 해달라고 부탁했는데, 그게 어떻게 음담패설을 부채질한 걸로 됐지?

조갑진 서로 탓하지 마. 인간의 생각이란 상승작용을 하는 거야. 이쪽이 한 단계 높이면, 저쪽이 또 한 단계 높이게 되어 있어.

김자명 인간의 생각이란 그래서 무한정 발전해 가도록 되어 있다, 그거로군!

박승훈 (발밑에 수북하게 뜯어 놓은 낱장들을 가리키며) 빌어먹을, 이거 너무 많이 뜯어낸 것 아냐?

김자명 그래, 한 권 분량이 훨씬 넘는 걸!

박승훈 어쩐지 악에 받쳐서 뜯어내더라니! 다들 주워 한데 모아 놓고 쓸 것과 못 쓸 것을 가리자구.

부장들, 각자 뜯은 낱장들을 주워 모아서 테이블 위에 쌓아 올린다.

조갑진 동전이야? 연필이야?

박승훈 (연필을 테이블 위에 수직으로 세우며) 연필로 결정짓지! 이게 오른쪽으로 쓰러지면 채택, 왼쪽으로 쓰러지면 탈락이야. (세웠던 연필을 놓는다) 왼쪽, 탈락! (쌓아 올린 잡지의 낱장들에서 한 단락을 집어 테이블 밑으로 떨어뜨린다. 그리고 다시 연필을 세웠다가 놓는다) 오른쪽, 채택!

부장들, 연필 쓰러트리기를 반복해서 편집을 한다. 그 광경을 못마땅하게 바라보고 있던 연출가가 극작가에게 말한다.

연출가 난 연출가의 입장에서 저 등장인물들을 지켜봤는데요, 한 사람도 마음에 들지 않아요. 자기 자신을 긍정하지 못하고, 직업에 대해서는 너무 냉소적이에요.

극작가 현대 연극의 등장인물들은 거의 다 저렇죠.

연출가 하지만 요즘 관객들은 저런 인물들한테 싫증이 났어요.

극작가 싫증났다는 건 나도 알아요.

연출가 그들은 긍지도 있고 자부심도 있는 인물을 원해요. 지금이라도 늦지 않았어요. 관객들을 위해 긍정적인 인물을 등장시킵시다.

극작가 글쎄…… 그건 불가능해요.

연출가 왜 불가능하죠?

극작가 난 긍정적인 인물을 생각 못 해요. 그게 내 머리의 한계입니다.

연출가 아뇨, 당신은 그 한계를 뛰어 넘어야 합니다.

박승훈, 편집 작업을 마치고 인터폰의 수화기를 든다.

박승훈 미스 강, 얼간이 있지? 급히 편집회의실로 오라구 구래! (수화기를 내려놓고 채택된 낱장들을 간추리며) 이런 맙소사, 특집이 탈락됐잖아!

조갑진 (테이블 밑에 흩어진 낱장들을 난감한 표정으로 바라본다) 이 속에서 어떻게 찾지?

박승훈 (허리를 구부리며) 그래도 찾아야지!

김자명 (허리를 굽혀 찾는다) 특집부장. 뭘해? 어서 찾지 않구?

조갑진 그래, 그래!

부장들, 회의용 탁상 밑에 주저앉아서 특집 낱장들을 찾아 줍는다. 사이, 얼간이, 편집회의실로 주춤거리며 들어온다. 허리가 구부정한 늙고 왜소한 남자다.

연출가 저길 봐요. 누가 들어오는데요?

극작가 얼간이가 들어오는 겁니다.

연출가 (마음에 들지 않는다는 듯이 고개를 흔들며) 글쎄요, 편집부 수습 사원치고는 너무 늙었는데요…… 더구나 저런 모습은 얼간이 이미지엔 맞지 않아요.

극작가 그렇다면 젊은 얼간이로 바꿔보죠.

늙은 남자는 뒷걸음으로 물러나고 앳된 젊은 남자가 들어온다.

연출가 인물을 바꾸니깐 훨씬 낫군요. 젊고, 잘 생겼고…… 그러나 좀 더 당당하게, 자신감 있는 태도였으면 좋겠어요.

얼간이 (부장들에게 다가와서 수줍게 말한다) 부르셨습니까, 부장님?

박승훈 응, 어서 와. 편집이 끝난 것을 자네한테 넘기려구. (가까이 다가온 얼간이에게 뜯어낸 낱장들을 안겨 준다) 뒤섞이지 않게 조심해.

얼간이 네, 조심하겠습니다.

박승훈 어려운 일은 우리가 다한 거야. 자넨 그저 이름과 장소, 그리고 날짜를 바꾸라고. 예를 들자면, 기사 내용 중에 산이 나오거든 바다로 바꿔. 그럼 내용은 같으면서도 전혀 새로운 느낌이 들 거라구.

조갑진 특집에 대해서 주의를 해. 마치 하와이에서 벌어진 것처럼 써야 돼. 가수 전은정은 매니저한테 뺨을 맞고 헤어졌어. 많은 사람들이 그 광경을 보고 깜짝, 깜짝, 놀랬지!

김자명 사진도 조심해. 다이어트 음식 사진과 초콜릿 케이크 사진을 혼동하지 말라고. 자넨 아직 수습 기간이지? 만약 실수했다간 목이 싹둑 잘릴 줄 알아!

얼간이 실수 않도록 조심하겠습니다.

연출가 너무 수줍게 연기를 하는군! (얼간이에게 다가가서 주의를 준다) 아주 자신감있게, 박력있게 하라구!

얼간이 알겠습니다.

연출가 (극작가 옆으로 되돌아온다) 이제 좀 괜찮아 보일 겁니다.

조갑진 우리가 자네를 믿어도 좋을지 몰라. 자네 별명이 얼간이잖아?

얼간이 (커다랗게 외친다) 믿어 주십시오!

김자명 그래, 잘해봐.

얼간이 (물러간다) 감사합니다!

박승훈 아냐, 되돌아와!

얼간이 (되돌아오며) 네, 부장님!

박승훈 (자기가 앉던 의자를 가리킨다) 여기 내 의자에 앉아.

얼간이 괜찮습니다!

박승훈 앉으라니깐!

얼간이 네, 부장님!

얼간이, 어깨를 펴고 꼿꼿한 자세로 의자에 앉는다.

박승훈 우린 지금 편집 때문에 굉장히 스트레스가 쌓였는데 말야…… 자넨 어떤 방법으로 그걸 풀고 있나?

조갑진 참고삼아 말해주지. 우리 편집장께서는 사우나탕에서 스트레스를 푸시고, 우리 광고실장께서는 음담패설로 스트레스를 푸신다구. 자넨 어떤 방법이야?

김자명 잔뜩 술을 마시고 풀어?

얼간이 아뇨…….

김자명 그럼 노래방에 가서 고래고래 고함지르듯 노래를 불러서 푸나?

얼간이 아닙니다, 부장님.

조갑진 춤을 춰? 디스코텍에서 밤새껏……?

얼간이 아닌데요.

박승훈 헬스클럽에 가서 체조를 해?

얼간이 아닙니다.

조갑진 그럼, 수영장에 다녀?

얼간이 저는 헤엄을 못 칩니다.

박승훈 이것도 아니고 저것도 아니라면 뭐야?

김자명 자넨 얼간이라서 스트레스를 안 받는 모양이지?

조갑진 그럴 거야. 얼간이가 무슨 스트레스를 받을라구.

박승훈 일어나!

얼간이 (의자에서 벌떡 일어난다) 네, 부장님!

박승훈 자네한테 물어본 게 잘못이었어. 그만 돌아가 봐.

연출가 정말 무능력하게 이럴 겁니까?

극작가 뭐를요?

연출가 저 인물마저 부정적으로 만들 거냐구요?

극작가 그럼 어떻게 하죠?

연출가 아무리 얼간이라고 하지만, 뭔가 하나쯤은 남보다 잘하는 게 있을 겁니다. 그게 뭔지 어서 생각해내요!

극작가 (얼간이에게 큰 목소리로 일러준다) 여봐, 얼간이! 통 뛰어넘기 잘하잖아!

얼간이 아참, 저는 통 뛰어넘기를 잘하는데요……

박승훈 통을 뛰어넘다니……?

얼간이 하루에 세 번씩 뜁니다. 새벽 일찍 일어나 출근하기 전에 뛰고, 점심 때 얼른 밥을 먹고 잠시 시간을 내서 뛰고, 그리고 저녁엔 퇴근한 다음 뜁니다.

박승훈 어디에서 뛰는데?

얼간이 통 뛰어넘기 도장에서요.

조갑진 뭐, 그런 도장이 있어?

얼간이 네, 바로 길 건너에 있죠. (무대 앞쪽으로 다가오며) 이리와 보세요. 유리창 너머로 저기 보입니다.

부장들, 유리창 앞으로 다가와서 얼간이가 가리키는 곳을 바라본다.

얼간이 저기 슈퍼마켓 있잖아요.

부장들 그래, 저 슈퍼마켓이야 알지.

얼간이 그 옥상의 하얀색 칠한 가건물이 보이죠?

박승훈 저건 창고 아냐?

얼간이 아뇨. 저곳이 통 뛰어넘기 도장이에요. 요즈음 어찌나 사람이 많은지 발 디딜 틈조차 없어요. 이 근처의 온갖 사람들, 회사원, 은행원, 백화점 판매원, 학원 강사 등이 몰려오죠. 그리고 가끔씩은요, 우리 잡지사 편집부 미스 강도 와서는 통을 뛰어넘고 갑니다.

박승훈 어쩐지 요즈음 펄쩍펄쩍 뛰는 미스 강이 수상쩍더라니!

김자명 저것 봐! 사람들이 들락거리는데!

조갑진 난 눈이 나빠서, 통을 뛰어넘는 모습도 보여?

얼간이 부장님들도 직접 가서 뛰어 보시죠. 하지만, 북적거리는 낮보다 한가한 저녁에 가시면 더 좋습니다. 낮엔 잠시 시간을 낸 사람들이 몰려와서는 너도나도 통 뛰어넘기를 하니깐 분위기가 어수선해요. 그러나 퇴근 후엔 다르죠. 사람들의 수효도 줄어들고, 시간도 넉넉해서 도장 분위기가 진지하고 숙연합니다.

박승훈 그럼 자네는 주로 퇴근한 다음에 뛰겠군?

얼간이 저는 저녁보다는 새벽을 더 좋아하죠. 새벽 일찍 출근 전에는 마음속에 잡념도 없고 몸도 가뿐합니다. 그래서 매일 새벽마다 통을 하나씩 더 뛰어넘는 목표를 세워놓고, 그것에 도전하고 있습니다.

편집 회의실을 비추던 조명, 서서히 어두워진다. 부장들과 얼간이는 어둠 속에서 퇴장한다.

연출가 그러니깐, 여기까지는 작품이 된 셈이군요. 월간 대중 잡지 부장들과 수습사원 얼간이…… 줄거리의 전개가 지루한 느낌이 듭니다. 과감하게, 장면을 바꿔보면 어떨까요?

극작가 다음 장면은 이미 생각해 뒀습니다. 통 뛰어넘기 도장이죠.

연출가 통 뛰어넘기 도장이요?

극작가 넓은 공간이 필요해요. 당신은 저 회의용 탁상과 의자들을 치우세요. 난 내 책상과 타자기를 옮겨 놓겠습니다.

연출가 여봐요, 극작가 선생! 저 무거운 걸 나 혼자 치우라는 거예요?

극작가 다음 장면을 연출하시려거든 얼른 치워요!

연출가 통 뛰어넘기 도장엔 힘센 사람도 없어요?

극작가 있죠. 굉장한 근육질의 남자 직원이 있어요.

연출가 좀 불러내요!

극작가 저기 옵니다!

근육질 남자, 등장해서 연출가와 함께 회의용 탁자를 무대 구석으로 옮긴다. 극작가는 책상과 쓰레기통을 구석으로 치운다. 근육질 남자는 텅 빈 무대에 나무로 만든 커다란 통들을 옮겨 와서 일직선으로 세워 놓는다. 사무직원인 노처녀가 두툼한 노트를 들고 등장한다.

연출가 저 여잔 누굽니까?

극작가 통 뛰어넘기 도장의 여직원이에요. 어때요, 마음에 들어요?

연출가 노처녀 같은데요?

극작가 맞아요. 저 여자는 노처녀죠.

노처녀 (근육질 남자에게 날카로운 목소리로 지시한다) 뜀틀도 갖다 놓아요!

근육질 남자, 뜀틀을 옮겨 와서 일렬로 세워둔 통 앞에 놓는다. 그동안 통 뛰어넘기 도장에는 많은 사람들이 들어와 북적거린다. 그들 중에는 극작가와 연출가도 있다. 도장에 들어온 사람들은 구두와 양말을 벗고 맨발로 제자리걸음을 뛰는 준비운동을 한다. 여직원인 노처녀는 도장 안을 돌아다니면서 구두를 신은 사람들에게 벗도록 주의를 준다.

노처녀 구두를 벗어요! 구두를 벗지 않고 뛰어 넘다간 발목을 다쳐요! (연출가를 보고 꾸짖으며) 당신은 왜 벗지 않는 거죠? 여기 들어온 사람은 누구든지 구두를 벗어야 해요! (극작가에게) 당신도 벗어요!

극작가 (구두를 벗으며) 노처녀의 신경질이라니…….

연출가 (구두를 벗는다) 정말 굉장하군요!

한 남자 (뜀틀 위에 올라간다) 여러분, 내가 뛸 차례입니다!

노처녀 (뜀틀에 다가가서) 등록 카드 있어요?

한 남자 물론이죠! (호주머니에서 카드를 꺼내 보여준다)

노처녀 회원 등록번호 3214번. (두툼한 노트에서 기록을 찾아낸다) 지난번에 스물다섯 개의 통을 뛰셨군요.

한 남자 그렇습니다. 스물다섯 개를 뛰었었죠!

노처녀 모두들 이분을 지켜봐 주세요! 오늘은 몇 개를 더 뛸 생각이죠?

한 남자 다섯 개를 더 뛰는, 서른 개를 뛰어넘을 생각입니다!

노처녀 자, 이분에게 힘찬 격려를!

사람들 (손뼉을 쳐서 박자를 맞추며 고함을 지른다) 뛰어라! 뛰어 넘어! 인간의 생각에는 불가능이 없다! 서른 통을 뛰어 넘어라!

한 남자, 뜀틀 위에서 무릎 굽혀 펴기를 하다가, 두 눈을 감고 심호흡을 한 다음, 뜀 자세를 갖춘다. 통 뛰어넘기 도장은 긴장에 사로잡힌다. 마침내 한 남자의 입에서 '아아ㅡ 아ㅡ' 기합이 터져 나오며, 흡사 날아오르는 새처럼 팔과 다리를 맹렬하게 퍼득거린다. 사람들은 더욱 광적으로 손뼉을 치고 고함지른다. 그들의 시선은 한 남자가 뜀틀로부터 솟구쳐 올라 늘어 세워진 통들의 위를 넘어가고 있다는 듯이 허공을 가로질러 주시한다. 노처녀는 재빠른 걸음으로 허공 위의 남자 뒤를 쫓아가면서 그가 뛰어 넘었다고 생각되는 통들을 확인한다.

노처녀 한 통! 두 통! 세 통!

사람들 한 통! 두 통! 세 통!

노처녀 넷, 다섯, 여섯, 일곱 통!

사람들 넷, 다섯, 여섯, 일곱 통!

노처녀 여덟, 아홉, 열, 열하나…… 생각은 가볍게 통 위를 날아올라 열둘, 열셋, 열넷…… (점점 빠르게) 스물일곱, 스물여덟, 스물아홉, 서른 통!

사람들 여덟, 아홉, 열, 열하나…… (숨가쁘게 빨라지면) 스물일곱, 스물여덟, 스물아홉, 서른 통!

한 남자 (희열에 찬 표정으로 부르짖는다) 내 생각은 뛰었다! 서른 통을 뛰어넘었다!

사람들 뛰었다! 뛰어넘었다! 인간의 생각에는 불가능이 없다!

잡지사의 부장들, 통 뛰어넘기 도장 안에 들어와 있다. 그들은 구두를 벗은 맨발 상태이다. 도장의 근육질 남자는 쓰러져서 굴러다니는 통들을 모아 다시 뜀틀 앞에 세워 놓는다. 한 젊은 여자가 뜀틀 위로 올라간다. 소매 없이 가슴이 들여다보이는 블라우스와 궁둥이가 나올 만큼 짧은 스커트 차림의 모습이 사람들의 광적인 박수를 받는다.

사람들 뛰어라! 뛰어넘어! 불가능은 없다!

노처녀 등록번호는?

한 여자 2766번!

노처녀 (노트에서 기록을 찾아낸다) 지금까지의 기록은 열일곱 개!

한 여자 이번엔 스무 개의 통에 도전할 생각이에요!

사람들 뛰어라! 불가능은 없다! 한계는 없다!

한 여자, 뜀틀 안에서 껑충껑충 제자리 뛰기를 하더니, 마침내 그 탄력을 이용하여 통을 향해 뛰어넘는 시늉을 한다.

노처녀 하나, 둘, 셋…….

사람들 하나, 둘, 셋…….

노처녀 스물다섯 통을 뛰어넘었어요! 당신의 생각은 목표보다 훨씬 더 뛴 거예요!

연출가 (사람들과 함께 구호를 외친다) 뛰어라! 뛰어넘어라! 이것 참 재미있는데요!

극작가 네, 신이 납니다!

조갑진 뛰어라! 뛰어넘어! 스트레스가 확 풀리는군!

박승훈 잠깐, 저게 누구야?

조갑진 누구……?

박승훈 우리 얼간이 아냐?

김자명 얼간이가 뛸 모양인데!

사람들 불가능은 없다! 뛰어 넘어라! 한계는 없다!

얼간이, 수줍은 태도로 뜀틀 위에 올라간다. 노처녀는 얼간이의 등록번호를 암기하고 있다는 듯이 재빠르게 노트를 펼쳐 그의 기록을 찾아낸다.

노처녀 지금까지 기록은 겨우 여섯 통! 오늘은 몇 개의 통에 도전하는 거죠?

얼간이 일곱 통.

노처녀 당신, 머리가 모자라는 것 아녜요? 좀 더 많이 생각해봐요.

얼간이 난 몸으로 통을 뛸 겁니다!

얼간이, 두 손을 수평으로 벌리고 정신을 집중하는 모습이다. 순간, 그는 튕겨나가듯이 통을 향해 뛴다. 허공 위에서 더 멀리 뛰고자 다리를 길게 뻗는다. 그가 뛰어 넘은 통들은 세워진 상태대로 있으나, 뛰어넘지 못한 통들은 그의 발에 부딪쳐서 연쇄적으로 쓰러진다. 근육질 남자가 사방으로 구르는 통들을 붙잡으러 다닌다.

노처녀 하나!

사람들 하나!

노처녀 둘, 셋, 넷, 다섯 통!

사람들 둘, 셋, 넷, 다섯 통!

노처녀 여봐요, 겨우 다섯 통 뛰었어요! 창피한 줄 알아요!

사람들 (야유의 함성을 지른다) 우우- 우우우-

얼간이, 사람들에게 겸손히 절을 하고 물러간다.

노처녀 다음은 누가 뛰겠어요?

김자명 내가 뛰어 보겠어!

박승훈 (먼저 뜀틀 위로 올라가며) 아냐, 내가 먼저야!

노처녀 회원 등록 카드를 보여 주세요.

박승훈 없는데요……?

노처녀 없으면 안 돼요.

박승훈 난 방금 새로 들어온 사람입니다.

노처녀 그럼, 등록부터 하셔야죠. 여긴 철저하게 멤버십 제도거든요. (기계적으로 빠르게 설명한다) 특별회원과 일반회원 두 종류가 있어요. 특별회원은 언제든지 자유롭게 와서 뛸 수 있지만요, 일반회원은 정해진 시간에만 뛸 수 있죠. 어느 걸로 하시겠어요?

박승훈 한 번 뛰어 보고나서 정하죠.

노처녀 (근육질 남자를 향해 손짓한다) 여기, 귀찮은 사람을 쫓아내요!

근육질 (뜀틀 앞으로 다가온다)

박승훈 (지갑을 꺼내 노처녀에게 주며) 내 지갑을 맡겨 둘 테니 뛰어 봅시다! (뜀틀 위로 올라간다) 어어…… 발이 떨어지질 않아!

사람들 뛰어라! 뛰어 넘어라!

박승훈, 통들을 뛰어 넘겠다는 생각과 실제로 뛰려는 행동 사이에서 모호한 태도로 머뭇거리다가 뜀틀 아래로 미끄러진다. 그의 몸에 부딪힌 통들이 연쇄적으로 쓰러지면서 사방으로 굴러다닌다. 박승훈은 일어나지 못한다.

조갑진 여봐, 어떻게 된 거야?

김자명 왜 이래? 일어나 봐!

박승훈 다리를…… 다리를 다쳤어!

김자명 이런 세상에! 괜히 뜀틀 위에서 어물쩍거리더라니!

노처녀 (비웃는 표정으로 사람들에게) 이 사람은 다리를 다쳤어요!

사람들 (야유의 함성을 지른다) 우우- 우우우-.

연출가 (걱정스러운 표정으로 극작가에게 묻는다) 저 사람 어떻게 된 겁니까?

극작가 글쎄요. 나도 모르겠는데요…….

연출가 극작가가 모르다니요?

극작가 생각으로 뛰려고 했는지, 몸으로 뛰려고 했는지 모르겠어요. 아마 그걸 결정하지 못하고 어물쩍거리다가 다리를 다쳤나 본데……. (옆에 서 있는 한 남자에게) 미안하지만, 의학지식이 있거든 저 사람한테 가보시겠습니까? 얼마나 다쳤는지 살펴봐 주세요.

한 남자 (박승훈에게 다가간다) 내가 봐 드릴까요?

조갑진 의사십니까?

한 남자 의사는 아닙니다만, 나도 다리를 다쳤던 경험이 있어서요. (박승훈의 앞에 앉아서 두 다리를 잡고 살펴본다) 탈골이군요. 다행히도 부러진 건 아니니까 다시 뼈를 맞추면 될 겁니다. 자, 아프시더라도 참으세요. 지금 곧 뼈를 맞추겠습니다.

한 남자, 박승훈의 다리 뼈를 맞춘다. 박승훈은 고통스러운 비명을 지르고, 조갑진과 김자명을 그를 붙잡아 다리를 움직이지 못하게 한다.

한 남자 됐어요. 뼈를 맞췄습니다.

조갑진 고맙습니다, 정말.

김자명 (박승훈에게) 자넨 가만 있을 거야, 이분께 감사해야지!

박승훈 아냐, 아냐…… 가만히 있을 수 없지. (한 남자에게) 내가 한 잔

사겠습니다.

한 남자 그렇게 안 하셔도 괜찮습니다만…….

조갑진 우리 함께 가십시다. 이 친구 단골 술집이 바로 이 근처에 있습니다. (박승훈을 부축해 일으키며) 내 어깨를 붙잡아.

김자명 (조갑진과 함께 박승훈을 부축한다) 내 어깨도 잡으라구.

박승훈 내 구두는 어디 있지? 신고 가야 할 텐데…….

조갑진 글쎄, 우리 모두 맨발이잖아?

박승훈 내 구두 좀 찾아 줘!

사람들 (부축 받아 일어선 박승훈을 둘러싸고 놀리듯이 손뼉을 치면서 외친다) 뛰어라! 뛰어넘어! 불가능은 없다! 한계는 없다!

노처녀 (흩어져 있는 구두들을 모아서 잡지사 부장들에게 갖다 준다) 발에 맞는 대로 얼른 신고 여길 나가시죠!

부장들, 사람들의 놀림을 피하려고 아무 구두나 가리지 않은 채 신고 나간다. 무대 조명, 서서히 어두워진다. 통 뛰어넘기 도장 안의 사람들이 각자 구두를 찾아 신느라고 야단법석이다. 연출가, 구석으로 치워 두었던 극작가의 책상을 무대 가운데로 옮겨 온다.

극작가 왜 내 책상을 옮겨 오죠?

연출가 (타자기를 가리키며) 다음 장면은 말로 하지 말고 타자를 치세요.

극작가 난 타자기 앞에만 앉으면 손가락이 떨려서…….

연출가 (의자를 들고 와 책상 앞에 놓는다) 그런 심리적인 문제는 극복해야 합니다. 어서 책상 앞에 앉아 타자를 쳐요.

극작가 (마지못해 의자에 앉으며) 아직 나는 구두를 못 찾았는데요…….

연출가 걱정 마세요. 내가 찾아올 테니깐.

극작가, 떨리는 손가락으로 더듬더듬 타자를 친다. 연출가는 극작가의 구두를 찾으러 무대를 돌아다닌다.

극작가 내 구두 찾았어요?

연출가 작품이나 신경 써요! 다른 건 염려 말구!

극작가 잠깐만, 이리 와 보세요.

연출가 (극작가에게 다가오며) 도대체 뭐죠?

극작가 저어, 맥주 좋아하십니까?

연출가 좋아합니다. 그런데 그건 왜 물어요?

극작가 나도 좋아하거든요. (타자기에서 글자가 찍힌 종이를 뽑아 연출가에게 내밀며) 읽어보시죠.

연출가 (글자를 읽는다) 다음 장면은 맥주집이다…….

극작가 어때요, 멋진 생각이죠? 우리도 맥주 마시러 갑시다!

연출가 정말 멋진 생각인데! 우리도 아무 구두나 신고 나갑시다.

극작가와 연출가 무대 밖으로 퇴장한다. 통 뛰어넘기 도장의 근육질 남자가 술집 주인이 되어 무대를 맥주집으로 바꾼다. 술집 주인, 무대 구석으로 치워 두었던 탁상들을 옮겨 와서 극작가의 책상 양쪽에 붙여서 기다란 식탁을 만든다. 그리고 의자들을 식탁 앞에 나란히 놓는다. 극작가와 연출가, 무대로 들어와서 의자에 앉는다. 무대에는 여기저기 통들이 흩어진 채 그대로 있다.

술집주인 어서 오십시오. 뭘로 드시겠습니가?

극작가 우리야 언제나 맥주죠!

술집주인 (큼직한 장화처럼 생긴 유리잔을 하나씩 놓아 주며) 맥주는 건강에 좋거든요! (무대에 흩어져 있는 통들 중에 하나를 메고 와서 마개를 따더니, 술잔에 부어준다) 이히 리베 디히(Ich libe dich)!

연출가 이히…… 뭐라구요?

술집주인 내가 아는 독일 말이죠. 이히는 나, 리베는 사랑한다, 디히는 당신을! (마침 박승훈을 부축하고 술집 안으로 들어오는 한 남자를 가리키며) 저 선생님이 나에게 가르쳐 준 겁니다.

연출가 저 사람들 역시 이 술집 단골입니까?

술집주인 그럼요!

극작가 (술잔을 들고) 우리 모두 건배합시다. 맥주집 단골들의 건강을 위하여!

부장들과 한 남자, 식탁 앞에 앉는다.

박승훈 (한 남자에게) 도와주셔서 정말 고맙습니다. 혹시 실례가 아니라면, 직업이 무엇인지요?

한 남자 내 직업은 학원 강사죠. 이 근처의 외국어 학원에서 독일어를 가르칩니다.

박승훈 우리는 잡지사에서 일합니다. 나는 편집부장, 이 친구는 특집부장, 그리고 저 친구는 사진부장이죠.

한 남자 이렇게 뵙게 되어 반갑습니다. 그런데 잡지 이름이 뭐죠?

조갑진 아, 이름은 아실 것 없습니다.

김자명 아주 형편없는 잡지거든요. 그저 화장실에서나 심심풀이로 읽을 정도죠.

박승훈 여봐요, 주인. 여기 맥주!

술집주인 (술통을 들고 와서 술잔마다 따라주며) 이히 리베 디히!

한 남자 왜 그 말밖에 못하죠? 내가 가르쳐 준 게 많잖아요?

술집주인 그럼요, 많이 가르쳐 주셨지요.

한 남자 당신은 날 사랑한다, 그걸 해보세요.

술집주인 (더듬거리며) 당신은…… 나를…….

한 남자 독일어로 하셔야죠.

술집주인 글쎄, 안 되는데요.

한 남자 나는 당신을 사랑한다. 그건 잘 하시던데?

술집주인 하지만 거꾸로, 당신은 나를 사랑한다는 못해요. (자신의 머리를 주먹으로 툭툭 치며 웃는다) 그게 내 머리의 한계죠!

한 남자 두 립스트 미히(Du liebst mich)!

술집주인 가르쳐 주셔야 소용없어요. 그리고, 나는 당신을 사랑한다로 충분해요. (술통을 들고 물러나며) 더 이상 골치 아프게, 당신이 나를 사랑하는지는 알고 싶지 않아요!

조갑진 저 술집 주인, 한계가 분명한 사람인데!

김자명 괜히 잘난 체 하셨다가 한 방 먹었군요!

박승훈 난 고등학교 때 독일어를 배웠어요. 하지만 지금은 말끔히 잊어 버려서 단 한 마디도 알지 못해요.

조갑진 독일어는 격변화가 많아서 그래.

한 남자 격변화 때문에 어려운 게 아니죠. 아까 술집주인이 보여 주었듯이, 거꾸로 생각할 땐 문제가 생겨요. 좀 더 구체적인 예를 들까요? (장화처럼 생긴 유리잔으로 뛰어넘기 동작을 해 보인다) 인간은 앞으로 뛰어 넘는데는 익숙하지만요, 보세요, 이렇게 뒤로 뛰어넘기에는 서툴러요.

부장들 (한 남자가 보여준 동작을 장화처럼 생긴 유리잔으로 따라 하면서) 정말 멋진 비유인데요!

한 남자 그러나 생각이 몸보다 먼저 뛰고, 또 멀리 뛴다는 게 문젭니다. 몸은 아직도 여기 있는데, 생각은 벌써 저 멀리, 저쪽에 뛰어가 있거든요.

부장들 맞습니다! 그게 우리 인류의 비극이죠!

한 남자 뭐, 인류까지 말씀하실 것 없습니다. 구체적으로, 나, 나라는 개인을 봐도 그렇죠. 내 생각은 지금 어떤 여자를 열렬히 사랑하고 있습니다. 하지만 내 몸은, 내 행동은 그 여자에게 말 한마디 못한 형편입니다. 더구나 심각한 문제는, 이것을 거꾸로 해 볼 경우, 그 여자가 나를 어떻게 생각하고 있는지, 도대체 나를 생각이나 하고 있는지 그것조차 알 수 없는, 지극히 어려운 문제가 되어 버립니다.

조갑진 그것 참 재미있는데요! 내 경우엔 달라요. 난 어떤 여자든지 사랑하고 생각해 본 적이 없어요. 그런데 거꾸로, 모든 여자들이 나를 사랑한다고 생각하거든요.

박승훈 둘 다 마찬가지야. (한 남자를 가리키며) 선생의 경우는 어떤 여자를 사랑한다고 생각하는 것이 한계입니다. 그 한계를 뛰어 넘어서, 그 여자가 선생을 사랑한다고 생각하셔야지요. (조갑진을 가리키며) 그리고 자네는, 여자들이 자네를 사랑한다고 생각하는 그게 한계야. 자넨 그 생각의 한계를 훌쩍 뛰어 넘어서, 자네도 모든 여자를 사랑한다고 생각해야지.

김자명 여봐, 자넨 능청맞게 거짓말도 잘 하는군!

박승훈 왜? 난 진실을 말한 거야.

김자명 자넨 통을 뛰어 넘다가 다리를 다쳤잖아! 그런데 남에게는 불가능한 일이란 없으니까 뛰어 넘으라고 충고를 해? (한 남자에게) 이 친구의 말을 믿어서는 안 됩니다. 이 친구는 자기가 할 수 없는 짓을 남에게는 하라고 권유하거든요.

박승훈 (술잔을 들고 웃으며 한 남자에게) 미안합니다. 난 다만 내 생각을 말해본 겁니다.

한 남자 아뇨. 난 선생의 생각이 잘못됐다고 생각하진 않습니다.

김자명 우리 잡지에는 애정 상담란이 있어요. 대개가 짝사랑의 상대가 자기를 생각해 주지 않는다는 그런 고민인데요, 선생도 고민하는 내용을 적어 보내 주시면 게재해 드리겠습니다.

박승훈 (김자명에게) 이번에는 자네가 선생께 사과해.

김자명 뭐, 내가 어때서?

박승훈 자넨 무례하게, 선생의 고백을 농담으로 받아들였잖아!

김자명 (정중한 태도로) 우리 잡지에 투고하라는 제의를 철회합니다. 그건 내 생각이었을 뿐, 선생의 생각은 아니었습니다.

박승훈 내 친구의 사과를 받아 주십시오.

한 남자 괜찮습니다. 난 게재해 준다 해도 투고할 생각이 없었거든요.

연출가 저 사람들, 벌써 취한 모양인데요!

극작가 왜요?

연출가 하는 말 좀 들어 보세요. 생각하는 것을 생각한다, 생각하는 것을 생각 안 한다, 뭐 그런 농담 같은 소리만 하고 있잖아요.

술집주인 (술통을 들고 다가온다) 이히 리베 디히, 난 당신을 사랑해요! 빈

잔들뿐인데, 술을 더 부어 드리죠!

술집 주인, 빈 잔마다 가득히 술을 채운다. 두 명의 늙은 남자와 한 젊은 여자가 손님으로 들어와서 식탁 앞에 앉는다. 술집 주인이 그들을 반갑게 맞이한다.

술집주인 아, 나는 당신을 사랑해요!
한 여자 안녕하세요!
술집주인 뭘 드시겠습니까?
두 남자 우리야 언제나 맥주죠.
한 여자 맥주를 줘요.
술집주인 (각자 앞에 잔을 놓고 술통을 기울인다) 하지만 당신이 날 사랑하는지는 알고 싶지 않아요!
조갑진 저 사람들을 어디에서 본 것 같지 않아?
김자명 글쎄 말이야…….
박승훈 나도 보긴 봤는데…….
한 남자 통 뛰어넘기 도장에서 봤을 겁니다.
조갑진 맞아! 통 뛰어넘기 도장에서 봤었어!
두 남자 (똑같은 억양으로 슬프게 말한다) 우리는 자꾸만 한계에 부딪히고 있습니다. 이렇게도 뛰어 보고 저렇게도 뛰어 봤지만, 결과는 언제나 좌절뿐이었어요.
연출가 (극작가에게 묻는다) 저 남자들은 누군데 저토록 슬퍼합니까?
극작가 저 남자들은 사회주의자들이죠.
연출가 저들이…… 무슨 증거라도 있어요?
극작가 요즈음 하는 일마다 잘 안 되는 건 사회주의자들뿐이거든요.
한 여자 (명랑한 표정으로 말한다) 너무 지나치게 슬퍼하진 말아요.
연출가 저 여잔 누구예요?
극작가 저 여자요? 뭔가 잘된 듯이 싱글벙글 웃고 있는데, 그런 사람은 자본주의자라고 생각하면 틀림없어요.

연출가 말도 안 되는 소리군요!

한 여자 실제로 뛴다는 건 어리석은 짓이에요. 조금 전에 내가 뛰는 걸 보셨죠? 나는요, 스무 통만 뛰어넘을 생각이었어요. 그런데 그 생각이 스물다섯 통을 뛰었어요!

두 남자 그게 뭐 자랑입니까?

한 여자 생각해 봐요! 무려 스물다섯 통이나 뛰어넘은 거라구요!

두 남자 그건요, 실제로는 한 통도 못 뛰어 넘은 겁니다.

한 여자 뛰어 넘었다고 생각하면 되는 거예요! (자신의 머리를 가리키며) 중요한 건 생각이죠!

두 남자 중의 한 사람 중요한 건 생각이 아니라 행동입니다. 실제로 통을 뛰어넘는 거예요.

두 남자 중의 다른 사람 오늘 우리는 참으로 감동적인 광경을 보았습니다.

한 여자 무슨 광경인데요?

두 남자 중의 다른 사람 실제로 뛰려다가 다릴 다치는 사람을 봤어요.

한 여자 난 그 광경이 우습던데요!

조갑진 (박승훈에게) 여봐, 자네를 두고 하는 말 같은데?

박승훈 모르는 체 해. 저 여자가 아까서부터 우리를 힐끔힐끔 보고 있어.

한 여자 (박승훈을 향해 손을 흔들며) 어머나, 여기 계셨네!

김자명 들켰군, 들켰어!

한 여자 모두들 선생님 때문에 배꼽 잡고 웃었어요!

두 남자 중의 한 사람 그만해요!

한 여자 난 생각만 해도 우스워요!

두 남자 중의 다른 사람 제발 그만 비웃어요! 오히려 저런 분에겐, 실제로 뛰려다가 다친 분에게는 경의를 표해야 합니다!

두 남자, 자리에서 일어나 차렷 자세를 취한 다음 박승훈을 향하여 거수경례를 한다. 한 여자는 그 모습을 보며 자지러질 듯 웃는다.

두 남자 이 여자 웃는 꼴이 꼭 원숭이 같군!

한 여자 뭐예요? 내가 원숭이 같다뇨?

두 남자 중의 다른 사람 그럼요. 퇴화한 원숭이는 도리어 인간을 비웃습니다.

한 여자 여보세요, 진짜 원숭이로 퇴화한 건 당신들이에요! 난 당신들이 실제로 뛰어 봤자 아무 가능성이 없다는 걸 알아요! 그런데도 불가능을 향해 뛰다니, 얼마나 우스워요? 뛰어넘다가 부딪치는 꼴은 더욱 우습고, 쓰러져서 슬퍼하는 꼴은 더더욱 우습죠!

한 여자, 여러 사람들이 잘 보이도록 술집 가운데로 나온다.

한 여자 자, 여러분 보세요! 인간인 내가 저 미련한 원숭이들 흉내를 낼게요! (건너뛰는 동작과 부딪쳐서 넘어지는 동작을 반복하며) 슬퍼요! 괴로워요! 뛰었다간 넘어지고, 넘어졌다 뛰면서, 슬퍼요! 괴로워요!

두 남자 요즈음 원숭이가 어떤 짓을 하는지 보십시오. (제자리에 서서 어깨동무를 하고 머리만을 끄덕거리며) 원숭이는 생각으로만 뛰면서, 호들갑을 떨죠. 기뻐요! 즐거워요! 기뻐요! 즐거워요!

술집주인 (이해할 수 없다는 표정으로 바라보면서) 왜들 저러는지 모르겠어요. 술만 마시면 저렇게 원숭이들 흉내를 내거든요.

한 남자 (잡지사 부장들에게) 이 술집에 올 때마다 저런 광경을 보셨겠죠?

조갑진 · 김자명 그럼요, 술 취하면 우리도 펄쩍펄쩍 뛰는 걸요!

조갑진과 김자명, 술집 가운데로 나와서 마치 통과 통 사이를 건너뛰고 다니는 동작을 한다.

조갑진 그런데, 자네는 어떤 기분이야? 괴롭고 슬픈 기분? 아니면 즐겁고 기쁜 기분?

김자명 자네는 어떤 기분인데?

조갑진 괴롭기도 하고 즐겁기도 하고…… 슬프면서도 기뻐.

김자명 나도 그래. (박승훈에게) 자네도 이리 나와서 뛰어봐!

박승훈 (일어나려다가 비명을 지르며 바닥에 주저앉는다) 난 못 뛰겠어!

조갑진 박승훈! 왜 그래?

박승훈 다친 다리가 몹시 아파!

한 남자 의자에 앉는 걸 도와드릴까요? 내 어깨를 붙잡으시죠. (박승훈을 부축하여 의자에 앉힌다) 사실 난 궁금한 게 있어요. 선생께서는 뭣 때문에 통을 뛰셨죠?

박승훈 뭣 때문이라뇨?

한 남자 그냥 생각으로만 뛸 수도 있었거든요. 그런데 실제로, 아낌없이 온몸을 내던져 뛰셨을 때는 뭔가 남다른 각오랄까, 원대한 포부가 있었겠습니다.

박승훈 아뇨, 난 그런 것 없습니다.

한 남자 전혀…… 없어요?

박승훈 네, 단순히 장난삼아 뛴 겁니다. 쌓인 스트레스나 풀려구요. 그런데 다리를 다쳤어요. 장난 때문에 생긴 이 엄청난 통증을 뭐라고 설명해야 좋죠?

연출가 (식탁에서 일어나 박승훈에게) 아, 그 설명은 여기 있는 극작가가 해줄 겁니다.

극작가 왜 내가 그 설명을 해야죠? 연출가 선생이 더 잘할 텐데요.

연출가 장난의 통증을 상상해 낸 건 당신입니다.

극작가 하지만 그 통증을 실감있게 표현해 내는 건 연출이 하실 일이죠.

연출가 (박승훈에게 다가가서) 얼굴을 좀 더 찡그리세요. 굉장히 아픈 듯이, 신음소리도 내라구요.

박승훈 이 양반, 술 취했군! 우리 잡지사는 아무리 아파도 휴가를 안 줍니다! (연출가를 밀쳐내며) 저리 비켜요!

연출가, 극작가에게 되돌아온다.

연출가 요즈음 극작가가 생각해낸 인물들은 버릇이 없어요. 연출가를 비키라고 밀쳐내다니!

극작가 등장인물들을 함부로 다루면 안 돼요. 그들도 인격이 있고 생각이 있는 거죠.

술집주인 (식탁으로 다가와 사람들에게 말한다) 이히 리베 디히! 미안하지만 선생님들, 나 좀 도와주시겠습니까? 술집을 치우려구요!

술집 주인과 사람들, 책상 하나만을 남겨 두고 모든 식탁과 의자들과 통들을 구석으로 치운다. 무대, 어두워진다. 수직 조명이 책상을 비춘다. 극작가, 책상 밑에 있는 타자기를 위로 올려놓는다. 그는 타자기의 문자판을 더듬더듬 두드린다. 연출가, 심각한 표정이 되어 극작가 주위를 맴돈다.

연출가 잠깐, 나하고 작품에 대해서 의논 좀 합시다.

극작가 네, 좋습니다.

연출가 연출가의 입장에서 볼 때, 이 작품엔 문제가 많아요.

극작가 아까 등장인물이 버릇없게 군 것 말씀인가요?

연출가 물론 그것도 있죠. 그러나 더 큰 문제는 이 작품의 주제입니다. 솔직히 말해서, 난 아직 이 작품의 주제가 뭔지 알 수 없군요.

극작가 사실은 아직 나도 그걸 모르겠어요.

연출가 모른다구요?

극작가 극작가의 작업이란 그런 겁니다. 어떤 결과도 예측할 수 없는 상황 속에서, 마치 늘어 세워진 통들을 뛰어 넘듯 하거든요. 그러니깐 뭐랄까, 처음엔 원숭이 엉덩이는 빨갛다로 시작했다 합시다. 그 다음엔 하나 더 건너뛰어서, 빨간 건 사과다 생각하고, 사과는 맛있어, 맛있는 건 뭐냐, 바나나다, 그런데 바나나는 길다, 긴 것은……? 여기서 생각이 부딪치면 작품이 안 되죠. 긴 것은 기차다, 이렇게 건너뛰어서, 기차는 빨라, 빠른 게 뭐냐, 빨리 생각하라…… 아, 비행기다! 비행기는 높아, 높은 건 백두산이다! 그래서 생각이 이 백두산에 도달하면 마침 내 작품은 완성되는 겁니다.

연출가 도대체 지금 무슨 말을 하는 거예요?

극작가 (타자기 옆에 놓인 원고들을 뒤적이며) 난 처음에 어떤 잡지 출판사를 생각했어요. 그 다음은 그 생각이 통 뛰어넘기 도장으로 건너뛰었고, 그 다음은 맥주집이었는데…….

연출가 (손가락으로 머리를 가리키며 원을 그린다) 당신, 아직 술이 덜 깼어요. 신선한 공기나 쐬러 나갑시다!

극작가 좋아요. (타자기가 놓인 책상에서 일어나며) 어쨌든 생각이 작품을 만드는 거지, 내가 만드는 건 아니니까요.

연출가, 극작가를 이끌고 무대 밖으로 나가려 한다. 그러자 얼간이가 등장하여 극작가 대신 탁상 앞에 앉는다.

극작가 자, 보세요. 내가 생각해낸 편집부 수습사원 얼간이가 나 대신에 타자를 치잖아요. 그런데 나처럼 뭔가 잘 안 되는가 봐요. 아주 곤혹스런 표정이에요.

연출가 저런, 저런! 타자를 치다가 종이를 구겨서 쓰레기통에 던지는 모양이 꼭 당신을 닮았군요!

극작가 우린 방해 말고 나갑시다.

극작가와 연출가, 퇴장한다. 어둠 속에서 뚜벅뚜벅 다가오는 발자국 소리가 들린다. 삐걱 문이 열렸다가 닫히는 소리와 함께 측면 조명이 비친다. 편집부장 박승훈의 그림자가 얼간이 책상 앞까지 기다랗게 뻗친다. 그는 왼쪽 겨드랑이 밑에 목발을 짚고 있다.

박승훈 여봐, 얼간이. 밤 늦게까지 수고하는군.

얼간이 아…… 부장님…….

박승훈 마감 날짜가 임박했어.

얼간이 알고 있습니다, 부장님…….

박승훈 특집 기사는 다 썼나?

얼간이 아뇨…….

박승훈 갱년기의 성생활은?

얼간이 아직 못 썼습니다.

박승훈 왜 못 썼어?

얼간이 특집을 다 쓴 다음에 하려구요.

박승훈 요리기사는? 먹는 거 말야!

얼간이 (대답하지 못하고 머뭇거린다)

박승훈 그것도 특집 다음으로 미뤄둔 거야?

얼간이 네…….

박승훈 이런 얼간이 봤나! 처음부터 꽉 막혔잖아! (절뚝거리는 걸음으로 얼간이에게 다가온다) 도대체 뭣 때문에 앞으로 나갈 수 없는 거야?

얼간이 가수 전은정이요…….

박승훈 그래, 가수 전은정이가 어때서?

얼간이 하와이에서 사랑하는 매니저와 헤어졌다는 게 진짜 사실입니까?

박승훈 진짜 사실이라니?

얼간이 그 기사를 읽은 독자들이 믿어도 되는 거예요?

박승훈 정말 얼간이 같은 소리 하고 있네! 여봐, 내 말 잘 들어. 나도 수습기간엔 자네 같았어. 진짜 가짜를 꼭꼭 따지느라 생각이 꽉 막힌 시절이 있었다구. 그러나 차츰차츰 사람들이 바라는 게 무엇인지 알았어. 그들은 우리가 진짜 가짜 따질 것 없이 생각해주길 바라는 거야. 기발한 생각, 깜짝깜짝 놀랄 생각, 재미난 생각을 말야.

얼간이 그래도 부장님…….

박승훈 그래도 뭐야?

얼간이 실제로 하와이에 가지도 않고…….

박승훈 여기 앉아서 생각만으로 전은정의 기사를 쓸 수는 없다 그거야?

얼간이 네, 부장님.

박승훈 실제로 그곳에 간다고 해봐. 왕복 비행기 값이 얼마야? 그리고 그곳에 가면 누가 공짜로 밥 먹여주고 잠 재워 준대? 호텔 숙박비와 식사비가 엄청나겠지! 더구나 그 많은 돈을 들여 하와이에 갔는데, 가수 전은정이와 매니저가 아무 탈 없이 잘 지낸다면 어쩔 거야? 결국은 시간 낭비에 돈 낭비, 우리 잡지사만 몽땅 손해 아냐? 이젠 알았거든 기사를 써! 여기 서울에 가만히 앉아 하와이의 전은정을 생각해서 재미있는 기사를 써 보라구!

얼간이 서울과 하와이는…… 가운데에 태평양이 있어요. 생각으로만 건너뛰기엔 거리가 너무 멀어요.

박승훈 그 거리를 좁혀!

얼간이 어떻게 좁히죠?

박승훈 훌쩍 건너뛰라구!

얼간이 태평양을 건너뛰어요?

박승훈 (목소리를 높여서) 여봐, 얼간이!

얼간이 네, 부장님…….

박승훈 통 뛰어넘기 도장에서는 잘 뛰던데, 왜 여기에선 못 뛰겠다는 거냐?

얼간이 그것과 이건…… 달라요.

박승훈 다르긴 뭐가 달라?

얼간이 (머리를 두 팔로 감싸고 책상에 엎드린다) 실제로 뛰는 건 의미 있지만, 생각으로 뛰는 건 아무 의미가 없어요.

박승훈 얼간이, 고개를 들어!

얼간이 (괴로운 표정으로 고개를 든다)

박승훈 그런데, 왜 그렇게 괴로워하는 거야? 통을 뛰어 넘다가 혹시 몸이라도 다쳤어?

얼간이 아뇨, 다친 덴 없습니다.

박승훈 여봐, 내가 다리를 다쳤었다는 건 알고 있겠지?

얼간이 압니다, 부장님.

박승훈 그것 때문에 지금도 다리가 몹시 아파!

얼간이 병원에는 가보셨어요?

박승훈 물론 가봤지! 하지만 외과의사들은 이런 증상은 잘 모르겠다면서 정신과 의사한테 가 보래. 어쨌든 그 날 충격이 너무 컸어. 사람들이 날 비웃었거든! 특히 어떤 건방진 여자는 술집까지 따라와서는, 통이란 생각으로 뛰어야지 몸으로 뛰면 안 된다고 훈계를 했어! 그런 훈계는 내가 더 잘할 입장인데 말야, 아무 소리 못한 채 그 건방진 것한테 야단만 맞았다구! 쯧쯧, 빌어먹을! 괜히 장난으로 통 한 번 뛰었다가 이게 무슨 망신인지……!

얼간이 어떤 여자가 그런 훈계를 해요?

박승훈 어떤 여자냐구? 돈 깨나 있는 집안의 여자 같던데, 우리 잡지는 그런 여자들이 읽는 거라구! (얼간이에게 의자에서 일어나라는 손짓을 하며) 자, 저리 비켜봐! 내가 자넬 위해서 시범을 보여줄 테니깐. (얼간이를 비켜 세우고 타자기 앞에 앉는다) 가수 전은정과 매니저는 불륜의 관계였고, 헤어졌다면 속 시원히 여길 사람들도 많아. 그래, 아예 깨끗이 말야, 둘이서 서로 머리에 권총을 싸서 죽는 걸로 하자구. 독자들한테도 그게 더 재미있을 테지! (타자기를 재빠르게 두드리며 기사 내용을 읊는다) 사람들의 관심을 집중시켰던 가수 전은정과 매니저의 애정 행각은 마침내 자살로 막을 내렸다. 그들은 호놀룰루에서 멀리 떨어진 카후쿠라는 조그만 마을에 살고 있었는데, 해가 저문 뒤 캄캄한 밤에만 간혹 외출할 뿐, 밝은 낮에는 전혀 집 밖으로 나오지를 않았다. 그래서 마을 사람들은 그들이 자살한 사실을 알지 못했고, 시체는 보름 동안이나 집안에 방치되어 있었다. 그들의 사인을 조사한 하와이 경찰은, 권총의 탄환이 두 개골 정면을 정확하게 관통한 것으로 보아서, 서로의 얼굴에 총구를 맞대고 둘 다 동시에 방아쇠를 당겼을 것이라고 단정하였다. 그러한 자살 방법은 사랑의 확신을 가진 연인들이 즐겨 사용하는 방법인데, 둘이서 호흡을 똑같이 맞춰 하나, 둘, 셋…… 헤아리다가 정해둔 숫자에 이르러 방아쇠를 당겨야 하기 때문이다. 만약 호흡이 일치하지 않거나 정해둔 숫자보다 먼저 방아쇠를 당길 경우, 그 사랑은 완벽하지 않다는 의심을 받게 되고, 심지어 사랑하기는커녕 증오했다는 것이 드러나게 된다. 그 자살 방법을 누가 먼저 제안했는지 불분명하나, 아마도 전은정이었으리라. 그녀가 부른 모든 노래들은 로맨틱 무드로 가득 차 있으며, 평소에도 로맨틱하게 죽고 싶다고 입버릇처럼 말해 왔었다. 어때, 아주 실감나지? 이 기사를 전은정이 읽으면, 죽는 방법이 멋있어서 반드시 권총 두 자루를 구할 거야! 그리고는 빵, 빵, 서슴없이 매니저와 서로 얼굴을 마주보며 쏠 거라구!

얼간이, 박승훈의 기사 내용을 전혀 듣고 있지 않았던 것 같다. 그는 통을 뛰어 넘는 동작을 반복하고 있다.

박승훈 여봐, 얼간이! 내 말 안 듣고 뭘 해?

얼간이 통 뛰어넘기 연습을 하고 있어요.

박승훈 빌어먹을! 내가 하와이로 건너 뛸 때, 자넨 기껏 그런 연습을 하고 있어?

얼간이 부장님, 저는요, 실제로 통을 뛰어넘는 사람이 되고 싶어요. (정면을 응시한다) 그렇게 되면 저는 이 세상을 두루 다니면서 사람들에게 실제로 뛰어넘는 것이 얼마나 의미 있는 일인지 보여줄 겁니다!

얼간이, 심호흡을 한다. 응시하고 있던 정면을 향해 달린다. 그리고는 한 지점에 이르러 온 힘을 발목에 모아 펄쩍 뛴다.

얼간이 얼빠진 짓이 아니에요. 실제로 일백마흔다섯 통을 뛰어넘은 분이 계시거든요!

박승훈 그게 누군데?

얼간이 통 뛰어넘기 도장을 설립하신 분입니다.

박승훈 아, 그 노처녀? 지난 번 내가 갔을 때 봤던 노처녀가 설립자야?

얼간이 아뇨.

박승훈 그럼 누구야?

얼간이 그분은 아무 때나 오시지 않습니다.

박승훈 그럼 언제 그분을 만날 수 있어?

얼간이 금요일 밤에요. 매주 금요일 밤에만 도장에 오시죠. (박승훈에게 다가오며) 부장님도 그분을 만나 보세요. 그분은 통 뛰어넘기의 위대한 스승님이십니다! 무려 일백마흔다섯 개의 통을 건너 뛰셨거든요!

무대 조명, 빠르게 엇바뀐다. 박승훈과 얼간이를 비추던 조명이 꺼지고, 무대 안으로 들어오려는 극작가와 연출가를 조명이 비춘다.

연출가 사람이 일백마흔다섯 개의 통을 건너 뛴다니! 정말 얼간이나 할 소리군!

극작가 뭘 그렇게 놀라십니까?

연출가 아무리 생각이라도 그건 너무 합니다! 인간이란 그렇게는 할 수 없어요!

극작가 하지만, 얼간이는 분명히 그런 능력을 가진 사람이 있다고 말했습니다.

연출가 여봐요, 그런 얼간이를 상상해낸 게 누구죠?

극작가 납니다.

연출가 그래요, 당신이에요! 당신이 상상해 낸 인물은 모두 당신의 생각을 말하는 겁니다. 그런데 당신은 정말 인간이 일백마흔다섯 개의 통을 뛰어넘을 수 있다고 믿는 겁니까?

극작가 사실은 나도 잘 믿어지지 않아서 직접 보러 갈 작정입니다. (무대 한가운데로 나오며) 자, 지금은 금요일 밤입니다. 그리고 우리는 통 뛰어넘기 도장에 와 있구요. 벌써 도장 안에는, 통 뛰어넘기의 위대한 스승을 만나려는 사람들로 가득 차 있습니다.

많은 사람들, 통 뛰어넘기 도장 안으로 들어 와서 바닥에 반원형으로 모여 앉는다. 여직원 노처녀가 환등기를 들고 와서 통 위에 설치한다. 무대 후면에 대형 스크린이 내려온다. 스크린에는 환등기의 화면이 비춰진다. 하나 하나 화면이 바뀔 때마다 일백마흔다섯 개의 통들을 나란히 세워 놓고 그 위를 뛰어넘는 동작이 연속적으로 나타난다. 휠체어를 탄 관장이 등장한다. 그는 스크린에서 동작을 보여 주고 있는 인물과 동일한 인물이다. 다만 스크린의 인물이 젊고 건장한 모습인 것에 비해, 휠체어의 인물은 늙고 쇠약한 모습이다. 사람들이 기립하여 환호로 관장을 맞이한다.

사람들 뛰어라! 뛰어 넘어라! 인간의 생각에는 불가능이 없다! 한계가 없다!

노처녀 자아, 슬라이드를 자세히 보실까요! 저 광경은 통 뛰어넘기의 위대한 스승이신 우리 관장님께서 일백마흔다섯 개의 통을 뛰어 넘으시는 모습입니다!

사람들 (손뼉을 치며 더욱 열광적으로) 뛰어라! 뛰어 넘어라!

노처녀 천천히 온 신경을 집중시켜 스승님의 두 발을 주의 깊게 보세요! 마치 허공 위에 계단이 있어서, 사뿐사뿐, 밟고 달려가듯이 그렇게 우리 관장님은 통 위를 건너뛰시죠!

사람들 뛰어라! 불가능을 뛰어 넘어라! 한계를 뛰어 넘어라!

관장, 매우 못마땅한 표정이다. 관장은 몇 번 기침을 하더니 가래 끓는 목소리로 사람들을 꾸짖는다.

관 장 야, 시끄럽다! 좀 조용히 해!

노처녀 (사람들의 환호를 제지시킨다) 조용히들 해요! 우리 관장님께서 말씀하세요!

관 장 너희가 개새끼들이냐? 왜 짖고 떠들어?

사람들 (조용해진다)

관 장 앉아!

사람들 (앉는다)

관 장 너희가 인간이라면 조용히 반성하면서 내 말을 들어! 처음 너희들이 태어날 때는 머리와 몸이 붙어 있었어. 그런데 어찌된 영문인지 점점 자라면서 머리 따로, 몸 따로, 따로따로 떨어져 버린 거야. 그리하여 너희들 중에는 정의와 평화, 행복을 생각하는 자는 있어도 그것을 실현코자 행동하는 자는 없는 것이다! 어때, 내 말이 틀렸어? 내 말이 틀렸느냐구?

사람들 아뇨, 맞는 말씀이십니다!

관 장 더구나 오늘날의 비극이 뭐냐, 너희들은 귀찮다는 듯 생각마저 하지 않고, 남이 생각해 주기만을 바랄 뿐이다!

노처녀 관장님, 본론으로 들어가시죠.

관 장 그래서 나는, 너희들을 위해 통 뛰어넘기 도장을 설립했어! 머리 따로 몸 따로인 너희에게, 먼저 머리로써 통 뛰어넘는 생각을 하도록 가르친 다음, 뒤이어 몸도 뒤따라 뛰어넘게 만드는 거지. 그리하면 너희들의 머리와 몸이 다시 합쳐지는 놀라는 기적이 일어나게 된다!

한 질문자 (일어나서 겸손한 태도로 묻는다) 저어, 관장님께 궁금한 걸 여쭤봐도 괜찮겠습니까?

관 장 (노처녀에게) 저 사람 기록이 얼마야?

노처녀 (기록용 노트를 뒤적여 보더니) 일흔일곱 통을 뛰었군요.

관 장 꽤 많이 뛰었는데!

한 질문자 칭찬해 주셔서 감사합니다. 제가 그렇게 열심히 뛰어넘는 생각을 하면 결국엔 뭐랄까 제 몸도 실제로 뛰어넘을 수 있는지요?

관 장 그야 물론이지! 실제로 그런 인물이 있잖아! 순수한 이상과 원대한 목표를 생각했던 인물 말야. 그런 인물에겐 불가능이란 없는 거야!

사람들 (손뼉을 치며 열광적으로 외친다) 뛰어라! 뛰어넘어! 불가능은 없다! 한계는 없다!

다른 질문자 (일어나서 말한다) 저는 그 말씀을 듣고 새로운 용기가 솟아납니다! 관장님께 솔직히 고백합니다. 저는 매사에 의욕도 없고, 자신감도 없었어요. 그런데 이제는 통 뛰어넘기를 배움으로써, 이 세상의 온갖 장애물들을 훌쩍 뛰어넘을 수 있다는 확신이 생겼습니다.

관 장 그거야, 바로 그거! 통 뛰어넘기를 제대로 배운 사람은 이 세상의 온갖 장애물들을 뛰어넘을 수가 있어!

연출가 죄송합니다만 저도 질문하고 싶은데요…….

노처녀 일어나서 질문하세요.

연출가 (일어나서 잠시 머뭇거린다) 관장님께선 일백마흔다섯 개의 통들을 뛰어 넘으셨다는데…… 왜 지금은 휠체어에 앉아 계십니까?

노처녀 무슨 의도로 그걸 묻는 거죠?

연출가 실례가 된다면 용서하십시오.

관 장 아니, 괜찮아. 나는 반신불수가 됐어. 완전히 허리가 부러져서 움직이지 못하게 됐지.

극작가 (일어나서 묻는다) 저의 질문도 용서하십시오. 그런데 어쩌다가 다치셨습니까.

관 장 생각이 멈춰졌기 때문이었지. 몇 해 전 어느 화창한 봄날이었어. (휠체어 옆에 서 있는 노처녀를 가리킨다) 난 그날도 통을 뛰고 있었는데, 허공 위에서 아래를 바라보니깐 이 여자가 지나가는 거야. 그 순간, 내 생각이 멈춰졌어. 그리고는 내 몸이 허공 아래로 뚝 곤두박질치는 거야.

노처녀 죄송해요, 관장님. 제가 그때 지나가지 말았어야 했어요.

관 장 (사람들에게 경고한다) 너희들도 주의해! 통을 뛸 때는 오직 뛰어

넘겠다는 생각에만 전념해야지, 다른 것엔 절대로 한눈팔지 마! 그랬다간 밑으로 떨어져서 나처럼 허리를 분지르게 될 거라구!

노처녀 그래도 관장님, 제가 정성껏 간호해서 생명은 건지셨잖아요.

관 장 하지만 이 얼마나 비참한 꼴이야? 통 뛰어넘기의 이론과 실제가 내 몸 안에서 하나였는데 잠깐 한눈파는 사이 그게 따로 따로 분리됐어. 그리고는 난 불구의 몸으로 휠체어에 앉아서 너희들에게 이론만 가르쳐야 한다니…… 참 애석한 일이지!

한 남자 (일어나서 관장 앞으로 가까이 다가오며) 통 뛰어넘기의 위대한 스승이신 관장님께 한 가지 소원이 있습니다.

관 장 소원이 있다……?

한 남자 네, 관장님, 저희들 중에서 특별한 자들을 뽑아서 수제자로 삼아주십시오.

관 장 너희들 모두가 내 제자인데, 뭘 따로 뽑아?

한 남자 머리와 몸을 합치려고, 정말 열심히 뛰는 자들이 있기 때문입니다. (사람들 중에 앉아 있는 얼간이를 가리키며) 우선 저 젊은이가 그런 사람이지요.

관 장 나도 그건 알아. 하루에도 세 차례씩 도장에 와서 통을 뛰고 있지.

한 남자 (박승훈을 가리킨다) 또 저 사람도 있습니다. 통을 뛰어 넘다가, 저 사람은 다리 뼈를 다쳤거든요.

관 장 며칠 전에 나도 그 사고를 전해 들었어. 몹시 아프겠다고 생각했지. (얼간이와 박승훈을 바라보며) 너희들 일어나서 대답해봐. 정말 수제자가 되고 싶어?

얼간이 (벌떡 일어나서 커다란 목소리로) 네, 정말 되고 싶습니다!

한 남자 저 역시 그렇습니다!

관 장 (대답하지 않는 박승훈에게) 너는?

박승훈 글쎄요, 저도 배우고는 싶습니다만…….

관 장 망설이는 게 당연하지. 통 뛰어넘기를 제대로 배운다는 건 몹시 어려운 일이라구. 그래도 너희가 간절히 바란다면, 나로서는 거절할 수도 없겠는데…… (잠시 생각한다) 좋아. 너희들 셋을 수제자로 삼겠어. 그리고 너희들만을 위한 특별교습 시간을 갖기로 하지!

세 사람 감사합니다, 관장님.

관 장 오늘은 너무 오랫동안 말했더니 피곤하군. (옆에 서 있는 노처녀에게) 자, 그럼 수고해. 난 이만 집으로 돌아가서 쉬겠어.

사람들은 모두 일어나 퇴장하는 관장에게 경의를 표한다. 조갑진과 김자명이 박승훈에게 다가온다.

박승훈 어, 자네들도 여기 있었어?

조갑진 우린 구두를 찾으러 왔다가 말이야, 자네와 얼간이가 영광스럽게도 수제자로 뽑히는 걸 봤어!

김자명 잘해봐! 더 이상 다리 다치지 않게 조심하라구! (구두를 벗어서 노처녀 앞에 놓으며) 이건 내 구두가 아닙니다. 지난 번 여기 왔을 때 구두가 바뀌었어요.

조갑진 (구두를 벗는다) 난 그런 줄도 모른 채 신고 다녔는데, 어쩌나 발이 아픈지!

노처녀 참 안됐군요. 하지만, 설마 내가 당신들 구두를 갖고 있다고는 생각하지 않으시겠죠?

박승훈 (노처녀에게) 아, 그러니깐 내 지갑이 생각납니다. 지난 번 등록비를 내라고 재촉하시기에 엉겁결에 지갑을 맡겼는데요?

노처녀 네, 그 지갑은 내가 갖고 있어요.

박승훈 그럼, 주세요.

노처녀 잠깐 기다려요. (도장 구석의 타자기가 놓여 있는 책상으로 걸어가며) 내 책상 서랍 속에 넣어 두었거든요.

김자명 우리 구두도 서랍 속에 있는지 찾아보세요!

조갑진 (얼간이의 어깨를 두드리며) 축하해! 우리 얼간이가 수제자 되는 건 당연하지.

얼간이 고맙습니다, 부장님!

조갑진 (한 남자에게 악수를 청한다) 축하합니다. 굉장히 기뻐하는 표정이시군요!

한 남자 그럼요, 내가 바랬던 일이니까요!

김자명 (박승훈에게) 그런데, 자넨 정말 수제자가 될 거야?

얼간이 부장님은 제가 모셔 왔어요. 지갑 때문에 오신 것이 아니라, 관장님을 뵙기 위해 오신 것입니다.

박승훈 얼간이 말이 맞아. 지갑은 핑계라구. 자네들도 구두 때문에 온 건 아니잖아?

조갑진 우린 순전히 구두 때문에 왔지!

김자명 통 뛰어넘는 덴 우린 소질이 없어.

노처녀 (지갑을 갖고 되돌아온다) 이 지갑이죠?

박승훈 네, 이겁니다.

노처녀 열어 보세요. 지갑 속에 돈은 꺼내고 등록 카드를 넣어 두었어요.

박승훈 (지갑을 열어 등록 카드를 꺼낸다) 일을 아주 꼼꼼하게 잘하시는군요.

노처녀 내가 맡은 일은 언제나 틀림없게 하죠. (조갑진과 김자명에게) 당신들 구두는 없어요. 나가 주세요. 도장 문을 닫을 시간이에요.

조갑진 하지만, 분명히 우리 구두는 이곳에서 바뀌었고…….

노처녀, 조갑진의 말이 끝나기도 전에 손뼉을 두드린다. 그러자 근육질 남자가 다가온다.

노처녀 이 두 분을 문 밖까지 모셔다 드려요.

조갑진 아, 괜찮습니다. (벗었던 구두를 신으며) 우리가 제 발로 걸어 나가지요!

김자명 (벗었던 구두를 노처녀 앞에 얌전하게 옮겨 놓는다) 난 맨발로 나가겠습니다. 혹시, 이 구두 주인이 나타나거든 내 구두를 두고 가라고 하세요. (박승훈과 얼간이에게 손을 흔든다) 그럼, 나중에 사무실에서 보자구.

노처녀 다른 분들도 나가 주세요! 문 닫을 시간이에요!

연출가 (극작가에게) 우리도 쫓아낼 모양인데요?

극작가 (근육질 남자에게 사정하며) 여봐요, 우리는 여기 있게 해줘요!

근육질 남자 야, 좋게 내보낼 때 꺼져!

근육질 남자, 도장 안의 모든 사람들을 완력으로 몰아내듯 퇴장시킨다.

박승훈 (얼간이에게) 우리도 나가지.

노처녀 여기 계셔요, 당신들은!

박승훈 문 닫을 시간이라면서요?

노처녀 수제자가 된 사람들은 남아 있어요. (근육질 남자에게) 이 분들께 편히 앉을 의자를 갖다 드려요.

한 남자 벌써 우리는 수제자 대우를 받는 겁니까?

노처녀 물론이죠. 그런데 궁금하군요. 셋이서 서로 짠 거예요?

한 남자 셋이서 짜다니…… 뭐를요?

노처녀 함께 수제자가 되자구요.

한 남자 아닙니다. 우연히 말씀드린 건데, 관장님이 승낙하셔서 놀랐어요.

노처녀 정말 놀란 건 바로 나라구요. 관장님은 나에게 단 한 번도 수제자 뽑는다는 말씀은 안 하셨거든요.

근육질 남자, 의자 세 개를 나란히 갖다 놓는다. 노처녀는 수제자들에게 의자에 앉기를 권한다.

노처녀 자, 앉으시죠.

박승훈 (옆에 앉은 얼간이에게 몸을 기울이며) 괜히 엄숙한 분위기야, 그렇지?

노처녀 잡담은 삼가고 똑바로 앉으세요.

얼간이 네, 똑바로 앉겠습니다!

노처녀 어쨌든 수제자가 되신 것을 축하해요.

박승훈 뭐가 불만인가요? 우리 셋이 뽑힌 것이……?

노처녀 불만이 아니라, 불안해서 그래요. 각자 솔직하게 고백해 보세요. 혹시 장난으로 뛰려고 했다간 큰 벌을 받을 거예요.

박승훈 벌이라면 어떤 벌인데요?

노처녀 채찍질을 당하겠죠.

박승훈 진짜 채찍으로 맞아요?

노처녀 네.

박승훈 설마…….

노처녀 설마가 아니에요. 옛날에 우리 관장님도 채찍으로 맞아가며 통 뛰어넘기를 배우셨거든요. 하지만, 그것보다 더 두려운 건 불순한 생각을 가진 제자들은 두 발이 새까맣게 썩는 거랍니다.

한 남자 발이 썩는다…….

노처녀 (근육질의 남자에게 지시한다) 대야에 물을 떠 오세요!

근육질의 남자, 위협적인 태도로 세 사람을 바라보더니 물을 떠오려고 나간다. 노처녀는 책상 서랍 속에서 하얀 가루약이 든 약병을 꺼내온다.

노처녀 이건 신비로운 약이에요. 옛날엔 통 뛰어넘기의 수제자가 된 사람에게는, 이 약을 물에 타서 시험했어요. 당신들도 각오하세요. 마음속에 불순한 생각을 품은 사람은 이 약물로 발을 씻는 순간, 더러운 악취를 풍기면서 새까맣게 썩어버릴 테니까요.

근육질 남자, 대야에 물을 떠온다. 노처녀가 그 대야의 물에 가루약을 타서 휘젓는다. 보글보글 물거품이 끓어오르고, 고약한 냄새의 김이 무럭무럭 피어오른다. 노처녀, 두려움에 질린 세 남자들에게 묻는다.

노처녀 그럼 누구부터 발을 씻을까요?

박승훈 여봐, 얼간이. 자네부터 씻어.

얼간이 저…… 제가 먼저 씻죠.

노처녀 (얼간이 앞에 앉아서 구두와 양말을 벗긴다. 그리고 맨발을 대야의 물에 담근다) 고백해요! 무엇 때문에 일백마흔다섯 개의 통을 뛰어 넘고 싶은 거죠? 만약 거짓 고백을 하면 두 발이 새까맣게 썩을 줄 알아요!

얼간이 제 생각은…….

노처녀 더듬거리지 말고 말해요!

얼간이 저는…… 스승님을 본받고 싶어요…… 그래서 스승님처럼 되어서…… 세상을 두루 돌아다니면서…… 사람들을 가르치겠어요. 모든 사람들이 다 함께 통을 뛰어넘도록…… 그 어떤 사람도 중간에서 부딪치거나 넘어지지 않도록요…….

노처녀 다른 목적은 없어요?

얼간이 네, 그것밖에는…… 더 바랄 게 없어요.

노처녀 정말 순수한 생각이군요. (얼간이의 발을 대야에서 꺼내며) 당신 발은 썩은 데가 없이 깨끗해요.

박승훈 (발을 의자 위로 올려 앉으며, 한 남자에게) 먼저 씻으시죠.

한 남자 먼저 하세요.

박승훈 아뇨. 난 맨 나중에 하겠습니다.

노처녀 왜 두려워요?

박승훈 천만에요. (한 남자에게 손짓으로 권하며) 먼저 하시라구요.

한 남자 (머뭇거리다가 구두와 양말을 벗는다) 난 두렵지는 않지만…… 고백하려니까…… 부끄럽군요.

노처녀 (한 남자의 발을 물속에 담구며) 고백해요, 솔직하게!

한 남자 내 목적은…… 내가 열심히 노력해서 일백마흔다섯 개의 통을 뛰어 넘으면…….

노처녀 그렇게 뛰어 넘은 다음엔 뭘 바라죠?

한 남자 (거의 들리지 않는 떨리는 목소리로) 사랑입니다.

노처녀 안 들려요! 크게 말해요!

한 남자 (약간 목소리를 높여) 사랑을 받고 싶어요.

박승훈 (참지 못하겠다는 듯이 폭소를 터트린다) 사랑이라니!

얼간이 웃지 마세요, 부장님.

한 남자 (박승훈에게) 지난 번 술집에서 내가 했던 말들을 기억하십니까?

박승훈 글쎄요…… 그때는 술에 취해서…….

한 남자 나는 짝사랑을 하고 있다고 말했습니다.

박승훈 아, 그런 말씀을 하셨죠!

한 남자 나는 위대한 능력을 보여줘야 합니다. 그래야 그 여자가 나를 사랑할 테니까요.

노처녀 도대체 무슨 사랑이 일백마흔다섯 개의 통을 뛰어 넘어서야 받을 수 있는 거예요?

한 남자 놀라지 마십시오. 평생 마음속에 묻어 두려고 했지만, 이젠 어쩔 수 없이 고백하겠어요. 난 당신을 사랑합니다.

박승훈 (다시 한 번 폭소를 터트리며) 관장님이 들으면 큰일 날 소리를 하시는군요!

한 남자 관장님이 들으시라지요! 나는 관장님을 존경하지만, 가끔씩은 불쾌할 때가 있어요. (노처녀에게) 휠체어를 탄 관장님이 당신을 꾸짖는 때죠. 허리가 부러진 원인이 당신의 아름다움에 있다고 원망하는 겁니다. 그럴 때마다 나는 당신의 표정을 유심히 살펴보곤 했는데, 세상에 그토록 불행하고 고독한 얼굴은 없더군요. 나는 기필코 내 허리를 부러뜨리지 않고, 일백마흔다섯 개의 통을 뛰어 넘겠습니다. 그래서 당신을 꼭 기쁘게 해드릴 작정입니다.

박승훈 그것 참! 왜 그렇게 어려운 목표를 정하셨어요?

한 남자 최선을 다해 봐야죠!

박승훈 내 생각엔 거의 불가능할 것 같은데요?

노처녀 (한 남자의 발을 물속에서 꺼내 치맛자락으로 닦아준다)

한 남자 썩지 않은 내 발을 보세요! 내 사랑의 순순함이 증명된 겁니다!

노처녀 (퉁명스럽게 대야를 옮겨 박승훈 앞에 놓으며) 당신 심보는 고약하군요. 왜 다른 사람을 비웃는 거죠?

박승훈 마지막 내 차례군요. (구두와 양말을 벗으면서) 그런데, 왜 나에겐 신경질을 내십니까?

노처녀 당신의 목적은 뭐예요?

박승훈 나는 아직 목적이 없어요. 천천히 목적을 정한 다음에 뛰기로 하죠. (대야의 물에 발을 담궜다가 얼른 꺼내며) 보세요! 내 발도 멀쩡합니다!

무대조명, 암전한다. 어둠 속에서 타자 치는 소리가 들리면서, 서서히 조명이 다시 밝아진다. 극작가, 책상 앞에 앉아 부지런히 타자를 치고 있다. 사이, 연출가가 새로 발간된 잡지를 들고 등장한다.

연출가 오늘은 작품이 잘 되는 모양이군요!

극작가 네, 어젯밤 통 뛰어넘기 도장에서 내쫓기고 나서 가만있을 수 없더군요. 그래서 수제자들과 노처녀가 무슨 말을 했는지, 밤새껏 잠도 안 자고 생각해 봤어요. 여기 그 생각을 타자 쳐놓았습니다. (타자기 옆에 쌓아둔 종이들을 연출가에게 준다) 읽어 보세요.

연출가 (종이를 받아들고 목독하며) 당신 생각대로라면, 세 명의 제자들이 각자 솔직한 고백을 했군요. 먼저, 얼간이는 온 세상 사람들을 위해서 일백마흔다섯 개의 통을 뛰어 넘겠다 했는데요…….

극작가 한 마디로 요약하면 지극한 인류애죠.

연출가 그런데 한 남자는…… 이게 뭡니까? 노처녀를 사랑하기 때문에 통들을 뛰어넘겠다고 했군요.

극작가 네, 그건 아주 개인적인 사랑이죠. 얼간이는 인류를 모두 사랑하는데, 그 남자는 오직 노처녀 한 명만을 사랑하는 겁니다. 이제야 간신히 이 연극의 주제가 생긴 거죠. 인류에 대한 사랑이 주제이고, 개인에 대한 사랑이 부주제입니다.

연출가 글쎄요, 주제와 부주제가 대조적이군요. 마지막 발을 씻은 잡지사 편집부장은…….

극작가 그가 말한 것을 소리내어 읽어 보시죠.

연출가 (타자된 내용을 읽는다) "나는 아직 목적이 없어요. 천천히 목적을 정한 다음에 뛰기로 하죠" 도대체 이 사람은 통을 뛰겠다는 겁니까? 안 뛰겠다는 겁니까?

극작가 나도 그걸 생각해 봤지만요, 분명하지 않던데요. 어쨌든 그는 다리 뼈를 다친 경험 때문인지 통 뛰어넘기에 소극적입니다.

연출가 그럼, 왜 수제자가 됐을까요?

극작가 글쎄, 그게 모호합니다. 내 짐작에는, 인류를 위해 통을 뛸 생각도 없고, 그렇다구 개인을 위해 통을 뛸 생각도 없는…… 구경이나 해볼 생각인 모양입니다.

연출가 노처녀의 반응은 각양각색인데요. 얼간이한테는 무덤덤했고, 한 남자에게는 호감을 나타냈으며, 잡지사 부장에겐 신경질을 냈군요. 그런데 결국 그들은 어떻게 됩니까? 셋 다 열심히 배워서 일백마흔다섯 개의 통들을 뛰어넘는가요?

극작가 아직 거기까진 생각 못했습니다.

연출가 (읽었던 종이를 다시 타자기에 끼워 둔다) 그럼 계속 생각해서 작품을 만드시죠.

극작가 (타자기의 문자판을 두드리며) 다음 장면은…… 음…….

연출가 아참, 다음 장면으로 넘어가기 전에 보여드릴 게 있어요. (등장할 때 가져온 잡지를 극작가 앞에 내놓는다) 이게 뭔지 아시겠죠?

극작가 잡지인데요……?

연출가 지금 서점에서 폭발적으로 팔리고 있습니다. 가수 전은정이 매니저와 함께 하와이에서 권총 자살했다는 특종이 실렸거든요.

극작가 어디 봅시다! (특종이 게재된 곳을 찾아 읽는다) "사람들의 관심을 집중시켰던 가수 전은정과 유부남 매니저의 애정 행각은 마침내 자살로써 막을 내렸다" 정말 굉장한 특종인데요!

연출가 (극작가의 손에서 잡지를 빼앗아 뒤로 물러나며) 그만 읽으시죠!

극작가 (연출가에게 다가가서 손을 내밀며) 조금만 더 봅시다!

연출가 어서 다음 장면으로 넘어가기나 해요! (뺏은 잡지를 펼쳐 재미있다는 표정으로 목독하며) 이것 참 흥미진진한데! 어서 책상으로 돌아가요!

극작가 (체념하는 태도로 책상 앞에 앉는다. 잠시, 생각에 잠기더니 타자를 친다) 다음 장면은 잡지사 편집 회의실, 하와이로부터 큼직한 소포 하나가 배달된다…….

잡지사 부장들, 탁상과 의자들을 옮겨 와서 편집 회의실 장면을 만든다. 탁상 위에는 항공 우편으로 부쳐온 큼직한 소포가 있다. 부장들은 불안한 기색이 역력하다.

조갑진 이게 바로 전은정이 보내온 국제 소포야!

김자명 떨 것 없어! 떨 것 없다구!

박승훈 떨 것 없다면서 왜 벌벌 떨어?

김자명 이건 자네가 책임질 일이야! 멀쩡한 전은정을 죽었다고 해놨으니, 그 여자가 우리를 가만 두겠어? (소포에 귀를 대고 소리를 듣는다) 째깍째깍…… 이 속에 폭탄이 들었을지 몰라!

박승훈 우리 잡지는 나온 지 일주일도 안 됐어. 그런데 벌써 전은정이 읽었을라구?

조갑진 여봐, 서울에서 하와이는 비행기로 반나절이야. 분명히 그 여자가 우리 잡지를 읽었으니깐 이런 걸 보냈지 괜히 보내겠어?

조갑진 처음 내 생각대로, 전은정과 매니저가 서로 뺨이나 치고 헤어진 걸로 썼어야 했어. 그걸 권총 자살까지 했다면 어쩌자는 거야!

박승훈 침착해, 이럴 때일수록. (소포에 귀를 댄다) 아무 소리도 들리지 않는데?

조갑진 요새 고성능 폭탄은 시계 장치가 없어!

박승훈 그럼 소포를 열면…… 터지는 거야?

김자명 앙심을 품고 배달되는 폭탄은 다 그런 종류지!

박승훈 다들 저리 비켜 봐. 나 혼자 책임지고 열어볼 테니까…….

조갑진과 김자명, 소포로부터 멀리 떨어져 몸을 웅크린다. 박승훈은 망설이다가 마침내 소포의 묶인 끈을 끊어내고 조심스럽게 열어젖힌다.

박승훈 별일 없는데……?

조갑진 그 속에 뭐가 들어 있는지 꺼내 보라구!

박승훈 (얼굴을 외면한 채 소포 속에 손을 집어넣더니 편지 한 장을 꺼낸다) 편지야, 편지! (편지를 재빠르게 읽어본다) 전은정이 우리에게 고맙다는군! 자긴 사실 죽고 싶었는데, 세상에 죽었다고 알려졌으니, 구태여 죽을 필요가 없다는 거야.

조갑진과 김자명, 의아한 표정으로 박승훈에게 다가온다.

조갑진 도대체 그게 무슨 소리지?

김자명 편지 좀 크게 읽어봐!

박승훈 (편지를 소리내어 읽는다) "이젠 저는 사람들의 귀찮은 관심 밖으로 완전히 사라져 자유롭게 살게 됐어요. 얼마나 기쁘고 홀가분한지요! 제가 사랑하는 그이와 함께 죽으려고 구입했던 권총을 보내 드립니다. 저에겐 쓸모없게 된 물건이지만, 감사의 뜻으로 보내오니, 부디 사양하지 말고 받아주세요."

박승훈, 편지를 읽고 나서 소포 속에 손을 넣는다. 알록달록한 색종이로 포장된 물건을 꺼낸다. 포장지를 벗겨내자 파인애플이 나온다.

부장들 이거…… 파인애플이잖아?

김자명 그래, 전은정이 우리 먹으라고 파인애플을 보낸 거야!

조갑진 보내려거든 많이나 보내지, 겨우 한 개야?

박승훈 가만있어. 편지에는 분명히 권총이랬는데…….

박승훈, 파인애플을 흔들기도 하고, 두드리기도 하며, 비틀기도 한다. 그러자, 파인애플이 두 쪽으로 갈라지면서 그 속에 감춰졌던 권총이 나와 바닥에 떨어진다. 부장들은 놀란 표정으로 그것을 바라본다. 박승훈, 바닥의 권총을 집어든다.

박승훈 전은정이 머리를 썼군! 권총을 그냥 보내면 세관에서 걸릴 테니깐 파인애플로 위장했어. 그런데 무슨 권총이 이래? 아주 귀엽고 깜찍하게 생겼는데!

김자명 혹시 우리를 놀려 주려고 장난감을 보낸 것 아냐?

조갑진 충분히 그럴 수도 있지. 그 여자 머리로서는!

박승훈 어쨌든 대단한 여자야. (권총의 총구를 객석 허공 쪽으로 겨누며) 장난감인지 진짜인지 방아쇠를 당겨 볼까…… 하나, 둘, 셋!

박승훈, 방아쇠를 당기자, 굉장한 폭발음과 함께 탄환이 발사된다. 이어서 요란하게 유리창이 깨어지는 소리가 들린다. 조갑진과 김자명은 엉겁결에 납작 엎드린다. 약간 얼이 빠진 듯한 표정으로 박승훈이 중얼거린다.

박승훈 이거, 진짜 권총이잖아…….

김자명 유리창 좀 봐! 완전히 박살났어!

조갑진 사람이나 안 다쳤는지 모르겠군!

무대 조명, 암전한다. 부분 조명이 극작가와 연출가를 비춘다.
연출가는 손가락으로 탄환이 지나간 흔적을 가리킨다.

연출가 저기, 저기 좀 봐요! 권총의 탄환은 잡지사 편집회의실의 유리창을 깨부수고 빠져나갔어요. 그리고 일직선으로 허공을 가로

질러서, 저기 오른쪽 슈퍼마켓 옥상에 있는 통 뛰어넘기 도장으로 날아간 겁니다!

멀리서 유리창이 깨어지는 소리가 들려온다.

연출가 아이구, 저런! 저쪽 통 뛰어넘기 도장의 유리창도 부숴지는군요!

극작가 네, 권총 성능이 굉장히 좋다는 증거죠.

연출가 누구 죽거나 다치지 않았을까요?

극작가 글쎄요, 제 생각엔 사상자는 없는 것 같습니다. 때마침 수제자만을 위한 교습 시간이어서, 도장 안엔 사람들이 별로 없었거든요. 얼간이, 한 남자, 노처녀 그리고 관장이 있었을 뿐이죠.

극작가와 연출가가 말하는 동안, 무대는 어둠 속에서 통 뛰어넘기 도장으로 변한다. 잡지사 부장들이 퇴장하면서 탁상과 의자들을 무대 구석으로 치우고, 근육질 남자가 뜀틀과 통들을 무대 가운데로 옮겨 놓는다. 극작가와 연출가는 무대 밖으로 물러간다. 무대 전체가 점점 환하게 밝아지면서, 통 뛰어넘기의 스승과 수제자들이 보인다. 뜀틀 옆에는 기다란 채찍을 든 관장이 휠체어에 앉아 있는데, 무릎 위에는 전은정의 특종이 실린 잡지가 놓여 있다. 얼간이와 한 남자는 상반신을 벗은 모습으로 통 뛰어넘기를 한다. 그들은 반복되는 연습에 몹시 지쳐 있고 통에 부딪친 온몸은 상처투성이다. 근육질 남자는 전혀 피곤하지 않은 태도로 쓰러진 통들을 일렬로 세워 놓는 일을 반복한다. 노처녀는 타자기가 놓인 책상 서랍에서 뜨개질 도구와 털실뭉치를 꺼낸다. 그녀는 의자에 앉아 날렵한 솜씨로 기다란 목도리를 짜나간다. 관장, 채찍을 휘두르며 제자들을 꾸짖는다.

관 장 내가 몇 번이나 가르쳐줬잖아! 인간에게는 한계가 없다! 불가능이 없다! 그런데 너희들은 뭐야, 수제자라는 것들이 겨우 이

정도밖엔 못 뛰다니! 도대체 한심하군! 돼지새끼들, 개새끼들, 당나귀새끼들한테 가르쳐도 너희들보다는 잘 뛸 거다!

노처녀 노여워 말고 친절하게 가르치세요, 관장님.

관 장 이런 답답한 놈들을 가르치자니 울화통이 터져서 그래!

노처녀 (약간 목소리를 높여 말한다) 어렵게 말고 쉽게 가르쳐요, 관장님!

관 장 야, 이 개만도 못한 새끼들아! 쉽게 가르쳐 줄 테니 허공을 바라봐! (무릎 위에 놓인 잡지의 낱장을 찢어서 종이비행기를 접는다) 이건 끊임없이 날아가려고 행. 중간에서 떨어질 생각은 않고, 계속해서 날아갈 생각만 하는 거야. (종이비행기를 날린다) 어때? 굉장히 멀리 날아가잖아!

한 남자 그러니깐…… 저희들도 끊임없이 뛰어넘는 생각을 해야만 몸도 멀리 뛸 수 있다는 말씀이십니까?

관 장 그래, 이 당나귀만도 못한 놈아! (계속해서 잡지를 뜯어내 종이비행기를 만들어 날리며) 아무리 어리석은 당나귀도 저렇게 멀리 날아가는 것을 보면 깨닫는 게 있을 거다!

노처녀 전은정의 자살 내용은 뜯지 말아요!

관 장 (수제자들에게 채찍을 휘두르며) 어서 뛰어, 멍청하게 가만있지 말고! 정말 맞아야 정신 바짝 차리고 뛸 모양이군!

얼간이와 한 남자, 차례대로 뜀틀 위로 올라가 통을 향해 뛰기를 반복한다. 쓰러진 통들은 사방으로 굴러다니고, 근육질 남자는 그 통들을 재빠르게 다시 세워 놓는다. 관장은 더욱 더 난폭한 모습이 되어 제자들에게 심한 욕설을 퍼붓는다. 박승훈, 도장 안으로 들어와서 그 광경을 바라본다.

노처녀 왜 언제나 늦게 오는 거예요?

박승훈 (몹시 고통스러운 표정을 짓고 절름거리며 노처녀에게 다가온다) 다리가 아파서요…… 병원엘 다니거든요.

노처녀 다리 다친 게 언젠데 지금도 아프다니요?

박승훈 글쎄 말입니다. 단순히 몸만 다친 게 아니라 정신에도 충격이 갔다는군요. 의사 선생 진단이 당분간은 안정해야지 절대로 뛰어서는 안 된다고 합니다.

노처녀 (쌀쌀맞은 태도로 고개를 흔들며) 그런 사정은 나한테 말해 봐야 소용없어요.

박승훈 관장님께는 이미 말씀드렸어요.

관 장 (박승훈을 채찍으로 가리키며) 야, 돼지만도 못한 놈아! 넌 오늘도 통을 안 뛸거냐!

박승훈 (더욱 고통을 과장해서 절름거리며 관장에게 간다) 다리가 나으면 뛸 겁니다. 그런데 관장님, 제가 만든 잡지 재미있으세요?

관 장 음, 비행기 만드는 게 재미있어.

박승훈 매달 나오는 대로 갖다 드리죠.

관 장 괜히 아양 떨지 마.

박승훈 의사 말이 오늘도 가만히 앉아 있으라는 겁니다.

관 장 그럼 여긴 왜 왔어?

박승훈 다른 사람들 뛰는 걸 보고 배우려구요.

관 장 그럼, 저리 가서 잘 봐! 한눈팔지 말구, 잘 보고 배워!

박승훈 네, 관장님. (노처녀 책상 앞으로 되돌아 와서 바닥에 앉는다. 그리고는 두 손을 입가에 모으고 통을 뛰는 제자들에게 외친다) 뛰어라! 뛰어 넘어! 한계는 없다! 불가능은 없다!

노처녀 조용히 해요!

박승훈 그런데, 저러다가 죽겠군! 온몸이 통에 부딪혀서 시퍼렇게 멍 들었잖아! (한 남자가 뜀틀 위로 올라가려다가 쓰러진다) 아이구, 저런! 쓰러졌네! (비틀거리며 뜀틀 위로 올라가는 얼간이에게 외친다) 여봐, 얼간이! 괜찮아? 아직 괜찮으냐구?

얼간이, 혼신의 힘을 다해 뛰어내린다. 통들이 사방으로 쓰러져 굴러다닌다. 통에 부딪혀 넘어진 얼간이는 일어서지도 못하고 뜀틀을 향해 기

어간다.

노처녀 관장님, 잠깐 휴식 시간을 갖죠.

관 장 휴식시간은 필요 없어!

노처녀 (뜨개질하던 것을 내려놓고 일어서며) 관장님이 피곤해 보여서 쉬시라는 거예요.

관 장 물론 가르치는 게 배우는 것보다 힘든 거야. 조금 쉬기로 하지.

노처녀 (책상 서랍에서 연고약을 꺼내 박승훈에게 준다) 상처에 바르는 약이에요. 당신은 저 기어가는 사람을, 나는 쓰러진 사람을 맡기로 하죠.

박승훈과 노처녀는 각자 얼간이와 한 남자를 데려와 나란히 눕힌다. 그리고 그들의 상처마다 고약을 발라준다.

노처녀 단념하세요. 이런다고 뭐, 내가 당신을 사랑할 줄 아세요? 쓸데없이 당신 목숨만 잃을 거예요.

한 남자 (상처에 약이 닿을 때마다 쓰라린 듯이 신음소리를 낸다) 당신을…… 사랑하다가…… 목숨을 잃어도…… 아깝지 않습니다.

박승훈 얼간이, 자넨 해고당했어. 편집장이 자네 꼴은 더 보기 싫대.

얼간이 이미 그건…… 각오하고 있었어요.

노처녀 (한 남자의 누운 자세를 엎드린 자세로 바꾸며) 어머나, 가엾어라! 등에는 더 많은 상처가 있네! 이런 몸으로 일백마흔다섯 개의 통을 뛰어넘는다는 건 불가능해요.

한 남자 아닙니다! 당신의 사랑을 얻을 때까지…… 난 뛰고, 또 뛸 겁니다!

박승훈 인류를 위해서 통을 뛰어 넘겠다는 생각은 포기해. 얼간이, 자네 옆을 보라구. 저 친구는 겨우 한 사람을 위해서 뛰는데도 저 지경이 됐는데, 이 세상 모두를 위해서 뛰겠다는 건 정말 무리한 짓이야.

얼간이 아뇨, 저는 포기 못해요.

노처녀 이 상처는 너무 심해요. 내 부드러운 손으로 상처를 어루만져 주고 싶어요.

박승훈 이런 상처들은 고약을 바른다고 낫지 않아. 아예 통 뛰기를 포기해야 나을 거라고.

노처녀 (한 남자의 등을 애무하듯 쓰다듬는다) 대답해 봐요. 당신의 상처를 어루만지는 내 손길이 느껴져요?

한 남자 네, 느낍니다. 온몸의 고통 대신에 황홀한 느낌을…….

박승훈 자넨 내가 어루만져줘도 황홀하지 않을 거야. 그저 고약이나 발라줄 수밖엔…… 그런데 약마저 떨어지는군.

관 장 (채찍을 휘두른다) 야, 개만도 못한 놈들아! 다시 시작해! 어서 일어나, 다시 통을 뛰라구!

노처녀 입 닥쳐요!

관 장 뭐…… 입 닥쳐? 내…… 입을?

노처녀 그래 바로 너의 입이지!

노처녀, 책상 서랍에서 환등기에 사용하는 슬라이드들을 꺼내 바닥에 쏟아 놓고 발로 짓밟는다.

노처녀 이 빌어먹을 인간아, 아무 소리 말고 꺼져! 이제 네가 일백마흔다섯 개의 통을 뛰어넘은 증거가 없어!

관 장 오, 제발…… 제발 그것만은 없애지 말아줘!

노처녀 이제 와서 애원해 봤자 아무 소용없지! 난 너를 위해 온갖 수고를 다했는데, 넌 나에게 고맙다는 말도 하지 않았어! 도리어 너는 나를 경멸했어. 이 슬라이드를 비춰보는 스크린 앞에서, 너는 사람들에게 말했지! 나 때문에 허리가 부러졌다면서, 나한테 절대로 한눈팔면 안 된다고 떠들어댔어! (관장에게 달려가 그의 손에서 채찍을 빼앗는다) 어서 벌떡 일어나 꺼지라구! 그렇지 않으면 이 채찍으로 때려서 쫓아낼 거야!

관 장 알았어…… 갈 테니깐…… 때리지는 말아…….

관장, 휠체어에서 일어나 두 발로 걸어간다. 박승훈은 놀란 표정이 된다.

박승훈 저 사람, 잘 걸어가는데요?

노처녀 걸어 나가게 놔둬요.

박승훈 허리가 부러져서 꼼짝을 못 했는데……?

노처녀 허리 부러진 적 없어요.

박승훈 그럼, 일백마흔다섯 개의 통을 건너 뛰었다는 건 뭡니까?

노처녀 내 머리 속에서 꾸며낸 거죠! (휠체어를 밀고 한 남자에게 다가와서 앉기를 권한다) 내 사랑, 이 휠체어에 앉아요. 지금부터 당신이 관장이에요. 일백마흔다섯 개의 통을 건너 뛴 위대한 스승이 되는 거예요. 그리고 인간들에게 통 뛰어넘기를 가르치세요.

한 남자 (의자에 앉기를 망설이며, 걱정스러운 표정으로) 하지만 걱정인데…… 금요일 밤마다 보여주는 환등기의 슬라이드가…….

노처녀 아, 그 슬라이드는 내가 만든 거예요. 이제 당신의 모습으로 바꿔드릴게요.

한 남자 (표정이 환하게 밝아지면서 휠체어에 앉는다. 그리고 노처녀에게 채찍을 받아 휘두르며, 쫓겨난 관장의 목소리를 흉내낸다) 너희들, 내 말을 믿으라구. 나는 지금 분명히 허공 위의 계단을 내 눈으로 보았고, 내 손으로 만졌으며, 내 발로 딛었어! 하지만 너희들은 어때? 원대한 목적, 순수한 이상, 한계를 극복하겠다는 뜨거운 열정, 바로 그런 것들을 너희들은 생각이나 해? 뛰어라! 뛰어넘어!

얼간이, 비틀거리면서 뜀틀 위로 올라간다. 그리고 박승훈의 제지에도 불구하고 통을 향하여 뛴다. 근육질 남자, 쓰러진 통들을 다시 세워 놓는다. 얼간이는 부들부들 몸을 떨며 바닥을 기어가서 뜀틀 위로 올라간다. 한 남자는 휠체어를 타고 얼간이 뒤를 쫓으며 채찍을 휘두른다. 노처녀는 뜨개질을 계속한다.

한 남자 야, 돼지만도 못한 놈아! 뛰어라! 뛰어넘어! 이 세상에 불가능은 없는 거야! 이 당나귀만도 못한 새끼야! 어서 뛰어넘어!

무대 조명, 변화한다. 통 뛰어넘기 도장은 약간 어둡게 조명되고, 밝은 부분 조명이 극작가와 연출가를 비춘다. 극작가는 타자기 문자판을 두드리며 한 남자의 대사를 반복적으로 읊는다.

극작가 불가능이란 없다! 뛰어라! 어서 뛰어 넘으라구!

연출가 (극작가의 타자를 제지시키며) 이젠 그만해요! 저건 잔인한 짓입니다!

극작가 하지만, 얼간이가 통 뛰어넘기를 멈추지 않아요!

극작가 (한 남자를 향해 외친다) 여봐요. 새로운 관장님! 오늘은 그만하고 집에 가시죠!

한 남자 그래, 피곤해 죽겠어.

노처녀 더운물로 목욕을 해요. (한 남자가 탄 휠체어를 밀려 나간다) 우리 집에 가세요. 내가 목욕시켜 드리죠.

얼간이는 한 남자와 노처녀가 퇴장한 뒤에도 계속해서 통을 뛰어넘는다. 근육질의 남자는 통에 부딪쳐서 넘어진 얼간이를 본체만체, 오직 통들을 일렬로 세워 놓는다.

극작가 저것 보세요. 얼간이는 계속해서 뛰고 또 뜁니다. 그래서 보다 못한 잡지사 편집부장이 나에게 항의하러 옵니다. 내 머리 속의 생각이 멈춰야만, 저 얼간이도 멈출 거라고 판단한 거죠. 그는 나에게 오면서 호주머니에 손을 넣어 그 속에 든 것을 만져봅니다.

연출가 호주머니 속에 뭐가 들어 있는데요?

극작가 권총이죠.

연출가 권총……?

극작가 네, 전은정이가 보낸 것 말입니다. 그는 내가 자기 말을 듣지 않으면 쏘아 버릴 모양이에요. (두 손을 치켜들고 등 뒤를 향해 말한다) 들어오세요, 기다리고 있었습니다.

박승훈 (한 손을 호주머니 속에 넣은 자세로 다가온다) 내가 문 앞에 와 있다는 것을 어떻게 아셨습니까?

극작가 당신도 내가 생각해낸 인물이니까요.

박승훈 (총을 꺼내 극작가를 겨누며) 그렇군요!

연출가 나는 이 장면이 좋지 않게 느껴집니다. 극작가는 두 손을 들고 있고, 그가 생각해낸 등장인물은 총을 쏠 험악한 자세니까요.

박승훈 허튼 소리 말아요!

극작가 (두 손을 내리며 뒤돌아본다) 허튼 소리가 아니에요. 당신은 가엾은 얼간이를 동정하죠. 당신 잡지사에서 수습사원으로 일한 적도 있고, 또 어딘지 당신의 젊은 시절을 연상케 하는 데도 있으니까요. 그러나 나를 죽인 만큼 그를 사랑하진 않아요. 다시 말해서, 당신의 마음은 얼간이를 동정하는 것까지가 한계입니다. 그 이상은 절대로 뛰어넘을 수 없는 거죠.

박승훈 당신이 생각해낸 모든 것은 형편없는 저질입니다!

극작가 물론이죠. 나도 그걸 인정합니다.

박승훈 (계속해서 극작가에게 총을 겨눈 채) 연출가 선생은 어떻습니까? 이 작품이 아무 의미도 없다는 데 동의하시겠죠?

연출가 난 이미 그것을 작가에게 경고했었죠. 솔직히 말해서, 요즘 극작가들은 실력이 없어요. 인간의 핵심을 건드리지 못하고, 그저 무대 위에 너저분한 구경거리를 만들 뿐이죠. 관객들은 단순히 구경이나 하려고 극장에 오는 건 아닌데, 이따위 형편없는 작품을 보고 나면 실망이 클 겁니다.

극작가 연출가란 저래서 탈입니다. 걸핏하면 관객들을 내세우곤 하는데요, 사실 관객들은 연출가의 생각과는 달라요. 그들은 그저 깔깔거리며 웃는, 아무 생각 없이 보고 즐기려고 극장에 오는 겁니다. (박승훈이 총을 겨누고 있는데도 태연하게 책상 위의 타자된 종이들을 추슬러서 연출가에게 내민다) 어쨌든 작품은 다 됐어요. 무대 뒤에서 기다리는 배우들에게, 어서 이걸 갖고 가시죠.

연출가 (극작가의 작품을 받아 들고) 저 권총 든 사람 두고 가도 괜찮을까요?

극작가 염려하지 말고 가세요. (연출가를 배웅하며) 그리고 배우들에게 내 말 좀 전해 주시죠. 작품이 늦어져서 미안하다구요.

극작가, 연출가를 보내고 뒤돌아선다. 박승훈은 권총 든 손을 내려뜨리고 있다.

극작가 혹시, 담배 있어요?

박승훈 (말없이 담배를 꺼내 준다)

극작가 (담배를 입에 물고) 불은요?

박승훈 (성냥을 꺼내 불을 붙여 준다)

극작가 고맙습니다.

극작가, 담배를 피우면서 생각에 잠긴 태도로 박승훈 앞을 거닌다.

극작가 이제 냉정하게, 우리 둘 사이에 남은 문제를 생각해 봅시다.

박승훈 우리 둘의 문제라뇨?

극작가 얼간이 말입니다. 우리 얼간이의 저 고통스런 통 뛰어넘기를 멈추게 할 방법을 찾아야죠.

박승훈 난 이제 그런 건 관심 없어요. 사실은 내가 좀 흥분했던 것 같습니다. (권총을 책상 위의 타자기 옆에 놓는다) 얼간이가 자꾸만 불가능한 통을 뛰어넘으려고 하는 건 어리석은 짓이에요. 더구나 냉정히 생각해 보면, 그걸 내가 말릴 수 있는 것도 아니죠.

극작가 얼간이를 동정하는 당신마저 포기하면, 누가 그를 멈추게 할 수 있을까요?

박승훈 극작가 선생, 당신이겠죠. 얼간이를 우리 둘의 문제라고 했을 때, 난 짐작했어요. 나보다는 당신이 더 그를 사랑하고 있구나…… 대답해 보세요. 내 말이 틀렸습니까?

극작가 그래요, 당신 말이 맞아요. 내가 생각해낸 등장인물들 중에서 난 그를 가장 사랑해요. 결국은 얼간이의 고통을 멈추게 하는 방법이 내 손에 달려 있군요. (책상 위의 권총을 자신의 머리에 대고 방아쇠를 당기는 시늉을 한다) 바로 이거죠.

박승훈 (비웃음을 짓고) 농담도 잘 하십니다!

극작가 농담이 아니에요. 내 머리 속의 생각이 멈추면, 가엾은 얼간이도 통 뛰어넘기를 멈출 테니까요. (책상 위의 타자기를 가리키며) 저어, 타자 칠 줄 아십니까?

박승훈 네, 압니다만.

극작가 수고스럽지만, 내가 부르는 것을 쳐 주세요. (망설이는 박승훈에게) 제발, 부탁입니다.

박승훈 (책상 앞에 앉아 타자기의 문자판 위에 손가락을 얹는다) 부르시죠.

극작가 극작가는, 얼간이의, 통 뛰어넘기를, 멈춰 주기로, 결심했다.

박승훈 (극작가가 부른 대로 타자한다) 이것뿐입니까?

극작가 네. (타자된 종이를 뽑아서 박승훈에게 주며) 이걸 무대 뒤로 가서 연출가에게 주시죠, 어서요. 그리고, 내 장례식 땐 전은정의 노래를 불러달라고 하세요. 난 전은정의 노래가 참 좋거든요.

박승훈, 극작가를 바라본다. 그리고는 아무 말 없이 타자된 종이를 들고 나간다. 극작가는 책상 앞에 반듯이 앉아 총구를 자신의 관자놀이에 댄다. 사이. 방아쇠를 당긴다. 총성과 함께 극작가는 쓰러지면서 그 머리가 타자기 위에 얹힌다. 그 순간, 얼간이의 통 뛰어넘는 동작이 허공 위에서 사진처럼 정지한다. 잠시 후, 모든 등장인물들이 무대에 나와 관객들에게 인사한다. 그러나, 그들의 인사가 끝난 뒤에도 죽은 극작가는 움직이지 않는다. 막, 서서히 내린다.

– 막.

자살에 관하여

· **등장인물**

남지인 – 라디오 방송국 프로듀서

유경화 – 소설가

중년 남자 – 자살 상습자

· **장소**

독신자 아파트. 라디오 방송실

프롤로그

캄캄한 무대. 중년 남자가 나타난다. 한줄기 수직조명이 그를 비춘다.

중년 남자 나는 이미 이 연극을 봤습니다. 1993년 12월에 봤어요. 어떻게 하면 고통 없이 죽을 수 있을까, 그런 생각을 하면서 신촌 부근을 헤메다니고 있었죠. 죽음에 대한 생각 때문인지, 아니면 차가운 겨울 날씨 때문인지, 부들부들 몸도 떨리고 바들바들 마음도 떨렸습니다. 그런데 홍익대학 입구의 산울림 소극장 앞을 지날 때였습니다. 「자살에 관하여」라는 제목이 내 시선을 사로잡더군요. 그래서 나는 극장 안으로 들어갔던 겁니다. 자살에 관심을 가진 사람이 많지 않은 탓이었을까, 관객은 얼마 없었어요.

어쨌든 내 기억이 정확하다면 이 연극은 독신자용 아파트와 라디오 방송국 두 곳에서 진행됐습니다. 그러나 아파트와 방송국이 각각 별도로 나뉘어 있는 것은 아니고, 두 곳이 겹쳐 있다고나 할까, 복합적이었어요. 아, 생각납니다! 방송국 장면에서는 아파트의 붙박이 장롱이 두 족으로 갈라지면서 벽 뒤쪽에 방음 유리로 둘러싸인 스튜디오가 「방송중」이라는 전광 표시판과 함께 나타나더군요.

(손전등을 켜서 캄캄한 무대의 이곳 저곳을 비춘다) 여러분도 잘 아시겠지만, 독신자용 아파트는 아주 비좁습니다. 침실, 거실, 부엌의 구분도 따로 없어요. 그러니깐 여기 침대가 놓인 곳이 침실, 소파와 탁자가 있는 곳이 거실, 저기 냉장고와 식탁이 있는 곳이 부엌인 셈이죠. 이 무대의, 아니 이 아파트의 주이은 이 비좁은 공간 속의 크고 작은 생활도구들을 균형있게 배치해 놓았습니다. 하지만 자세히 눈여겨 보면, 이 좁은 공간은

이미 포화상태라는 것을 알 수가 있어요. 더 이상의 사람과 물건이 들어올 경우, 간신히 유지되고 있는 균형이 깨어지고 말 겁니다.

(침대로 가서 잠든 사람을 조심스럽게 손전등으로 비춘다) 여기 잠든 여성은 남지인입니다. 라디오 방송국에서 육아상담 프로그램을 맡고 있죠. 나이는 사십대, 한 번의 이혼 경력을 가졌고, 지금은 독신으로 지냅니다.

(손전등으로 침대 맡의 라디오 겸용 시계를 비춘다) 시계가 두 시 사십 분을 가리키고 있군요. 이 깊은 밤에, 내 기억이 정확하다면, 이제 곧 초인종이 울리면서 현관문을 두드리는 요란한 소리가 들릴 겁니다. 곤한 잠 속에 빠졌던 아파트의 모든 사람들이 깨어나 전등을 켜고, 남지인도 깨어나서 놀란 표정이 되어 현관문으로 다가갑니다.

중년 남자, 손전등을 끈다. 어둠 속에서 그는 보이지 않는다.

제1장

캄캄한 어둠과 고요한 침묵, 초인종이 요란하게 울리면서 현관문을 걷어차고 두드리는 소리가 연이어 들린다. 깊은 잠 속에 빠져있던 남지인이 깨어나 전등을 켜고, 놀란 표정으로 현관문을 향해 다가간다. 그녀는 엉거주춤하게 손잡이를 붙잡고 밖을 향해 묻는다.

남지인 누구예요?

유경화 (소리) 나야, 나!

남지인 나라니……?

유경화 (소리) 어서 문부터 열어!

남지인 누군지 말해야지, 도대체 누군데?

유경화 (소리) 언니, 나라니깐!

남지인 그래, 너 경화구나?

유경화 (소리) 어서 문 열어줘!

남지인, 현관문을 연다. 그러자 문을 밀치고 있던 유경화가 안으로 넘어지듯 들어온다. 창백한 얼굴, 흐트러진 머리카락, 그리고 옷에는 구토한 흔적이 역력하게 남아있다.

남지인 맞아, 맞아, 바로 네가 또 온 거야!

유경화 언니, 나 약 먹었어.

남지인 무슨 약……?

유경화 스트리키니네, 수면제야. 내 나이만큼 서른두 알을 손바닥에 올려놓고, 하나씩 하나씩 집어서 입 속으로 삼켰지.

남지인 맙소사, 또 자살하려구?

유경화 응, 그런데 이번에도 실패야.

남지인 너, 정말 미쳤다!

유경화 언니, 나 화장실 좀 쓸게. 먹자마자 토하기는 했지만 속이 뒤틀리고 메스꺼워.

남지인 (화장실 쪽을 가리키며) 화장실은 저쪽이다. 내가 뭐 도와줄 게 없니?

유경화 화분이나 하나 갖다 줘!

남지인 화분은 왜?

유경화 화분 속엔 지렁이가 있거든. 난 지렁이만 보면 징그러워서 심한 구역질을 해. 언니도 그렇지?

남지인 나한테는 묻지 말고 너나 실컷 토하렴. (창가에 놓인 화분을 갖다 준다) 그런데 지렁이가 없으면 어떻게 하니?

유경화 (화분의 꽃을 뿌리채 뽑아 버리고 화분 속에 남은 흙덩이를 들여다보며) 언니, 한 마리 있어! 난 화장실로 갈게!

유경화, 화분을 들고 급하게 화장실로 들어간다. 남지인은 뿌리 뽑혀 바닥에 버려진 꽃을 주워든다. 그녀는 곤혹스런 표정이다.
화장실에서는 구토하는 소리가 계속되더니, 변기의 물 내리는 소리가 들린다. 남지인, 부엌으로 가서 꽃을 그릇에 담아 놓는다. 유경화, 화장실 문을 반쯤 열고 얼굴을 내민다.

유경화 나 양치질 좀 해야겠어.
남지인 그래.
유경화 내가 언니 칫솔 써도 돼?
남지인 마음대로 해.
유경화 언니, 화났어?
남지인 아냐.
유경화 너무 화내지 마. 나도 이렇게 하고 싶진 않았어.
남지인 어서 양치질이나 하고 나와.

유경화, 화장실로 들어간다. 남지인은 처음 당혹했던 때와는 다르게 마음을 진정시켜가는 모습이다. 그녀는 침대 맡에 놓여 있는 탁상시계를 집어 올려 바라본 다음 내려놓는다. 그리고 핸드백을 찾아 들고 소파에 와서 앉더니 담배를 꺼내 피운다. 유경화가 화장실에서 나온다.

남지인 새벽 세 시구나, 지금…….
유경화 미안해, 언니.
남지인 토하고 나니깐 속은 어때?
유경화 아직도 쓰리고 뒤틀려. 하지만 이젠 죽지는 않을 거야.
남지인 다행이다, 그럼. (소파를 가리키며) 여기 와서 앉아.
유경화 괜찮아.
남지인 앉지 왜 서 있어?

유경화 언니한테 정말 미안해서…….

남지인 점점 제 정신이 드는 모양이다, 너. 앉아. (옆에 다가와 앉은 유경화의 손을 잡고 등을 다독거린다) 미안해 할 거 없어.

유경화 고마워, 언니.

남지인 도대체 무엇 때문에 약을 먹은 거야?

유경화 그 자식 때문이지.

남지인 그 자식이 누군데?

유경화 응, 나하고 함께 산 자식이지 뭐! 육 개월도 안 됐는데, 글쎄 나한테 싫증이 났다는 거야!

남지인 지난 번 인사시켜 주던 그 남자 말이니? 변호사였지, 아마……?

유경화 그 남자하곤 이미 옛날에 헤어졌는걸. 언니도 기억할 거야. 내가 삼층 베란다에서 뛰어내렸었잖아. 그게 바로 그 변호사와 대판 싸우고서 갈라섰던 때라구.

남지인 그럼, 천정에 목매달아 죽으려다가 실패했던 때는 언제였지?

유경화 그때는 내가 고등학교 선생이랑 함께 살 때였지.

남지인 그날 목에다가 밧줄을 걸고 와서 내가 얼마나 놀랐는지 알아? 넌 죽으려다가 안 되면 꼭 나한테 오더라. 그래도 오늘처럼 약을 먹고 온 건 낫다. 언젠가는 분신자살하려구 온몸에 활활 불을 붙인 채 달려오면 어떻게 하니?

유경화 언니는 내가 죽기를 바라는 거야?

남지인 죽기를 왜 바래? 어쨌든 너 다시 살아난 걸 축하한다. 그런데 네가 수면제를 먹는데도 남자는 가만히 보고만 있었어?

유경화 글쎄, 그 자식이 눈을 뻔히 치켜뜨고 바라만 보잖아. 입으로는 중얼중얼 한 알, 두 알, 세 알…… 세기까지 하더라구.

남지인 나 같으면 슬그머니 먹다가 중단해 버리겠다.

유경화 하지만 난 오기가 있거든. 서른두 알까지 삼키고 나니까 그 자식도 놀란 표정이 됐어. 그리고는 내가 미쳤으니 나가라는 거야! 나가, 나가버려 하면서 어찌나 버럭버럭 고함을 질러대는지, 오히려 미친 건 그 자식 같더라구!

남지인 너는 그 사람에게서 쫓겨난 거구나?

유경화 (유경화의 담뱃갑을 손으로 잡으며) 언니, 나 담배 한 대 피울게!

남지인 다시 돌아갈 가능성은 없구?

유경화 없어!

남지인 전혀?

유경화 (담배 연기를 마시고 심하게 헛구역질을 하며) 전혀 없다니까! 그 자식, 하마처럼 살은 뚱뚱하게 쪘지만 괜찮은 인간이었어. 제법 머릿속에 든 것도 있구, 문득문득 놀라운 상상력도 발휘할 줄 알았거든. 내가 세 번째 소설을 발표했을 때 그 하마 같은 인간이 날 찾아왔어. 내 소설로 시나리오를 쓰고 싶다는 거야.

남지인 시나리오를?

유경화 그래, 내 소설을 영화로 만들겠다는 거지. 자기는 시나리오 작가라면서 유명한 감독도 잘 알고 제작자도 잘 안다는 거야. 우린 금방 친해졌어. 언니도 내 성격을 알지만 난 화끈하잖아. 만났던 첫날부터 그 인간과 함께 살게 됐지.

남지인 그건 너무 심했다. 어떻게 만나자마자 함께 살 수가 있니?

유경화 언니는 남자와 함께 산다는 걸 어렵게 생각하는 버릇이 있어. 남자와 사는 건 아주 쉬워, 그냥 함께 밥 먹고, 함께 자는 거라구.

남지인 시나리오는 썼어? 혹시 함께 밥이나 먹고 함께 잠이나 자다가 단 할 줄도 못 쓴 건 아니야?

유경화 결과적으로 그렇게 됐지. 그 하마 같은 자식이 나하고 함께 자는 것에만 열을 올렸거든.

남지인 빨리 끓는 냄비가 빨리 식는다. 넌 어쩌자고 매번 똑같은 실패를 반복하니? 생각해봐, 변호사하고도 그랬잖아? 또 그전에는 고등학교 선생님하고도 그런 실수를 했어.

유경화 (담배를 재떨이에 비벼 끄며) 언니, 술 있지? 나 한 잔만 줘!

남지인 술은 안 돼!

유경화 언니는 지금 내 심정을 몰라. 죽지 못하고 산 사람의 심정을 모른다구!

남지인 네 심정이 어떤 건데?

유경화 그 몹쓸 자식들이, 아니 그 인간들이 모두 보고 싶은 거야. 정말이야, 언니. 그 빌어먹을 인간들이 보고 싶어서 견디지를 못하겠어. 다 잊었는가 다 잊어버렸는가 했었는데, 죽지 않고 살아날 때마다 그 인간들의 얼굴이 가장 먼저 보고 싶은 거야. (흘러내리는 눈물을 손등으로 닦으며) 그런데도 그 인간들은 지금 내가 자기들을 그리워한다는 걸 모르겠지. 사실은 언니, 난 그 인간들과 헤어질 생각은 눈곱만큼도 없었어. 내가 천정에 목을 매달았던 때나, 베란다에서 뛰어내렸던 때나, 약을 먹었던 때나, 오히려 나는 그들을 꼭 붙잡으려 했던 거야. 하지만 그 인간들은, 아니 그 자식들은 하나같이 그런 내 심정을 알지 못한 채 나를 내쫓았어. 다시는 보기도 싫다고 내쫓더라구!

남지인 얘, 얘, 울 것 없다. 그들이 안 쫓아냈으면 넌 벌써 죽었을 거다.

유경화 그건 무슨 소리야, 언니?

남지인 지금도 그렇잖아? 그 하마 같은 인간이 내쫓아 버리니까 넌 죽어봤자 소용없겠다면서 금방 먹은 약을 토해낸 거지! 도대체 넌 왜 그러지? 그런 방법으론 사람을 붙잡지 못한다는 걸 알았으면 다시는 반복하지를 말아야지, 자꾸만 그 짓을 되풀이 해?

유경화 언니, 지금 내 마음이 아파. 위로는 못할망정 꾸짖지는 마.

남지인 너처럼 영리한 애가 왜 자꾸만 죽는 짓을 하는지 모르겠다. 지난번 삼층 베란다에서 뛰어내렸을 때, 넌 온몸에 기브스를 하고서 거의 일년 동안 병원에 누워 있었지. 그런데 어땠니? 네가 붙잡으려 했던 인간은 단 한 번도 병원에 나타나지 않았다구.

유경화 바빠서 못 왔던 거야. 고등학교 선생이란 수업시간이 많거든.

남지인 그게 아냐. 내가 학교에 전화해 봤는데, 그 인간은 너한테 완전히 정나미가 떨어졌다는 거야. 두 번 다시 너하고는 만나고 싶지도 않고, 꿈에라도 네가 자살하는 꼴이 보일까봐 겁이 난댔어. 그런데 너는 뭐냐? 그런 인간들을 그리워하면서 눈물을 흘리고 있으니…….

유경화 난 또 야단맞을 짓을 했어. 하지만 제발 부탁이야. 지금은 꾸짖지 말고 위로 좀 해줘. 난 아픈 사람이잖아. 위장도 뒤틀리고 마음도 아파.

남지인 (유경화를 껴안고 등을 다독거리며) 그래, 경화야, 죽지 않고 살아난 건 정말 다행이지!

유경화 추워…….

남지인 (유경화의 이마를 손으로 짚어보며) 너, 몹시 열이 있구나!

유경화 졸립기도 하고…….

남지인 어서 병원으로 가야겠다!

유경화 아냐, 언니. 푹 자고 나면 괜찮을 거야.

남지인 (유경화를 껴안은 채 일으켜 세워 침대로 데려간다) 내 침대에 누워.

남지인, 유경화를 침대에 눕힌 다음 담요로 덮어준다.

유경화 언니도 잠을 자야 할 텐데!

남지인 난 다시 잠자기는 틀렸다.

유경화 그럼 내 옆에서 노래나 불러줘.

남지인 무슨 노래……?

유경화 자장가지 뭐. 우리가 시골 살 때 언니가 나를 업고서 불러주던 노래 있잖아.

남지인 난 그런 노래는 벌써 잊었다. 어서 눈을 감고 자기나 하렴.

유경화 그 하마 같은 자식, 지금은 속 편하게 자고 있는지 모르겠네!

무대 조명, 어두워진다. 기다란 밧줄을 목에 건 중년 남자가 휘파람으로 자장가를 불면서 나타난다. 수직조명이 그를 비춘다.

중년 남자 유경화는 곧 잠이 들었습니다. 그리고는 꿈속에서, 밧줄에 목

매달아 죽은 사나이가 휘파람으로 불어주는 자장가를 들었지요. 어쨌든 나는 이 연극을 봤었으니까, 앞으로 어떤 일이 일어날지 다 압니다. 뜬 눈으로 밤을 새운 남지인은, 아침이 되자 출근을 했어요. 유경화는 거의 정오가 될 무렵에 깨어났는데, 차츰차츰 정신이 들면서 몹시 배가 고프다는 것을 느끼게 됩니다.

수직조명, 암전한다. 중년 남자는 사라진다.

제2장

낮. 유리창문으로 강한 햇빛이 들어와 실내는 가득 채운다. 유경화, 깊은 잠에서 깨어난다. 눈을 뜬 그녀는 어리둥절한 표정으로 주위를 둘러본다. 그녀는 머리맡에 놓인 메모지를 발견하고 집어든다. 남지인이 적어둔 내용을 더듬더듬 소리내어 읽는다.

유경화 아침에 너를 병원으로 데려가지 못하고 출근해서 미안하다. 내가 근무하는 라디오 방송국의 전화번호는 알고 있겠지? 무슨 일이 있거든 날 찾으렴. 하지만 오전 11시부터 정도까지는 내가 육아상담 생방송을 하기 때문에 직접 통화가 되지 않는다. 될 수 있는 한 빨리 돌아올게.

유경화, 침대 맡의 라디오 겸용 시계를 바라본다. 그리고 침대에서 일어나 앉더니, 라디오의 스위치를 작동시킨다. 육아상담 프로그램이 생방송으로 진행되고 있다. 전화로써 질문하는 젊은 주부의 목소리가 들린다.

질문자 우리 애기는요, 태어난 지 십 개월이에요. 그런데요, 기저귀 가는 걸 싫어해요. 아주 아주 싫어해서요, 아예 기저귀를 떼려고 하는데 지금이 괜찮을까요?

상담자 지금은 아직 이릅니다. 우리 인간은요, 변의나 요의를 느끼고 배설하기까지는 뇌와 신경의 복잡한 작용이 필요하죠. 그렇지만 아기 때는 신경이나 근육이 덜 발달한 상태라서 조절이 잘 안 돼요. 기저귀를 떼는 시기에 대해서 물으셨는데, 아기마다 개인차가 있기 때문에 한 마디로 단정짓기는 어려워요. 하지만 아기가 변기에 앉을 수 있게 될 때 기저귀를 떼야 무난해요. 좀 더 여유를 갖고 기다리세요.

질문자 고맙습니다, 가르쳐 주셔서요.

상담자 다음 전화 받겠습니다. 여보세요?

다른 질문자 여보세요? 말씀하시죠.

상담자 잘 들립니다. 말씀하시죠.

다른 질문자 우리 아기는 정말 걱정이에요. 글쎄 무슨 애가요, 내가 음식을 먹어주어야 먹지, 자기 혼자 먹을 생각을 절대로 안 해요.

상담자 지금 몇 개월 됐어요?

다른 질문자 일년 팔 개월이요. 혼자서 먹게 하려면 어떻게 해야 좋죠?

상담자 아무리 어린애도 강제로 먹임을 당해야 한다는 건 고역이죠. 어쨌든 아기가 음식을 먹을 때 흘린다든다, 뱉는다든가, 그런 이유로 야단친 적 없어요?

다른 질문자 네, 있어요.

상담자 그렇게 야단친 다음에는요, 혼자 먹으라고 해도 아기는 이미 먹는데 흥미를 읽어버렸거든요. 그래서 혼자 먹는 흥미를 다시 유발시키는 노력이 필요합니다. 음식을 차려 놓고서 누가 먼저 먹나 시합해 보자든지, 서로의 입에 음식을 넣어 주는 놀이 등 그런 재미있는 방법을 써보세요.

유경화, 라디오의 멈춤 스위치를 누른다. 그리고 냉장고에 다가가서 먹을 것을 찾는다. 그러나 몇 개의 양파와 고추가 있을 뿐이다. 그녀는 몹시 실망한 표정으로 양파와 고추를 꺼내 개수대의 수돗물로 씻더니 접시에 담아 식탁에 놓는다. 그리고는 얼굴을 잔뜩 찌푸리고 망설이다가 고추를 들고 한 입 깨문다. 사이. 장롱 옆의 벽걸이용 전화기에서 벨이 울린다. 유경화는 수화기를 들고 식탁으로 되돌아온다. 남지인의 목소리가 벽걸이용 전화기에 내장된 스피커를 통해서 들린다.

남지인 경화야? 경화, 일어났니?

유경화 응, 나 일어났어.

남지인 네 목소리를 들으니깐 안심이다.

유경화 언니, 지금 어디 있지?

남지인 방송국이야. 그런데 넌 왜 그렇지? 네 목소리가 이상하게 들려.

유경화 고추를 먹고 있어서 그래.

남지인 뭘 먹어……?

유경화 고추! 맵디매운 고추를 먹으니깐 입 안이 얼얼해!

남지인 너…… 정말 그걸 먹고 있니?

유경화 그렇다니깐! 언니 냉장고에는 먹을 게 고추하고 양파밖엔 없다구!

남지인 미안하다, 미안해! 너 좋아하는 음식이 뭐지?

유경화 난 뭐든지 잘 먹어. 특히, 죽으려다 실패해서 살아나면 식욕이 왕성해져. 아까 라디오에서 있잖아. 인간이 강제로 먹임을 당해야 한다는 건 고역이랬어. 하지만 나에겐 그런 고역은 없는 거야. 난 닥치는 대로 뭐든지 다 먹고 싶은 심정이거든.

남지인 알았어, 경화야! 제발 고추는 먹지 말고 기다려! 맛있는 것 많이 사갖고 갈게!

무대, 어두워진다. 수직조명이 무대의 한 구석을 비춘다. 쟁반에 가득히 고추를 담아 들고 중년 남자가 나타난다.

중년 남자 나는 인간이 몇 개의 고추를 먹으면 죽게 되는지 실험해 봤었습니다. 서른일곱 살 때였지요. 시퍼렇게 독이 오른 놈으로만 서른일곱 개를 골라서, 쟁반에 가득 담아 놓고, 하나씩 하나씩 먹기로 했습니다. (잔뜩 찌푸린 표정으로 고추를 씹어 삼킨다) 맵디매운 이 맛…… 이상하게도 자살자는 자신의 나이를 의미심장하게 생각합니다. 내가 아는 어떤 사람은 일흔두 살에 자살했는데 무려 일흔두 알의 수면제를 먹었습니다. 그런데 나는 서른일곱 개의 고추를 먹고 죽어야 한다니…… 정말 하나만 먹어도 매워 죽겠군! 그런데 또 하나 이상한 것은 자살자들은 젊어 죽거나 늙어 죽거나 살 만큼은 살았다고 생각한다는 겁니다. 인생은 더 이상 신비로운 것도 아니고, 더 이상 가치 있는 것도 아닌 거죠. (먹고 있던 고추를 멀리 내던지며) 빌어먹을! 이 고추는 너무 맵군!

제3장

저녁, 식탁 주위에만 전등의 불빛이 아늑하게 비춘다. 남지인과 유경화, 식사중이다. 남지인이 거의 수저를 놓고 있는데 비해서 유경화는 왕성한 식욕으로 음식을 먹는다. 남지인, 유경화를 감탄하는 표정으로 바라본다.

유경화 왜 날 그런 표정으로 바라보지?

남지인 네가 부러워서 그런다. 어쩜 그렇게 잘 먹을 수가 있니?

유경화 언니는 뭣 때문에 안 먹어?

남지인 나야 이 정도면 충분해.

유경화 언니가 잘 안 먹는 건 삶에 대한 욕구가 없기 때문이야. 언니도 나처럼 가끔씩은 자살하려다가 살아나봐. 그럼 놀랍게도 왕성한 식욕을 느낄 거야. 그리고 언니, 식욕만이 아냐. 성욕도 강해져. 이 세상의 모든 남자들을 몽땅 사랑하고 싶거든. 솔직히 말해서 산다는 건 참 아름답고 황홀한 거야.

남지인 그래, 사는 게 죽는 것보다야 낫지. 사실은 바로 그걸 너한테 충고할 작정이었는데, 네가 먼저 네 입으로 해버리니깐 할 말이 없구나.

유경화 충고라면 내가 언니한테 할 게 많아. (냉장고를 가리키며) 우선 저기 냉장고에 먹을 것을 가득 채워둬. 저 속에 말라비틀어진 고추와 양파뿐이었다는 건 삶에 대한 모독이야.

남지인 난 집에서 거의 밥 해먹지 않는 걸.

유경화 아침은 굶고 출근하구, 점심은 음식점이나 구내식당에서 사먹구, 저녁은 먹을 때도 있고 안 먹을 때도 있다, 그거지? 도대체 언니, 산다는 게 뭐야? 먹기 위해 산다, 살기 위해 먹는다, 그런 말은 많이 들어봤지만, 먹지 않기 위해 산다는 말은 들어보기나 했어? (옷장을 가리키며) 그리고 저기 옷장 말이야. 저 옷장도 텅 비어 있더라구. 언니는 지금 가장 인생이 무르익는 때야. 우아한 옷, 화려한 옷들이 가장 잘 어울릴 때지. 그런데 언니는 화장도 안 하고 언제나 거무칙칙한 옷만 입고 다녀. 그래서 남자들이 언니의 진짜 매력을 몰라보는 거야.

남지인 난 그럴 나이가 지났다.

유경화 언니는 늙지 않았어.

남지인 그리고 난 지금 이대로가 좋아.

유경화 좋다니, 뭐가 좋아?

남지인 이게 마음이 편해.

유경화 하긴 식욕도 없고, 성욕도 없으면 마음은 편하겠네!

남지인 네가 몰라서 비웃는 거야. 음식 맛도 무덤덤해지고, 남자들이 성가시게 굴지 않을 때, 비로소 여자는 마음의 안정을 얻는 거란다.

유경화 언니는 또 울타리를 치고 있군. 자기 자신의 둘레에 높다란 울타리를 치고는 혼자서만 그 속에 들어앉아 있는 거야.

남지인 난 그런 사람이야. 울타리 속은 고요하고 아늑해.

유경화 (수저를 내려 놓으며 불안한 시선으로 남지인을 바라본다) 그러니까, 내가 이곳에 들어온 게 싫겠지!

남지인 꼭 너라서 싫다는 건 아냐.

유경화 그럼……?

남지인 난 누구든지 내 울타리 속으로 들어오는 건 싫어.

유경화 설마 언니, 나를 쫓아내려는 건 아니겠지?

남지인 글쎄…… 여기에 얼마나 있을 건데?

유경화 나도 몰라!

남지인 내가 너를 나가라고 쫓은 적은 없었어. 네가 못 견디겠다고 제 발로 걸어나갔지. 생각해 보렴. 넌 몇 번이나 그랬잖아. 자살에 실패할 때마다 너는 이 비좁은 아파트를 찾아왔어. 그리고는 사정없이 내 울타리를 망가뜨렸지.

유경화 오히려 불편했던 건 나라구! 언니 눈치만 슬슬 살피면서, 오금 한 번 제대로 펴본 적이 없었어.

남지인 그것 봐. 나도 네 기분을 상하게 하지 않으려고 조심했었다. 그랬지만 우린 뭐냐, 함께 있으면 서로가 불편할 뿐이었어.

유경화 끔찍한 지옥이었지, 뭐!

남지인 네 말이 맞아. 우리가 또다시 그런 지옥을 겪을 필요는 없잖니? 경화야, 너 지금 어떤 사정이지? 그 하마 같다는 남자와 함께 살던 집으로는 정말 돌아갈 수 없는 거야?

유경화 그 자식한테는 못 가!

남지인 왜? 못 갈 이유가 뭔데?

유경화 이유고 뭐고 따질 것 없어! (의자에서 벌떡 일어나며) 난 당장 나갈 거야! 당장 나가서 한강에 풍덩 빠지겠다구!

남지인 이번에는 물에 빠질 작정이니?

유경화 (의자에 털썩 주저앉으며) 언니, 내 사정 좀 봐줘! 난 어제 약을 먹었는데, 단 하루도 안 지난 오늘, 물속에 뛰어 들 수는 없잖아?

남지인 (소리내 웃는다) 그래, 그건 좀 심한 것 같다.

유경화 웃지 마, 언니!

남지인 그럼 웃지 않구, 이럴 땐 어떻게 해야지?

유경화 진지하고 심각해야지, 웃으면 안 돼! 자살하겠다는 사람 말을 웃어 넘기면, 오기가 생겨서 진짜로 죽어 버리게 되는 거라구. 솔직히, 그 하마 같은 자식이 죽겠다는 나를 조금만 믿어줬어도 난 그렇게 많은 약을 먹지는 않았을 거야. 그런데 그 자식은 내가 설마 죽기까지 하겠느냐, 입을 쩍 벌리고 웃는 낯짝이었어. 그런데 그 인간뿐이 아냐. 내가 밧줄로 목을 맸던 때도, 삼층 베란다에서 뛰어내렸던 때도, 다 마찬가지야! 모두들 농담으로 여길 뿐 진심으로 받아주질 않는 거야!

남지인 미안하다, 미안해. 난 그런 줄 몰랐어.

유경화 언니는 사람의 심리를 몰라도 너무 몰라. 사람이란 상대방의 가슴을 아프게 하기 위해 죽는 거야. 내가 지금 꾹 참았으니까 그렇지, 한강으로 달려가서 죽어버려봐. 언니는 나를 죽게 한 것 때문에, 평생 동안 가슴에 아픈 못이 박힐 거라구!

남지인 얘, 성난 얼굴 좀 풀어라. 네 옆에 앉아 있기가 겁난다.

유경화 언니한테 미리 경고해 두는데, 울타리 어쩌고 하면서 내 신경 건드리지 마. 당분간 불편을 견디는 게 낫지. 평생 후회할 것 없잖아?

남지인 그래, 경고해줘서 고맙다.

유경화 옛날엔 자살한 사람을 어떻게 했는지 알아? 시체를 행인이 많이 다니는 큰 길에다 묻었어. 왜냐하면, 자살한 사람의 원한 품은 혼령을 꼭꼭 밟아서 일어나지 못하게 하려구 말야.

남지인 왜 자꾸만 무섭게 그런 소릴 하니?

유경화 난 자살을 많이 연구했어. 신문이나 잡지에서 자살 기사가 나면 꼭 오려놨구, 도서관에 가서 자살에 관한 온갖 자료들을 찾아 모으기도 했거든. 불란서 메츠 지방에서는 자살자의 시체를 나무통 속에 집어넣고서 강물에 던졌어. 멀리 멀리 바다로 흘러가서 죽은 자의 유령이 못 돌아오게 하려는 거야. 영국에서는, 자살은 반역죄만큼이나 큰 범죄로써 사형에 처했어. 그러니깐 자살을 하려다 실패한 사람은 결국은 교수형을 당하고 죽어야 했지. 플라톤이 살던 시대의 아테네에서는 자살자의 시체는 다른 시체들과 분리시켜 아테네 시 밖에다 묻었어. 더구나 자살자는 자기 자신을 죽인 저주받을 두 손을 잘라내서 각기 다른 장소에 따로따로 묻었지. 더 재미있는 건 원시사회야. 자살자를 장례지낼 때 마술사가 주문을 외우면 망령이 나타나는데, 그 망령이 자기를 못살게 괴롭혔던 사람이 누구라고 가리켜 준다는 거야. 그럼, 부족들이 그 지적된 사람을 붙잡아서 똑같은 방법으로 자살하도록 강요하는 거지. 내가 최근에 썼던 소설 있잖아, 그 하마 같은 자식이 시나리오로 만들겠다는 소설 말야. 그것도 그래. 자살하는 사람이 주인공인데 그는 자기를 죽임으로써 타인을 죽게 만들어.

남지인 나도 네 소설들을 읽어봤지. 하지만 으스스할 뿐 별 흥미 없더라.

유경화 언니야 흥미 없겠지. 그러나 자살에 관심을 가진 사람들에겐 굉장히 재미있는 모양이야.

남지인 글쎄, 그런 사람들이 얼마나 될지…….

유경화 굉장히 많아. 지난 한 해 동안, 우리나라에서만 무려 칠천사백 명이나 스스로 자기 목숨을 끊었으니깐. 물론 이건 공식 통계지. 쉬, 쉬, 숨겨버린 자살자까지 합치면 더 많을 걸. 그리고 나처럼 실패한 사람까지 합치면 너무 많아서 셀 수도 없을 거야!

남지인 그렇게 많다니 놀랍구나!

유경화 언니도 자살하려고 했으면서 뭘.

남지인 얘 좀 봐. 내가 언제?

유경화 시치미 떼기는. 언니가 이혼했던 때 굶어 죽을 작정이었잖아.

열나흘간이나 아무것도 안 먹고, 비아프라 난민처럼 기사 직전에 있는 것을 내가 구해줬지.

남지인 그때 이야긴 꺼내지도 마.

유경화 언니 남편이었던 자, 악질 중에 악질이야. 6개월도 안 된 간난아이까지 빼앗아가구…… 지금쯤은 굉장히 컸을 텐데, 보고 싶어 죽겠지?

남지인 (잠시 침묵한다) 그 사람은 잘못이 없어. 아기도 내가 키우지 못할 것 같으니까 데려간 거구.

유경화 그래서 언니는 어린애만 보면 미치더라.

남지인 제발, 그만해.

유경화 언니, 궁금한 게 있어.

남지인 그만하라니까. 넌 내 상처에 자꾸 소금을 뿌릴 거니?

유경화 라디오 말야. 언니가 맡고 있는 방송을 들었지. 어린애 기저귀는 언제 갈아야 좋으냐, 음식은 어떻게 먹어야 하느냐, 그따위 시시한 질문만 하잖아. 그런데, 진짜 이런 질문은 없었어? (라디오에서 들었던 목소리를 흉내낸다) "우리 아기는요, 태어난 지 삼 개월에요. 그런데요, 벌써부터 자살하려구 해요. 이런 때에는 어떻게 해야 좋죠?"

남지인 아냐, 아냐, 그런 문제는 한 번도 없었어!

유경화 글쎄…… 어린애들도 죽고 싶을 때가 있을 텐데…… 기저귀에 더러운 똥과 오줌을 싸면서, 먹기 싫은 음식을 강제로 쑤셔 먹히면서, 최소한의 인간적인 존엄성을 지킬 수 없다는 게 창피해서 자살하고 싶을 것 아니겠어?

남지인 농담이 지나치다. 너!

유경화 난 진담으로 한 소린데?

남지인 어린애 자살이라니, 그런 끔찍한 소린 듣기도 싫다!

유경화 언니도 참…… 어른들 자살은 화를 안 내면서, 아이들 자살은 왜 화를 내?

남지인 듣기 싫다는데 계속할 거야?

유경화 아이들의 시시한 문제는 상담해 주면서, 어른들의 심각한 문제는 모르는 척 하니깐 그렇지. 언니네 라디오 방송도 마찬가지야.

남지인 그럼 너는 방송에 자살 상담 프로그램이 있어야 한다는 거니?

유경화 아이들은 그냥 둬도 저절로 잘 커. (의자에서 일어나며) 그러나 어른들은 그냥 두면 죽어. 스스로 목숨을 끊고 죽는다구.

남지인 너, 어디 가려구 일어나니?

유경화 (식탁의 그릇들을 개수대로 옮긴다) 설거지하려구.

남지인 난 네가 한강으로 가는 줄 알았다. (가슴을 손바닥으로 쓸어내리며) 덜컥덜컥 가슴이 내려앉고, 너하고 살면 난 불안해서 아무것도 못 해.

유경화 걱정 마. 식사 후 바로 죽지는 않을게.

남지인 제발 부탁이야. 특히, 오늘 밤엔 가만히 좀 있어줘. 나 혼자 생각해볼 심각한 문제가 있어서 그래.

유경화 그 문제가 뭔데?

남지인 넌 몰라도 돼.

유경화 (왈칵 수돗물을 틀며) 가르쳐줘야 가만있지!

남지인 사실은…… 방송국 일이야. 내가 맡은 육아상담 프로그램이 인기가 없어.

유경화 (자기 목을 자르는 시늉을 하며) 그럼 언니는 이거야?

남지인 그럴지도 몰라. 매번 라디오 청취율 조사를 하는데, 언제나 육아상담 프로그램이 최하위야. 그것 때문에 실망한 광고주들이 자꾸만 떨어져 나가구, 광고주 없는 프로그램은 마침내 잘리게 돼.

유경화 어떤 바보 같은 광고주들인지 참 오래도 참았네. 나 같으면 그 따위 시시한 프로그램엔 벌써 돈줄을 끊었지. (갑자기 좋은 생각이 떠올랐다는 듯이 남지인에게 다가온다) 오, 언니! 굉장한 생각이 떠올랐어! 자살 상담 프로그램 어때? 그걸 방송하면 전국 최고의 청취율을 기록할 거야!

남지인 넌 제발 가만히 좀 있어줘.

유경화 방송을 하면 내가 적극 도와줄게! 나는 자살 전문가야! 자살 상담에는 나만큼 유능한 사람도 찾기 힘들 거라구!

유경화 수도꼭지나 잠그렴! 물 넘친다!

무대, 암전한다. 수직조명이 비춘다. 중년 남자가 들어와서 그 불빛 아래 선다.

중년 남자 1993년, 내가 이 연극을 처음 봤을 때는 노영화 씨가 남지인 역을 했었고, 이화영 씨가 유경화 역을 했었죠. 아주 잘 맞는 역이었어요. 한참 보고 있노라니까, 누가 배우이고 누가 등장 인물인지 모르겠습니다. 어쨌든 노영화와 이화영은 함께 저녁을 먹었고, 아니지, 남지인과 이화영은 저녁을 먹었으며, 아냐…… 남지인과 유경화는 함께 저녁을 먹었습니다. 그리고는 이런저런 이야기를 나눴었는데…… 내 기억이 정확하다면 라디오 이야기를 했었죠. 남지인이 걱정스럽게 말했습니다. 육아상담 프로그램 청취율이 형편없다구요. 하긴 그래요, 나도 라디오를 켰다가 육아상담이 나오면 다른 곳으로 돌려 버립니다. 그리고는 혹시나 자살 상담 방송이 들리지나 않을까, 다이얼을 이리저리 돌려댑니다. 삐삐- 삐익 삐삐삐- 나는 초단파 방송까지 잡히는 고성능 라디오를 갖고 있습니다. 북경 방송, 모스크바 방송, 프랑크프루트 방송, 런던 방송은 물론, 저 멀리 지구 뒤쪽에 있는 뉴욕 방송과 부에노스 아이레스 방송까지도 잘 들립니다. 그런데 여러분, 세계 각처에서 우리 인류는 자살의 위기에 몰려 있는데, 그 방송들은 시끄러운 음악이나 틀어대고 쓸데없는 정치가 지껄입니다. 정말 한심한 일 아닙니까?

수직조명, 꺼진다. 어둠 속에서 라디오의 음악소리가 들린다.

제4장

낮. 실내에는 아무도 없다. 탁자 위에 라디오가 경음악 연주를 들려준다. 사이. 초인종소리가 경음악 연주와 뒤섞여 들린다. 남지인, 열쇠로 현관문을 열고 들어온다. 그녀는 당연히 있을 줄 알았던 유경화가 보이지 않는 것에 당황한다.

남지인 경화야? 경화야? (대답이 들리지 않자 화장실 문을 두드린다) 경화야, 화장실에 있니? (살며시 문을 열어본다) 없잖아? 라디오를 켜 둔 채 어디로 갔지?

남지인, 탁자로 가서 라디오를 끈다. 침묵. 유경화의 목소리가 들려온다.

유경화 나 여기 있어, 언니.
남지인 (소리 나는 곳이 어디인지 찾아다니며) 어디 있다구?
유경화 여기야.
남지인 어디?
유경화 장롱 속에.
남지인 (장롱으로 달려가며) 왜 그 속에 들어가 있지?

남지인, 장롱 문을 열어젖힌다. 유경화가 웅크리고 앉아있다. 남지인은 그 모습에 놀란 표정이다.

유경화 언니, 왜 벌써 집에 왔어?
남지인 왜…… 왔냐니?
유경화 지금은 훤한 대낮이니깐, 언니는 방송국에 있어야 하잖아?

남지인 그런 너는 대낮에 왜 장롱 속에 들어가 있니?

유경화 가끔씩은 이렇지, 뭐. 낮엔 햇빛이 강해서, 오히려 어두운 이런 곳이 좋아. 한참 멋진 공상을 하고 있었는데, 갑자기 언니가 들어와서 산통 깨졌어.

남지인 무슨 공상이야, 또 자살할……?

유경화 (웃으며) 언니도 참!

남지인 내 말이 맞지? 네 머릿속에는 자살할 생각밖에는 없어.

유경화 그래, 자살을 생각할 때 가장 상상력이 풍부해져. 사람들은 죽음이 검정색인 줄 알지. 아주 새까만, 아무것도 보이지 않는 단순한 검정색으로 말야. 하지만 언니, 자살의 죽음은 화려한 색깔이야. 그건 여러 가지 미묘하고 다채로운 색깔이라구.

남지인 얘, 그 속에서 나오기나 해.

유경화 사람들은 바보야. 그 바보들은 죽음이란 아무 형태가 없는 줄 알지. 그러나 죽음은 정말 여러 가지 형태야. 특히 자살의 죽음은 너무 다양해. 우뚝 솟은 산처럼 장엄한 죽음이 있는가 하면, 깊은 바다처럼 심오한 죽음이 있어. 바보들은 그런 죽음의 풍경은 보지 못하고 아무 형태가 없다는 거야.

남지인 대낮에 내가 온 건. 경화야, 내가 너를 데리고 갈 데가 있어.

유경화 나를 어디로……?

남지인 방송국이지. 우리 방송국의 제작부장님이 너를 만나고 싶데. 없어질 육아상담 프로그램 대신에 뭘 해야 좋을지 의논하다가, 내가 자살 상담을 꺼냈거든. 그랬더니 흥미있는 발상이라는 거야.

유경화 그게 내 머릿속에서 나왔다는 걸 말하지 그랬어?

남지인 물론이지. 그래서 제작부장님은 일단 너를 만나 보자는 거야.

유경화 자살 상담자로서 내가 적임자라는 것도 말했겠지?

남지인 그럼, 그 말도 했지.

유경화 하지만…… 만나만 보자는 건 싫어. (장롱 문을 닫으며) 확실하게 자살 상담 프로그램을 하겠다는 보장을 받아와. 그래야 난 방송국엘 가겠어.

남지인 어떻게 그런 보장부터 먼저 받니?

유경화 보장이 없으면 난 안 가!

남지인 무슨 일이 이렇게 됐지? 난 그냥 이야기를 꺼냈던 거야. 그런 프로그램이 꼭 필요한지도 모르겠고, 반드시 네가 그 상담을 잘 할지도 모르겠어. (벽에 걸려 있는 전화기로 다가가며) 아예 없던 일로 해야겠다. 잘 알지도 못하는 일엔 나서지 않는 건데, 내가 너한테 홀렸던 모양이야. (전화기를 들고 다이얼을 돌린다)

유경화 (장롱 문을 열고 내다보며) 어디에 전화하는 거야, 언니?

남지인 방송국에.

유경화 무슨 소릴 하려구?

남지인 제작부장님께 네가 못 간다구 해야지.

유경화 (장롱 속에서 뛰어나오며) 난 갈 거야! 지금 곧 간다고 그래줘!

남지인 부장님이세요? 죄송하지만…….

유경화 (전화기에 바짝 다가가서 커다란 목소리로) 곧 가서 뵙겠어요!

남지인 (어쩔 수 없다는 듯이 태도를 바꾸며) 아뇨, 부장님. 지금 갑니다.

유경화 잘했어, 언니!

남지인 난 널 데려가도 가만 입 다물고 있을 거다.

유경화 가만 입 다물고 있다니?

남지인 난 자살에 대해서는 아무것도 몰라. 난 그냥 제작부장님과 아이디어를 낸 너를 만나게 해주는 것뿐야. 그러니까 결국은 자살 상담 프로그램을 할지 안 할지는 오직 너한테 달렸어.

유경화 언니도 옆에서 거들어 줘야지. 나 혼자만 떠들어대라는 거야?

남지인 넌 떠들면 안 돼. 차분차분하게, 너의 소신을 말해야 설득력이 있지.

유경화 설득력에 대해서는 걱정하지 마. 난 납득시킬 자신이 있어! 제작부장을 만나는 순간, 난 이런 질문을 던질 거야. "여보세요. 부장님 하루에도 몇 번씩이나 죽고 싶다는 생각을 하고 계시죠? 아니라고 부정하진 마세요. 부장님의 얼굴에 다 씌어 있는 걸요!”

남지인 그럼 기가 막혀서 우리 부장님은 숨도 못 쉴 거다!

유경화 자살 중에서 가장 비참한 게 숨막혀 죽는 거야. “여보세요, 부장님. 제발 질식사는 하지 마세요. 내가 상담해 드릴 테니 안심하고 숨을 쉬시라구요” 그런데 언니, 나 뭘 입고 가지? 지금 입은 옷, 이런 보기 흉한 꼴로는 방송국에 갈 수 없잖아?

남지인 그 옷이 어때서 그래? 보기만 좋다.

유경화 아냐. 이 옷에서는 약 먹고 토한 냄새가 나.

남지인 깨끗하게 세탁했는데?

유경화 어서 백화점에 가서 새 옷을 사입고 가야겠어! (현관문을 향해 걸어가며) 서둘러, 언니! 시간 없잖아!

무대, 암전한다. 수직조명이 비춘다. 중년남자가 조명이 비추는 곳에 나타난다.

중년 남자 나는 장롱 속의 유경화가 어떤 생각을 했었는지 다 압니다. 그녀는 죽음을 상상하고 있었다구요? 물론 그랬었죠. 하지만 내가 아는 한, 여자는 죽을 때도 예쁜 옷을 입고 죽기를 바랍니다. 어떤 여자는 예쁜 옷을 입었다는 그것 때문에 기꺼이 자살할 각오가 되어 있으며, 또 어떤 여자는 예쁜 옷을 입지 못했다는 그것 때문에 자살을 포기하는 경우가 있습니다.
유경화는, 장롱 속에서 여러 가지 옷들을 갈아입는 상상을 했던 겁니다. 원피스, 투피스, 스리피스는 물론 순백의 웨딩드레스, 심지어 해수욕장에서 입는 비키니 수영복에 이르기까지……. 그리고는 그 옷들과 어울리는 죽음을 생각했던 거죠. 그것은 마치 백화점에서 새 옷을 산 여자들이, 반드시 그 옷과 어울릴 목걸이나 귀걸이를 생각하는 것과 같은 이치입니다. 이왕 그럴 바엔, 백화점에서 그 여자들을 위해 악세사리용 죽음을 파는 게 어떻겠습니까? 새로운 옷을 산 여자들이 죽음의 코너에 들려서, 각자의 예쁜 옷에 어울릴 죽음을 골라 살 수 있도록 말입니다.

수직조명이 꺼지면서, 중년 남자는 사라진다.

제5장

저녁. 남지인과 유경화, 집으로 돌아온다. 유경화는 우아한 새옷을 입고 여러 가지 장신구로 화려하게 치장을 한 모습이다. 남지인은 지쳐서 피곤한 모습인데, 유경화는 매우 생기있고 명랑한 모습이다.

남지인 너한테는 질렸다, 질렸어!

유경화 뭘 가지고 그래, 언니?

남지인 (조목조목 따지듯이 말한다) 첫째, 너는 제작부장님을 너무 오래 기다리게 했어. 곧 간다 하면서 백화점에서 몇 시간이나 질질 끌다가 갔잖아!

유경화 (제자리에서 한 바퀴 돌며) 그거야 이 우아한 옷을 고르느라고 그랬지.

남지인 둘째, 넌 옷만 샀던 게 아냐. 옷에 어울리는 구두도 샀고, 핸드백도 샀어. 브로치, 귀걸이, 스카프 그리고 향수, 립스틱, 거기에다 또 뭐를 샀더라…… 다 기억도 못하겠다.

유경화 언니도 참! 덜렁 옷만 입고 갈 수는 없잖아!

남지인 셋째, 너는 그 모든 물건 값을 내 크레디트 카드로 치뤘어.

유경화 응, 그건 염려마. 방송국에서 봉급을 받으면 그것부터 갚아 줄게.

남지인 봉급? 방송국이 왜 너에게 봉급을 주니?

유경화 그럼, 안 주는 거야? 자살 상담 프로그램엔 전혀 보수가 없어?

남지인 얘 좀 봐! 그런 프로그램이 생기지도 않을 텐데 넌 보수부터 받을 작정이구나?

유경화 제작부장님은 꼭 그 프로그램을 할 것 같던데…….

남지인 면담은 완전히 실패야. 우리 부장님은 점잖은 분이라구. 그런데 만나자마자 뭐라고 했어? 하루에 몇 번씩이나 죽고 싶냐고 물었잖아? 도대체, 내 체면도 있지, 그럴 수가 있니?

유경화 (소파에 앉는다. 핸드백을 열고 백화점에서 구입한 조그만 상자들을 꺼내 포장지를 벗긴다) 이 진주 브로치, 앙증맞게 예쁘네! 난 이렇게 예쁜 걸 보면 죽고 싶더라! (서 있는 남지인에게 다가가서) 언니 주려고 산 거야. 잘 어울리지?

남지인 네 말이 맞다. 이걸 보니깐 나도 죽고 싶다!

유경화 언니는 너무 소심해서 탈이야. 내가 부장님과 이야기할 때 언니는 옆에서 바짝 긴장한 채 입을 꼭 다물고 있더라구. 하지만 면담은 아주 성공적이었어. 난 완전히 부장님을 사로잡았지. 인간이 갖고 있는 약점을 난 정확하게 콱 찌른 거야. 인간의 약점이란 뭐냐…… 잠깐만, 언니. 나만 귀걸이를 사는 게 미안해서 언니 것도 하나 더 샀지. (또 다른 작은 상자의 포장지를 벗긴다) 이 귀걸이, 너무 예쁘지? (남지인에게 귀걸이를 달아 준다) 난 너무 예쁜 걸 보면 당장 그 자리에서 죽고 싶어!

남지인 엉뚱한 짓 말고, 인간의 약점이란 뭐야?

유경화 응, 그건 인간이라면 누구나 죽고 싶어 한다는 거야. 젊은 사람도, 늙은 사람도, 돈 많은 부자도, 가난한 거지도, 높은 지위와 명예로써 만민에게 추앙받는 영웅도, 온갖 경멸과 멸시를 받는 사람도, 모두 죽고 싶은 때가 있는 법이라구. 언니는 립스틱 색깔을 바꿔야 해. 지금 칠한 색깔은 꼭 시체에나 어울려. 내가 사온 이 진홍색을 발라봐. (핸드백에서 진홍색 립스틱을 꺼내 남지인의 입술에 칠해 준다. 그리고 손거울을 남지인의 얼굴 앞에 내민다) 어때? 언니는 이제야 살아있는 사람 같잖아?

남지인 (거울을 손으로 밀치며) 너 말이야, 지금 관심을 다른 곳으로 돌리려고 그러지?

유경화 무슨 관심을 어디로 돌려?

남지인 네가 부장님께 저지른 실수 말야! 부장님을 옆에서 보고 있자니까, 어찌나 너한테 큰 충격을 받았는지 얼굴에 핏기 하난 없이 창백해지더라!

유경화 내가 장담하지만 언니, 난 전혀 실수한 게 없어. 부장님이 창백해진 건 내 날에 감동을 받아서 그런 거라구. 내일 아침 방송국에 가봐. 부장님이 언니를 불러서, 당장 자살 상담 프로그램을 방송하자고 할 테니까. 솔직히 언니, 지금 내 기분은 최고야! 하늘까지 둥둥 뜬 기분 있잖아, 이건 확실한 성공을 예감하고 있기 때문이야! 그런데 언니는 침통하고, 울적하지. 그건 언니가 사태를 잘못 봐서 그래. 백화점에서 너무 시간이 걸렸다든가, 내가 옷만 사지 않고 여러 가지 물건들을 샀다든가, 더구나 언니의 크레디트 카드로 그 모든 걸 지불했던 게 신경쓰여서, 정작 부장님과의 면담내용은 제대로 못 봤어. 결과적으로 언니는 눈에 거슬리는 작은 것만 보고, 진짜 핵심적인 큰 것은 못 본 거야.

남지인 난 다 봤다. 너는 줄곧 자살을 충동질하는 말만 했지, 단 한마디도 자살을 반대하는 말은 안 했어. 심지어는 세네카인가 뭔가 하는 로마시대 철학자가 한 말이라면서, 장황하게 듣기 싫은 소릴 읊기까지 하더라.

유경화 내가 가장 좋아하는 말이지. (들뜬 기분으로 실내는 거닐면서 암송한다) "어리석은 이여, 그대 무엇을 탄식하고 두려워하는가? 그대가 둘러보는 곳 그 어디에서나 악의 종말이 보인다. 그대 입을 크게 벌린 절벽이 보이는가? 그것이 자유로 가는 길이다. 저 호수, 저 강, 저 우물이 보이는가? 그 안에 자유가 살고 있다. 저 발육이 정지된 말라비틀어진 초라한 나무가 보이는가? 그 가지 하나하나에 자유가 달려 있다. 그대의 목, 그대의 목구멍, 그대의 심장, 그 모두가 예속으로부터 빠져나가는 길이다. 그대, 자유로 가는 길을 묻고 있는가? 그대 몸 속의 핏줄 하나하나에서 그대는 자유를 찾을 수 있으리." 만약에 언니, 내가 구차스럽게 자살을 비난하는 주장만 늘어 놓았다면 어찌 되었을까…… 그 반응은 분명히, 무덤덤했거나 시큰둥했을 거라구.

남지인 그럼 너는 일부러 자살을 옹호하는 말만 골라 했다는 거야?

유경화 이제야 조금 감을 잡는군, 언니. 아주 의도적으로, 치밀하게, 난 제작부장님을 자극한 거야. 하루에도 몇 번씩이나 죽고 싶어하는 그의 심정을 건드리면서, 내가 바라는 목표를 향해 곧장 다가간 거지. 그래서 부장님은 죽음의 공포를 느꼈어. 언니, 두고봐. 부장님 자신이 스스로 목을 매달 용기가 없다면, 반드시 나에게 살 방법을 가르쳐 달라고 간청할 테니 두고 보라구.

남지인 (유경화가 달아준 브로치와 귀걸이를 떼내어 탁자 위에 놓고 소파에 반듯하게 드러눕는다) 나 좀 누어야겠다. 머리도 아프고, 굉장히 피곤해.

유경화 나는 기분 좋고 즐거운데!

남지인 너하고 나는 근본적으로 다른 모양이야.

유경화 다를 게 없어, 언니. 내가 느끼는 걸 언니도 느끼고, 언니가 느끼는 걸 나도 느껴.

남지인 아냐, 우린 같은 자리에서 같은 걸 봤는데 전혀 다르게 생각하잖니? 얼굴이 납처럼 창백해진 부장님은 더 이상 네 말을 듣지 못하겠다는 듯 뛰쳐나가셨어. 의례적으로나마 다시 보자든가, 잘 가라든가 그런 인사말도 안 하고 나가신 거야.

유경화 곧 다시 볼 사람에겐 그런 의례적인 말이 필요 없거든. (소파에 누워 있는 남지인 곁으로 다가와서 바닥에 앉는다) 언니, 우리 다투지 말아. 누가 옳게 봤는지는 곧 판명날 거야.

남지인 경화야, 너 여기 온 지 며칠이나 됐지?

유경화 글쎄…… 겨우 사나흘쯤 됐나…….

남지인 그런데도 몇 년이나 된 것 같다. 내 울타리는 흔적도 없고…… 난 네가 온 날부터 침대를 빼앗기고 이 소파에서만 잤어.

유경화 침대는 언니가 양보했지. 내가 빼앗은 게 아냐.

남지인 (침묵한다)

유경화 잘 거야, 벌써?

남지인 응.

유경화 저녁밥도 안 먹고?

남지인 너 혼자 먹어.

유경화 (남지인의 손을 잡는다) 언니, 일어나!

남지인 (반응을 나타내지 않는다)

유경화 (남지인의 손가락을 펴서 바라본다) 언니 손에는 매니큐어도 안 했네!

남지인 (놀란 듯 눈을 뜨며) 너, 또 뭘 칠해 줄려구?

유경화 아무 색도 안 칠한 걸 보면 이상해서 그렇지! 언니, 살아 있는 걸 봐. 산 것들은 모두 아름답게 색깔을 칠했다구.

남지인 죽은 것에만 얼룩덜룩 색을 칠하던데? 산 것들은 아무 색을 안 칠해도 아름다워.

유경화 언니는 오늘 심사가 뒤틀렸어. 내 말이라면 무조건 반대를 하구…… 눈을 꼭 감고 가만히 누워 있어. 그럼 내가 언니 손톱마다 예쁘게 색칠해줄게. 백화점에서 보라색 매니큐어도 샀고, 빨강색, 초록색, 분홍색도 샀어.

남지인 (상반신을 벌떡 일으키며 유경화에게 잡힌 손을 빼낸다) 싫다, 나는! 눈을 똑바로 뜨고 앉아 있을 테니까 내 손톱엔 색칠하지 마!

벽에 걸린 전화기의 벨이 울린다. 꼿꼿한 자세로 소파에 앉아 있는 남지인과 토라진 모습의 유경화는 서로에게 전화 받기를 미룬다.

유경화 언니, 전화 좀 받어!

남지인 나한테는 이 시간에 전화할 사람 없다.

유경화 도대체 누구야! 안 받으면 그만 끊지, 어떤 미친놈이 저렇게 끈질겨! (일어나서 전화기 있는 곳으로 간다) 그래, 하마야! 그 하마 같은 인간이 날 찾는 거야. (벽에 걸린 전화기를 떼어내 남지인에게 내밀며) 언니, 나 없다고 해줘!

남지인 네가 직접 말해.

유경화 (남지인의 손에 전화기를 쥐어 준다) 없다고 하라니까!

남지인 누굴 찾으시죠? (상대방의 목소리를 듣고 긴장하는 태도가 된다) 아, 저예요. 바로 저라구요.

유경화 그거 참 신기하네! 하마가 언니를 찾아?

남지인 쉿, 부장님이야!

유경화 부장님? 방송국의……?

남지인 굉장히 취하셨군요, 부장님.

유경화 지금 어디냐고 물어봐.

남지인 지금 계신 곳이 어디에요?

유경화, 전화기 본체에 내장된 스피커를 작동시킨다. 몹시 울적한 제작부장의 목소리가 스피커를 통해서 들린다.

제작부장 여기가 어디인지 모르겠소. 어느 길거리의 술집인데…… 혼자서 술을 마셨지. 마시고, 마시고, 또 마시고는…… 난 생각하고, 생각해 봤는데, 정말 살고 싶다는 생각이 손톱만큼도 없어.

남지인 (당황하며) 그래도 살아야…… 사셔야 해요.

제작부장 아니, 난 지금 당장 내 목숨을 끊어야겠소!

유경화 (남지인에게서 전화기를 빼앗아 든다) 무엇 때문에 자살하려는 거죠?

제작부장 내 아들이 죽었거든! 단 하나뿐인 내 아들…… 내 미래…… 내 희망…… 너무나 잘 생겼고, 머리도 좋았지. 그런데 오토바이를 타고 가다가…… 불쌍하게도…… 다리 난간을 부수고…… 강물 속으로 떨어졌소…… 난 아무에게도 그놈이 죽었다는 말은 안 했어! 아니, 못했지! 차마 할 수가…… 말할 수가 없었던 거요. 가족이나 친척에게도 그놈이 죽었다는 말은 일체 못하게 하고, 그놈이 입던 옷과 쓰던 물건은 지금까지 고스란히 간직해뒀쇼!

유경화 (남지인에게) 언니도 몰랐었어?

남지인 나도 처음 들어. 정말 안됐구나.

유경화 (전화기에 대고 제작부장에게 말한다) 참 슬픈 일을 당하셨군요. 그런 때는 슬픔을 억제하면 안 돼요. 오히려 사람들마다 붙잡고 자기가 얼마나 슬픈지를 말해주세요. 그렇게 자꾸만 말해서 슬픈 감정을 풀어 내셔야죠. 그렇지 않으면 부장님, 부장님은 꽉 막힌 슬픔 때문에 죽게 돼요!

제작부장 차라리 나는 죽는 게 낫소. 내 아들이 죽은 날부터, 단 하루도 나는 죽음을 생각해 보지 않는 날이 없었소. (낮게 흐느껴 우는 소리가 말과 함께 섞여 들린다) 때때로 나는 그놈이 죽은 다리에 가서, 그놈이 가라앉은 저 깊고 어두운 물속을 들여다보면서…… 나 역시 난간 아래로 떨어지면 된다고…… 그럼, 고통이 끝나는 거라고 생각하였소…….

유경화 좀 더 크게 흐느껴 우세요, 부장님. 될 수 있다면 실컷 통곡하며 우시는 게 좋아요.

남지인 너 지금 무슨 소릴 하니?

유경화 마음 후련하게 실컷 울고 나면 생각이 달라져요. 그리고 사람들도 부장님의 울음으로 슬픔을 알게 되고, 그들은 부장님을 따뜻하게 위로해 드리겠지요. 그럼 차츰차츰 자살하고 싶다는 감정이 사라지면서, 점점 다시 살아야겠다는 의욕이 생겨날 거예요. 부장님, 제 말을 듣고 계시죠?

제작부장 듣고 있소.

유경화 이제 그만 집으로 돌아가세요. 집에 가셔서 가족들과 함께 마음껏 슬퍼하세요. 가족들도 울지 못하게 막아두셨다니, 가족들 역시 괴로워서 죽고 싶었을 거예요.

제작부장 고맙소, 정말. 당신과 전화하길 참 잘했구려. 아, 그리고 그 자살 상담 프로그램 있잖소, 꼭 방송하기로 합시다!

유경화, 전화기를 벽에 걸어 놓는다. 그리고는 아무 일도 없었다는 듯이 남지인 옆에 와서 앉는다.

유경화 언니, 그냥 이렇게 앉아 있을 거야?

남지인 그럼, 앉아 있지 않구?

유경화 배고프지 않아? 저녁도 안 먹었는데?

남지인 부장님 걱정 때문에 밥 먹을 생각도 없다.

유경화 신경 쓸 거 없어. 부장님은 이제 자살하지 않을 테니까.

남지인 그런데 너, 정말 상담을 잘하더라!

유경화 보통인데 뭘.

남지인 아냐, 아냐, 너를 다시 봐야겠어!

유경화 이제야 내 실력을 인정해 주는군. (남지인을 일으켜 세우며) 언니, 일어나! 우리 어디 고급 식당에 가서 비싼 걸로 잔뜩 먹자구!

남지인 얘 좀 봐. 돈은 누가 내고?

유경화 언니 크레디트 카드 있잖아! 우선 쓰고, 내가 나중에 다 갚아줄게.

무대, 암전한다. 무대 앞 객석 통로에 조명이 비춘다. 중년 남자, 큼직한 고성능 라디오와 원색 무늬가 그려진 비치파라솔과 접고 펴기에 편리한 간이용 의자를 들고 나타난다. 그는 파라솔을 펴서 세운 다음, 그 옆에 의자를 놓고 앉는다.

중년 남자 이제 무대는 남지인의 아파트에서 라디오 방송국으로 바뀝니다. 그런데 이 파라솔과 간이의자는 뭐냐구요? 이건 바닷가에서나 쓰는 물건입니다.
여러분은 이런 의문을 갖고 계실 거예요. (자기 자신을 가리키며) 도대체 저 사람은 누구지? 누구인데 각 장면마다 빠짐없이 끼어드는 거지? 그렇습니다. 눈치 빠른 분은 벌써 아실 거예요. 나는 단순한 관객이 아닙니다. 내가 관객으로만 머물기에는 너무 깊숙이, 이 연극에 빠진 거죠. 다시 말해 나는 이 연극을 보면서 실제 배우와 등장인물을 혼동했듯이, 관객인 나 자신을 이 연극의 등장인물과 구분할 수 없었습니다. 그리하여 다음과 같은 장면이 벌어집니다.

중년 남자, 고성능 라디오를 켠다. 그를 비추던 조명이 꺼진다.

제6장

낮. 라디오 방송국의 스튜디오. 두터운 방음 유리로 두 부분으로 나뉘어져 있다. 방음 유리 안쪽, 무대 전면에는 유경화가 마이크 앞에 앉아 있으며, 방음 유리 건너쪽, 무대 후면에는 프로듀서인 남지인이 방송을 진행시키고 있다. '방송중'이라는 전광판에 불이 켜지면서 시그널 뮤직이 들린다.

아나운서 멘트 자살 상담 시간입니다. 상담에는 오늘도 유경화 선생님이 수고하고 계십니다.

남지인 (유경화에게 시작하라는 수신호를 보낸다)

유경화 안녕하세요, 청취자 여러분. 유경화예요. 우리 인간에게는 두 가지 문이 있어요. 들어오는 문, 그러니까 태어날 때 들어오는 출생의 문이 있고요, 죽을 때 나가는 문, 즉 죽음의 문이 있어요. 인간은 자신의 의지대로 태어나지는 못하죠. 그러나 자신의 의지로써 문을 열고 나가는 경우를 우리는 자살이라고 합니다. 하지만 꼭 그렇게 문을 열고 나갈 필요가 있을까요? 방 안의 답답한 공기를 바꾸기 위해서라면, 우리는 밖으로 나갈 필요가 없이 창문을 열기만 해도 돼요. 자, 여러분. 창문을 활짝 엽시다. 그리고 신선한 공기를 들여 마시면서 저하고 상담하세요. 자살 상담 번호는 887-1001번부터 1005번까지입니다. 주저말고 전화 주세요.

음악, 짧게 삽입된다. 남지인은 유경화에게 시작이 잘 됐다는 만족의 표시를 방음 유리 너머로 보내온다. 유경화의 앞에 놓인 전화 접속장치에 불빛이 깜박인다. 중년 남자의 고성능 라디오를 통해서 상담 내용이 들린다.

유경화 1002번 전화 받습니다. 말씀하세요.

한 여자 (격앙된 어조로) 죽고 싶어요! 죽고 싶어요! 난 죽고 싶어요!

유경화 아, 진정하세요. 차분차분하게, 죽고 싶으신 이유를 말씀해 보세요.

한 여자 내 남편이 바람을 피웠어요. 완전히 나를 속이고 바람을 피웠다구요. 알고 보니까 그것도 한두 번이 아녜요. 심지어 다른 여자한테서 애까지 낳았더라구요!

유경화 네, 그래서요.

한 여자 애를요, 우리 집으로 데려왔는데요. 죽이고 싶도록 밉더라구요. 하지만 더 심각한 거는요, 내가 직접 낳은 자식들이에요. 내 자식들 역시 미운 거예요. 남편이 짐승처럼 생각된 다음부터, 남편과 나 사이에 낳은 자식마저 짐승처럼 징그럽고, 흉측하고, 끔찍해요! 이래서는 안 된다, 이래서는 안 돼, 마음을 진정시키려고 했지만요, 소용 없어요. 저런 흉측한 짐승새끼들을 기르면서 사느니, 차라리 괴롭지나 않게 내가 죽자, 나 스스로 내 목숨을…… 끊어 버리자, 이렇게 결론을 내렸어요!

유경화 정말 심각한 문제군요. 남편의 부정행위가 얼마나 아내에게 심각한 영향을 주는지, 남자들은 잘 몰라요.

한 여자 그래요. 내 남편은 더러운 짐승이에요!

유경화 인간이 짐승과 함께 산다는 건 괴로운 일이죠. 그것을 해결하는 방법은 두 가지가 있어요. 하나는 아내도 남편처럼 짐승의 차원으로 떨어지는 방법이 있고, 또 다른 하나는 아예 천사의 차원으로 올라가는 거예요. 지금처럼 그냥 인간의 차원에서 머물러 있으면 고통 때문에 결국은 자살하고 맙니다. 하지만 똑같은 짐승이 되면 마음이 편해져서 살 수가 있고, 천사가 되어 짐승을 초월해 버리면 죽지 않게 돼요.

한 여자 천사가 되려면…… 어떻게 해야죠?

유경화 스스로를 자꾸만 정신적으로 승화시키세요. 종교를 갖고 계시다면 열심히 믿고, 안 갖고 계시면 어떤 신이든 믿으세요. 신은 인간을 반드시 천사의 위치로 끌어 올려 주실 거예요. 그리고 예술에도 관심을 쏟으세요. 음악, 연극, 그림과 문학 등에 관심을 기울이면 정신적 승화에 대단히 효과가 있어요. 우선 자살을 보류하시고 천사가 되는 방법을 써보세요.

한 여자 네, 말씀 고마워요!

남지인, 또 다른 전화를 받도록 손짓 신호를 한다. 유경화는 염려 말라는 몸짓을 해보이며 전화를 받는다.

유경화 말씀하세요.

노 파 (가래 끓는 쉰 목소리가 들린다) 여봐, 난 임자가 뭐라고 해도 죽을 거야.

유경화 뭣 때문에 그러시죠?

노 파 뭣 때문이라니…… 죽을 이유가 있기 때문이지!

유경화 혹시, 나이 많으신 분인가요?

노 파 그래, 난 늙었다! 지금 연탄불을 방 안에 피워 놨어. 창문은 꼭꼭 닫았지. 그리고 라디오를 틀어 놓고, 마지막 죽는다고 전화하는 거야.

남지인 (걱정스런 태도가 되어 안절부절하지 못한다)

유경화 거기가 어디죠?

노 파 신설동…… 아니, 마장동…… 그런 건 알 거 없어!

유경화 좋아요, 할머니! 할머니가 원하시는 건 자살이군요. 하지만 자살이 자살로써 인정받으려면 증거가 필요해요. 뚜렷한 증거도 없이 죽으면요, 할머니는 그냥 실수로 돌아가신 것이지 자살은 아니거든요.

노 파 어…… 그게 무슨 소리야?

유경화 생각해 보세요, 할머니. 정상적인 사람이라면 방 안에 연탄불을 피어 놓고 창문을 꼭꼭 닫겠어요? 그건 노망해서, 제 정신이 아닌 상태에서 저질러진 것이 되는 거예요. 그럼 할머니의 죽음은 자살이 아니라 정신착란에 의한 것이어서 아무 효과도 없고, 아무 소용도 없어요.

노 파 난 멀쩡한 제 정신으로 자결해야 해! 그래야 그년이 나를 얼마나 서럽게 구박했는지 가족들 모두가 알 거야!

유경화 누가 할머니를 서럽게 했죠?

노 파 며느리지, 뭐!

유경화 며느리가요?

노 파 그래, 그년이 나더러 개만큼도 쓸모가 없다고 했어! 개는 집이라도 잘 지키는데 난 집도 못 지킨다는 거야!

유경화 아, 집에 도둑이 들어왔었군요?

노 파 밤엔 도둑이 안 와. 꼭 나 혼자 집 지키는 낮에만 오지. 그래도 그렇지, 시어미를 개만도 못하다고 하다니 그런 몹쓸 년이 어디 있어! 나 죽는 꼴을 봐야 그년은 울고 불면서 자기 잘못을 뉘우칠 거라구!

유경화 할머니, 당장 창문을 활짝 여세요!

노 파 창문을 열어……? 그랬다간 또 도둑이 들어올 텐데?

유경화 또 도둑이 들어오면요, 그때는 밖에서 창문을 잠궈 버리세요.

노 파 밖에서 잠궈 버려?

유경화 네, 할머니. 도둑을 잡으면, 이번에는 며느리가 할머니를 칭찬해 줄 거예요.

노 파 그렇구만, 임자! 왜 내가 그걸 생각 못 했지?

유경화 칭찬받고 싶거든 죽으면 안 돼요. 오래 오래 사셔야지. 어서 창문을 열어요!

노 파 그래, 그래! 당장 창문을 열게!

남지인, 안도의 한숨을 쉰다. 그리고 유경화는 여유 있게 미소를 짓는다. 조명이 무대 앞 관객석 통로를 비춘다. 간이 의자에 반쯤 누운 듯 앉아 있는 중년 남자, 휴대용 무선 전화기를 꺼내 번호판을 누른다.

유경화 1004번 전화, 연결됐습니다.

중년 남자 (라디오의 볼륨을 더 높인다) 여기는 제주도, 파라다이스 호텔입니다.

유경화 나도 그 호텔에 가봤어요. 바닷가의 너무나 아름다운 경치에, 스페인식의 이국적인 건물이죠.

중년 남자 그래요, 이름 그대로 여기는 낙원입니다. 나는 이 호텔에서 바라보이는 아름다운 경치에 감탄했습니다. 아, 자살하기에 참 멋진 곳이구나, 그런 감탄이죠! 난 조금 전에 커피를 가져오도록 시켰고, 그 커피에 한 스푼의 독약을 탔습니다.

유경화 어떤 종류의 독약인데요?

중년 남자 나는 사업상 외국 여행을 자주 다닙니다. 내가 지금 마시려고 하는 이 독약은 방콕에서 산 것입니다. 잔뜩 독이 오른 코브라의 침샘에서 뽑아낸 것인데, 마치 새벽 이슬처럼 투명합니다.

유경화 그럼 한 방울만 먹어도 죽겠군요?

중년 남자 그렇습니다.

유경화 값도 엄청나게 비싸겠죠?

중년 남자 네, 보석보다 비쌉니다.

유경화 그런 한 스푼이나 먹는다는 건 지나친 낭비가 아닐까요? 바닷가의 아름다운 경치에 스페인식 최고급 호텔, 그리고 보석보다 더 값비싼 독약…… 당신을 둘러싼 이 아름답고 화려한 풍경에 비하면, 당신 마음속의 풍경은 어떤가요? 분명히, 당신 내부의 풍경은 쓸쓸하고 삭막할 테죠?

중년 남자 지금 말씀하신 것처럼 내 마음 속의 풍경은 쓸쓸하고 삭막합니다.

유경화 그래요. 자살은 인간 내부의 풍경과 외부의 풍경이 어긋날 때 하게 됩니다. 밖은 아름답고 화려한데 안을 쓸쓸하고 삭막할 때, 그 엄청난 차이를 극복하지 못하여 죽고 마는 거죠.

중년 남자 하지만 뭐라고 할까요. 아무리 노력해도 내 마음 속의 삭막한 풍경은 바뀌지지가 않습니다.

유경화 그렇다면 외부의 풍경을 바꿔 보시죠. 일부러 경치 좋은 곳만 골라 다니며 죽겠다 마시고, 알래스카의 황량한 얼음 벌판이라든가, 오직 모래뿐인 사하라 사막을 구경 다니세요. 그럼 당신의 마음 속 어딘가에 숨어 있던 아름다움이 눈에 뜨이겠죠. 그걸 소중하게 키우세요. 처음엔 보잘 것 없고 조그맣던 것이, 나중엔 우람한 나무처럼 자랄 거예요. 가지들이 사방으로 뻗고, 파릇파릇 잎새들이 돋아나고, 화사한 꽃들이 피어나면, 온갖 귀여운 새들이 날아와 지저귈 테죠. 그때 당신은 나에게 다시 한 번 전화해 주세요. 값비싼 독약을 팔아서 포도주를 샀는데, 그 나무 그늘 아래 앉아서 생명의 은인인 나를 위해 건배중이라구요.

중년 남자 알겠습니다. 당장 알래스카행 비행기 표를 예약하죠!

중년 남자, 파라솔과 간이의자를 잡는다. 그를 비추던 조명이 꺼진다.

제7장

저녁. 남지인과 유경화가 들어온다. 유경화는 큼직한 종이가방에 가득 담겨있는 엽서와 편지들을 탁자 위에 쏟아 놓는다.

유경화 언니, 이것 좀 봐!

남지인 방송국에 두지 않고 넌 또 그걸 집에까지 가져왔니?

유경화 날마다 수많은 편지와 엽서들이 오고 있어! (손에 잡히는 대로 주워들고 빠르게 읽는다) 생명의 은인께 감사합니다, 경주 김순철. 자살 상담 프로그램 감명 깊게 듣고 있어요, 안양 이정자. 꼭 한 번 뵙고 싶습니다, 인천 박상훈. 방송 안 듣고는 못살겠어요, 압구정동 조경숙…….

남지인 너, 그 많을 걸 다 읽을 거야?

유경화 세상에서 가장 존경합니다, 광주 최기춘. 우리 협회의 명예회장님으로 모시고자 하오니…… 별게 다 있네! 자살 상담 애청자 클럽을 만들었어요, 대구 허경숙. 목소리가 참 아름답습니다, 부산 안수경…….

남지인 그만하렴.

유경화 재미있잖아, 언니!

남지인 인기란 허망한 거야. 하루아침에 생긴 인기는 하루 저녁에 사라져.

유경화 내 인기는 안 그래. 영원할 거야!

남지인 물론 영원해야지! (핸드백에서 릴테이프를 꺼내면서) 방송국에서 녹음된 테이프를 가져왔어. 우리가 오늘 방송한 내용을 검토해 보려구. (장롱 문을 열고 릴테이프용 녹음기를 꺼내 온다) 탁자 위의 그 편지와 엽서들 좀 치워주겠니?

유경화 (편지와 엽서들을 종이봉투에 쓸어 담으며) 오늘 방송에 무슨 실수가 있었어?

남지인 몇 가지 마음에 걸리는 게 있어.

남지인, 녹음기를 탁자 위에 올려놓고 릴테이프를 건다. 작동 스위치를 누르자 릴테이프가 돌아가면서 방송 내용이 재생되어 들린다.

노 파 그래, 그년이 나더러 개만큼도 쓸모가 없다고 그랬어. 개는 집이나 잘 지키는데 나는 집도 못 지킨다는 거야.

유경화 아, 집에 도둑이 들어왔었군요?

노 파 밤엔 도둑이 안 와. 꼭 나 혼자 집 지키는 낮에만 오지. 그래도 그렇지, 시어미를 개만도 못하다고 하다니, 그런 몹쓸 년이 어디 있어! 나 죽는 꼴을 봐야 그년은 울고 불면서 자기 잘못을 뉘우칠 거라구!

남지인 (멈춤 스위치를 누른다) 바로 이런 점이 문제야.

유경화 글쎄, 난 아무 문제도 못 느끼겠는데?

남지인 방송으론 적합한 말들이 아냐. 사석에서는 할 수 있는 말들도 공적인 방송에서는 해선 안 되는 게 있어. 시어머니를 개만도 못하다고 한다든다, 나 죽는 꼴을 봐야 그년은 뉘우칠 거라든가, 너무 말들이 거칠고 지나쳐.

유경화 하지만 언니, 그건 내가 한 말이 아니잖아? 난 점잖고 품위 있게 말했어.

남지인, 녹음기를 작동시켜 테이프를 앞부분으로 되돌린다. 녹음기에서 유경화의 목소리가 들린다.

유경화 인간이 짐승과 함께 산다는 건 괴로운 일이죠. 그걸 해결하는 방법은 두 가지가 있어요. 하나는 아내도 남편처럼 짐승의 차원으로 떨어지는 방법이 있고, 또 다른 하나는…….

남지인 (멈춤 스위치를 누른다) 들었지? 짐승의 차원으로 떨어지라니,

이걸 점잖다고는 할 수 없잖니?

유경화 (짜증스럽게) 언니, 이건 자살 상담 방송이야. 자살하겠다는 사람이 물불 안 가리니까, 나도 자연히 심하게 말할 때가 있다구!

남지인 그래, 나도 그건 알아. 하지만 방송에는 맞지 않다는 생각이 들어.

유경화 언니는 너무 과민해서 탈이야!

남지인 더구나 생방송은 위험해. 한 번 방송으로 나간 말들은 고칠 수도 없고 취소할 수도 없어.

남지인, 녹음 테이프를 뒤로 돌린다. 유경화와 중년 남자의 상담 내용이 재생된다.

유경화 그럼, 한 방울만 먹어도 죽겠군요?

중년 남자 그렇습니다.

유경화 값도 엄청나게 비싸겠죠?

중년 남자 네, 보석보다 비쌉니다.

유경화 그걸, 한 스푼이나 먹는다는 건 지나친 낭비가 아닐까요? 바닷가의 아름다운 경치에 스페인식 최고급 호텔, 그리고 보석보다 더 값비싼 독약…… 당신을 둘러싼 이 아름답고 화려한 풍경에 비하면, 당신 마음속의 풍경은 어떤가요? 분명히, 당신 내부의 풍경은 쓸쓸하고 삭막할 거예요.

중년 남자 네…… 지금 말씀하신 것처럼 내 마음 속의 풍경은 쓸쓸하고 삭막합니다.

남지인, 녹음기의 멈춤 스위치를 누른다.

남지인 이 남자에겐 진심이 없어.

유경화 진심이 없다니?

남지인 일부러 꾸민 듯한 목소리야.

유경화 언니도 참! 이젠 별걸 다 트집 잡네!

남지인 난 경험이 있어서 그래. 오랫동안 상담 프로그램만 맡아 왔잖니.

유경화 어린애 상담이었어, 지금까지 언니가 했던 건! 젖을 언제 먹어야 하느냐, 똥은 언제 싸게 하느냐, 그따위 유치한 수준으로 어른들의 자살 상담을 평가해선 안 돼!

남지인 (차분한 태도로써 타이른다) 평가는 똑같은 거야. 그게 어떤 프로그램이든지. 보다 나은 내용이 되기 위해 방송한 걸 반드시 검토해 볼 필요가 있는 거라구.

유경화 무슨 그럴 필요가 있어? 지금 굉장히 잘 되고 있는 걸! 라디오 청취율 조사에서 자살 상담 프로그램이 전국 최고를 차지할 거구. 난 일약 유명인사가 될 거야! 영화나 텔레비전의 스타도 내 인기를 따라오진 못할 테니깐!

남지인 상담이란 내용이 중요하지, 인기가 중요한 건 아니야. (녹음기를 가리키며) 녹음된 걸 반복해서 들어봐, 그럼 뭘 고쳐야 하는지 알게 돼.

유경화 이걸 지겹게 듣고 또 들으라는 거야?

남지인 경화야, 너 자신을 위해 들어.

유경화 언니가 직접 말해 줘, 내가 뭘 고쳐야 해?

남지인 넌 상대방에게 자기를 잘난 체 과시하는 버릇이 있어.

유경화 (잠시 생각하는 표정이 되며) 과시하는 버릇이 있다…….

남지인 너무 지나치게 상대방의 반응을 의식하기 때문이야. 냉정히, 객관적인 입장에서 문제를 다뤄. 그렇지 않으면 거짓으로 꾸민 상담은 가려낼 수가 없어.

유경화 언니, 좋은 충고야. 냉정하도록 조심할게.

남지인 (탁자 옆의 종이봉투를 가리키며) 우선 저런 편지와 엽서에 관심 쓰지 말어. 오직 냉정히, 상담에만 전념해야지. 인기에 관심을 갖게 되면 마음이 흔들려.

유경화 (다시 짜증스럽게) 옳은 지적이야, 언니.

남지인 가만 보니깐 너는 편지와 엽서마다 꼬박꼬박 답장을 쓰더라.

유경화 고맙다는 인사지 뭐, 간단한 거야.

남지인 그리고 너는 방송국으로 찾아온 사람들을 만나기도 했잖아.

유경화 그럼 왔는데 안 만나고 보내?

남지인 그렇다면 전화는?

유경화 전화……?

남지인 그래, 전화!

유경화 음, 그건…… 언니도 알잖아? 방송상담으론 부족하다면서 집으로 걸려온 전화들인데…….

남지인 그런 건 거절하라고 내가 몇 번이나 말했잖니?

유경화 나도 거절했어.

남지인 하지만 넌 그들 전화번호를 적어놓던데?

유경화 내가…… 뭘 적어?

남지인 (소파에서 일어나 전화기 옆에 걸려 있는 메모판으로 가서) 여기 이렇게, 전화기 옆 메모판에 잔뜩 써놨잖아?

유경화 아, 난 또 뭐라구! 그건 낙서야, 언니!

남지인 낙서?

유경화 그냥 딱 잘라 거절할 수 없잖아. 부드럽게 거절하면서 나중에 전화해 주겠다고 하면서 번호를 받아쓴 거지. 하지만 언니, 오해 마. 난 절대로 그들에게 전화한 적 없어. (다른 방향으로 말머리를 돌리면서) 그런데 이상하지? 어떻게들 집 전화번호는 아는지 몰라! 방송국에서도 가르쳐주진 않을 텐데, 무슨 방법으로 알아내는지 기가 막혀 죽겠어!

전화기의 벨이 울린다. 유경화, 재빨리 뛰어가서 수화기를 든다.

유경화 네, 바로 난데요…… 낮에 상담했던 사람이라구요? 지금은 바빠서 그럴 시간이 없어요. 전화번호를 말씀해 주시면, 혹시 시간 날 때 걸어드리죠. (메모판에 상대방이 불러 주는 번호를 받아

적은 다음 전화를 끊는다. 그리고는 환하게 웃는 얼굴로 남지인을 바라보며 말한다) 인기란 언니, 귀찮기도 하지만 좋기도 한 거야!

무대, 암전한다. 수직조명이 중년 남자를 비춘다. 그는 휴대용 전화기의 번호판을 신경질적으로 눌러댄다.

중년 남자 나는 알래스카로 가지 않았습니다. 그 대신 유경화에게, 하루에도 몇 차례씩 전화를 해댔지요. 하지만 백 번 걸어야 한 번 통화가 될까, 그것도 이쪽 번호만 알려 달라 하고는 끊어버립니다.
나는 약이 오르고, 초조하고, 흥분되면서, 참을 수 없는 절망에 빠졌습니다. 그렇지 않아도 자살하려던 참이었는데, 그것은 마치 기름에다 불을 지른 격이었지요. 마침내 나는 결심했습니다. 유경화를 찾아가자, 찾아가서 사생결단을 내버리자…… 그렇지만 문 앞에서 거절당하면? 오…… 그래…… 그거야! 아파트 꼭대기에 줄을 매달고, 유리창으로 들어가는 거야!

중년 남자, 급한 걸음으로 사라진다.

제8장

저녁. 유경화, 속옷차림으로 침대에 누워 있다. 현관문으로부터 침대까지 남자의 구두, 양말, 윗저고리, 와이셔츠, 넥타이, 바지 등이 급히 벗은 흔적을 남기듯이 줄지어 놓여 있다. 현관문이 열리며 장바구니를 든 남지인이 들어온다. 그녀는 문이 잠겨 있지 않은 상태가 마음에 걸리는 태도이다.

남지인 이상하다, 문이 열려 있어…….

유경화 이제 와, 언니?

남지인 너 들어올 때 문 안 잠궜구나?

유경화 아마 그런 모양이지, 급해서.

남지인 급해도 그렇지! 꼭꼭 문은 잠그렴!

남지인, 현관문 앞에 벗겨져 있는 남자 구두를 발견한다. 그녀의 시선이 남자가 벗어 놓은 옷들을 따라 옮겨가서 침대까지 이른다. 남지인은 놀라서 들고 있던 장바구니를 떨어뜨린다. 유경화, 침대에서 내려와 장바구니로부터 쏟아진 채소와 생선을 주워 담는다.

유경화 놀랄 것 없어, 언니. 언니랑 둘이서 함께 오다가, 언니는 저녁거릴 산다고 슈퍼에 갔잖아. 그래서 나 혼자 집에 왔는데, 어떤 남자가 문 앞에서 날 기다리고 있었어.

남지인 어떤…… 남자인데?

유경화 몰라, 나도 처음 보는 사람이야.

남지인 처음 보는 사람을 집 안에 들여 놓아?

유경화 그 남자 지금 화장실에 있어. 성질 급한 남자는 여자하고 그걸 하고 나서 금방 샤워로 몸을 씻거든.

남지인 너, 미쳤구나?

유경화 언니는 오늘 저녁 생선 요리를 할 모양이지? (화장실 쪽을 향해 목소리를 높여 묻는다) 저녁까지 먹고 갈 거예요? 아니면 그냥 갈 거예요?

남지인 (유경화의 손목을 붙잡아 식탁 쪽으로 끌고 가서) 당장 내보내! 어서! 어서!

유경화 나도 사실은 놀랬어. 글쎄, 저 남자가 방송국으로 자살 상담을 하려고 여러 차례 전화를 걸었는데, 그때마다 통화중이거나 혼선이었다는군. 신경질은 머리 끝까지 뻗쳐 오르고 뭔가 가만 있다간 꼭 자살할 것 같더래. 그래서 무작정 나를 만나러 왔다는 거야.

남지인 그럼 만났으면 돌려 보내야지, 왜 집 안에 끌어들여?

유경화 얼굴을 처음 본 순간에, 이 남자는 살려줘야겠다는 생각이 들었어.

남지인 살려줘……?

유경화 음, 그냥 되돌려 보냈다간 죽겠더라구.

남지인 도대체 넌 무슨 소릴 하는 거니?

유경화 살려는 줘야겠는데, 무슨 좋은 방법이 떠오르질 않잖아. 더구나 급한 사람 붙잡고 이러쿵저러쿵 길게 늘어놓을 수도 없고…… 그래서 극약 처방을 한 거지. "벗어요!" 그랬더니 옷을 벗기에, "침대로 올라가요!" 그랬지. 그런데 언니, 병원이나 여기나 환자가 옷 벗고 침대에 올라가는 건 똑같잖아! 어쨌든, 저 남자는 살았어! 이젠 죽을 고비를 넘긴 거라구! 언니, 얼마를 청구할까? 사람 목숨을 살려줬으니깐 꽤 비싸게 청구해도 되겠지?

남지인 듣기 싫어! 어서 그냥 내보내!

유경화 하긴, 생명을 살려주는 고귀한 일을 했는데, 야박하게 돈을 달라고 할 수는 없지. 부처님도 예수님도 그래, 위대한 스승들은 인간을 거저로 고쳐줬지 돈 받은 적 없잖아? (화장실로 다가가서 문을 두드리며) 이봐요, 생선 요리 좋아해요? 이왕이면 저녁까지 먹고 가세요!

남지인 난 저녁밥 안 해!

유경화 언니…….

남지인 네가 해서 먹이렴! 난 안 해!

유경화 (남지인에게 다가오며) 언니, 그건 이기주의야! 난 사람을 살리기 위해 몸도 주는데, 언니는 밥 한 그릇도 못 줘?

남지인 나더러 이기주의자라구?

유경화 그래, 수천 마디 말보다는 단 한 번의 행동이 더 값진 거야. 오늘 방송으로, 자살하지 말라고 떠든 것보다 난 저 남자에게 해준 것이 더 기분 좋아.

남지인 너…… 저 사람 이름이나 알고 있어?

유경화 몰라.

남지인 주소는?

유경화 이름도 모르는데 주소는 어떻게 알아?

남지인 그럼, 직업도 모르겠구나?

유경화 언니, 난 그런 건 알고 싶지 않아. 내가 지금 궁금한 건 저 남자의 이름, 주소, 직업이 아냐.

남지인 네가 알고 싶은 게 뭔데?

유경화 저 남자의 사랑이지. 그러니까 저 남자가 진짜로 나를 사랑해서 함께 잤느냐, 아니면 사랑하지 않고서 그냥 잤느냐, 그게 궁금한 거야. 언니도 그건 알고 싶지?

남지인 (고개를 저으며) 아냐, 아냐! 난 단순히 저 남자의 이름, 주소, 직업을 알고 싶어!

유경화 그렇다면 실망인데……

남지인 뭘 실망이야?

유경화 언니의 고지식한 태도에 실망했다구. 언니는 먼저 나에게 저 남자를 사랑하는지 물었어야 했고, 다음에는 정중히 저 남자를 식탁에 초대해서 나를 사랑하느냐 물어봐야 했어. 그런데 언니는 이름과 주소 따위만 물었고, 정말 중요한 사랑에는 관심이 없어.

남지인 그럼 묻겠다. 넌 저 남자를 사랑하니?

유경화 아니.

남지인 그것 봐라! 내가 물을 필요도 없잖아!

유경화 하지만 언니, 우리가 맛있는 생선 요리를 먹으면서 점잖게 미소 지은 얼굴로 묻고 대답했으면 좋았을 거야. 그럼 비록 사랑이 없이도 사람 목숨은 살려줄 수 있다는 것이, 세상의 그 어떤 사랑보다 더욱 아름답고 고귀하게 보였을 거라구. (실내에 흩어져 있는 남자의 구두, 양말, 옷들을 주워 모아 화장실 문 앞에 놓는다) 여봐요, 샤워 다 했어요? 유감이지만 그냥 굶고 가세요!

남지인 얘, 경화야! 발가벗고 나오면 어떻게 하니?

유경화 언니, 눈을 감아.

남지인 눈을……?

유경화 언니가 꼭꼭 눈을 감으면 안 보여.

남지인 (눈을 감고 뒤돌아서서) 그래, 나, 눈 감았다!

유경화, 남자의 옷과 구두 등을 집어서 현관문을 열고 복도에 내놓는다. 그리고 "안녕히 가세요!"라고 커다란 목소리로 작별 인사를 한다.

남지인 이젠 갔니?

유경화 (현관문을 소리나게 닫으며) 응, 갔어.

남지인 (감았던 눈을 뜬다) 그런데 그 남자, 소문을 내면 어떻게 하니? 너하고 잤다는 소문이 퍼지면 이 세상 자살할 남자들은 모두 몰려 오겠다.

유경화 차라리 그랬으면 좋겠어!

남지인 너, 미쳤구나!

유경화 난 남자들이 몰려와야 안 미쳐. 아주 멋진 남자들, 정열적으로 화끈한 남자들이 몰려오는 거야. 그 남자들은 나를 사랑하지 않으면 모두 다 죽어. 그래서 당장 숨이 넘어갈 듯이 헐레벌떡 달려와서, 내 사랑을 생명수처럼 갈구하는 거야.

남지인 방금 나간 남자가 그랬잖아. 넌 그 남자 목숨을 살려줬고!

유경화 아니야, 언니. 그 남자는 내 상상이야.

남지인 상상이라니……? 남자 옷이 여기, 구두와 양말은 저기, 내 눈으로 똑똑히 봤는 걸!

유경화 누가 이사 가면서 버린 건지 우리 아파트 집 앞 쓰레기통에 잔뜩 쌓여 있던 거야. 그걸 주워다가 내 상상대로 늘어놔 봤지.

남지인 (현기증이 나서 소파에 주저 앉는다) 너 때문에 난 깜짝깜짝 놀라 죽겠다!

유경화 언니, 상상이 현실로 변하는데 얼마나 시간이 더 필요한 걸까? 라디오는 구식이야. 내가 텔레비전 상담을 했더라면, 상상이 금방 현실로 나타났을 텐데. (초조한 표정으로) 목소리만 들리는 라디오는 너무 시간이 걸려.

남지인 너, 또 무슨 상상을 하는 거니?

유경화 내 목소릴 말이야, 내 목소리가 방송되는 시간엔 전국에서 모두들 일손을 놓은 채 라디오를 듣게 만들어야 해. 그러려면 언니, 코미디, 뉴스, 대중가요, 그 어떤 프로그램보다 자살 상담이 재미있어야 한다구.

남지인 지금 넌 제 정신이 아니구나!

유경화 쓰레기통에서 남자 옷이나 주워 오는 건 초라해서 싫어. 난 실제로 살아있는 그들이 필요해, 어서 빨리 그들에게 둘러싸이는 선망의 여왕이 되고 싶다구!

아파트의 유리창, 중년 남자가 줄에 매달려 시계추처럼 흔들거리는 모습으로 나타난다. 경찰차의 싸이렌 소리, 뒤이어 중년 남자를 내려오도록 설득하는 경찰의 확성기 소리가 들려온다. 밑으로부터 위를 향한 강렬한 써치 라이트가 줄에 매달려 흔들거리는 남자를 비춘다. 남지인과 유경화, 놀란 표정으로 창문을 바라본다.

확성기 소리 내려와요! 내려와!

남지인 누…… 누구예요?

중년 남자 (창문을 두드린다) 유경화 씨! 유경화 씨! 이 창문 좀 열어줘요!

확성기 소리 경고한다! 경고한다! 그곳에서 떨어지면 죽는다!

유경화 언니, 여기가 몇 층이지?

남지인 17층!

유경화 (창문으로 다가가서) 여봐요, 17층에서 떨어졌다간 죽어요!

중년 남자 난 자살할 겁니다!

유경화 자살을 해요?

중년 남자 네, 유경화 씨를 못 만나면 자살합니다!

유경화 내가 유경화인데요……?

중년 남자 아, 그러십니까? 이렇게 유리창 너머로 뵙게 되어 영광입니다!

유경화 용건이 뭐죠?

중년 남자 자살 상담을 하려구요!

남지인 경화야, 나중에 방송국으로 전화하라고 그래.

중년 남자 (창문을 두드리며) 난 급합니다! 당장 상담이 필요해요!

확성기 소리 아파트 주민들이 모두 나와서 보고 있다! 제발 떨어져 죽는 짓은 삼가해라! 심장 약한 노인과 여자들, 어린애들이 참혹하게 죽는 꼴을 보아서는 안 된다.

중년 남자 (밑을 향하여 외친다) 한 가지 조건이 있다!

확성기 소리 뭐냐, 말해라!

중년 남자 라디오 상담이다! 당장 방송국에 연락해서 우리의 자살 상담 내용을 전국에 생방송해 주길 바란다! (잡고 있는 줄을 놓아 버릴 듯한 태도를 취하며) 그렇지 않으면 이 줄을 놓아 버리겠다!

확성기 소리 조건은 알겠다! 하지만 어떻게 생중계를 하라는 거냐?

중년 남자 기술적으로 간단하다! 나에겐 휴대용 무선 전화기가 있다! 유경화 씨에게 전화할 테니까, 방송국은 그 통화내용을 전파로 내보내면 된다!

아파트의 전화기가 울린다. 유경화, 달려가서 수화기를 든다. 그녀는 잠시 목소리를 가다듬고 통화한다.

유경화 전국에 계신 청취자 여러분, 저 유경화예요! 오늘 밤 저는 고층 아파트에 매달린 한 남자와 자살에 대해서 상담하게 됐어요! 이 남자가 죽을 것인가, 살 것인가, 손에 땀이 흐르는 순간 순간입니다. 여러분, 한 분도 빠짐없이 라디오에 귀를 기울여 주세요!

무대조명, 암전한다.

제9장

늦은 밤. 남지인, 식탁 위에 신문을 펼쳐 놓고 부동자세로 앉아 있다. 그녀는 몹시 심각한 표정이다. 현관문 앞에서 유경화의 들뜬 목소리가 남지인을 부른다.

유경화 언니, 나야! 문 열어줘!

남지인 (현관문을 열어주며) 매일 밤 늦게 오는구나.

유경화 (술에 취해 비틀거리는 걸음으로 들어온다) 난 요즈음 기분이 너무 너무 좋아!

남지인 술 마셨어?

유경화 요즈음은 하루하루가 정말 행복한 나날들이야! (유리창문을 가리키며) 저 창문에 매달린 남자와 세 시간 반 동안 자살 상담을 한 다음부터, 마침내 내 존재가 유명해졌거든!

남지인 (아무 대꾸 없이 식탁 의자에 가서 앉는다)

유경화 언니도 기억할 거야. 언젠가 제주도 파라다이스 호텔이라면서, 보석보다 비싼 독약을 먹고 죽겠다던 남자 말야. 글쎄 그 남자가 줄에 매달려 나타났던 거야. 별로 젊지도 않은 남자가 기운은 좋지? 세 시간 반 동안이나 매달려서 생방송을 했잖아! 어쨌든 그 남자 덕분에 난 완전히 달라졌어! 최고의 스타, 기적의 신데렐라가 된 거라구! 하지만 오해 말어, 언니. 난 그 사람 관심 없어. 그 사람은 나더러 결혼해 달래. 나하고 함께 있어야만 자기 마음속의 풍경이 아름답게 변할 거라고 하는데, 난 그런 사람 풍경에는 전혀 관심이 없어.

남지인 경화야, 오늘 저녁 신문 봤어?

유경화 신문?

남지인 (식탁 위의 펼쳐진 신문을 가리키며) 안 봤으면 여기 와서 이걸 봐.

유경화 (식탁으로 다가온다) 뭐가 났는데?

남지인 너, 이게 사실이니?

유경화 (신문을 들여다본다) 어머, 이게 벌써 났네!

남지인 어째서 나하고는 아무 의논도 안 했지?

유경화 언니하곤 상관 없는 일이잖아.

남지인 상관 없다구…….

유경화 이 사진의 내 왼쪽에 서 있는 뚱뚱한 남자가 하마야. 오른쪽은 영화사 사장, 그 옆은 감독이구. 하마가 오늘 아침에 날 만나자고 했어. 자살 상담을 소재로 시나리오를 썼는데 직접 나더러 출연해 달라는 거지. 지금 내 인기가 최고니깐 영화는 대성공할 테고, 흥행 수익금의 삼분지 일을 나에게 주겠다는 거야. 그래서 당장 기자들을 불러다 놓고 계약했어. 나중에 딴소리 못하게 말야. 어쨌든 언니, 영화에서 생긴 돈은 언니에게도 나누어 줄게.

남지인 내가 돈 때문에 이러는 줄 아니? (식탁의 빈 의자를 가리키며) 여기 앉아. 나하고 심각하게 이야기 좀 하자.

유경화 난 심각한 건 싫어.

남지인 싫어도 들어야 해. 넌 요즈음 너무 기분이…….

유경화 하마가 그러는데 내가 자살에 실패했던 모든 장면들을 영화로 찍을 거래. 삼층 베란다에서 뛰어내렸던 것, 목을 매달았던 것, 수면제를 서른두 알이나 먹었던 것, 그 모두가 멋진 영화 장면이 된다는 거야.

남지인 방송은? 라디오 방송의 상담 장면도 나오겠구나?

유경화 물론이지, 뭐.

남지인 넌 그게 문제라고 느껴지지 않아?

유경화 왜 그게 문제야?

남지인 넌 영리한 애야, 네가 모를 리 없어.

유경화 내가 모를 건 오히려 언니의 속셈이야. 어째서 언니는 나를 자꾸만 감춰 두려 하지? 사람들을 만나지 못하게 하고, 전화도 못 걸게 하고, 편지나 엽서도 못 쓰게 해. 나라는 존재는 아예 보이지 않게, 꼭꼭 숨겨 놓으려고 할 뿐이야.

남지인 상담자는 사람들의 눈에 띄기 시작하면 변질되기 마련이야.

유경화 변질……?

남지인 그래, 감춰져 있을 땐 순수했던 것이 드러나면 변하게 돼.

유경화 난 나 자신을 드러내고 싶어! 세상 사람들 모두에게 내 모습을 보여주고, 그들의 인기 최고의 우상이 되고 싶다구!

남지인 우상이란 뭐니? 그건 보이지 않는 신이 타락해서 보이는 것으로 변질된 거야. 난 네가 신처럼 인간을 초월해서 상담을 하기 바래. 그럼 넌 많은 사람들의 생명을 살릴 수 있어.

유경화 (소리 내어 웃는다) 언니, 유감이지만 난 신이 아니라 인간이야.

남지인 난 너를 위해 말하는 거야. 네가 우상이 되면, 너는 너 자신을 타락시킬 뿐 아니라 사람들 모두를 타락시키는 거야.

유경화 자꾸만 어렵게 말하지 마! 쉽게 말해서, 언니는 내가 싫은 거야! 나 역시 언니가 싫어! 솔직히 그렇잖아? 오랫동안 함께 있으면 서로가 싫어져. 지난 번에도 그랬고, 지지난 번에도 그랬어. 이제는 헤어질 때가 된 거야.

남지인 난 아직 헤어지자는 말은 안 했어.

유경화 언니의 잔소리, 간섭과 구속은 더 이상 참을 수가 없어! 특히 헤어질 무렵이 되면 언니는 나를 들들 볶아대지! 며칠만 기다려! 난 다른 집을 구해서 여기를 나가겠어! 언제나 그랬듯이, 내가 나가야 언니는 입 다물고 조용해져! (남지인 곁을 떠나 침대로 가서 앉는다) 오늘은 행복한 날이었는데, 언니 때문에 엉망이야!

유경화, 분하고 속상한 듯이 두 손바닥에 얼굴을 파묻고 흐느껴 운다. 남지인은 침묵을 지킨 채 부동자세로 식탁 의자에 앉아 있다.

유경화 나한테 전화온 것 없어?

남지인 있지.

유경화 누군데?

남지인 매일 전화하는, 너의 단골들이야.

유경화 그것 봐. 모두들 나 아니면 단 하루도 살 수가 없다잖아! 그런데 언니는 왜 그래? 왜 나를 싫어하고 괴롭히는지 모르겠어!

무대, 암전한다. 수직조명이 중년 남자를 비춘다. 그는 한동안 표정으로 허공을 뚫어지게 바라본다.

중년 남자 유경화는 나에게 관심이 없었습니다. 내가 그녀를 최고의 스타, 기적의 신데렐라로 만들어 주었는데도, 그녀는 나를 거들떠보지 않았습니다. 여자란 그런 건가요? 자기를 위해 죽겠다는 나 같은 사람은 사랑하지 않고, 오히려 자기를 자살로 몰아넣었던 하마 같은 남자를 사랑합니다. 아아, 나는 다시 한 번 고층 아파트에 매달려서 유경화의 관심을 끌어볼까도 생각했었지만, 그건 뭐랄까…… 이미 김 빠진 맥주랄까…… 김이 샜습니다. 김, 이, 샜, 다…… 그렇습니다, 난 이제 죽을 수도 없게 된 겁니다. 그날 세 시간 반 동안, 내 몸에서 죽음이 김새듯 빠져 나갔습니다. 김, 이, 샜, 다…… 이런 기분 아십니까? 그래서 나는 방송국의 제작부장을 찾아갔지요. 그리고는 이렇게 말했죠. 전국민을 사로잡았던 그 세 시간 반짜리 자살 상담은 완전히 거짓이었다…… 유경화와 내가 둘이서 꾸며 만든 연극이었다…… 나는 이제 그 연극에서 퇴장하여 관객으로 돌아가고 싶다…… 제작부장은 충격을 받은 표정이더군요. 마침내 나는 최후의 선언을 했습니다. 자살 상담 프로그램을 당장 중단시켜라! 그렇지 않으면 내가 거짓이라고 온 세상에 폭로하겠다! (허공을 손가락으로 가리키며) 여러분, 저기 하늘을 보십시오. 최고의 스타, 유경화가 곤두박질치며 떨어지는 광경이 보입니다!

수직조명, 꺼진다.

제10장

낮. 남지인, 우울한 표정으로 소파에 앉아 담배를 피우고 있다. 유경화는 대단히 불만스런 태도로 남지인의 주위를 서성거린다. 탁자 위에 놓인 라디오에서는 음악 프로그램이 진행된다. 바이올린 독주가 끝나고, 전화로 음악을 신청하는 여성 청취자와 남성 아나운서의 대화가 들려온다.

신청자 녹번동 사는 김정아인데요, 안녕하세요?

아나운서 김정아 씨, 안녕하십니까! 신청곡은요?

신청자 쇼팽의 장송행진곡을 듣고 싶어요.

아나운서 장송곡을 듣고 싶은 무슨 특별한 일이 있으신지……?

신청자 오늘은 구질구질 비가 오구요, 마음이 우울해요. 지난 해 돌아가신 아버지도 생각나구요.

남지인 네, 그러시군요. 쇼팽의 장송행진곡은 연주에 따라 여러 종류가 있습니다. 피아노, 오케스트라, 브라스밴드 등이 있는데요, 어느 연주로 들으시겠습니까?

신청자 브라스밴드요.

아나운서 알겠습니다. 녹번동의 김정아 씨가 신청하신 쇼팽의 장송행진곡이 브라스밴드로 연주됩니다.

라디오, 장엄하고 화려한 장송행진곡을 들려준다.

유경화 속상해서 미치겠네! 언니, 라디오 좀 꺼!

남지인 음악인데 뭘 그러니?

유경화 언니는 아무렇지도 않아? 갑자기 자살 상담 프로그램을 없애 버리고 저따위 너절한 음악방송을 하다니 말야!

남지인 그건 방송국 이사회에서 결정한 거야.

유경화 이사회가 뭔데! 그들이 직접 프로그램에 간섭할 권리는 없어!

남지인 문제가 컸어, 자살 상담 프로그램은. 이사들의 긴급회의 때 분위기를 너도 알잖아?

유경화 그 꼰대들이 날 불러다 놓고 야단만 쳤지, 내 말을 한 마디도 듣지 않았어!

남지인 제작부장님은 사표를 냈고, 나 역시…….

유경화 부장님과 언니가 뭘 잘못했기에 사표를 내?

남지인 어쨌든 자살 상담은 방송으로 부적합했다는 결론이 났으니까 그 책임을 져야 했지. 부장님은 정말 안됐어. 아직 방송국에서 물러날 나이는 아닌데…….

유경화 나도 물러날 나이는 아냐! 절대로 아냐, 절대로, 절대로! 인기 최고의 정상에 올라선 내가, 하루아침에 아래로 곤두박질 칠 수는 없어! 내가 썼던 소설들은 불티나게 팔리는 중이구, 그리고 또 영화가 있잖아! 내가 직접 출연하는 영화 말야! 어떻게 해서든지 자살 상담 프로그램을 살려야 해! 꼭 살려내야 한다구! 그걸 살려내야 난 그 모든 것을 잃지 않게 돼! 그런데 제작부장과 언니가 사표를 내고 물러가면 어떻게 되는 거지? 맙소사, 싸움을 해보지도 않고 손부터 드는 거잖아? 우리는 싸워야 해! 도대체 앞뒤가 꽉 막힌 멍청이들, 양로원에나 보내버릴 꼰대들의 이사회와 맞서서 싸워야 하는 거라구!

라디오에서는 쇼팽의 장송행진곡이 계속되고 있다. 유경화, 탁자 위의 라디오를 들어 올려 침대 쪽으로 내던진다.

유경화 듣기도 싫어!

남지인 난 네 말이 더 싫은데!

유경화 뭐, 내 말이……?

남지인 그래, 네 신경질보다는 장송곡이 훨씬 더 듣기 좋아.

유경화 오호라, 그러니깐 언니는 자살 상담 방송이 없어진 게 잘 됐다는 거야?

남지인 너도 내 옆에서 보고 있잖니? 내가 얼마나 상심하는지를…… 하지만 이미 늦었어. 자살 상담 프로그램은 끝난 거야. 난 너에게 몇 번이나 주의를 줬고 충고도 했었다. 그러나 너는 전혀 듣지 않았지. 오히려 너는 상담내용을 더욱 더 흥밋거리로 만들더니, 마침내는 죽음을 삼류 코미디로 타락시켰어!

유경화 삼류 코미디라니, 뭘 가지고 그러는 거야?

남지인 이 세상에서 겨우 죽음만이 진지한 것으로 남아 있었는데, 너는 그걸 완전히 웃음거리로 만든 거야. 자살 상담 시간에 걸려오는 전화들은, 도대체 장난인지 뭔지 분간조차 할 수 없었어.

유경화 자살할 사람은 심각해! 그런 사람은 우선 웃겨 놓고 문제를 풀어야 한다구!

남지인 어쨌든 그래서 인기는 최고였지. 네가 원했던 대로 전국 최고의 청취율을 기록하였고, 넌 이 세상 그 누구보다 가장 유명해졌어. 하지만 결과적으론 어떻게 됐지? 자살 상담 프로그램은 없어지고 만 거야.

유경화 난 절대로 잘못한 것 없어! 모든 잘못은 방송을 중단시킨 멍청이들에게 있지. 아까도 말했지만 언니, 우리는 싸워야 해! 우리가 힘을 합쳐 항의도 하고, 농성도 하면서, 필요하다면 변호사를 고용해서 법정 투쟁도 해야 한다구! 그럼 많은 청취자들이 우리를 도와줄 거야. 만약 우리가 방송을 포기하면, 그들은 단

하루도 살지 못하고 죽게 될 거야!

남지인, 유경화가 말하는 동안 장롱에서 여행용 가방을 꺼내 옷과 세면도구 등을 챙겨 담는다.

유경화 언니, 뭘 하는 거야?

남지인 보면 모르겠니?

유경화 여행……?

남지인 며칠 동안 집을 떠나 있고 싶어.

유경화 나와 함께 있기 싫다는 거군?

남지인 그래. 너도 말했잖니? 우린 너무 오랫동안 함께 있으면 서로를 괴롭게 들볶는다구.

유경화 (남지인을 붙잡으며) 이런 중요한 때 나가면 안 돼!

남지인 지금 중요한 건 우리가 서로 떨어져 있어야 한다는 거야. (유경화의 붙잡은 손을 떼내며) 미안하지만 부탁이야. 내가 없을 때, 너도 네 갈 곳을 찾아 떠나렴.

유경화 (더욱 힘을 주어 붙잡는다) 언니가 가면 난 자살할 거야!

남지인 경화야, 네가 누구였니? 자살할 사람들을 살리는 상담자였어.

유경화 (남지인을 놓는다) 어디로 가는 거야, 여행은?

남지인 (여행용 가방을 들고 나가며) 글쎄…… 그냥 나가면 정해지겠지.

유경화 (열린 현관문 밖을 향하여 외친다) 두고 봐! 내가 죽는지, 안 죽는지, 두고 보라구!

유경화, 현관문을 소리내어 닫는다. 그녀는 잔뜩 성이 나서 거칠게 실내를 돌아다니며 식탁과 의자들을 밀쳐 버리기도 하고, 소파와 탁자를 뒤집기도 한다. 그러다가 벽에 걸린 전화기와 메모판을 떼어내 던지려는 순간, 그녀는 무엇을 생각했는지 성난 표정이 풀어지며 미소를 짓는다. 그녀는 전화번호들이 적힌 메모판을 들고 전화기의 다이얼을 돌린다. 부드럽게 속삭이는 어조로, 그러나 때로는 설득하는 어조로 통화한다.

유경화 여보세요, 유경화예요. 내 목소리 기억하시죠? 요즈음엔 자살 상담 방송이 중단되어서 살기가 힘들 거예요. 그래서요?…… 듣고 보니깐 더욱 문제가 악화되었군요. 남편은 부인을 의심만 하구…… 저런, 가엾어라! 그럼 부인은 남편이 때리는데도 맞고만 있었나요? 맙소사, 아무 반항도 안 한다고 더욱더 때려요? 이젠 정말 어쩔 수가 없겠어요. 부인의 결백을 증명할 길은 자살밖엔 없겠다구요. 부인이 원하신다면, 간단히 죽는 방법을 가르쳐 드리죠. 취사용 도시가스를 사용하세요. 가스의 밸브를 열어 놓고 가만히 누워서 심호흡을 하는 거예요. 이때 주의할 점은요, 가스가 새어나가지 않도록 모든 구멍을 꼭꼭 막는 거예요. 하수도 구멍, 환기통 구멍, 창문의 빈 틈, 만약 구멍이나 빈 틈이 있으면 헝겊으로 틀어 막고 접착 테이프로 붙이세요. 아참, 그리구요, 마지막으로 방송국에 전화하시죠. 자살 상담 프로그램을 없애버렸기 때문에 이렇게 비참하게 죽는다구요. 아, 네…… 네…… 하루 이틀 더 있다가 남편과 의논해 보시겠다니…… 그러세요, 그럼…….

유경화, 실망한 표정으로 전화를 끊는다. 메모판의 다른 번호를 골라 다이얼을 돌린다.

유경화 안녕하세요, 선생님? 방송은 중단됐지만, 그동안 자주 상담했던 단골들에겐 특별히 전화를 해드리는 거예요. 어떠세요, 요즈음은? …… 아, 그렇군요. 나도 이해가 돼요. 선생님처럼, 나 역시 행복과 불행이 순식간에 뒤바뀌는 쓴 맛을 봤답니다. 더구나 나 자신의 잘못은 전혀 없는데 타인의 잘못으로 불행해지다니, 정말 억울해서 견딜 수가 없어요. 옛날의 노예들, 자존심도 없고 감정도 없는 노예들은 이런 상태를 순응하고 살았겠죠. 하지만 선생님은 노예가 아니잖아요? 굴욕적인 불행을 참고 살기 보다는, 그 불행을 과감히 거부하는 자유인이 되세요. …… 네, 잘 결심하셨어요! 역시 사회적으로 존경받던 선생님답군요. 그러나 자살은 결심한 순간 실행해야 돼요! 지난 번 그랬잖아요. 나하고 상담하면서 차일피일 미뤄두니깐 마음이 변덕을 부렸었죠? 또 다시 그런 비겁한 자기배반에 빠지기 전에, 오늘은 먼저 목숨을 끊으세요! 선생님, 내가 자살의 좋은 방법을 가르쳐 드릴게요. 목욕탕에 따뜻한 물을 가득 채워 놓구요, 온몸을 그 물속에 담그면요, 마치 태어날 때의 어머니 자궁처럼 편안해진답니다. 그럼 그 따뜻하고 편안한 느낌을 죽을 때까지 연장시키면서, 면도칼로 손목의 동맥을 자르세요. 아, 한 가지 빠진 게 있군요. 목욕탕 속에 들어가기 전에 방송국으로 전화하세요. 자살 상담이 있었다면 죽지는 않았을 거라구요. 선생님, 꼭 그렇게 전화하고 죽으세요. 그…… 그런데요? 보일러가 고장나서…… 더운 물이 안 나와요? 언제 고치실 거죠? 뭐…… 내년 봄이나…… 고칠 거라구요?

유경화, 전화를 끊는다. 그녀는 계속해 다른 전화번호를 골라 다이얼을 돌린다. 점점 자신감을 잃고, 초조하며, 애가 타는 모습이다.

유경화 할머니, 안녕하셨어요? 나, 유경화예요…… 오, 그래요! 내 전화를 기다리고 계셨다니 고마워요! 할머니, 오늘도 혼자서 개처럼 집을 지키시는군요. 아무리 세상이 변했다지만 너무 안됐어요. 웃어른으로서의 체신과 권위는 사라진 채, 그저 쓸모없는 늙은이 취급을 받아야 하다니…… 뭐라구요, 할머니? 오늘은 생각하는 게 죽음뿐이라구요? …… 할머니 말씀이 맞아요. 사람은 죽고나서야 얼마나 소중한 존재였는지 알게 되죠. 나 역시 지금 죽고 싶어요. 할머니, 우리 함께 죽어요. 동반자살하자는 거죠. 죽는 방법은 간단해요. 비닐봉지를 얼굴에 둘러 쓰고, 공기가 통하지 않게 고무줄로 묶는 거죠. 시장에서 배추와 무를 담아줬던 비닐봉지가 있다구요? 됐어요, 바로 그거면 돼요. 잠깐만요, 할머니. 저도 부엌에 가서 비닐봉지를 찾아 보겠어요. (전화기를 들고 부엌 쪽으로 걸어간다) 아, 여기에 있어요! 할머니는 고무줄도 준비하셨다구요? 저는 포장용 끈으로 묶겠어요. 자, 그럼 우리 똑같이, 비닐봉투를 머리에다 둘러써요! (자신의 머리에 비닐봉투를 씌운다) 목까지 내리덮으셨죠? 네, 잘하셨어요. 다음엔 목둘레를 고무줄로 단단히 묶어요! 공기가 통하지 않게, 숨을 쉴 수 없게, 꼭꼭 졸라매요! (포장용 끈으로 자신의 목을 감는다. 점점 고통스럽게 숨이 가빠지는 목소리로) 할머니, 방송국에 전화해서 할머니의 신음소리를 들려줘요! 저도 방송국에 전화할게요. 그리고 마지막 한 호흡까지, 멍청이 놈들한테 들려줄 거예요! 그런데 할머니, 왜 신음소리가 들리지 않죠? 가슴이 답답할 것 같아서…… 고무줄을 풀었다구요…….

유경화, 목을 묶었던 끈을 풀고서 비닐봉지를 벗어 내던진다. 그리고는 울음을 터뜨리며 장롱 속으로 들어간다. 사이. 유경화는 손을 뻗어서 장롱의 문을 닫는다. 중년 남자, 무대에 등장한다. 그는 잠시 귀를 기울여 장롱 밖으로 흘러나오는 유경화의 울음소리를 듣는다.

중년 남자 나는 이 흐느끼는 소리를 듣습니다. 그리고 안도의 숨을 쉽니다. 이 흐느낌은 유경화가 살아있다는 증거이니까요. 그리고 내 기억이 정확하다면, 1993년 겨울 어느 날 들었던 울음소리와 지금의 울음소리는 전혀 달라진 것이 없군요. 처음엔 아지타토(agitato), 격하게 시작해서 다음은 알레그로 모데라토(allegro moderato), 즉 알맞게 빠른 속도가 되었다가, 차츰차츰 느리고 약해지는 칼란도(calando), 맨 나중은 여려지면서 사라지는 모렌도(morendo)가 되는 겁니다. 여러분, 유경화는 울도록 놓아두고 나가십시오. 이미 이 연극을 봤던 관객으로서 말씀드리겠는데, 장롱 속의 저 울음이 끝나려면 멀었습니다. 이제 겨우 알레그로 모데라토거든요. 오늘 밤을 꼬박 새고, 내일 아침이 되어서야 저 울음소리는 멈출 겁니다. 그럼 여러분, 안녕히 가십시오!

중년 남자, 관객석 통로를 지나 퇴장한다. 무대 조명, 서서히 암전하면서 막이 내린다.

– 막.

불 지른 남자

· **등장인물**

재현 – 방화범, 십년 팔개월만에 돌아온 남자
재숙 – 재현의 누님, 신경쇠약에 걸린 중년 부인
매형 – 재숙의 남편, 술중독에 걸린 중년 남자
경서 – 재현의 조카
경희 – 재현의 조카
남수정 – 재현의 과거 애인
화가 – 재현의 친구, 민중미술화가
조성진 – 재현의 친구, 양로원을 경영하는 남자
박기찬 – 재현의 친구, 지극히 긍정적인 견해를 가진 남자
차일환 – 재현의 친구, 지극히 부정적인 견해를 가진 남자
최종식 – 재현의 선배, 고급 공무원
형사 – 친절한 남자
술집 주인 – 매형의 단골 술집 주인
미술평론가들 – 국립미술관 자문위원들을 겸함
술집종업원들 – 여장을 한 남자, 혹은 남장을 한 여자
구경꾼들 – 민중미술 전시장에 몰려든 사람들
시위자들 – 양심범 석방을 요구하는 가족들
노인과 노파들 – 양로원의 치매증 환자들

· **시간**

우리가 살고 있는 시간

· **장소**

재현이 살던 곳

제1장 / 다락방

캄캄한 밤. 지붕 밑 다락방. 재현, 지친 모습으로 웅크린 채 앉아 있다. 다락방 아래에서 재숙이 위를 바라보며 말한다. 모든 등장인물들이 재현과 재숙을 가운데 두고 반원형으로 둘러 서 있다. 수직조명이 가운데를 비추고, 수평조명을 둘러선 등장인물들의 얼굴을 희미하게 비춘다.

재 숙 너지? 재현이, 너지? 네가 돌아온 거야. (목소리를 높여 부른다) 재현아! 재현아! 대답해! 얘 좀 봐, 아무 소리가 없네. 난 네가 온 걸 다 알아. 내 신경이 얼마나 예민한데 너 온 줄을 모를 것 같냐? 재현아! 재현아! 넌 우리 집 벽을 타고 올라와서 캄캄한 다락방에 숨은 거야. 재현아! 대답 안 하면 내가 그 위로 올라갈 거다!

재 현 올라올 것 없어요, 누님.

재 숙 맞지? 너 틀림없이 재현이지?

재 현 그래요. 내가 돌아왔어요.

재 숙 난 걱정 많이 했다. 너처럼 착한 애가 어찌 그 독한 감옥살이를 견뎌낼 수 있을까…… 밥도 못 먹고 잠도 못 자니깐, 너의 매형은 나더러 신경쇠약에 걸렸다고 하더구나.

재 현 죄송해요, 누님…….

재 숙 세상이 잘못됐던 탓이야. 네 잘못은 없다. (흐느껴 운다) 정말 너한테는 잘못이 없어…… 매형이 그러더라. 이젠 네가 감옥에서 나올 때가 됐다구. 그런데 재현아, 왜 알려주질 않았냐? 오늘인 줄 알았더라면, 마중나가 액땜으로 생두부도 먹이고, 바가지도 밟아 깨도록 했을 텐데!

재 현 매형은 그동안 잘 계셨어요?

재 숙 그 양반이야 천하태평이지!

재 현 누님 건강은요?

재 숙 난…… 그냥 그래.

재 현 아까 다락방에 올라오면서 창문으로 집 안을 들여다봤죠. 누님은 옛날보다 몹시 야위셨어요. 매형이 계시는지 살펴보았지만, 아직 들어오시지 않았나봐요. 조카들은 있던데, 무척이나 컸더군요.

재 숙 그 애들은 많이 자랐다.

모든 등장인물들이 둘러 서 있는 곳에서 재현의 조카들이 서로 귓속말을 한다.

경 희 엄마가 뭐라고 중얼거려.

경 서 신경쇠약이야.

경 희 동네 사람들이 다 듣잖아. 창피해 죽겠어.

경 서 그래, 하루 이틀도 아니구…….

모든 등장인물들, 동네 사람들처럼 수군거린다.

동네사람들 오늘 밤도 중얼거리는군.

한 사람 쉿, 조용히 하고 들어봐요. 오늘은 달라요.

다른 사람 다르긴 뭐가 달라. 똑같은데!

동네사람들 저 중얼거림 때문에 잠을 못 자겠어.

재 현 오랜 세월이 지났죠. 십년하고 팔개월이나…… 조카들이 나를 보면 기억이나 할까요?

재 숙 너는 어떠냐? 너도 무척 변했겠지?

재 현 모르겠어요, 난…….

재 숙 아무래도 내가 그 위로 올라가야겠다.

재 현 누님 몸도 불편한데 일부러 올라오지 마세요.

재숙 재현아, 네 모습을 봐야겠어.

재현 내일 아침 내가 그 아래로 내려가죠. 누님, 그때 보세요.

재숙 매형이 그러더라. 이젠 세상이 완전히 변했다구. 아참, 형사도 그런 말을 했어. 며칠 전에 형사가 다녀갔는데, 세상이 달라졌다는구나.

재현 형사가 지금도 찾아와요?

재숙 그래. 지금은 뜸해졌지만, 예전엔 정말 자주 왔었어. 가만있자, 이럴 때가 아니다! 네가 돌아왔다고, 너희 매형한테 전화해야겠다.

재현 누님, 그럴 것 없어요.

재숙 그 양반 단골술집을 알고 있어. 네가 돌아왔다는 전화를 받으면, 그 양반 틀림없이 술꾼들을 몰고 올 거다.

재현 전화하지 마세요. 난 조용히 있고 싶어요.

재숙 너 어디 아프냐?

재현 아뇨.

재숙 아프지도 않고, 배고프지도 않다면서 왜 힘이 없어?

재현 피곤해서 그런가봐요. 오늘 하루종일 걷기만 했거든요.

재숙 하루종일 걷기만 했다구?

재현 네. 걷고, 또 걸어서 누님 집에 왔어요. 그리고는 한참 망설였죠. 현관문으로 들어갈까, 아니면 옛날 버릇대로 벽을 타고 다락방으로 올라갈까……. 누님, 여긴 옛날 그대로예요: 내가 쓰던 물건들 역시 변함없구요. 누님, 기억나세요? 헌 옷 상자들을 몇 개 붙여 놓고 난 침대처럼 사용했었죠. 누님은 두터운 모직담요를 주면서 추운 밤엔 덮고 자라고 했어요. 그런데 여기, 그 담요가 그대로 있군요!

재숙 네가 오면 언제든지 다시 쓰도록, 모든 걸 제자리에 뒀지.

경희 엄마가 저렇게 중얼거리니깐 잠이 안 와.

경서 그래도 참고 자야지.

경희 오빠, 잠잘 때 불 지르는 꿈은 꾸지 말아. 그런 꿈 꾸면 오줌

싼대!

경 서 너나 그런 꿈 꾸지 마. 다 큰 처녀가 오줌 싸면 무슨 망신이야!

동네사람들 (나직한 음성으로 똑같은 말을 반복한다) 잠잘 때는 불 지르는 꿈을 꾸지 마. 그런 불 꿈을 꾸면 오줌을 싸게 돼. 오줌 싸면 어른이든 아이든 망신이야.

재 현 십년 전 달력, 멈춰버린 자명종 시계, 돌아가신 부모님 사진……. 누님, 커다란 유리병도 있는데요! 누님은 이 유리병에 잔뜩 물을 담아 주셨죠. 목마를 때마다 다락방에서 내려올 것 없이, 이 유리병의 물을 마시라면서…… 누님, 생각나세요?

재 숙 네가 그런 말을 하니까 나도 생각나는 게 있다. 너 붙잡혀 가던 날, 넌 뭔가 다급히 숨기는 게 있었어.

재 현 성냥이었어요.

재 숙 성냥?

재 현 네, 말표 성냥. 날개 달린 말이 그려진…….

재 숙 그래, 네가 불을 질렀던 성냥이구나! 그런데 그 성냥을 어떻게 했냐? 형사가 증거물을 찾는다고 몇 번이나 뒤졌는데도 안 나오더라!

재 현 난 성냥을 이 다락방 바닥에 숨겼어요. 내가 누워 자던 상자들을 옆으로 밀어내고, 바닥의 마루 한 장을 뜯어서 그 밑에 감췄죠. 그리고는 다시 덮은 다음 상자를 원래대로 옮겨 놨어요.

재 숙 그럼 아직도 그대로 있는지 꺼내봐.

재 현 아뇨. 세상이 변했다는 걸 확인한 다음 꺼낼 겁니다. 이 좁고 어두운 다락방에서 나는 가장 밝고 아름다운 세상을 꿈꾸며 성냥불을 켰어요. 딱딱한 상자 위에 잠을 못 이룬 채 앉아서, 커다란 유리병의 물을 다 마셔도 가시지 않는 갈증을 느끼면서, 자꾸만 자꾸만 성냥을 켰었죠. 누님, 난 행복했어요. 나의 작은 불 하나가 캄캄한 세상을 밝힐 수 있다는 걸 생각하면서 행복했던 거예요.

재 숙 (흐느껴 운다) 나도 안다. 나도 잘 알아.

재현 울지 마세요, 누님.

재숙 그런 너를 잡아다가 십년 팔개월 동안이나 감옥살이 시킨 놈들만 원망스럽다! 그동안 네 애인 남수정이도 마음고생 많았다. 나하고 함께 울기도 많이 했고……. 예전에 우리 집엘 자주 왔었지. 서로 위로도 하고 네 이야기도 나누면서…….

재현 요즈음은요?

재숙 요즘은 지쳤는지 발길이 끊겼어. 네가 직접 수정이를 찾아가 봐. 그럼 반가워 할 거다. 잠깐만, 문을 걷어 차는 소리가 들린다! 네 매형이야!

모든 등장배우들이 있는 곳에서 매형이 발로 바닥을 차면서 술취한 음성으로 외친다.

매형 문 열어! 문 열라구!

재현 너무 늦게 오시는군요.

재숙 늦는 건 괜찮다. 언제나 정신을 잃고 돌아오는 게 탈이지. 재현아, 지금 이 아래로 내려와서 매형을 만나볼 테냐?

재현 아침에 뵙죠.

재숙 글쎄, 아침엔 정신을 차렸으면 좋겠다만……. (소리 높여 외친다) 나가요! 지금 문 나간다구요!

매형 세상 바뀌었는데 뭘 꾸물거려? 빨리빨리 문 열어!

모든 등장인물들, 발로 바닥을 차면서 "세상 좋아졌는데 뭘 꾸물거려? 빨리빨리 문 열어!"를 구령처럼 반복해서 외친다. 그들이 무대를 퇴장한 뒤에 어두운 조명 속에서 조카들이 다음 장면의 소품인 식탁과 의자를 준비한다.

제2장 / 아침식사

재숙, 매형, 조카들이 식탁 주위에 앉는다. 무대조명이 밝아진다. 재현, 다락방에서 내려온다. 매형은 재현을 과장된 태도로 반갑게 맞이한다. 그러나 조카들은 인사도 없이 냉담하다.

매 형 여보, 술 가져와! 우리 처남께서 돌아왔는데 술이 없다니 이럴 수가 있나! 재현이, 반갑네! 정말 반가워! 잘 왔어! 정말 잘 왔다구! 여보, 뭘 하는 거야? 술 가져와! 처남 덕분에 우리 집안은 쫄딱 망했지! 자넬 잡아간 뒤에도 형사들이 걸핏하면 찾아와서 온통 뒤져대니, 단 하루인들 편안한 날이 있었겠어? 자네 누님은 그 때문에 신경쇠약에 걸렸구, 나는 완전히 술중독에 걸렸지. (경서와 경희를 가리키며) 그리고 너희들은 뭣에 걸렸냐? 어서 말해라! 돌아온 너희 삼촌이 보상해 줄 거다! 그런데 이 마누라가 귓구멍이 막혔나? 술 가져와!

재 숙 아침부터 무슨 술이에요?

매 형 무슨 술이라니? 축하술이지! 재현이 한 잔, 나 한 잔, 딱 한 잔씩만 할 거야!

재 숙 (식탁에서 일어나 술을 가지러 가며) 쯧쯧, 언제나 이렇게 한 잔으로 시작하지!

매 형 (재현에게) 세상이 완전히 바뀌었어!

재 현 세상이 어떻게 바뀌었죠?

매 형 세상이 어떻게 바뀌었냐니?

재 현 좋아졌어요? 나빠졌어요?

매 형 하하, 하하하! 바뀌었으면 됐지 좋고 나쁜 건 따질 것 없어! (경서와 경희에게 묻는다) 너희들 뭘 그렇게 멀뚱멀뚱 쳐다만 보냐?

경 희 삼촌이 이상해서 그래요.

매 형 뭐가 이상해?

경 희 옛날 봤던 삼촌이 아닌 것 같아요.

매 형 옛날엔 어땠는데?

경 서 그땐 굉장히 멋있게 봤거든요.

경 희 키도 우리보다 훨씬 컸었죠. 그런데 지금은 아무 볼품 없이 초라한데요.

재 현 너희들이 큰 거야. 그동안 너희들이 커서 내가 작아진 것처럼 느껴지는 거라구.

경 희 눈도 작아져요?

재 현 눈이라니?

경 희 꼭 생쥐 눈 같잖아요!

재 숙 삼촌한테 그런 소리 하면 못 쓴다! (술병과 술잔을 가져와서 식탁에 놓으며) 재현에게 세상 바뀐 걸 말해 주세요.

매 형 이미 알아 듣게 말해 줬어. (술잔에 술을 따라 들고, 재현에게) 자, 건배! 돌아온 처남을 위해서!

재 현 (잔을 들고) 매형, 건강하세요!

매 형 자넨 정말 쓸데없는 짓을 했어. 보라구, 그때 자네가 가만히 있었어도 세상은 변했을 걸! 화불백일, 권불십년이란 말도 있잖아. 이 세상에 핀 꽃은 백일을 못 가고, 이 세상의 권력은 십년을 못 넘긴다! 만물의 변화하는 이치란 다 그런 거야! (재빠르게 다시 술을 따라 들고) 건배, 마누라를 위해서!

재 숙 여보, 딱 한 잔만 마시겠다고 했잖아요?

매 형 어쨌든 자네한테 희소식이 있어. 세상이 바뀌니까 행세깨나 하던 자들이 쫓겨나고, 주눅 들어있던 작자들이 그 자리를 차지하는 거야. 이번에 정권을 잡은 새 대통령이 그랬어. 완전히 물갈이를 하겠다고 말야.

재 현 물갈이가 뭐죠?

매 형 물갈이가 뭐냐 하면…… 이 술병에 든 술을 쏟아 버리고 다시 새 술을 부어 마시겠다 그거야.

경 서 아버지, 그건 술갈이잖아요?

매 형 술이나 물이나 그게 그거지. 어쨌든 자네는 운이 트였어!

재 숙 진짜 운이 트여야죠. 그동안 재현이가 얼마나 많은 고생을 했는데요.

매 형 물론이지. 우리 처남은 졸업을 코 앞에 두고 쫓겨났고, 감옥살이 하다가 결혼도 못 했고, 취직마저 못 해서 돈 한 푼 벌 수 없었지. 그런데 자네만큼 고생하지 않은 작자들도 약삭 빠르게 좋은 자리를 차지했어. 지금 당장 나가봐! 더 이상 꾸물거렸다간 물갈이가 끝나고, 그럼 아무것도 차지할 게 없을 거야.

재 숙 아침이나 먹고 나가야죠. 재현아, 어서 밥 먹어라.

매 형 일찍 깬 새가 먹이를 많이 먹는다는 말도 있잖아!

경 희 요즘은 달라요. 일찍 나온 새가 총을 먼저 맞는데요.

매 형 너, 그런 걸 어디서 배웠냐?

경 희 학교에서요.

매 형 교과서에 그런 말이 나와?

경 희 네.

경 서 아니에요, 아버지. 교과서엔 없어요.

매 형 교과서에 없는 걸 어떻게 배워?

경 서 그래도 배울 건 배우죠.

매 형 너희들 기특한 걸 보니까 이 애비 고생은 안 시키게 생겼다! (재현에게) 자넨 날 무척 고생시켰어.

재 숙 당신만 고생한 건 아니잖아요.

매 형 그래, 그래. 당신도 지독하게 시달렸지!

경 희 아빠와 엄마만 시달린 줄 알아요?

경 서 형사가 우리를 얼마나 귀찮게 했는데요?

경 희 오빠는 뺨까지 맞았어요!

재 현 뭐, 뺨까지 맞았어?

경 서 내가 형사한테 그랬죠. 귀찮게 굴면, 나도 삼촌처럼 확 불질러 버리겠다구요.

재 숙 (경련을 일으키며) 불? 안 돼! 너희들은 절대로 불 지르면 안 돼!

매 형 이것 보라구, 재현이! 자네 누님은 불이란 말만 들어도 온몸을 떨어!

경 서 걱정마세요, 어머니. 우린 삼촌하곤 달라요. 불 같은 건 전혀 관심 없다구요. (재현에게) 그동안 우리 집 분위기 어땠는지 알아요? 숨도 제대로 못쉬고, 말도 제대로 못했죠!

경 희 그뿐이 아녜요. 친구가 만나러 와도 들어오지 못하게 했구요. 전화도 엿듣는 것 같아서 걸거나 받지 않았아요.

매 형 하지만 지금은 세상이 달라졌어! 너희들 친구더러 우리 집에 오라고 해! 안심하고 놀러오기도 하고, 전화도 마음대로 하라고 그래!

경 희 우린 친구가 없어요.

경 서 괜히 우릴 의심해서 친구들과 관계를 끊었죠.

재 현 미안하구나. 난 그런 줄 몰랐어.

매 형 이제 너희 삼촌이 다 보상해 줄 거다! 이젠 어떻게 해서든지 이 세상의 좋은 자릴 차지해서, 우리 손해를 다 보상해 줄 거라구!

재 숙 (매형에게) 당신은 그만 일어나 출근하세요. (경서와 경희에게) 너희들도 일어나렴. 학교 늦겠다.

매 형 재현이 자네도 일어나! 어서 나가서 좋은 자리를 차지해야지!

재 현 네…….

매 형 머뭇거리다간 남에게 다 빼앗겨!

재 현 (엉거주춤 의자에서 일어나며) 네, 알겠어요.

경 서 삼촌, 우린 삼촌한테 보상같은 것 바라지도 않아요.

재 현 왜?

경 희 솔직히, 삼촌과는 아무 관계없이 살고 싶어요.

경 서 우린 삼촌하곤 세대가 달라요. 그러니깐 삼촌이 저지른 일 때문에 손해 보고 싶지도 않고, 이익 보고 싶지도 않아요.

재현, 다시 의자에 주저앉는다. 매형과 조카들은 퇴장한다.

재숙 미안하다. 애들이 버릇이 없어서…….

재현 아뇨. 조카들은 나한테 할 말을 한 거죠.

재숙 내가 신경만 예민하고 몸은 약하니깐 엄마 노릇을 제대로 못 했어. 그랬더니 아이들 버릇이 나빠졌다.

재현 누님 책임이 아녜요.

재숙 마음은 착한 아이들이야. 매형 말을 들어보니깐 어때? 세상이 완전히 바뀐 것 같아?

재현 아직은 모르겠어요.

재숙 아직 몰라? 네 매형이 술에 취했다고 아주 틀린 말을 할 사람은 아냐.

재현 (의자에서 일어나며) 누님, 내 눈으로 직접 확인해야죠.

재숙 어딜 가는 거냐?

재현 글쎄요…… 우선 친구들을 만나 보겠어요.

재숙 그래, 그게 좋겠다. (불안한 표정으로 재현의 뒷모습을 바라보며) 하지만 너무 위험한 친구는 만나지 마라! 옛날처럼 말썽날 짓에 다시 너를 끌어들일까봐 겁난다!

무대조명, 암전한다. 모든 등장인물들이 식탁과 의자들을 치우고 무대를 민중미술전시장으로 꾸민다.

제3장 / 민중미술전시장

무대조명, 밝아진다. 노동자들의 파업현장을 그린 그림, 경찰에 죽은 학생의 장례식에 사용했던 걸개그림, 분노한 군중들의 모습과 진압하는 군인들을 함께 그린 그림 등, 강렬한 색채의 그림들이 걸려 있다. 전시장은 많은 사람들로 가득차 붐빈다. 색안경을 쓰고 반바지를 입은 관광객 차림의 구경꾼도 섞여서 그림 감상보다는 사진찍기에 더 열심이다. 재현, 등장한다. 화가는 그를 알아보고 놀란 표정이 된다.

화가 야, 이게 누구야? 재현이 아냐?

재 현 오랜만이군!

화가 난 자네가 아직도 감옥에 있는 줄 알았어!

재 현, 화가 (서로 부둥켜 안는다) 반갑네, 반가워!

재 현 우연히 거리에서 신문을 샀는데, 자네 전시회 기사가 있더군. 아주 좋은 그림이라구 대단한 호평이야!

화가 동정심 때문에 호평을 하는 거지. 민중미술은 끝났거든.

재 현 그게 무슨 말이야?

화가 죽었다구.

재 현 죽다니? 이렇게 많은 사람들이 자네 그림을 보려고 몰려왔는데?

화가 민중미술의 장례식에 모여든 거지. 왜 있잖아. 살아있을 땐 얼굴 한 번 내밀지 않다가, 죽고나서야 몰려와서 야단법석인 것 말이야. 지금 이게 그 꼴이지. 어어, 저 자식 좀 봐. 저기 검정색 나비넥타이 맨 자식, 시체를 발견한 똥파리마냥 전시장을 휘젓고 다니는 저 자식이 누군지 알아?

재 현 누군데?

화가 저명하신 미술평론가야. 아이쿠, 저쪽에도 똥파리들이 날아왔군! 저 작자들은 말야, 민중미술은 예술도 아니라고 했어. 경찰들이 내 그림을 압수해 갈 때 저 작자들은 박수를 쳤고, 반환소송 법정에서 저 작자들은 내 그림이 극장간판만도 못하고, 휴지만도 못하고, 걸레만도 못하다고 증언했어. 그랬는데 이젠 태도를 돌변해서 여길 다 구경 나오셨군!

세 명의 평론가들이 화가를 향해 다가온다. 그들은 똑같은 복장을 하고, 똑같은 색안경을 썼으며, 똑같은 동작을 한다.

평론가들 축하합니다, 김 선생.

화가 이렇게 와주셔서 고맙습니다.

평론가들 아주 대성황이에요.

다른 평론가 김 선생, 얼마나 기쁘십니까? 이젠 아무도 김 선생의 전시회를 방해하거나 그림을 압수해가지 않잖아요!

화가 내 친구를 소개하죠. 정재현이라고, 가장 친한 친굽니다.

평론가들 네, 반가워요.

한 평론가 그런데 정재현 씨도 민중미술가이신가요?

재 현 아, 아닙니다.

화가 내가 민중을 위한 그림을 그릴 때, 이 친구는 직접 민중을 위한 행동을 했죠.

다른 평론가 그림은 어쨌든 남습니다. 남아서 이렇게 사람들의 구경거리가 되기도 하죠. 그런데 행동이란 어떤가요? 민중을 위한 행동 역시 남아 있는가요?

또 다른 평론가 가만있자, 정재현 씨를 어디서 본 것 같아요.

한 평론가 그래요, 나도 본 것 같아요.

다른 평론가 나도 본 것 같은데…….

평론가들 그런데 어디서 봤을까…….

평론가들이 재현의 얼굴을 바라보면서 고개를 갸웃거리는 동안 그림을 관람하던 구경꾼들이 재현의 주위를 몰려든다. 그들 또한 평론가들처럼 고개를 갸웃거리며 재현을 바라본다. 한 구경꾼이 소리 높여 외친다.

한 구경꾼 난 이 얼굴을 봤어요!

평론가들 어디에서 봤습니까?

한 구경꾼 바로 저기요! 저기 있는 그림에서 봤다구요!

한 구경꾼과 세 명의 평론가들, 화염을 배경으로 정재현의 얼굴이 그려진 그림이 걸려 있는 곳에 몰려간다. 그러자 구경하던 사람들이 그 쪽으로 몰려든다.

평론가들 바로 이 얼굴이야! 우리도 아까 이 그림을 봤었어!
한 평론가 그림 제목이 '우리 시대의 영웅' 이군!
재 현 (화가에게) 자네, 날 그렸었나?
화가 응, 그렸어.
재 현 나도 가서 보고 싶군. 어떻게 그렸는지…….
화가 아직은 가지 말게. 저 똥파리들이 사라진 다음 가서 보라구.
다른 평론가 그런데 무슨 굉장한 죄를 지은 모양이야! 죄수복을 입고, 손엔 수갑을 찼잖아?
구경꾼들 (고개를 끄덕이며 감탄을 연발한다) 굉장하군요! 굉장해!
재 현 나도 가서 보겠어.
화가 가지 말라니까! 가지 마!

재현, 화가의 만류에도 불구하고 구경꾼들이 몰려 있는 그림으로 다가선다.

다른 평론가 '우리 시대의 영웅' 이 오고 있군!
평론가들 어서 오세요, 정재현 씨!
또 다른 평론가 우린 정재현 씨 얼굴을 찾아냈어요!
평론가들 이 그림 속에서 봤거든요.
한 평론가 그런데 정재현 씨는 무슨 죄를 졌죠?
평론가들 무슨 죄 때문에 죄수복을 입고 수갑을 찼어요?
재 현 난 방화범입니다.
화가 (평론가들에게 다급한 걸음으로 다가오며) 내 친구는 단순한 방화범이 아녜요! 미국문화원에 방화한 거죠!
평론가들 미국문화원?
화가 네, 광주에 있는 미국문화원을요.

한 평론가 하필 광주까지 멀리 가서 불을 질러요? 가깝게 서울에도 미국 문화원은 있는데?

화가 광주의 학살사건에 미국은 침묵을 지켰어요. 내 친구는 항의 표시로 광주 미국문화원에 불을 지른 거죠.

평론가들 어쨌든 방화범이라니 흉칙하군요.

구경꾼들 굉장히 흉칙한데요!

화가 난 우리 민중의 한 영웅을 그렸습니다. 죄수복을 입고 수갑을 찬 이 영웅을 보면서, 난 사람들이 이렇게 생각하리라 믿습니다. 즉, 이것은 핍박받는 나 자신의 얼굴, 내 가족의 얼굴, 내 이웃의 얼굴이다…….

다른 평론가 글쎄요, 그건 지나간 시대의 감상법이군요. 지나간 시대에는 선과 악이 뒤바뀌 있었으니까 그런 이중적인 감상법으로 그림을 봐야 뜻을 알 수 있었거든요. 하지만, 지금은 다릅니다. 지금은 그런 이중적인 뉘앙스가 통하질 않아요.

한 구경꾼 여기 계신 정재현 씨 입장이 난처하겠어요. 그림 속의 자기 얼굴이 우리의 영웅으로 보여지길 바랄 텐데, 지금은 흉악한 방화범으로 보여지고 있거든요.

구경꾼들 정말 보기에도 흉칙해요!

한 평론가 그래서 난 민중미술에 문제가 있다고 봅니다. 만약 김 선생이 정재현 씨 얼굴을 좀 더 아름답게, 좀 더 순수하게 그렸더라면, 지금 흉악범이라고 오해받게 하진 않을 겁니다.

재 현 어떤 아름다움, 어떤 순수함을 말씀하시는 거죠?

한 평론가 예를 들자면 많아요. 중세기의 저 서양 성당에 그려진 천사들도 있고…….

재 현 그 오동통하게 살찐 우량아같은 천사들이요?

한 평론가 그렇죠. 우아하게 오동통 살찐 것들은 시대가 변해도 사람들의 사랑을 받거든요.

재 현 난 내 친구가 나를 오동통한 천사처럼 그리지 않은 걸 천만다행으로 생각합니다.

한 평론가 하지만 당신 친구는 당신을 오동통한 천사처럼 그리지 않은 걸 후회할 겁니다.

화가 후회하다니요? 내가요?

한 평론가 그럼요. 김 선생 자신이 잘 알 텐데요?

평론가들 물론 김 선생 자신이 잘 알고 있죠.

한 평론가 흉악한 범죄자를 그린 저런 그림은 전혀 팔리지 않거든요.

화가 팔리지 않아도 난 괜찮습니다.

다른 평론가 방화범 얼굴뿐만이 아니죠. 저기 제철공장 노동자의 파업 그림도 팔리지 않을 테고, 저기 저 거창한 장례식 걸개그림도 팔릴 리가 없어요.

화가 하지만 많은 사람들이…….

또 다른 평론가 김 선생 그림을 보려고 온 이 사람들은 단순한 구경꾼이에요. 옛날엔 이런 것을 금지시켰었구나, 구경하러 와서는 기껏해야 사진이나 몇 장 찍고 갈 뿐이죠.

한 구경꾼 그럼요. 이제 곧 구경꾼들의 호기심도 사라질 겁니다.

한 평론가 그리고는 마치 박물관에 멸종한 공룡의 뼈다귀가 남듯이, 민중미술은 미술관에 희귀한 유물로서 남겠죠.

평론가들 그럼요. 희귀한 유물로 몇 점 남겠지요.

한 평론가 그것도 사립미술관에선 관심 없어요. 국립미술관에서나 구색 맞추기로 몇 점 사둘 겁니다. (화가의 어깨를 두드리며) 김 선생, 너무 상심하지 말아요. 국립미술관의 자문위원인 우리들이 김 선생 그림을 하나 구입하도록 힘써 볼 테니까요.

평론가들 그럼요. 이게 다 김 선생을 굶어 죽지 않게 도와 주는 겁니다.

한 평론가 김 선생, 우리 도움을 거절하는 거예요?

화가 아뇨, 그렇지 않습니다.

구경꾼들 굉장히 불쾌한 표정으로 보이는데요!

화가 아뇨, 불쾌하지 않아요.

한 평론가 그럼, 얼굴 찡그리지 말아요. (평론가들에게) 우리 김 선생의 어떤 그림을 국립미술관에 추천할까? 내 생각엔, 방화범 얼굴을 그린 저 그림이 김 선생의 대표작 같은데?

평론가들 글쎄…… 다른 그림들은 너무 상투적이야!

한 평론가 (재현에게 악수를 청한다) 축하합니다. 정재현 씨.

재 현 (엉겁결에 내민 손을 잡고) 뭐를 축하하죠?

한 평론가 방화범 정재현 씨 얼굴이 국립미술관에 영구보존할 수 있게 됐거든요.

평론가들 세상 참 좋아진 거죠. 축하해요. 방화범 씨!

구경꾼들 정말 세상이 좋아졌는데요!

한 평론가 (화가에게) 우린 갑니다, 김 선생.

평론가들 그럼 잘 있어요. 김 선생.

화가 안녕히 가십시요.

평론가들 퇴장한다. 그러자 구경꾼들도 일제히 평론가들의 뒤를 따라 나간다.

화가 이제서야 저 똥파리들이 여길 떠나는군.

재 현 자넨 왜 가만히 있었나? 저런 작자들은 내쫓지 않구?

화가 나에겐 그럴 힘이 없거든.

재 현 힘이 없어?

화가 자네한테 말해 줬잖아. 민중미술은 죽었다구.

재 현 난 뭔가 우롱당한 느낌이야.

화가 나 역시 기분은 나빠. 그런데 재현이, 자넨 지금 어디에 있지?

재 현 여기 있잖아.

화가 아, 그게 아니라, 감옥에서 돌아와 묵고 있는 곳이 어디냐구?

재 현 누님 집에.

화가 누님 집에?

재 현 응.

화가 누님이 반가워하던가?

재 현 그럼 반가워하지. 우리 누님은 어머니 대신에 날 키웠어.

화가 매형은 뭐래?

재 현 매형은 나한테 기대가 커. 세상이 바뀌어졌으니, 좋은 자리를 차지하라는 거야.

화가 조카들도 잘 있구?

재 현 응 나보다 키가 더 커졌어.

화가 자네에게 보여줄 게 있지. 방명록이야. 내가 전시회를 한다니까 그동안 못 만났던 친구들이 와서는 이름을 적어 놓았어.

화가, 재현을 전시장 입구에 놓여있는 책상으로 데려가서 방명록을 보여준다.

화가 자네가 알 만한 친구들을 찾아봐.

재 현 (방명록을 넘기면서 이름을 살펴본다) 이 친구 살아있었군!

화가 누군데?

재 현 (방명록에 적힌 이름을 가리킨다) 조성진!

화가 아, 조성진! 자넨 그 친구하고 친했지!

재 현 (방명록을 계속해서 넘기며 눈에 띄는 이름들을 가리킨다) 차일환, 이 친구도 만나고 싶군! 박기찬, 이 친구도!

화가 그래, 그래, 다들 만나게 해주지. 자넨 민중미술 장례식에 와서 소득이 많군.

재 현 하지만 그들이 나를 만나면 반가워 할까?

화가 왜?

재 현 너무 오래 됐거든. 까마득히 잊을 수도 있겠고…….

화가 걱정하지 마. 자네 같은 방화범을 누가 잊었겠어?

무대조명, 암전한다. 모든 등장인물들이 무대로 나와 그림전시장의 그림을 치우고 술집장면의 소품들을 가져온다.

제4장 / 술집

넓다란 술집에는 술꾼들로 가득 차 있다. 술집 종업원들이 분주하게 돌아다니면서 술꾼들이 마신 빈 병을 치우고 새 병을 공급한다. 술집의 뒷쪽 벽에는 얼핏 캐비닛처럼 보이는 것들이 세워져 있는데, 화장실 표지판이 문마다 붙여져 있다. 재현은 출입구 옆에 설치된 공중전화기로 재숙과 통화중이다. 시끄러운 음악과 사람들의 떠드는 소리 때문에 그는 목소리를 높인다.

술꾼들 빨리빨리 마셔! 빨리빨리 마시고 빨리빨리 정신을 잃어!

재 현 누님이세요? 나예요, 재현이. 오늘밤 집에 못 들어갈 것 같아 전화하는 겁니다. 대학동창들을 만나 못 가는 거니깐 염려할 것 없어요. 네? 크게 말씀하세요. 여긴 몹시 시끄러워요. 아, 네…… 그럼요…… 위험한 친구들은 아녜요. 세상이 어떻게 변했는지 나에게 가르쳐 줄 친구들이죠. 네? 누님? 잘 안 들려요…… 어쨌든 누님, 내 염려는 말고 주무세요.

재현, 통화를 끝내고 술꾼들 사이를 지나 친구들이 앉아 있는 자리에 간다.

화가 무슨 전화가 그렇게 길어?

재 현 응, 누님한테. 내 걱정 말라구.

술꾼들 자, 빨리빨리 마시고 빨리빨리 정신을 잃자구!

박기찬 재현이, 폭탄주라는 거 마셔 봤나?

재 현 폭탄주……?

박기찬 (술집 종업원에게) 여봐요, 여기 폭탄주 만드는 시범을 보여줘요!

종업원 잘 봐요, 커다란 맥주잔에 맥주를 가득 붓고, 작은 잔에 양주를 가득 채운 다음, 가운데 집어 넣는 겁니다. 이게 폭탄주예요. 마셔봐요, 굉장해요!

재 현 자네들은?

화가 우리? 우리야 벌써부터 마시고 있지!

조성진 우리 건배하세. 돌아온 방화범을 위하여!

친구들 건배, 돌아온 방화범을 위하여!

재 현 고맙네!

재현과 친구들, 폭탄주가 든 커다란 맥주잔을 두 손으로 받쳐 들고 마신다.

재 현 이거, 지독하군!

박기찬 겨우 몇 모금 마시고 뭘 그래!

재 현 아냐, 정말 폭탄에 맞은 것 같아!

술꾼들 자, 다들 빨리빨리 마시고 빨리빨리 정신을 잃자구!

재현은 망설이고, 친구들은 서슴 없이 폭탄주를 마신다.

조성진 음, 이렇게 다섯이서 모였으니깐 말이야, 그때가 생각나는군. 십년 전이었던가…… 재현이네 누님집 다락방에서 우리 다섯이 모여 있었어.

박기찬 아니야, 아니야, 모두 여섯이었어! 우리의 정신적 지도자 최종식 선배가 있었잖아!

조성진 최 선배는 명령만 하곤 곧 나갔지. 다들 기억날 거야. 그 날 우린 최 선배가 시키는 대로 제비뽑기를 할 작정이었어. 우리 다섯 중에 뽑힌 한 사람은…… 광주로 내려가서 불을 질러야 했거든. 그런데 재현이가, 재현이가 스스로 자원했어. 우린 그게 궁금해. 왜, 뭣 때문에, 자원했었는지 그 이유를 듣고 싶어.

재 현 새삼스럽게 그건 왜 묻지?

화가 우린 그때 벌벌 떨고 있었어. 각자 자기가 뽑힐까봐 두려웠던 거야. 재현이는 그런 비겁한 꼴을 보고는 참지 못했지. 그래서 벌떡 일어나 용감하게 자원했던 거라구!

조성진 그래, 재현이? 그 말이 맞아?

화가 맞다니깐! 자네들도 내가 재현이를 그린 그림을 봤잖아? 우리 시대의 영웅이란 제목을 붙인 것도 재현이의 용감성 때문이야.

재 현 난 영웅이 아냐…… 사실은 그 날 나도 겁이 나서 떨었는걸.

조성진 그럼 뭐야? 용감하지도 않으면서 자원했다는 건 더 이상하잖아?

박기찬 내 생각엔 그래. 재현이는 우릴 위해 희생했던 거야. 십년 전의 그 좁고 어두운 다락방을 생각해봐. 최종식 선배가 우리 다섯 중에 한 사람을 정하라는 말을 남기고 떠난 다음에, 우린 충격에 사로잡혔어. 그리고는 하얗게 질린 얼굴로 각자 소중한 일이 있다고 떠들어댔지. 졸업, 취직, 결혼, 장래에 대한 온갖 계획들…… 재현이는 조용히 우리가 하는 말을 듣고 있었어. 그리고는 제비뽑기 대신에 자기 자신을 희생물로 정한 거라구.

조성진 자, 이번엔 희생이란 의견이 나왔어. 어때, 재현이? 희생이 맞는 거야?

재 현 글쎄…… 내가 용감한 영웅이 아니듯이 희생적인 성자도 아닌 것 같은데……

차일환 그렇다면 뭐냐, 그 정답은 열정이야!

친구들 열정……?

차일환 우리 다섯 중에 재현이가 불 지른 사람이 됐던 건 바로 그 열정 때문이었어! 뜨거운 것, 불 같은 것, 그런 것이 우리에겐 부족했지만 재현이한테는 넘칠 만큼 있었다구!

조성진 자, 이번엔 열정이 나왔어. 어때 재현이? 열정이 맞는 거야?

재 현 난 이 세상이 좋아지길 바랬던 거야.

친구들 단순히 그것뿐이야?

재 현 난 감옥에서도 여러 차례 꿈을 꿨었는데, 제비뽑기를 하는 꿈이었어. 그런데 뽑기를 할 때마다 꼭 내가 걸리더라구. 우습지? 어쨌든 난 내가 자원했던 걸 후회하지 않아.

한 술꾼 (재현과 친구들을 향해) 여봐요, 그쪽 양반들!

친구들 우리 말씀입니까?

한 술꾼 뭣들 하는 거예요? 빨리빨리 술이나 마시고, 빨리빨리 정신이나 잃지 않구!

술꾼들 빨리빨리 마셔!

한 술꾼 술이나 마셔!

술꾼들 빨리빨리 잃어!

한 술꾼 정신이나 잃어!

술꾼들, 술을 마셔 댄다. 마치 전쟁터에서 폭격을 당한 사람들처럼 쓰러지고 넘어진다. 재현의 친구들, 폭탄주를 마신다.

화가 오늘 낮에 말야, 저명하신 평론가 양반들이 내 그림 전시장에 나타나셨어. 마침 재현이가 있었는데, 그 양반들이 재현이의 초상화를 국립미술관에 팔 수 있게 해주겠다는 거야.

친구들 그림값은 얼마야?

화가 아직 안 받아서 몰라. 하지만 이건 그림값이 문제가 아냐. 억압 받던 민중의, 천대받는 민중의 그림이 당당하게 국립미술관에 걸리는 거라구.

차일환 아직 걸리지도 않았는데 기분부터 내는군!

화가 왜? 기분 내면 안 돼?

차일환 기분만 내는 건 싫어!

박기찬 그건 또 무슨 소리야?

차일환 요즘 세상 꼴이 그렇잖아. 아무것도 달라진 게 없는데 모든 것이 달라졌다는 듯 기분만 내고 있어.

박기찬 재현이가 들으면 오해할 소리 하고 있군. 여봐, 재현이, 자네 없는 동안 달라진 게 너무 많아. 우선 정치군인들이 맥을 못 춰. 권력을 잡고 흔들던 놈들이 이젠 뒤로 물러났다구.

차일환 뒤가 아냐! 안전지대로 물러난 거지! 그들 중에 아무도 다친 사람이 없고, 다칠 사람도 없어.

박기찬 물러난 건 어쨌든 큰 변화잖아? 그리고 그건 우리의 승리라구.

한 술꾼 (박기찬에게 다가오며) 우리를 짓밟은 자들을 단 한 명도 잡지 못했고, 단 한 명도 재판정에 세우지 못했는데, 그게 무슨 승리야? (주위의 술꾼들을 둘러보며) 병사들이여! 이 세상의 술꾼들이여! 우리는 이 세상의 적들에게 몸 편히 계시도록 안전지대를 줬고, 마음 편히 계시라며 면죄부까지 줬어. 그리고는 우리가 승리했다고 우쭐대며 기분만 내는 거지!

차일환 저 사람이 내가 하고 싶은 말을 다 하는군.

박기찬 재현이, 저 주정뱅이 말을 듣지 마!

차일환 재현이 마셔! 그리고 이 빌어먹을 세상에 다시 한 번 불을 질러!

박기찬 안 돼, 불 지르지 마! 이젠 좋은 세상이야!

차일환 불 질러!

박기찬 안 돼, 지르면 안 돼!

차일환 불 질러야 해!

화가 왜들 이래? 재현이는 이제서야 돌아왔어. 돌아와서는 누님 집에 머물러 있다구. 그런데 누님네 집이란 뭐냐, 우리가 사정을 잘 알잖아? 거긴 임시로 있는 곳이야. 사실 재현이는 집도 없고, 직장도 없고, 장가도 못 갔어. 자네들이 싸우지들 말고 우선 재현이를 취직부터 시켜줘!

조성진 옳은 말이야. (지갑에서 명함을 꺼내 재현에게 주며) 내 명함이야. 일자리가 필요하거든 날 찾아오라구.

재 현 (명함을 받아 들고 눈의 초점을 맞추려고 애를 쓰며) 여기가 어딘데?

조성진 양로원이야.

재 현 양로원?

조성진 응, 아버지한테 상속받았어. 말이 양로원이지 노인들을 위한 고급 휴양소야. 느긋하게, 세상되어가는 꼴을 바라볼 수 있는 곳이지.

차일환 갈 것 없어, 재현이!

화가 자넨 어째서 남의 호의를 가로막나?

차일환 노망든 늙은이들 시중이나 드는 게 우리의 영웅 재현이가 할 짓이야?

화가 글쎄…… 그렇다면 좀더 나은 일이 없을까?

차일환 방화범은 방화범다워야 하는 거야! 불을 질러!

박기찬 아참, 그렇군! (재현에게) 그 명함 이리 줘. 내가 그 뒷면에 최 선배의 전화번호를 적어줄게!

재 현 최종식 선배?

박기찬 그래, 우리 지도자 최종식 선배! (명함에 전화번호를 적어 재현에게 되돌려 주며) 지금은 행정부의 고위관리가 됐어.

차일환 최고의 변절자지! 과거하고는 완전히 손을 씻고 지금은 높으신 나으리가 되셨으니깐!

박기찬 전화를 하고 꼭 찾아가 봐.

화가 가서는 좋은 자리 하나 부탁해! 자네더러 광주에 가서 불을 지르라고 시킨 건 최 선배였잖아!

박기찬 물론이지! 최 선배는 자네한테 반드시 보답할 거야!

차일환 경사났군, 경사났어! 마셔, 마시라구! 제기랄, 우리가 바랬던 세상이 이건 아니잖아!

박기찬 이거지, 바로 이거야. 재현이 마셔!

재현의 친구들, 거듭 마셔 폭탄주에 견디지 못하고 쓰러진다. 한 술꾼이 비틀거리면서 재현이를 향해 다가온다.

한 술꾼 당신하고 나만 남았어. 자, 우리도 빨리빨리 마시고 빨리빨리 정신을 잃자구!

재 현 (술을 마시다가 엉거주춤 일어선다)

한 술꾼 어어, 왜 마시질 않는 거야?

재 현 폭탄주는 너무 독해. 윽, 으윽, 너무 독해서 속이 뒤집혀…….

한 술꾼 뒤집혀도 마셔!

재 현 나, 토할 것 같아…… 화장실 좀 가야겠어…….

한 술꾼, 술을 마시고 그 자리에서 쓰러진다. 재현, 구역질을 애써 참으면서 화장실을 찾아다닌다. 그는 뒤쪽 벽에서 각각 네 칸으로 구분된 화장실을 발견하고 첫번째 칸의 문을 연다. 잔뜩 술에 취한 매형이 변기통 앞에 서서 오줌을 누고 있다. 재현은 그 모습에 놀라고 당황한다.

매 형 자네 때문이야! 내가 이렇게 말이야, 자꾸만 자꾸만 술을 마시게 된 건 자네 때문이지! 한 잔 마시고 또 한 잔 마시고…… 화불백일. 권불십년이라구! 세상은 그냥 둬도 변하는 건데, 자넨 정말 쓸데없는 짓을 했어!

재 현 죄송합니다, 매형.

매 형 우리 가족 신세 망친 것 보상해 줘!

재 현 알았습니다.

매 형 알았으면 문 닫아!

재 현 네.

재현, 다급하게 두 번째 화장실 문을 연다. 남수정이 치마를 걷어 올린 채 변기통에 앉아 있다가 비명을 지른다.

남수정 들어오면 안 돼요! 들어오면 안 돼요!

재 현 미안합니다, 내가 급해서…….

남수정 어서 문 닫아요!

재 현 그런데…… 당신 남수정 씨죠?

남수정 몰라요! 어서 문 닫아요!

재 현 (화장실 안으로 들어가려 하며) 남수정 씨! 남수정 씨!

남수정 (문을 닫는다) 나가요! 나가요! 여긴 당신이 들어올 데가 아니에요!

재현, 곧 토할 것 같은 상태가 되어 세 번째 화장실의 문을 두드린다. 그러자 안에서 재숙의 목소리가 들린다.

재 숙 재현이구나? 너, 재현이지?

재 현 나예요.

재 숙 (문을 열며) 그래. 네가 온 거야!

재 현 아, 누님…….

재 숙 그런데 여긴 변기통이 고장났어. (물 내리는 줄을 잡아 당긴다) 아무리 잡아 당겨도 물이 내려가질 않아. (신경질적인 동작으로 계속해서 줄을 잡아당긴다) 똥과 오줌으로 가득찼는데, 당겨도, 또 당겨도 내려가질 않아!

재현, 세 번째 문을 닫고 네 번째 문을 연다. 마침 기다리고 있었다는 듯이 전신해골이 변기통의 수세용 줄을 잡아당긴다. 콸콸 소리를 내며 물이 내려간다.

해골 들어와. 여긴 물도 잘 빠져.

재 현 네?

해골 들어오라니깐, 어서.

재현, 네 번째 문을 닫는다. 그리고 화장실로부터 물러나서 바닥에 주저앉아 구토한다. 술집종업원이 달려와서 재현을 꾸짖는다.

종업원 여봐요, 카펫 바닥에 토하면 어떻게 해요?

재 현 윽, 으윽…… 화장실마다…….

종업원 화장실마다 뭐예요?

재 현 우욱…… 가득 차서…….

종업원, 화장실의 첫번째 문에서 네 번째 문까지 두드려보더니 모든 문을 열어젖힌다. 그 속에는 아무도 없다.

종업원 이것 봐요! 텅 비어 있잖아!

재 현 윽, 으윽…….

종업원 도대체 무슨 헛것을 본 거야? 당신이 토한 건 당신이 치워! 요즘은 술도 먹지 못하는 것들이 마시고는 더럽게 토하기만 한다니까!

재현, 계속해서 토한다. 번개가 치고 천둥이 울리면서 무대 조명이 암전한다. 모든 등장인물들이 술집의 소품들을 치우고 다음 장면을 준비한다.

제5장/ 정부청사

술꾼 역할을 했던 배우들, 양심수 석방을 요구하는 시위자들이 된다. 그들은 감옥에 수감된 가족의 얼굴 사진과 구호가 적힌 피켓을 흔들면서 시위를 한다. 쏟아지는 폭우 속에서 구호를 외쳐대는 그들의 목소리는 점점 약해지고, 피곤에 지친 모습이 된다.

선창자 석방하라! 석방하라! 양심수를 석방하라!

시위자들 석방하라! 석방하라! 양심수를 석방하라!

선창자 자유롭게 석방하라! 양심수를 석방하라!

시위자들 자유롭게 석방하라! 양심수를 석방하라!

재현, 우산을 펼쳐 들고 정부청사 쪽으로 걸어온다. 시위자들은 사람을 보자 관심을 끌기 위해 발악적으로 구호를 외친다.

선창자 석방하라! 석방하라! 양심수를 석방하라!

시위자들 석방하라! 석방하라! 양심수를 석방하라!

재 현 (시위자들 앞을 지나가려다 멈추며) 양심수를 석방하라…… 아직도 석방이 안 됐어요?

선창자 안 됐으니 데모를 하지, 됐으면 우리가 미쳤다고 데모를 해요! 그런데 가만 있자…… (재현의 얼굴을 유심히 바라보며) 어디서 많이 봤어요…… 그래, 맞아! (수배자 가족들을 불러 보며 이름을 외친다) 남수정 씨! 남수정 씨!

중년 여자 요새 그 아가씨 안 나타나.

선창자 남수정 씨가 당신 사진을 들고 있었어요!

시위자들 그렇군! 그 얼굴이야!

중년 남자 수정이란 아가씨 당신 사진 들고 어찌나 열심히 데모를 했는지 눈에 익어요.

중년 여자 그 아가씬 처녀 같던데…… 혹시 남편이유?

재 현 아뇨.

중년 여자 약혼자 되시나?

재 현 아뇨.

늙은 여자 그럼 뭐유? 오빠 되시나?

선창자 이도 저도 아니면 애인이겠죠!

중년 여자 어쨌든 그 아가씨는 좋겠네! 애타게 기다리던 사람이 돌아왔으니!

선창자 석방하라! 석방하라! 양심수를 석방하라!

시위자들 석방하라! 석방하라! 양심수를 석방하라!

재현, 연민의 표정으로 시위자들을 바라보다가 정부청사 안으로 들어간다. 고위관리가 된 최종식, 등받이 높은 회전의자에서 일어나 재현을 맞이한다.

최종식 재현이, 돌아왔군!

재 현 이렇게 뵙게 됩니다, 선배님!

최종식 자네 왔다는 소식 들었네. 박기찬이 전화했어. 어젯밤 다섯이서 술 마셨다면서?

재 현 네.

최종식 박기찬이는 자네에게 꼭 좋은 자리를 마련해 주라더군. (자기의 의자를 권하며) 앉게, 앉어. 이 자리에 앉으면 편해.

재 현 괜찮습니다.

최종식 아냐, 앉아서 이야기 좀 하세.

선창자 석방하라! 석방하라! 양심수를 석방하라!

시위자들 석방하라! 석방하라! 양심수를 석방하라!

최종식 세상 참 좋아졌어! 저 사람들, 요즈음엔 정부청사까지 몰려와서 데모를 하지!

재 현 아직도 저런 데모가 있다니 놀랍군요.

최종식 진짜 양심수들은 석방됐네. 지금 남아있는 건 양심은커녕 이성마저 없는 자들이야. 그들은 이 세상의 모든 걸 뒤집어 엎고, 완전히 때려 부수려는 미치광이들이지.

재 현 하지만 선배님은 우리한테 말씀하셨잖아요? 이 세상은 근본적으로 달라져야 한다구요.

최종식 물론 그랬었지. 그러나 같은 짓을 해도 이성을 갖고 하느냐, 광기로 하느냐는 엄청나게 다른 거야.

재 현 그렇다면 무엇이 이성이고 무엇이 광기죠?

최종식 이성이란 희망과 같은 거지! 광기는 절망이구! 그런데 요즘의

미치광이들은 완전히 절망했어. 완전히 절망했기 때문에, 기차도 탈취하고, 파출소도 습격하며, 북쪽사상을 맹목적으로 추종하는 광신도가 된 거라구! (의자에 앉으라는 손짓을 하며) 말이 길어졌군. 앉게, 재현이. 앉으라니까! 이 자리에 앉으면 편해!

재현, 의자에 앉지 않는다. 그는 창밖으로 시위자들을 바라본다. 시위자들은 더욱 발악적으로 구호를 외친다.

선창자 석방하라! 석방하라! 양심수를 석방하라!

시위자들 석방하라! 석방하라! 양심수를 석방하라!

최종식 (재현에게 권했던 자신의 의자에 앉으며) 그런데 자네, 차일환이가 내 욕하는 것 들었겠지?

재 현 네. 선배님을 변절자라고 하더군요.

최종식 그 미친 놈은 만나는 사람마다 내 욕을 해. 그놈이 절망해서 그래. 한때 난 자네들의 선배로서 이성과 희망을 가르쳐줬어. 광주의 학살, 군사정권의 탄압, 저주와 고통으로 가득찬 저 어둠속의 세상…… 난 자네들에게 이성을 갖도록 맑스를 읽게 했고, 희망을 갖도록 사회주의 이념으로 등불을 심게 했지. 그런데 재현이, 자네가 감옥에 들어가 있는 동안 엄청난 일이 생겼어. 우리가 등불로 삼았던 그것이 빛을 잃었거든. 동유럽은 물론 소련에서마저 사회주의 이념은 빛을 잃어버려서 등불로써는 완전히 무용지물이 됐지. 하지만 난 변한 게 없어. 나의 이성과 나의 희망은 나라는 인간 그 자체에서 생긴 것이지 무슨 이념에서 생긴 건 아니더라구. 오히려 변한 건 그놈 차일환이지. 그놈은 등불이 꺼지자 완전히 희망을 포기했어. 난 그놈이 요즘 새까만 후배들을 만나 무슨 짓을 하는지 잘 알아!

재 현 무슨 짓을 하는데요?

최종식 소위 미치광이, 폭력배들을 만드는 중이지! 자네가 그놈한테 충고 좀 해. 우리 세대의 저주와 원한을 후배 세대에게 대물림 하지 말라구. 이런, 이런! 또다시 내 말이 길어졌군!

재 현 아닙니다, 선배님. 광기와 이성, 절망과 희망…… 광기는 절망의 산물이며, 이성은 희망과 같다는 말씀을 감명 깊게 듣고 있습니다.

시위자들, 모든 기력을 상실하고 바닥에 주저앉는다.

최종식 이제는 지쳤는지 잠잠해졌군.

재 현 저 사람들 절망한 모양입니다. 선배님, 무슨 반응이든 하시죠.

최종식 무슨 반응을 해?

재 현 그럼 가만히 보고만 있을 겁니까? 이쪽은 이성과 희망이 있는데, 저쪽은 광기와 절망뿐이잖아요?

최종식 이성과 희망은, 이성과 희망을 가진 자에게만 통하는 거야.

재 현 글쎄요, 선배님…… 그럼 안경이란 눈이 잘 보이는 자엔겐 필요하고 눈이 먼 소경에겐 필요 없다는 뜻인가요?

최종식 그래, 바로 그거야!

재 현 그렇다면 알겠습니다. 전등이란 밝은 곳에서만 켜야지, 어두운 곳에서는 켤 필요도 없겠군요.

최종식 뭐…… 뭐라구?

재 현 밥이란 배부른 사람들만 먹어라, 굶주린 사람들은 먹어서는 안 된다…….

최종식 그만해!

재 현 따라서 물이란 목마른 자에겐 절대로 마시게 해서는 안 되며, 돈도 부자에게나 줘야지. 가난한 자들에겐 줄 필요가 없다.

최종식 입 닥쳐, 이 바보야! (의자에서 벌떡 일어선다) 너희들 다섯 중에 네가 가장 바보였어! 공평하게 제비뽑기를 하랬더니 너는 잘난 체 자원했지. 난 그때부터 네가 얼간이, 멍청이, 저능아라는 걸 알아봤어! 섭섭하게 듣지 말어, 이 바보야! 바보더러 바보라고 하는 건 욕도 아냐. 네가 그때 자원한 것 때문에 너희 다섯은 모두 인생을 망쳤어!

재 현 그건 또 무슨 말씀이십니까?

최종식 그걸 몰라서 물어? 네가 자원한 것 때문에 엄청난 정신적 충격을 받은 거야. 너를 영웅적이었다는 놈, 희생적이었다는 놈, 열정적이었다는 놈…… 제비뽑기로 정했으면 그런 혼란이 없었을 텐데, 각자 헷갈리는 생각들을 했어. 너희들 중에 가장 똑똑한 놈이 차일환이었는데, 그놈은 머리가 완전히 돌아버렸지. 환쟁이 그놈은 그림 그리는 것에만 몰두했어. 그런데 며칠 전 그놈 전시회에 가보았는데, 그렇게 형편 없는 그림인 줄 몰랐다구. 도대체 어느 것 하나 집 안에 갖다 놓고 볼 게 없었어. 그리고 박기찬이 그놈은 그때도 덜렁거렸지만 지금은 더더욱 얼빠진듯 덜렁거려. 양로원을 경영하는 조성진, 처음엔 제법 기대가 컸지. 그랬는데 그놈은 네가 감옥에 간 다음부터 노망이 들었는지 늙은이들에게만 관심이 있어. 결국 모두들 아무 짝에도 쓸모없게 되고 만 거지!

재 현 선배님은요? 선배님은 저 때문에 충격이 없었습니까?

최종식 나……? 나야말로 충격이 컸지! 네가 잘난 체 하는 바람에 나의 존재는 보이지도 않았던 거야. 불에 대한 아이디어는 원래 내가 생각해 냈고, 광주까지 가는 기차표도 내 돈으로 끊어 줬잖아. 그런데 너는 어땠지? 너는 재판 받을 때 나에 대해서는 일언반구 언급이 없었어!

재 현 저는 선배님을 보호할 작정이었죠. 그래서 말하지 않은 겁니다.

최종식 아냐, 넌 나를 고의적으로 묵살했던 거야! 그것 때문에 운동권에서의 내 존재는 아주 형편 없게 된 거라구!

재 현 그건 오해이십니다, 선배님!

최종식 네 변명 같은 건 듣고 싶지도 않아! 당장 여기서 나가!

재 현 나가긴 나가겠습니다만…….

최종식 뭘 꾸물거려? (문 있는 곳을 가리키며) 문은 저쪽이야!

재 현 (최종식을 밀어 붙인다) 불을 질러요, 화끈하게!

최종식 (재현에게 밀려서 회전의자 위에 주저앉는다) 너, 나를 놀라게 하지 마!

재 현 (회전의자를 빙빙 돌려서 벽에 닿도록 밀어 붙이며) 절망을 희망으로 바꾸려면 엄청난 노력이 필요합니다! 광기를 이성으로 고치려면 더욱 굉장한 노력이 필요하구요! 그런데 선생님은 냉담해요. 이럴 땐 불을 지르는 겁니다! 화끈하게, 뜨겁게, 이 세상을 위해서 불을 지르세요!

최종식 (창백하게 질린 표정으로) 내가 미쳤다고 불을 질러? (의자에서 벌떡 일어나 부들부들 몸을 떨면서) 이 바보야, 썩 꺼져! 그리고 다시는 내 앞에 나타나지 마! 난 너같은 얼간이, 멍청이를 보면 심사가 뒤틀려!

재현, 정부청사 밖으로 나온다. 시위자들이 미이라가 된 모습으로 주저앉아 있다. 그들이 입었던 옷은 낡고 더러운 누더기처럼 되었고, 육신은 해골처럼 깡말라 있다. 재현, 미이라들의 퀭한 시선과 마주친다. 무대조명, 암전한다.

제6장 / 귀로(歸路)

깊은 밤. 재현, 누님 집으로 돌아오고 있다. 비는 멈추었으나 하늘은 여전히 짙은 구름으로 뒤덮여 달과 별이 보이지 않는다. 재현이 걸어가는 길 또한 칠흑처럼 어둡다. 형사, 재현의 뒤를 따라 온다.

형사 조심하세요! 하수도 구멍이 있어요!

재 현 하수도 구멍이요?

형사 네. 하수도 수리를 한다고 구멍을 뚫다가 비 때문에 중단했어요. (휴대용 랜턴을 켜서 길바닥을 비춘다) 보세요, 온통 길바닥이 구멍 투성이죠.

재현 여긴 가로등이 있었는데…….

형사 가로등이야 있죠. (랜턴으로 불꺼진 가로등을 비춰 보인다) 공사하던 사람들이 땅 속에 매설된 전선을 잘못 건드려서 불이 켜지질 않아요. 또 그들은요, 가스관, 수도관마저 끊어 놨죠. (재현의 곁에 바짝 다가와서 발밑을 비춰 주며) 자, 조심하면서 갑시다. 오늘밤은 잔뜩 흐려서 달빛도 없군요.

재현 고맙습니다.

형사 뭘요, 함께 가는 길인데요.

재현 이 동네 사십니까?

형사 아뇨. 하지만 여긴 내 담당 구역이에요. 이 길 어디에 뭐가 있고 어떤 집엔 누가 사는지 손금 보듯이 훤히 알죠. (랜턴으로 골목을 비춘다) 저 꺾어진 골목길은 끝이 막혔어요. 그러니깐 도둑이 저곳으로 들어가면 잡히게 되죠. 그리고 저 언덕 위의 집을 보세요. 저 집 바깥양반은 술 중독자구요, 안주인은 신경쇠약에 걸려 있죠. 그리고 안주인의 남동생이 하나 있는데요, 방화범이에요. 아이구, 조심하세요! 멍청이들이 엉뚱한 곳에 구멍을 파놨거든요!

재현 당신, 누군데 이렇게 친절해요?

형사 난 형사예요.

재현 형사?

형사 네, 정재현 씨. (랜턴으로 자신의 얼굴을 비춘다) 나를 기억할 겁니다. 당신을 체포했던 형사죠.

재현 내가 돌아온 건 어떻게 알았어요?

형사 당신의 술 취한 매형이 말해줬어요. 방화범 처남이 돌아왔다고. 술집에서 사람들에게 자랑하던 걸요. (길바닥을 비추며) 자, 조심조심 걸어갑시다. 그런데 가스와 수도가 끊겼으니 매형집에 가봤자 따뜻한 밥 얻어 먹긴 틀린 것 같군요.

재현 밥 걱정까지 해주다니, 정말 친절한 형사십니다!

형사 정재현 씨, 내일 아침 경찰서에 오시죠. 내가 아침밥을 살 테니깐, 마음 속에 감춘 사실을 고백해 주세요.

재현 고백이라뇨?

형사 정재현 씨는 진짜 방화범이 아닙니다.

재현 도대체 증거도 없이 그게 무슨 말입니까?

형사 자, 여기에서 고백해도 좋습니다. 누굽니까? 누가 정재현 씨에게 불을 지르라고 시켰습니까? 당신 애인 남수정 씨가 다 말해줬어요. 당신은 그저 시키는대로 한 것일 뿐, 진짜 주범은 따로 있을 거라구요.

재현 남수정 씨가요?

형사 남수정 씨는 당신이 너무나 억울하다는 겁니다.

재현, 걸음을 멈춘다. 형사도 같이 멈춘다.

재현 그 불빛으로 내 얼굴 좀 비춰봐요.

형사 (랜턴으로 재현의 얼굴을 비춘다)

재현 잘 봤죠? 이게 바로 진짜 방화범의 얼굴입니다! 그래도 믿지 못하겠거든 나중에 국립미술관에 가보세요!

형사 국립미술관에는 왜요?

재현 거기 가보면 방화범의 초상화가 걸려 있을 겁니다. 그게 바로 나를 그린 거예요.

재현, 걷는다. 형사가 길을 비춰 주면서 따라간다.

형사 그렇다면 한 가지 묻고 싶은 게 있어요. 불을 지를 때 신이 났어요?

재현 그럼요. 신이 났죠.

형사 신났다면…… 어느 정도나요?

재 현 아주, 아주, 굉장히요!

형사 황홀한 정도였다, 그 뜻입니까?

재 현 네, 네, 황홀의 극치였어요.

형사 실례입니다만…… 여자와 성행위를 할 때 맛보는 그런 황홀함과 비교하면 어느 것이 더 나을까요?

재 현 단연코 방화할 때가 더 낫죠. 그런데 왜 비교해서 물어요?

형사 그게 가장 궁금했거든요.

재 현 길이나 잘 비춰요! 하마터면 구멍에 빠질 뻔 했잖아요.

형사, 랜턴의 불빛으로 길바닥에 뚫려 있는 구멍들을 비춘다.

재 현 나도 한 가지 묻고 싶은 게 있는데요. 사람을 붙잡을 땐 신이 나는가요?

형사 물론 신이 나죠!

재 현 신이 난다면 어느 정도예요?

형사 네?

재 현 나를 붙잡았던 때에도 고문을 했잖아요. 그럴 땐 얼마나 황홀해요?

형사 (웃을 뿐 말을 잃는다)

재 현 실례지만…… 여자와 성행위를 할 때 느끼는 그런 황홀함과 비교하면 어느 것이 더 나을까요?

형사 단연코 고문할 때가 더 황홀하죠! 그런데 왜 그건 비교해서 물어요?

재 현 나 역시 그게 가장 궁금했거든요.

형사 여봐요. 정재현 씨, 우린 서로 거짓 대답을 한 것 같지 않아요?

재 현 거짓 대답이라뇨?

형사 둘 다 질문은 가장 궁금한 걸 물었는데, 둘 다 대답은 엉터리로 했어요. (랜턴의 불빛으로 자신의 얼굴과 재현의 얼굴을 번갈아 비춘다) 우리 대답도 정직하게 해봅시다. 어때요? 방화할 때 사실은 괴로웠죠?

재 현 아뇨, 황홀했어요.

형사 거짓말…… 당신은 몹시 괴로워했다고 남수정 씨가 그러던대요!

재 현 남수정 씨 말을 너무 믿으면 안 돼요. 수정 씨는 나를 사랑하니까, 뭐든지 좋게만 말하면서 날 감싸주려고 했을 겁니다.

형사 물론 나도 그런 점을 감안해서 들었죠. 어쨌든 남수정 씨 말에 의하면, 당신은 괴로워하면서 불을 질렀어요. 그게 정상적인 인간이죠. 불을 지르며 쾌감을 느끼는 인간은 미쳤거나 변태적입니다. 남수정 씬 또 이런 말도 했어요. 당신은 마음이 참 착한 사람이라구요. 결국 그런 것들을 종합해 보면, 당신의 방화는 어떤 나쁜 놈이 시켜서 생겼던 일이지 당신 자신이 스스로 했던 건 아닙니다.

재 현 남수정 씬 나를 상당히 미화시켜 들려줬군요.

형사 나 역시 사람을 붙잡을 때 괴롭습니다. 사람을 때리면서, 물을 먹이면서, 공중에 매달아 돌리면서, 쾌감을 느낀다는 건 거짓말이에요. 그건 사실 참혹하고 끔찍하죠!

재 현 그렇다면 어떤 나쁜 놈이 당신에게 강제로 그 짓을 하도록 시켰다는 겁니까?

형사 (걸음을 멈추며) 정재현 씨!

재 현 네?

형사 (침묵한다)

재 현 왜 불러 놓고 말씀을 안 하시죠?

형사 정재현 씨, 진심으로 나를 이해해주기 바랍니다!

재 현 좋습니다. 당신을 이해하죠. 그런데 아무 말씀도 안 하시고 뭘 이해해 달라는 겁니까?

형사 이 세상이란 원래 좋은 곳입니다! 다만 몇몇 고약한 놈들이 이 세상을 나쁘게 만들려고 하죠. 그래서 나는, 그 고약한 놈들이 그런 짓을 못 하도록 막는 겁니다. 다시 말해서, 나에겐 이 세상이 좋은 곳이어야 한다는 확고한 믿음이 있기 때문에, 고약한 놈들을 잡아서는 꾹 참고 저 혐오스런 고문을 하는 거예요.

재 현 아, 그러니깐 알겠습니다. 세상이란 원래 좋은 곳이라는 당신의 의견에 전적으로 동의합니다. 그리고 몇몇 고약한 놈들이 세상을 나쁘게 만들려고 한다는 것에 대해서도 내 생각 역시 당신과 비슷합니다. 다만 누가 나쁜 놈이냐, 그 점에선 의견 차이가 클 것 같은데…… 그런 놈들을 혼내줘야 한다는 점에서는 또 의견이 일치합니다. 어쨌든 나 역시 그렇습니다, 이 세상은 좋은 곳이어야 한다는 확고부동한 믿음이 있기 때문에, 나쁜 짓 하는 놈들을 혼내주려고 불을 지른 겁니다.

형사 듣고 보니깐, 우린 둘 다 똑같은 믿음을 가졌군요.

재 현 사람이란 입장이 달라도 믿음은 같을 수가 있어요. 우리가 그렇죠. 우리는 전혀 다른 인간인데도, 이 세상이 좋은 곳이어야 한다는 믿음은 같습니다. 어쨌든 그런 믿음은 매우 소중한 겁니다. 그 믿음은 뭐랄까, 두 절벽 사이의 다리가 되어 줄 테니까요.

형사 절벽의 다리라뇨?

재 현 광기와 이성을 연결하는 다리, 절망과 희망 사이를 놓아 주는 다리죠. 오늘 몹시 울적했었는데, 당신을 만나 기분이 좀 풀리는군요. 담배 있으세요?

형사 네. 여기 있습니다.

형사, 담배갑을 꺼내 재현에게 내민다.

형사 불도 드릴까요?

재 현 불은 있어요.

형사 라이터입니까, 성냥입니까?

재 현 성냥이죠. (성냥을 꺼내서 담배에 불을 붙인다) 왜 내가 불을 갖고 다니는 게 위험해 보여요?

형사 혹시, 그게 당신이 불질렀던 성냥인가요?

재 현 그건 말표 성냥이었어요.

형사 (랜턴으로 성냥을 비추며) 이건요?

재 현 닭표 성냥이죠. 잘 보세요, 닭이 그려져 있잖아요.

형사 다시는 방화하지 말아요.

재 현 (담배연기를 길게 내뿜은 다음 말한다) 당신이나 다시는 고문하지 말아요.

재현과 형사, 밤길을 걸어간다.

형사 정재현 씨, 당신만 억울하게 됐다고 남수정 씨는 슬퍼했어요.

재 현 아까 그 이야기는 했잖아요?

형사 당신 때문에 지금도 남수정 씨 마음은 괴롭습니다.

재 현 그런데 왜 자꾸만 수정 씨를 말하는 거죠?

형사 그 여잔 이제 내 애인이 됐으니까요.

재 현 오…… 그래요?

형사 놀랐습니까?

재 현 네. 놀랍군요!

형사 이렇게 밤길에서 당신을 기다렸던 것도, 그리고 나를 이해해 달라고 마음 속을 솔직히 털어 놓았던 것도, 사실은…… 미안해서 그런 겁니다.

재 현 미안해 할 것 없습니다.

형사 수정 씨는 당신을 만나 보고 싶어합니다. 하지만 지금은 내 애인이 됐다는 것 때문에 미안해서 당신 앞에 나타나질 못해요.

재 현 그렇다면 내 말을 전해 주세요. 나도 꼭 한 번 만나보고 싶다구요.

형사 알겠습니다. 당신 말을 전하죠.

재현과 형사, 언덕 위의 집에 도착한다.

재현 자, 집에 다 왔군요. (형사에게 손을 내민다) 여기까지 바래다 주어서 고맙습니다.

형사 (재현이 내민 손을 잡는다) 다락방으로 올라갈 겁니까? 아니면 현관문으로 들어갈 겁니까?

재현 이젠 내 걱정 말고 들어가세요.

형사 그러죠. 안녕히 주무세요. 방화범 씨!

재현 당신도 안녕히!

재현과 형사 어둠 속에서 헤어진다. 잠시 후, 재현과 재숙의 목소리가 들린다.

재숙 (소리) 재현아, 너 왔구나?

재현 (소리) 네, 누님.

재숙 (소리) 잘 왔다. 네가 와야 난 안심이다.

재현 (소리) 누님, 이젠 편안히 주무세요.

제7장/ 다시 아침식사

매형과 조카들이 식탁에 둘러앉아 있다. 매형은 숙취에서 덜 깬 모습이며, 조카들은 잠에서 덜 깬 모습으로 하품을 한다.

매형 여봐, 재현이! 내려와! 다락방에서 아래로 내려오라니까!

재숙 (부엌에서 목소리가 들려온다) 그냥 놔둬요. 재현이는 어젯밤 늦게 들어온 걸요.

매형　난 궁금해서 못 견디겠어. 우리 처남이 이틀 동안 뭘 하고 다녔는지 알고 싶다구! (위를 향해 다시 외친다) 재현이, 내려와서 아침밥 먹어! (경희에게) 안 되겠다. 네가 다락방에 올라가 삼촌 좀 데려오너라.

경희　싫어요.

매형　싫어?

경희　난 삼촌과 함께 밥 먹는 거 싫어요.

매형　(경서에게 고개를 돌리며) 그럼 네가 해.

경서　나도 싫어요.

매형　넌 왜 싫어?

경서　나도 삼촌과 함께 밥 먹기 싫어요.

재숙　(쟁반에 빵과 우유를 담아서 들고 오며) 오늘 아침은 밥이 아냐.

경서　밥 아니면 뭐죠?

재숙　빵이다. 물도 안 나오고 가스도 안 나와. 그래서 빵과 우유를 사왔다.

매형　미친 놈들! 뭘 어떻게 했기에 이 지경이야? 난 빵이 싫어! 빵 대신에 술을 먹겠어!

재숙　술은 안 돼요!

경서　삼촌은 언제까지 우리와 함께 살 거죠?

재숙　언제까지라니……?

경서　삼촌은 우리 가족이 아니잖아요.

경희　오빠 말이 맞아요. 삼촌더러 빨리 우리집에서 나가라고 그래요.

매형　그건 너희들 말이 맞다.

재숙　여보, 당신마저 그럴 거예요?

매형　당신 동생께선 대학 졸업 때까지만 우리집에 계시겠다고 했어. 그런데, 지금은 감옥까지 졸업하셨잖아? 어쨌든 우리가 그만큼 해줬으면 처남께선 자기 밥벌이를 찾아서 나갈 때가 됐다구!

재숙 물론 재현이는 자기 힘으로 먹고 살 때가 됐죠. 하지만 일자리를 잡은 다음 나가는 건 몰라도, 무조건 내쫓을 순 없어요.

매형 누가 무조건 내쫓는다고 그랬어?

재숙 당신이 방금 그랬잖아요.

매형 내 말 똑똑히 들어! 난 재현이가 지난 이틀 동안 다니면서 자기 밥벌이 할 자리는 잡았을 거다, 그런 뜻으로 말했던 거야!

재숙 그런 뜻이라면 반대할 게 없죠.

매형 결국은 두고 봐, 우리가 더 있으라고 붙잡아도, 재현이는 우리 집 다락방에서 나갈 테니까!

경희 (우유병 마개를 따서 두 개의 잔에 따르며) 오빠, 삼촌이 다락방에서 나간대! 우리 건배하자!

경서 (경희와 우유잔을 부딪치며) 자, 건배!

경희 오빠, 너무 기분 좋으니까 우유가 술 같아!

경서 아, 취한다!

재숙 너희들 이게 무슨 짓이냐?

매형 (우유병 마개를 따서 허공에 높이 들며) 건배! 우리 처남을 위하여! (우유를 한모금 마시더니 이맛살을 찌푸린다) 어어, 술이 아니잖아?

재숙 여보, 그건 우유예요.

매형 술을 줘, 술! 아침부터 우유를 마실 수는 없어!

재숙 절대로 아침부터 술은 안 돼요.

매형 (재숙에게 사정한다) 여보, 딱 한 병이야, 딱 한 병…… 우유를 마셨더니 뱃속이 느글거려! 어서 술 좀 줘!

경서 엄마, 아빠에게 술을 드려요.

재숙 (술병을 감춰둔 부엌으로 가며) 그래…… 하는 수 없구나…….

매형 (위를 향하여 기쁜 목소리로 외친다) 여봐, 재현이! 그만 자고 내려와! 내려와서 한 잔 하자구!

재현, 식탁이 있는 방으로 들어온다.

재 현 상쾌한 아침인데요!

매 형 처남, 기분이 좋은 모양이야!

재 현 네, 오랜만에 깊은 잠을 잤어요.

재 숙 (술병을 갖고 들어오며) 아냐, 넌 잠을 못 잤어.

매 형 왜 그래, 잘 잤다는데?

재 숙 난 재현이 표정만 봐도 알아요.

매 형 (재현에게) 여기 내 옆에 와서 앉아. 우선 한 잔 하자구.

재 숙 당신만 드세요, 네?

매 형 아냐, 아냐. 기분 좋은 아침엔 술을 마셔야 하는 거야. (재현에게 술을 따라주며) 말 좀 해봐. 이틀 동안 어딜 다녔어? 분명히 굉장한 일이 있었겠지?

재 숙 (재현 앞 술잔을 옆으로 비켜 놓고 그 자리에 우유병을 놓아 주며) 술 대신 우유를 마셔라.

경 희 (재현 앞에 빵을 놓아 주며) 삼촌, 빵도 먹어요.

재 현 고맙구나.

경 희 삼촌이 이 빵을 다 먹으면요, 더 맛있는 걸 갖다 드리죠. 꽁꽁 뭉친 콩밥에, 쉬어 터진 눈칫밥을요. (뒷걸음으로 물러나며, 경서에게) 오빠, 오빠, 이리와!

경 서 (경희를 따라 물러나며) 그래, 나도 여기 있긴 싫다.

재 숙 너희들 혼날 줄 알아!

매 형 (우유병을 치우고 그 자리에 다시 술잔을 놓으며) 술을 마셔. 아침부터 술을 안 마시고 그따위 우유를 마시니깐 애들이 놀리잖아. 자, 재현이. 술잔을 들어! 우리 건배하자구!

재 현 (술잔을 들고) 매형, 무엇을 위해 건배할까요?

매 형 자네를 위하여!

재 현 매형을 위하여!

매 형 (술을 마신 다음 곧 잔을 채운다) 당신도 한 잔 하겠어?

재 숙 난 싫어요.

매 형 그러니깐 여자들은 얼굴에 수염도 안나고 영웅이 못 되는 거야. 술을 잘 마셔야 영웅호걸이 되는 건데, 여자들은 술 마시길 싫어 하지. (재현의 술잔을 채우며) 자네와 나, 우리 수염 난 남자들끼리 마시면서 영웅담을 즐겨보자구! 이틀 동안 뭘 했어. 자세히 좀 말해봐!

재현 첫째날은 그림 전시장엘 갔었죠.

매형 그림 전시장? 그곳엔…… 뭘 하려구?

재현 내 얼굴이, 내 초상화가 있더군요. 그리고 더욱 놀라운 건 그 초상화가 국립미술관에 영구히 보존될 거래요.

매형 내가 그럴 줄 알았어! 자, 축하주로 한 잔 더 마셔.

재숙 재현아, 우유를 마셔라. 그래야 건강에 좋아.

재현 둘 다 마시죠. (우유와 술을 번갈아 마신다) 그리고 첫째날 저녁엔 친구들을 만났어요.

재숙 위험한 친구들은 아니었냐?

재현 그럼요, 누님. 아주 친했던 친구들이었어요. 그중 한 친구는 나에게 명함을 주더군요. 자기를 찾아오면 일자리가 있다구요.

매형 (재숙에게) 그것 봐, 아까 내가 뭐랬지? 재현이는 직업부터 생길 거라고 했잖아?

재숙 그게 어떤 곳인데?

재현 양로원입니다.

매형 양로원?

재숙 양로원에서 너를 찾는 전화가 왔었어. 난 잘못 걸려온 줄 알았는데, 그게 아니었구나?

재현 내용이 뭐였어요?

재숙 하루라도 빨리 와달라는 거야.

재현 그럼 오늘 가봐야겠군요.

매형 첫째날은 시시했군. 둘째날 이야기 좀 해봐! 둘째날은 어땠어?

재현 둘째날엔 선배를 찾아갔죠.

매형 그래, 바로 그거야! 친구보다는 선배가 훨씬 더 능력있거든!

재현 선배는 이성과 희망에 대해서 좋은 말을 해줬죠.

매 형 좋은 말? 겨우 좋은 말만 해?

재 현 진짜 감동적인 건 둘째날 밤, 어젯밤인데요. 나를 체포했던 형사를 만났습니다.

재 숙 그 고약한 형사는 왜 만나?

재 현 형사는 굉장히 친절했어요. 캄캄한 밤길, 구멍투성이 밤길을 밝혀 줬는데요, 우린 함께 걸었죠. 걸으면서 이야기하다 보니깐, 우리가 이 세상에 대해 똑같은 믿음을 갖고 있다는 걸 알았어요.

매 형 (실망한 표정으로) 그게 이틀 동안 생긴 일의 전부야?

재 현 네.

매 형 가만 있자…… 그 정도 가지곤 내 은혜 갚기는 어렵겠는데?

재 숙 당신, 당장에 뭘 바라진 말아요!

매 형 잘 들어봐, 재현이. 자네가 돌아온 첫째날 난 뭘 했는지 알아? 난 말야, 단골 술집에 가서 자네가 돌아왔다고 자랑을 했어! 괜히 쓸데없이 불을 지르고 십년 팔개월이나 감옥살이를 한 방화범이라고 했더니, 모두들 보고 싶어 안달을 하는 거야. 그중에서도 특히 술집주인이 더 그래. 그 양반, 방화범이라면 굉장히 호기심이 동하는 모양이야!

재 숙 도대체 지금 무슨 말씀을 하는 거예요?

매 형 둘째날도 난 술집에 가서 마구 자랑을 했지! 그랬더니 술집주인이 재현이를 한 번 만나게 해달래. 그럼 사흘 동안 내가 마실 술값을 안 받겠다는군. 난 절대로 보여줄 수 없다고 딱 거절했지. 그랬더니만 더욱더 보고 싶어 안달을 하면서 닷새, 엿새, 이레…… 나중엔 무려 한 달 동안 내가 마시는 술값은 안 받을 테니까 보여만 달라는 거야! 난 곰곰히 생각해 봤어. 한 달 동안 공짜로 술을 마신다…… 더구나 처남이 감옥살이를 하고 나왔는데, 매형으로서 뭔가 환영잔치도 해준 게 없잖아?

재 숙 당신 생각을 알겠어요. 재현이를 팔아서 술 마시려는 거죠!

매 형 그게 무슨 오해야?

재 숙 당신이 재현이한테 잔치해 줄 사람인가요?

매 형 재현이는 직장이 생겼어. 이젠 우리집을 나갈 건데, 잔치도 안 해주고 내보내면 몹시 서운할 걸! 그래서 매형 좋고 처남 좋다는 말이 있듯이 오늘 저녁 잔치를 하는 게 어때? 술집주인더러 한 달 마실 술을 하루 저녁에 몽땅 내라고 해서 잔치를 하는 거야! 난 내 친구들을 다 오라고 할 테니깐 자넨 자네 친구들을 다 오라고 그래! 도랑 치우고 가재 잡는다는 말도 있잖아. 자넨 내 은혜를 그대로 갚아서 좋고, 난 자네 잔치해 줘서 좋지!

재 숙 재현아, 갈 것 없다. 네가 무슨 굿판의 우스개 광대냐? 아니면 무슨 동물원의 희한한 구경거리냐?

재 현 누님, 너무 화내지 말아요.

재 숙 매형이 완전히 술에 취했다!

재 현 좋습니다, 매형. 오늘 저녁 매형의 단골술집에 가죠.

경서와 경희, 무대 밖에서 재현에게 큰 소리로 말한다.

경 서 (소리) 삼촌, 애인 왔어요!

경 희 (소리) 창 밖을 내다봐요! 삼촌, 애인 왔어요!

재 숙 애들이 또 너를 놀리는 모양이구나.

조카들 (소리) 정말 왔다니까요! 문 앞까지 왔어요!

재 현 (의자에서 일어나 문을 향해서 걸어간다)

재 숙 (재현은 손짓으로 제지하며) 아무도 없는데 가 볼 것 없다.

재 현 (문을 열고 내다본다) 남수정 씨, 들어와요!

재 숙 정말 네 애인이 왔다는 거냐?

재 현 (되돌아오며) 지금은 내 애인이 아니라 형사 애인이에요.

매 형 형사 애인이 뭣 때문에 여길 왔어?

남수정, 들어오려다가 멈춰 선다.

재 현 망설이지 말고 들어와요.

재 숙 우리가 있어서 그런가봐. (매형에게) 여보, 자리를 비켜줍시다.

매 형 난 여기 있고 싶은데…….

재 숙 안 돼요. 방으로 들어가요.

매 형 그럼 난 화장실이나 가야겠군.

재숙과 매형, 퇴장한다. 남수정은 주춤주춤 식탁에 다가온다. 두 사람은 묵묵히 서로의 얼굴을 바라본다.

남수정 나를 안아주세요.

재 현 그래도 괜찮아요?

남수정 괜찮아요.

재현, 일어나서 남수정을 껴안는다.

남수정 보고 싶었어요.

재 현 나도…….

남수정 힘껏 껴안아 주세요. 옛날에 했던 것처럼…….

재 현 정말 보고 싶더군!

재현, 남수정을 힘껏 껴안고 더듬는다. 남수정은 격정적인 재현의 포옹을 풀고, 자제하는 태도로써 식탁의자에 반드시 앉는다. 재현은 남수정의 맞은편 의자에 앉아서 두 개의 잔에 술을 따른다.

재 현 술 마시겠어요?

남수정 아뇨. 술은 태아에게 안 좋아요.

재 현 임신중인가요?

남수정 네.

재 현 형사의……?

남수정　네.

재 현　축하합니다. 언제 결혼할 거죠?

남수정　우린 결혼 못 해요.

재 현　왜 못 해요?

남수정　그분에겐 부인이 있거든요.

재 현　그 친절한 형사에게 부인이 있다구요?

남수정　(고개를 끄덕인다)

재 현　부인이 있는 줄 알면서 함께 잤어요?

남수정　네.

재 현　왜요?

남수정　그분이 나를 사랑한대요.

재 현　나도 당신을 사랑하잖아요?

남수정　하지만 당신은 이 세상에 없었거든요.

재 현　(고개를 숙이고 침묵한다)

남수정　당신은 없었어요. 매일매일, 귀찮게 나를 쫓아다닌 건 그 형사였죠. 당신이 불지른 이유를 대라면서 찾아왔어요. 처음엔 난 모른다고 아예 상대조차 안 했지만…… 그 사람은 내 생일이면 꽃도 가져오고, 명절엔 여러가지 선물도 갖다 주었죠. 당신 없는 이 텅 빈 세상에…… 그 사람은 친절했어요.

조카들, 손뼉을 치며 사랑의 노래를 부른다.

조카들　(소리) 사랑은 오래 참고, 사랑은 온유하며…….

재현, 남수정 앞에 새로운 잔을 놓고 우유를 가득 부어 준다.

재 현　우유를 마셔요. 우유는 태아의 건강에 좋아요.

남수정　(우유를 마시면서 말한다) 아기를 낳으면 불조심을 시킬 거예요. 성냥이나 라이터 같은 건 절대로 못 만지게 하고…… 그리고 아이가 커서 어른이 되면 소방관을 만들 거예요.

재 현 소방관을요?

남수정 당신처럼 방화범이 되지 않도록요.

재 현 아이한테 억지로 소방관을 강요하진 말아요. 그 아이가 어른이 된 세상은, 지금 우리가 사는 세상과는 다를 테니까요.

남수정 (괴로운 표정으로 침묵한다)

재 현 그 아인 내 아이나 다름 없어요. 내 심정을 알겠죠?

남수정 (침묵 속에서 고개를 끄덕인다)

재 현 자, 울적한 이야긴 그만 합시다. 오늘 저녁 잔치에 초대하고 싶은 데요. 꼭 좀 와주세요.

남수정 무슨 잔치인데요?

재 현 우리 매형께서 나를 위해 베푸시는 잔치죠. (고통스러운 목소리로 매형을 부른다) 매형! 매형!

무대 뒤에서 매형이 대답한다.

매 형 (소리) 왜, 그래?

재 현 오늘 저녁 잔치는 몇 시에 할 거예요?

매 형 (소리) 일곱 시야, 일곱 시.

재 현 일곱 시랍니다. 아기 아빠랑 함께 오세요!

조카들, 사랑의 노래를 부른다. 재숙이 그들을 야단치는 소리가 함께 들린다.

재 숙 (소리) 너희들 삼촌이 불쌍하지도 않냐? 그만 좀 놀려 먹어!

조카들의 노래가 반복된다. 무대조명, 서서히 암전된다. 모든 등장인물들이 무대에 나와서 양로원 장면과 매형의 단골술집 장면을 동시에 준비한다. 대극장인 경우, 양로원 장면은 무대 전면에서 진행하고,

곧 이어 조명만을 전환시켜서 매형의 단골술집 장면은 무대 후면에서 진행한다. 그러나 소극장인 경우에는, 검은색 커튼을 쳐서 무대를 전면과 후면 둘로 나눠 사용하는 것이 바람직하다.

제8장 / 양로원

무대 전면, 조명이 밝아진다. 양로원의 치매증 노인과 노파들이 턱받이를 하고 의자에 나란히 앉아 있다. 그들의 무릎 위에는 단체 급식에 사용하는 스테인레스 스틸 식판이 놓여져 있다. 재현, 무대 전면의 왼쪽에 등장한다. 조성진이 그를 맞이한다.

조성진 어서 와, 재현이! 기다리고 있었어.

재 현 사실은, 난 오늘부터 일하러 왔어.

조성진 잘 왔네.

재 현 그때 술집에선 농담인 줄 알았는데…….

조성진 농담이 아니었어. 어차피 자넨 이 세상에 적응하기 어렵겠구, 그런데 난 식사보조원을 한 명 쓸 참이었거든. 우리 양로원엔 노망든 늙은이들이 있는데, 그들은 스스로 밥을 먹지 못해서 남이 떠먹여 줘야 해.

재 현 내가 해야 할 일을 가르쳐 주게.

조성진 아주 쉬운 일이야. (음식을 떠넣어 주는 동작을 하면서) 나를 따라서 해봐. 이렇게 숟가락으로, 음식을, 떠서, 이렇게 입에, 넣어, 주는 거야.

재 현 (조성진의 동작을 따라서 해본다) 그런 다음엔……?

조성진 그런 다음엔 자네 마음대로야. 잠을 자든지, 책을 보든지, 명상을 하든지, 하고 싶은 대로 하라구.

재 현 (침묵한다)

조성진 자네 지금 괴로운가?

재 현 아니…… 왜?

조성진 괴로운 표정인데?

재 현 (침묵한다)

조성진 십년 팔개월 동안 감옥에 있다가 나와 보니까 세상이 어때?

재 현 (침묵한다)

조성진 그래, 좀더 두고 봐야겠지. 세상이 좋아졌는지 나빠졌는지, 이 양로원에서 기다려 보자구.

재 현 하지만 이미 내 마음 속에서는 결론이 났어. 이 세상은 좋은 곳이야.

조성진 그건 객관적 결론이 아니라 주관적 믿음인데?

재 현 어쨌든 내 믿음은 그래. 이 세상이 본래부터 나쁜 곳이라면 아무리 가다려봤자 좋아질 게 전혀 없거든. (음식을 먹여 주는 동작을 계속한다) 이렇게 숟가락을 쥐고, 음식을 떠서, 흘리지 않게 조심하면서, 사람들 입에 넣어 준다…….

조성진 억지로 먹이면 안 돼. 자넨 마치 자네의 믿음을 강제로 먹여주듯 하는데, 그들이 삼키려 않거든 그냥 두라구. (손목시계를 바라본다) 점심 시간이군. 자넬 식당으로 데려다주지.

조성진, 재현을 데리고 노인과 노파들에게 간다. 그들은 스테인레스 스틸 식판에 음식을 받아 놓고 분노한 표정으로 앉아 있다.

조성진 여기가 식당이야.

재 현 이젠 내게 맡기고 돌아가게.

조성진 조심해. 몹시 성난 표정들이군.

조성진, 재현을 남기고 돌아간다. 분노한 얼굴들이 재현을 노려본다.

한 노인 얼빠진 놈 같으니! 뭣 때문에 늦게 왔어?

한 노파 넌 완전히 정신 나간 놈이구나!

재 현 네?

다른 노파 난 네 애미다. 잘 알아 모셔!

한 노파 난 네 할미야!

다른 노파 난 네 애비다.

노인 노파들 배고파 죽겠다! 어서 와서 밥 먹여줘!

재현, 노인과 노파들에게 다가온다. 그는 숟가락을 들고 음식을 먹여 주려 한다.

한 노인 야, 이 얼빠진 놈아, 이 할애비부터 먹여!

한 노파 뭐하는 거야? 이 할미부터 먹여줘!

다른 노인 얼빠진 놈! 이 애비는 굶겨 죽일 테냐?

다른 노파 이 미친 놈아, 넌 네 애미도 몰라? 이 애미부터 먹여라!

재 현 잠깐만요. 앉은 순서대로 한 숟가락씩 번갈아 먹여 드리지요.

재현, 노인과 노파들에게 한 번씩 번갈아 음식을 떠넣어 준다.

한 노파 이거 감질나서 못 먹겠네.

다른 노파 반찬을 두 번씩 먹이면 어떻게 해?

다른 노인 얼빠진 놈! 나한테는 밥만 두 번 먹였어!

한 노인 일제시대엔 좋았는데. 그땐 이런 혼란이 없었다구!

다른 노인 총독부에서 정치를 참 잘했지! 우리에게 밥 한 번, 반찬 한 번, 순서를 착착 맞춰 먹여줬거든.

한 노인 지금은 모든 게 엉망이야!

다른 노파 이 미친 놈이 반찬만 또 먹이네!

재 현 밥을 드렸는데요?

다른 노파 미친 자식! (입 안에 든 음식을 뱉어내며) 이게 밥이냐?

한 노파 꾹 참고 먹어.

다른 노파 짜디짠 걸 어떻게 참고 먹어?

한 노파 (울먹이는 표정으로) 그래도 참고 먹어, 굶어 죽지 않으려거든.

다른 노파 내가 젊었던 시절엔 이렇지 않았다구!

한 노파 나 젊었을 때도 이렇지는 않았어.

다른 노파 참 행복한 시절이었지. 미친 개자식! 또 반찬만 먹여!

재 현 이번엔 정말 밥을 드렸어요.

다른 노파 (입 안에 든 음식을 뱉어 낸다) 이게 반찬이지 밥이냐?

다른 노인 (한 노파에게) 할멈, 젊었을 때 이야기 좀 해봐.

한 노파 그땐 좋았지! 매일 밤 군인들하고 춤을 췄는 걸!

한 노인 군인들하고……? 우리 나라 군인들은 춤을 못 춰!

한 노파 외국 군인들이었어! 러시안 군인, 미국 군인, 중공 군인들하고 춤을 췄거든!

다른 노파 참 재미있었겠네?

한 노파 그럼 재미있었지! 음악 틀어 놓고, 술 마시고, 그리곤 서로 신나게 총을 쐈어! (다시 울먹이는 표정이 되며) 그런데 지금은 아무 재미도 없어.

한 노인 일제시대가 더 좋았다구! 그땐 총독부에서 진짜 훌륭한 정치를 했지.

재 현 그렇지 않아요.

노인, 노파들 뭐가 그렇지 않아?

재 현 우린 식민지였어요. 고통스럽게 착취만 당했죠. 그리고 외국 군인들이 총질을 할 때 죽고 다친 건 우리들뿐이에요.

한 노인 저런 얼빠진 놈 봤나? 총독부 나으리들은 진짜 친절했어!

다른 노인 암, 상냥하고 친절했지!

한 노파 외국 군인들은 굉장히 친절했어! 난 그 군인들 애까지 낳았다구!

재 현 그런 틀린 소리하면 먹여 드릴 수가 없어요.

노인, 노파들 뭐, 뭐가 어째?

재 현 그래도 지금이 그때보다 훨씬 좋아진 겁니다.

한 노파 너 완전히 정신 나간 놈이구나! 세상은 점점 나빠졌어!

노인, 노파들 세상은 점점 나빠졌다구!

재 현 그건 잘못된 생각입니다. (몇 걸음 뒤로 물러나며) 여러분의 잘못된 생각을 고치세요! 그래야만 다시 먹여 드릴 겁니다.

노인, 노파들 저 얼빠진 놈이 뭐라고 하는 거야?

재 현 자, 모두들 나를 따라 하세요! 이 세상은 점점 좋아지고 있다!

노인, 노파들 웃기고 있네! 점점 나빠지고 있다!

재 현 틀렸어요! 틀린 걸 고쳐야 밥을 드립니다! 이 세상은 점점 좋아지고 있다!

노파들 미친 새끼! 저놈이 괜히 우리를 트집 잡고 밥도 안 주네!

노인들 그래, 밥도 안 주고 굶겨 죽일 모양이야!

재 현 다들 따라 하세요! 이 세상은…….

노인, 노파들 이 세상은…….

재 현 점점…….

노인, 노파들 점점…….

재 현 좋아지고 있다!

노인, 노파들 좋아지고 있다!

재 현 네, 참 잘 하셨어요!

다른 노파 아들아, 이리 오렴. 이 에미가 잘못을 고쳤으니 가까이 와서 밥을 먹여줘.

재현, 에미라고 자칭하는 노파에게 다가간다. 그가 수저로 음식을 입에 넣어 주려고 하자, 노파는 수저를 든 그의 손을 두 팔로 꽉 움켜잡고 이빨로 물어 뜯는다.

노인, 노파들 잘했어! 저런 미친 개새끼는 죽여 버려!

재 현 (비명을 지른다) 아, 아, 이거 놓아요!

노인, 노파들 놓기는 뭘 놓아? 너같은 놈은 죽여야 해!

노인과 노파들, 음식이 담긴 스테인레스 스틸 식판을 들고 일어나 재현에게 덤벼들더니 온갖 욕을 하면서 사정없이 때린다. 재현, 물린 손을 힘껏 뿌리치고 일어서려다가 균형을 잃고 뒤로 넘어진다. 그러자 그들은 재현의 몸을 짓누르고, 식판으로 계속해서 두들긴다. 한동안 버둥거리던 재현, 움직이지 않는다. 노인과 노파들은 의기양양하다.

노파들 이 얼빠진 녀석이 죽었나봐!

노인들 (재현을 발로 차 보더니) 죽었어!

한 노인 옛날보다는 지금이 훨씬 좋아졌다니, 미쳐도 완전히 미친 놈이야!

무대 전면의 조명, 급격히 암전한다. 무대 가운데를 차단하고 있던 커튼이 거둬지면서 곧바로 다음 장면이 된다.

제9장 / 매형의 단골술집

일자형의 기다란 식탁에 초대 받은 사람들이 나란히 앉아 있다. 재현을 기다리는 매형은 손목시계를 풀어서 들고 시간을 재듯이 바라본다. 재숙은 불안한 표정으로 자꾸만 손을 부빈다. 사람들은 음식을 눈 앞에 놓아둔 채 기다려야 한다는 것에 분노를 나타내고 있다. "배고파 죽겠다", "우릴 굶겨죽일 작정이군" 등등 수근거림이 귀에 들려온다. 초조해진 술집주인이 매형을 향해 커다란 목소리로 묻는다.

술집주인 왜 여태 방화범이 안 오는 거야?

매 형 주인공이 우릴 기다리게 하다니, 정신 빠진 모양이군!

재 숙 올 거예요, 재현이는…….

매 형 사람들 얼굴이 험악해. 이러다간 무슨 일 나지!

재 숙 여보, 조금만요…….

매 형 조금 조금 하다가 벌써 몇 시간이 지났어.

술집주인 시작해! 더 이상 기다리게 했다간 사람들이 미친다구!

매 형 자, 여러분! 즐거운 잔치를 시작합시다!

초대받은 사람들, 일제히 매형을 바라본다. 매형은 벌떡 일어나 연설조로 말한다.

매 형 아아…… 나는 재현이의 매형되는 사람입니다. 오늘 이 잔치는 재현이가 돌아온 걸 환영하는 뜻에서…… (암기했던 것을 잊어버리고 당황한다) 환영하는 뜻에서…… 매형되는 사람인 내가…… 단골술집에서…… 특별히 단골술집 주인의 후원을 받아서…….

사람들 (식탁을 치며 야유의 고함을 지른다) 그만 해요!

매 형 (호주머니를 뒤져 연설문이 적힌 종이를 꺼낸다) 이게 여기 있었군! 그럼 적힌 대로 읽겠습니다. 나는 재현이의 매형되는 사람입니다. 오늘 이 잔치는 방화범 정재현이 십년 팔개월간의 감옥살이를 끝내고 돌아온 걸 환영하는 뜻에서, 매형되는 사람인 내가 특별히 단골 술집주인의 후원을 받아 마련했습니다. 여기, 정재현의 매형되는 사람인 나를 중심으로, 왼쪽에는 나의 다정한 친구들이 모여 있고, 오른쪽에는 재현이의 다정한 친구들이 앉아있습니다. 그럼 양쪽 친구들을 한 사람씩 소개하겠는데…… 먼저 이 잔치를 후원해 주신 술집주인부터 말씀드리자면…….

술집주인 아, 소개는 생략하고 먹읍시다! 먹고 마시다 보면 오늘의 주인공 방화범도 오겠죠!

술집주인, 식탁 위에 올려져 있는 술병들의 마개를 딴다.

매 형 젠장할! 그래 먹고 마시는 것부터 하자구!

술집주인 (매형의 오른쪽에 앉아있는 사람들에게) 뭣들 해요, 그쪽은? 이 왼쪽은 마시기 시작했어요!

화가 우리 오른쪽도 마실 겁니다.

차일환 왼쪽은 어떻게들 마시고 있나?

박기찬 폭탄주를 만들어 마시는데!

화가 그렇다면 오른쪽도 당연히 폭탄주지!

재현의 친구들, 맥주와 양주로 폭탄주를 만들어 마신다. 그들은 오른쪽 자리에 앉아 있는 형사와 남수정에게도 폭탄주를 권한다.

화가 자, 한 잔씩 하십시다.

형사 좋습니다.

화가 초면인데, 인사하죠. 난 화가입니다.

형사 난 형사예요.

화가 형사?

형사 네. 재현 씨 담당이죠.

화가 그래, 이쪽 자리가 아닌 것 같은데요?

남수정 이쪽이 맞아요. 재현 씨가 우리 둘을 친구자리에 초대한 걸요.

차일환 (박기찬에게) 저 여자, 어디서 많이 봤잖아?

박기찬 글쎄 말야…… (남수정에게) 실례입니다만 혹시…….

차일환 생각났어! 재현이 애인이야!

남수정 옛 애인이었죠.

박기찬 오, 그래요! 지금은 아닙니까?

남수정 지금은 이분의 애인이죠. (자학적으로 폭탄주를 마신 다음 형사의 손을 잡으며) 어때요, 잘 어울려요?

형사 술은 당신 몸에 해로울 텐데?

남수정 오늘은 즐거운 날인 걸요. (재현이 친구들에게 술을 따라주며) 자, 마셔요!

매 형 (술잔을 들고 일어나며) 여러분, 세상 참 좋아졌어요! 우리 다같이 기쁜 마음으로 마십시다.

술집주인 자네 처남이 안 오면 이 술값은 모두 자네가 물어야 해!

매 형 올 거야! 곧 올 거라구!

왼쪽 사람들 (재숙에게 술잔을 내밀며) 한 잔 드세요.

재 숙 저는 못 마셔요.

왼쪽 사람들 어어, 왜 이러실까? 우리 다같이 기쁜 마음으로 마시자는데!

매 형 분위기 깨지 말고 얼른 받아 마셔.

재 숙 (곤혹스러운 표정으로 술을 마신다)

왼쪽 사람들 (다시 재숙에게 술잔을 내밀며) 한 잔 더! 잔치술은 석 잔을 마셔야 해요!

매 형 그럼, 그게 잔치의 법칙이지!

재 숙 여보…….

매 형 마셔! 마시라구!

재 숙 (두 번째 술을 고통스럽게 마신다)

왼쪽 사람들 자, 마지막 잔도!

재 숙 아뇨, 이젠 못 마셔요!

왼쪽 사람들 (의자에서 일어나 협박하는 태도로) 어어, 왜 이러실까? 이거 잔치가 안 되겠군!

매 형 마셔! 즐겁고 기쁘게 마셔!

재 숙 (마지 못해 세 번째 잔을 마시더니 가슴을 두드린다) 난 죽겠어요…… 심장이…… 벌떡벌떡 뛰어요…….

매 형 엄살은! 심장이 멈춰야 죽지, 벌떡벌떡 뛰는데 왜 죽어?

술집주인 (매형에게) 여봐, 우리 밴드를 부를까? 전화를 하면 금방 밴드가 와서 신나게 음악을 연주할 텐데!

매 형 음악, 좋지! 당장 불러와!

술집주인 삼인조 밴드? 아니면 오인조 밴드로 할까?

매 형 둘 다 불러!

술집주인 방화범이 안 오면 밴드값도 자네가 다 내야 해!

재 숙 여보, 정말 내 심장이 이상해요.

매 형 한 잔 더 마셔! 그럼 괜찮아질 거야!

조성진, 술집 안으로 들어온다. 그는 마주친 술집주인에게 무엇인가를 묻는다. 술집주인은 매형을 가리킨다. 조성진, 매형에게 다가온다.

조성진 저…… 죄송합니다만, 재현이 매형 되십니까?

매 형 그래요, 내가 매형이요!

조성진 잠깐 드릴 말씀이 있는데요. (허리를 굽혀서 매형의 귀에 대고 말한다) 재현이가 죽었습니다.

매 형 하하, 농담이겠지!

조성진 농담이 아닙니다. 재현이는 죽었어요. 아까 낮에 우리 양로원에서 일하다가 사고를 당했죠.

매 형 (벌떡 일어나서 조성진의 멱살을 잡고 말한다) 쉿, 입 닥치시오! 이제 겨우 잔치가 무르익을 참인데, 분위기를 망칠 작정이요?

조성진 하지만 저는…….

매 형 하지만이고 뭐고 간에 입 좀 닥쳐! 재현이 죽었다는 건 잔치가 끝난 뒤에 알아도 늦지 않아!

오른쪽 사람들 (조성진을 향해 손을 흔들며) 여봐, 자네 자린 여기야!

매 형 (조성진의 멱살을 놓아 주며) 당신 저쪽으로 가!

재 숙 재현이가 어떻다구요?

매 형 뭘?

재 숙 방금 저 사람이…….

매 형 음, 재현이가 조금 있으면 여기 불지르러 나타난다는 거야.

재 숙 어서 와야 할 텐데…… 심장이 벌떡벌떡 뛰어요.

조성진 (오른쪽 자리에 앉자마자 술을 마신다) 말을 못하니깐 속이 타는군.

차일환 자넨 왜 늦게 왔지?

조성진 (차일환의 귀에 대고) 자네만 알고 있게. 재현이가 죽었어.

차일환 죽다니……?

조성진 노망든 늙은이들한테 맞아 죽었어! 두개골이 깨어지고 가슴뼈가 부서졌지!

차일환 저런! 그럴 수가……?

조성진 나도 전혀 믿고 싶지 않은 일이야. 밥을 못 주겠다고 했던 모양인데, 늙은이들이 화가 나서 재현이를 때려 죽여 버렸어!

화가 둘이서 뭘 그렇게 속삭이나?

조성진 아무것도 아냐, 아무것도…….

차일환 술맛이 좋다는군! (화가의 귀에 대고 속삭인다) 자네만 알고 있게…… 두개골이 깨지고…… 가슴뼈가…….

화가 역시 술맛은 폭탄주가 최고야! (박기찬의 귀에 대고) 절대로 남에게 말하지 마. 자네 혼자만 알고 있어.

박기찬 무슨 비밀인데 그래?

화가 재현이가 죽었네!

박기찬 뭐야……? 돌아온 지 며칠밖에 안 됐잖아?

화가 쉬잇! 사흘만에 죽었어.

박기찬 사흘만에…….

형사 (박기찬에게 다가와서 묻는다) 나도 좀 압시다. 뭡니까?

박기찬 술맛은…… (형사의 귀에 대고 속삭인 다음 다시 큰 소리로 말한다) 폭탄주가 최곱니다!

형사 그럼요, 폭탄주가 최고예요! (자기 자리에 돌아와 옆에 있는 남수정의 귀에 대고 속삭인다) 놀라지 말아요. 당신 옛 애인이 죽었소. 두개골이 깨어지고 가슴뼈가 부서졌다는군.

남수정 (망연자실하는 표정이 된다)

술집주인 밴드가 도착했습니다! 오인조 밴드가 왔고, 동시에 삼인조 밴드가 왔습니다!

밴드소리가 요란하게 울린다. 사람들은 환성을 지른다. 무대조명, 현란하게 바뀐다. 술 취한 매형이 마이크를 들고 유행가를 노래한다. 사람들이 무대 전면으로 나와서 몸을 흔들며 춤을 춘다. 노래와 춤이 계속되는 동안 무대 후면의 식탁들이 치워진다.

제10장 / 다락방

캄캄한 밤. 지붕 밑 다락방. 어렴풋이 재현의 모습이 보인다. 다락방 아래에서 재숙의 목소리가 들려온다. 모든 등장인물들, 반원형으로 둘러 서 있다.

재 숙 너지? 재현이 너지? 네가 돌아온 거지? (목소리를 높여 부른다) 재현아, 재현아! 대답해! 얘 좀 봐, 아무 소리가 없네. 난 네가 돌아온 줄 다 알아. 내 신경이 얼마나 예민한데 너 온 줄을 모를 것 같냐? 재현아! 넌 지금 생쥐마냥 우리집 벽을 타고 올라와서 캄캄한 다락방에 숨은 거야. 재현아! 재현아! 대답 안 하면 내가 그 위로 올라갈 거다!

재 현 올라올 것 없어요, 누님.

재 숙 맞지? 너 틀림없이 재현이지?

재 현 그래요. 내 성냥을 꺼내러 왔어요. 내가 침대로 사용했던 상자 밑 마루바닥을 뜯어 감춰 뒀거든요. 그런데 상자가 없어요. 담요도 없어졌고, 유리병도 없어졌고, 내가 쓰던 물건이 없어졌어요.

재 숙 내가 치웠다. 네 장례식 날…… 다락방을 말끔히 치웠어.

재 현 잘하셨어요, 누님. 이제 그런 물건들은 나에겐 소용 없죠. 하지만 내 소중한 성냥은 있어야 해요.

재 숙 성냥은 그대로 있을 거야. 전등을 켜고 네가 두었던 곳을 찾아

보렴.

재 현 난 이제 어둠 속에 익숙한 걸요. 누님은 장례식을 치루고 더 야위셨군요.

재 숙 많이 울었다…… 지금도 눈물이 나와…….

재 현 울지 마세요, 누님. 어쩌다가 내가 죽게 되었는지 생각해 보세요. 그럼 울음 대신 웃음이 나올 겁니다.

재 숙 (허탈하게 웃는다) 밥을 안 준다고 했다가 맞아 죽은 거라면서?

재 현 그랬어요. 하지만 진짜 이유는 밥이 아니에요. 그들이 나를 죽일 만큼 화가 났던 건, 옛날이 지금보다 훨씬 좋았다는 그들의 생각을 고치려 했기 때문이에요.

재 숙 그들한테 밥이나 주지, 왜 그들 생각을 고치려 했어?

재 현 나한테는 그게 밥보다도 더 중요했기 때문이죠.

재 숙 어쨌든 사흘은 너무 짧았다. 어떤 네 친구는 장례식에 와서는 네가 돌아온 걸 알지도 못했다 하고, 알았다는 몇몇 친구들도 네가 갑자기 죽은 건 믿어지지 않는다 했어. 너를 잡아갔었던 형사는 네가 자백하지 않은 상태로 죽어서 영원히 진짜 범인은 놓쳤다 했고, 화가라는 네 친구는 어쩌면 네 얼굴이 국립미술관에 보존될 것 같기도 하지만 언제가 될지는 모른다고 했어. 그리고 너희 매형은 네가 죽었기 때문에 잔치날 술값을 몽땅 물게 됐다고 투덜거렸지. 그게 너의 장례식날 내가 들었던 말의 전부야.

재 현 매형은 아직 안 돌아오셨군요.

재 숙 그 양반이야 오늘밤에도 단골술집에 있지!

모든 등장인물들 속에서 재현의 조카들이 서로 귓속말을 한다.

경 희 오빠, 들어봐. 엄마가 중얼거려.

경 서 나도 듣고 있어.

경 희 밤만 되면 엄마는 이상해. 아직도 다락방에 삼촌이 있는 것처럼 중얼거린다구.

경 서 우리 어머닌 신경쇠약이야.

재 현 조카들은 잠을 못 자고 있어요.

재 숙 그 애들은 너한테 참 못되게 굴었지. 하지만 장례식 땐 몹시 울더라. 고약한 건 네 애인 남수정이야. 장례식에도 오질 않았어.

재 현 수정 씨는 진짜 나를 사랑해요.

재 숙 아냐. 사랑한다면 왔어야지!

재 현 누님, 언제나 누님이 나를 위해 주듯이 내 애인을 위해 주세요.

재 숙 이제 그 여잔 네 애인도 아니다.

재 현 모두가 내 애인이고, 내 친구예요. 왜 고개를 흔들죠? 내 말이 믿어지지 않아요?

재 숙 재현아, 아무도 널 사랑하지 않는다! 어쩌면 그럴 수가 있냐! 그 날, 단골술집에서 잔치하던 날, 사람들은 너 죽은 걸 모르는 체 했어!

재 현 누님 마음을 나 알아요. 누님의 동생인 나를, 사람들이 모르는 척 했던 게 마음 아픈 거죠.

재 숙 그래, 그게 속상해서 못 견디겠다. 너는 참 좋은 사람이었는데. 아무도 그걸 알아주지 않았어.

재 현 하지만 성냥이 있잖아요. 내가 불 질렀던 성냥을 찾아내서 다시 불을 켜면, 사람들은 내가 누구인지 알게 될 겁니다. (성냥을 찾으면서 말한다) 이 좁고 어두운 다락방에서, 나는 가장 밝고 아름다운 세상을 꿈꾸며 성냥불을 켰어요. 딱딱한 상자 위에 잠을 못 이룬 채 앉아서, 커다란 유리병의 물을 다 마셔도 가시지 않는 갈증을 느끼며, 자꾸만 자꾸만 성냥을 켰었죠. 누님, 난 행복했어요. 나의 작은 불 하나가 캄캄한 이 세상을 밝힐 수 있다고 생각하면서 행복했던 거예요.

재 숙 (흐느껴 운다) 나도 안다, 나도 잘 알아.

재 현 성냥을 찾았어요! 날개를 달고 하늘을 훨훨 나르는 말이 그려진 성냥, 바로 그 말표 성냥이 여기 뒀던 자리에 있군요.

재현, 찾아낸 성냥을 긋는다.

재 현 보세요 누님, 성냥에 불이 붙었어요!

재숙, 온몸에 경련을 일으키면서 부르짖는다.

재 숙 재현아, 안 돼! 불은 안 돼!
경 희 이젠 엄마가 울면서 고함까지 질러!
경 서 신경쇠약이야, 신경쇠약!
경 희 정말 잠을 못 자겠어!
경 서 어머니, 제발 잠 좀 자게 그만 하세요!
재 숙 재현아, 재현아, 내 말 듣고 있냐?
재 현 네. 듣고 있어요.
재 숙 제발 성냥불은 켜지 말아라!
재 현 누님, 아무도 불 지를 사람이 없으면 죽은 나라도 질러야 해요!
재 숙 아니다, 아냐! 그런 생각 말고 너는 저 세상으로 떠나가!
재 현 누님, 저는 떠날 수가 없어요.
재 숙 재현아, 이젠 아무도 네가 불지르기를 바라지 않는다. 어서, 어서, 내 말 듣고 떠나! 제발 성냥은 그 자리에 두고 이 세상을 떠나가거라!

재현, 침묵한다. 침묵 속에서 그의 모습은 점점 사위어 간다. 마침내 다락방은 어둠 뿐, 그는 보이지 않는다. 막이 내린다.

– 막

이강백희곡전집 5

초판 1쇄 발행일 1995년 6월 10일
초판 5쇄 발행일 2017년 3월 20일

지 은 이 이강백
만 든 이 이정옥
만 든 곳 평민사
서울시 은평구 수색로 340 [202호]
전화: (02)375-8571(代)
팩스: (02)375-8573

평민사 모든 자료를 한눈에 –
http://blog.naver.com/pyung1976
이메일: pyung1976@naver.com

등록번호 제251-2015-000102호

ISBN 978-89-7115-633-9 04800
ISBN 978-89-7115-020-3 (set)

정 가 16,000원